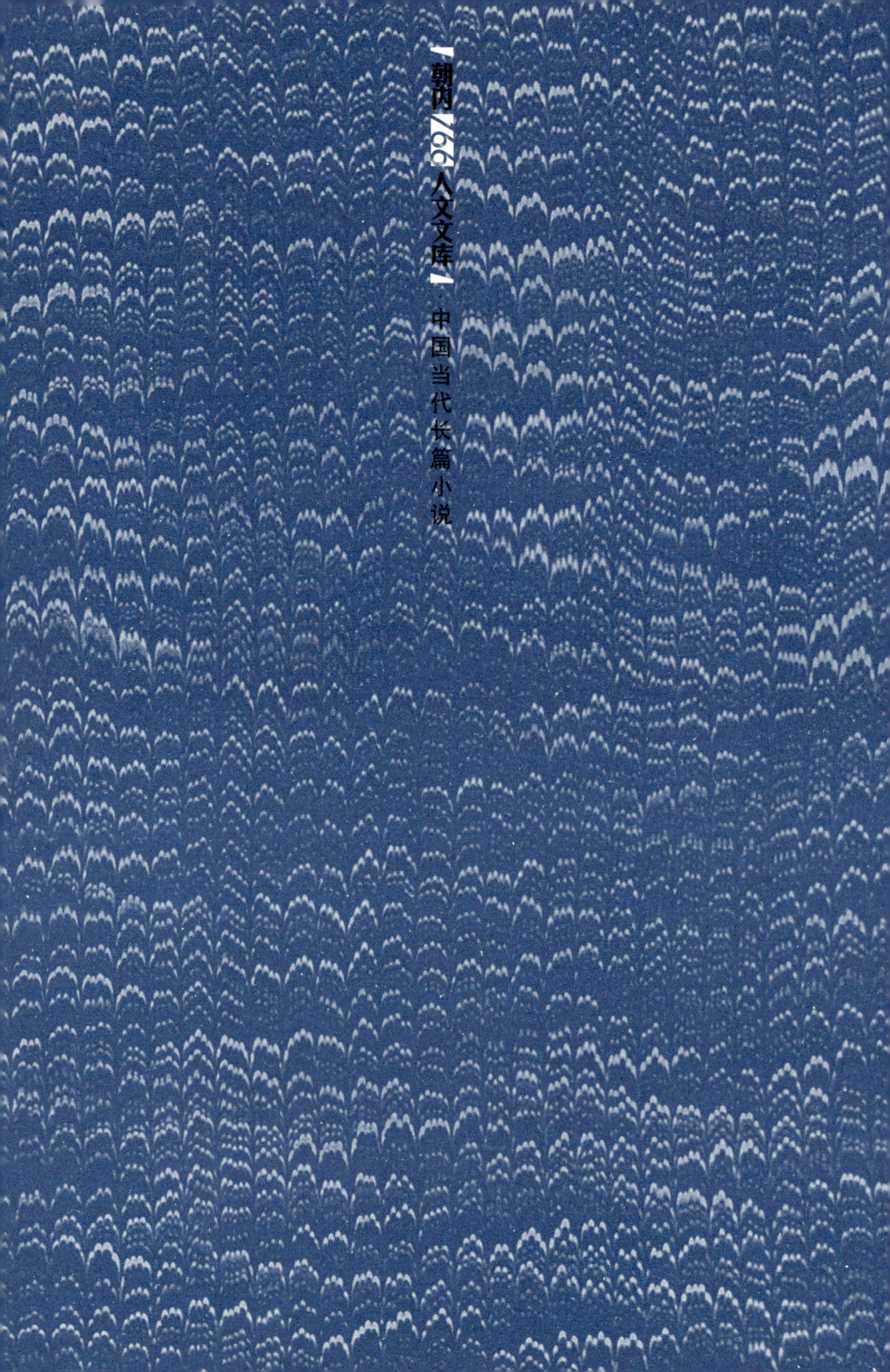

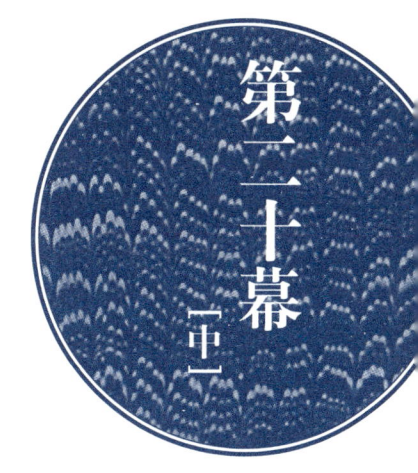

第二十幕
[中]

周大新=著

人民文学出版社

第 一 部

1

公元一千九百四十一年的春末,像一个连产怪胎的女人一样,把一连串的怪事怪物生在了南阳。先是一个艳阳当头的正午,突然间天空变暗群星毕现,持续有两袋烟工夫,其间有一个蛙状火团由东向西一闪。后是一个姓黄的渔民在白河撒网时网上一个鸟头鱼身长八寸的怪鱼,惹得人们争相观看,东泰照相馆的照相师还赶去拍了照片,放在民众教育馆里展览。再是南阳四乡的豌豆这一年开花时反常的全开白花——通常总是粉红一片。

人们对这些怪事议论纷纷作着各种推测,有人去请教玄武街一百零二岁的夏水发老人,水发老人欲言又止欲止又言地说:这八成是一个凶兆,兆示着南阳城还有灾难;而且这灾难既从天上来也从水中来还从地上来,这灾难一旦到来就要流血,流很多很多的血……

刚刚经历过日军陷城之难的南阳人,被水发老人的这番话弄得心惊胆战。不过这番话不久应验的只有两个字:流血。流血的仅是一个人,而且很少有人会想到是他——肖参谋长——在白河滩里把血流干。

昼夜都有一班人马侍卫的南阳警备区参谋长肖四,也从来没有想到自己还会有流血的一天。他近来连做梦想的都是如何做官,如何能让自己的官阶再升一级,如何弄掉栗温保的副司令自己取而代之。他甚至都已经想好了如果他被委任为警备区副司令后该如何庆祝的事:要请来河南省豫剧名班到宛连演三天;要摆六六三十六桌喜宴;要在城中九九八十一处燃放烟花;要扎东西南北中五道彩门……

最初听说五战区长官部要派人来对南阳守城作战进行总结时,他高兴得几乎一夜无眠。他想时机总算到了,上边势必要追究城陷的责任,栗温保作为主管城防的副司令自然难辞其咎,撤掉他的职务会是当然的处罚,撤掉他后自己继任合乎情理顺理成章。长官部的三名要员抵达南阳城的当晚,他就暗中指使四个心腹军官找到他们汇报守城战斗的"经过",强调了城破的责任主要是因为栗温保指挥不力和怯战撤兵。之后他又暗中指使部下组织了一伙商人的请愿,请愿的商人们要求长官部的要员严惩招致城破的主要责任者。这两桩活儿做完,他开始喜孜孜乐悠悠成竹在胸地等待收获。

收获是在七天后的那个冬天泗血的早晨来到的。那天的太阳将出未出时,警备区的连以上军官被集合在马道街东侧的练兵场上。场四周戒备森严,肖四下马进场时注意到场四周的卫兵不是警备区警卫连的而是从驻防在附近的六十八军调来的,这使他略略一怔,不过很快又暗暗一笑:长官部的人如此布置挺好,要宣布撤销栗温保的副司令职务不能不作提防,毕竟他手下也有一些心腹。

这个名叫"对日作战总结会"的会议被预先告知有四项内容:首先是为战死的官兵致哀。三百一十五名在那场战斗中战死的官兵灵牌白花花在主席台前摆了一片,三声清脆的枪声鸣过之后,沉重的哀乐开始在空中飘荡,官兵们一齐垂首向战死者们致哀。默哀结束的时候,一百三十二顶日军的军帽被扔进焚烧纸钱的火堆里燃着了——它们是当初从日军留下的尸体堆里收集的。就在这种织物焚燃的焦糊味里,长官部的一名要员开始对那场守城战斗的过程作分析,指出哪些做法是可供坚持的经验,哪些是应该吸取的教训。接下来开始宣布嘉奖名单,四十多名团、营、连军官佩带上了勋章。在这几项内容进行的时候,肖四一直没有认真去听,他只是在仔细观察栗温保的面孔。他估计最后一项该是宣布免职令了,他在暗暗揣测当栗温保听到被免职的命令后会是一种什么神态。

肖四万万没有想到,长官部的那位要员接下来宣布的竟是对他肖四的逮捕令。那位要员声音低沉地宣布:"为严肃军法,惩处因怯战而擅令撤退者,保证对日作战之胜利,现奉战区李司令长官令,即对原警备区参谋长肖四实施逮捕,交军法处审判。"他惊呆了,竟忘了分辩,只是双眼无限地瞪大直盯着宣布者的嘴。整个会场那刻也被骇得鸦雀无声,直到有两个卫兵拿着手铐快步走来铐住了他的双手后,他才从呆愣中惊醒过来,惶恐至极地叫了一声:我冤枉呵——

军法处对肖四的审判就在栗公馆的办公大厅里进行。临时赶来的战区长官部的军法官们坐在一条长桌后边,屋里弥漫着一种平日里没有的威严气氛。肖四显然还不能习惯自己的新身份,从被告的座位上不时站起坐下坐下站起。他急切地想用目光找住栗温保,他想眼下能救他出此境况的只有栗温保了。

栗温保其实就坐在隔壁,正一口一口地吸着邓县烟厂新出的"喜登"牌卷烟。他正在等待最后的结果,事情正按照他的安排有条不紊地进行。他早就估计到上峰要追究宛城稍战即陷的责任,因此战后不久就密派人把从各团收来的由他点头应允有肖四签名的撤退命令送到了长官部。当肖四以为自己胜券在握的时候其实他已经败局早定。肖四兄弟,既然我们两个中有一个必须被治罪,那就只能是你了,原谅我吧,我们这是在仕途上混,不能论情说义了……

战时的军法审判极其简单,前后进行了不到一个小时。军法官们只是让肖四看了几张有他签名的撤退命令后就问他还有什么话说。他望着那些命令很有些意外：这是谁收集起来的？当时不是在命令下边写明阅后即毁吗？他意识到事情真正严重起来，急忙分辩道："我这是奉栗副司令之命签署的，你们想这样的大事我一个参谋长怎敢擅自作主？不信你们去问栗副司令！……"

正向军法官辩解的肖四没有注意到，栗温保这时已掀开门帘从隔壁屋中走进了大厅，正面无表情地看着他。肖四的话音刚落，栗温保声调平稳地开口道："我从未发过这样的命令，如果是我发的我岂有不签名之理？而且你也不会不让我签！你发布这道撤退令时我正在前沿二团，我从二团长手上看到撤退令时吃了一惊，但那时其他团队已开始后撤，事情已无法挽救，这件事二团长也可以作证！"

"是的，我可以作证！"另一侧屋里走出了膀大腰圆的二团长。

肖四惊骇地看定栗温保，在这一霎他明白了那些命令是谁收集起来的，明白了当初栗温保何以借故去前沿让自己在撤退令上签名，明白了眼下自己为何被铐住双手，天呵！我竟被这个打兔子的玩了！肖四，你这个傻蛋，你竟以为自己比他聪明……

"肖四兄弟，原谅我说出实情，以你我平时的情谊，我本该替你担当些责任，无奈这是关乎国家利益和军法的大事，实在——"

"栗温保，你这个杂种！"肖四恼怒至极地叫了起来，"你竟敢如此诬害我，你这个忘恩负义的东——"

几名卫兵上前强按下肖四的头，制止了他的叫骂。栗温保满是同情和理解地叹了口气说："让他骂几句也好，这也怨我平时对他放纵太多，致使他敢于擅下撤退令，犯下如此之罪，是我的纵容害了他呵……"

"栗……温……保……你……这……个……狗……东……西……"肖四边挣脱着边断续地骂出这些字，军法官就在他的这种断续叫骂中开始了宣判：……为惩戒一切不战而降之怯懦行为，使我民族不灭,国家不亡,特判处肖四死刑,着即执行……

在听到"死刑"两个字时,肖四陡然停止了挣脱和叫骂,无限惊恐地瞪视着军法官;片刻后,他又拼尽全力蹦跳着喊:"栗……温……保……我……做……鬼……也要找……你……算……账!……"

枪毙肖四是在当日的太阳斜过头顶不久。当行刑队在白河滩寻找合适的刑场的时候,肖四正在囚室里双膝跪地涕泗交流哀求栗温保救他一命。促使肖四由怒骂转为哭求的原因是他看明白了,眼下能以其他借口救他不死的只有栗温保一人,所以他压下气恼吞下愤恨委屈自己的双膝朝栗温保下了跪。

"……栗大哥,看在我俩同甘共苦这么多年的分上,看在我有老有小一家人的情面上,想想办法让他们别杀我吧,兄弟只要活下来,以后一定当牛做马报答你……"肖四嘴上这么说着,心里却在咬牙切齿地叫:栗温保,只要我这次能活下来,老子早晚要把你的头割下当尿罐用,我真后悔当初为什么要撺掇你去抢劫、去当民军、去剿白郎,要不然,你今天不就是一个打兔子的吗?我真后悔过去没有找人朝你打黑枪干掉你,要是那样,我也不至于落到今天这个下场……

栗温保挥手让身边的两个侍卫出去,返身关上门,这才带了几分笑意说:"肖四兄弟,如果咱俩这会儿换换位置,我被抓了,你在位上,你会救我吗?你恐怕也不会,你保险也是盼我快死,好了却你的一桩心病。如今咱俩已结下如此深仇,我要再让你活了下来,不是给我自己找麻烦吗?不是想找死吗?你过去不是给我说过多回'无毒不丈夫'嘛,我今天只有照你说的话做,毒一回了!我记得你还给我说过'搞政治不能心慈手软',说过'慈不掌兵',这话都说得好呵!你如今心里应该明白:你必须死!你死了,咱们撤兵丢城的事才算完结,上峰和老百姓们才不会再追究;你死了,我心里才算踏实,我早看出你想取代我了。所以你也不必再恳求我了,怎么恳求也不会有用,这是需要,历史需要今天死个人,这个人就是你了!除了不死这条要求我不答应之外,你再提其他任何要求我都应允,你不必担心你的父母,我会每月都给他们送一些钱去,保证他们衣食无忧;你也不必担心你的儿女,我会照护他们长大成人;你不必担心你的后事处理,我会交待人给你造一座大大的墓塚安放你的遗骨。你看你还有啥要求,说出来就成——"

"栗温保——我日你亲姐——"肖四猛地站起来吼,但手铐和脚镣使他又跌倒在地,"我恨不得掐死你,咬死你——"

栗温保带着笑意退了一步:"消消气,我给你带了酒菜馒头来,你饱吃一顿再走!"说毕,转身拉开门朝走廊上一招手,一个士兵端了一托盘酒菜进了来。

"滚,爷们不吃!端回去给你爹、给你妈吃吧,栗温保,你这个狼心狗肺的杂种!我日你亲妈、日你亲闺女、日你们栗家满门女人!"肖四边骂边用手把托盘上的酒菜拨拉到了地上。

"也罢,既是你不愿吃也就算了,反正我的心意到了。"栗温保一边说一边又朝走廊上招了招手,这次进来的是三个体魄强健的卫兵,一个手里端了一碗中药,另外两个手里拿了钳子、细铁条、铁钉、锤子等物件。

正在怒骂的肖四见状不由一愣,住了口。

栗温保还是以不紧不慢的语调说道:"待一会儿拉你去刑场时,你肯定还要骂我,我既是还要当这个副司令在人世上混下去,总让你这样骂不好,所以我就想了两个法子,一个是在你舌头上砸一个小小的钉子,你看,就这样长!"他伸手在一个卫兵的手中拿过一个铁钉在肖四眼前晃了晃。"这个法子多少有点残忍,但比较容易奏效,你可能会说我不张嘴不伸舌头不让你们钉,可他们已经带了些工具来,我想钉上去的法子总是有的!"他边说边指了一下卫兵手上的铁条、钳子和锤子。

"栗温保——你的心可真毒——"

栗温保依旧微笑着摇摇头打断肖四的怒骂说:"先别发火,听我把话说完。说实在的,用这个法子我真有些于心不忍,毕竟那会使你太痛苦,会使你口中流不少血,因此我倾向于用第二个法子,这个法子嘛,就是让你喝一碗汤药,"他说着指了一下另一个卫兵手中捧着的药碗,"这汤药不会让你别处难受,只会使你嗓子失音。这两个法子任你选择一个,用前者不用后者,用后者不用前者,你看咋着办好?"

肖四原本就喷火的双眸里又浮上了无量的惊愕。

"我给你一分钟的时间思考,一分钟后如果你不开口或仍旧叫骂,我就视为你选择了第一个办法!"栗温保平心静气地说罢之后抬腕去看手表。

肖四直直地盯视着栗温保那张满是红光、油光的脸,他似乎想把目光中全部的愤怒和气恨都变成钉子,一齐砸进那张脸上去。"把药端给我!"他极慢极慢地说。

栗温保闻言从手表上抬起了目光,不易察觉地笑了笑:"好,这样我们两个心里都好受些。"

"栗温保,老天爷会看见你怎样做人,你会不得好死的!"肖四一字一顿地说罢,捧起碗扬脖喝了下去,最后一口药他喝进嘴里之后,又噗一声全吐到了栗温保脸上。

栗温保没有生气,只是掏出手帕一下一下擦净,这才边转身往外走边平静地说一句:"咱们待一会儿见。"

肖四盯着栗温保的背影又猛地张口叫了起来,那肯定又是一串怒骂,可惜竟无一丝声音出来,他始而一怔,继而颓然地抱住了头……

一阵徐缓的脚步声打断了他绝望而纷乱的思绪,他抬起眼时,竟意外地看见两个和尚站在身边。

"俺们是水濂寺在此化斋的出家人,栗司令派人找到俺们,要

· 9 ·

俺们陪伴你度过去刑场前的这段时辰,俺们理当应允栗司令这种良善的请求,因为普度众生是吾等的责任。俺们当然理解你此刻心中的痛苦,留恋生命是人类的通病,俺们虽不能用话语解除你的苦痛,但我们可以赠给你一块木板,你看了以后可能会体悟到一些东西从而由痛苦中解脱出来。"一个瘦高的和尚边说边从破旧的袈裟里摸出一块四寸见方的木板放到肖四手上。肖四默然看定那块被和尚的双手触摸得光滑异常透着黑红的木板,木板的正反两面除了刻有一个图案▦之外,并无任何字迹和别的东西。

"这木板并不是我们佛家的用物,它是我们的师傅慧通法师当年云游桐柏山时在一个山凹凹里拣到的。慧通法师那次经过那个寂无人迹的山凹时,猛然见到有一道亮光一闪,亮光过后他便看见地上扔着这块木板,他拣起后觉得稀罕就带回了寺院。寺院里的僧众看了这木板上的图案都觉得奇怪,对它的含义做了各种各样的猜测,其中有一个猜测为大多数人认可,不知你愿不愿听听?"

肖四的双眼里浮出询问的神色。

"这个猜测认为,这图案的中间横竖线相交的部分,代表我们活着的这个实实在在的阳世人间,而图案四周的空白处,则是代表我们看不见摸不着不知道有些啥东西组成的阴间。我们通过图案可以看明白,不管一个人在阳间站在哪一个位置上,他其实离阴间都不远,四面八方都有路把阴间和他相连,不论他向哪一个方向行进,他最终都要抵达阴间。这图案极可能是奉劝世人,身在阳世要事事想开,不管是胜利还是失败,不管是失去还是获得,不管是高贵还是贫贱,不管你站在阳世的哪一个地方,大家最终都要进入另一个虚无世界,一切东西对于人都没有永久意义……"

肖四边听边凝眸望着那个木板,忽然间记起好像在哪里见过这个图案。让我想想!想想!我是见过,见过的!噢,对了,是在尚吉利织丝厂老板尚达志家的院子里,他们家院子里竖着一块石头,那石头上也刻着这样一个图案。那石头肯定是尚家的先辈人竖的,尚家的先辈人在石头上刻那个图案的目的,难道也如这和尚所说,是因为……

"也就是因为有这样一个猜测,所以逢了我等出寺云游化斋,慧通法师便把这木板交我们带上,好劝解那些——"

和尚的话语被由远而近的行刑队的整齐步伐一下一下切成了碎片……

行刑的过程很顺利。战区长官部的军法官们原以为肖四临刑前会再喊冤枉什么的,可他自始至终都紧闭双唇不吭一声。那天围观的人不少,人们似乎把宛城沦陷时受的苦难全算在了肖四身上,谁也没对他露出同情的目光。行刑队员们的枪法不错,三个人同时扣动扳机,三发子弹同时准确地击进肖四的脑袋,胆大的定睛看的人能注意到肖四的脑袋像被木棒捶击的西瓜一样粉碎了,碎片和着脑浆成抛物状向四下里飞溅。

枪响过后栗温保彻底地松了一口气。他正准备转身对军法官们说声"请回吧"时,忽然看见几条狗从围观的人群中冲出,蹦跳着直奔肖四的尸体,望着狗们争相撕咬肖四尸体的情状,他的轻松心情突然间没了,他不由得打了一个寒噤……

2

　　家养的黄猫扑向那只灰色的幼鼠时虽然响动不大,可还是把达志从睡梦中弄醒了。达志如今的睡眠,已经不起任何响声的折腾。他睁开眼隔着窗格向外看了看,估摸时辰已近五更,就轻轻披衣坐了起来,先看看睡在旁边的孙子小昌盛,给他掖掖被子,后去看睡在另一张床上的儿子立世。

　　立世还在酣睡中。立世身上的伤口才刚刚愈合不久。日军陷城那天,立世从地洞出去不久,就有枪响和他倒地的声音,达志当时以为儿子死了,事后才知道,日军的两颗子弹都偏离了他们想要瞄准的部位,一颗打在立世的左臂上一颗打在他的右腿上。他那刻忍痛向远处爬了一段路,为的是不暴露家里的地洞口,后来就昏了过去,是第一批反击进城的中国部队救护人员将他救起。

　　"妈……"小昌盛含混地嘟囔一声,翻了个身又沉沉睡去。达志听了孙子这声梦中的喊叫,心不由一抽搐,立时又想起了儿媳容容的惨死,胸中顷刻起了一股火烧火燎的疼痛。

　　自从容容死后,小昌盛每晚都跟爷爷睡。

　　日本兵,我和你们有不共戴天之仇！我一个织丝绸的不会拿枪杀你们,但我会诅咒！你们不会有好下场的,不会的！

　　咯崩崩。立世在对面的床上又咬起了牙。这些日子立世睡着了总是咯崩崩咬牙。达志一开始很为儿子的这种变化吃惊,曾去安泰堂请教那里的大夫,大夫说这是梦境中的一种下意识行为,人饥饿时和仇恨时往往会做一些导致咬牙的梦。达志这才放下了心。看来,立世是又做了什么可怕的梦。这孩子平时言语本来就不多,自从容容去世后,说话更是少得可怜。达志知道他是把所有的仇恨和伤痛都压在了心中。

远处传来了一声最早的鸡啼,已养成鸡鸣即起习惯的达志立刻动手穿衣。他穿衣的声响惊动了立世,立世停止了咬牙,一霎之后,也坐起了身。

"你的身子还需要养息,多睡一会儿吧。"达志对儿子说。立世唔了一声,却也在动手穿衣了。

这是晨读背书的时候,要是容容在世,达志早喊叫昌盛起床背书了,可此刻达志几次张嘴要喊,一见孙子那一副酣睡的模样,又有些不忍了。他拉开门出去看了一霎晨星闪烁的天空,咬了咬牙,又进屋拍醒了昌盛。

看着小孙子迷迷瞪瞪从被窝里坐起的样子,达志真有些心疼。自打这孩子没了娘后,他觉得自己的心有些变软了。"爷爷,鸡叫了么?"小昌盛边找自己的衣服边问。

"叫了,昌盛,还想睡么?"

"想。"小昌盛大约从爷爷话中听出了点可以应允的意思,立刻扔下手中的衣服又钻进了被窝。

达志摇了摇头,为了尚家丝织业日后的发达,不能让后代养成赖床的习惯。"起来吧,昌盛,该背书了。"达志让自己的心变硬,再次拍了拍孙子。

几分钟后,爷孙俩就站在了后院的那棵老桑树下。达志一边听着昌盛背书,一边看着儿子立世拎一个柳条筐向前院走去,他知道立世这是去清理被炸塌的机房,急忙叮嘱了一句:"悠着点干,你的身子还虚!"

"爷爷,我们还会把房子再盖起来,摆上织机织绸子么?"昌盛这当儿扭了头问。

"会的!"

"要是日本兵再来呢?"

达志脸上的笑意突然间僵住:他们还会再来?他还从没有去想这个,他徐徐吸了一口冷气又缓缓将它吐出,目光在满院的瓦砾上游弋,最后停在了前院里老辈人竖着的那块石头上。这一刻,他忽然觉得那石头上刻着的那个图案▦,极像是中国这片布满河流、道路和田畴的国土。先辈人竖这块石头的目的,是不是为了提醒后人:你们稍不留意,来自异域的人就会把这国土夺一片走?!……

小昌盛在越来越亮的晨光里看见爷爷的脸阴沉下来,急忙又扭头去背:"自唐武德八年始,吾南阳尚家从丝绸织造,迄今已千三百一十六年,绩煌煌……"

吃早饭的时候,绫绫拉着她的女儿——三岁的月儿回来了。离门口还有几丈远,绫绫就喊着:"爹,我给你们烙了饼,还热着哩。"进屋就把手中的竹筛朝饭桌上一放,伸手揭开饼上盖着的毛巾,给爹、哥和侄儿昌盛一人掰了一块。

"昌盛,姑烙的饼香么?"绫绫笑望着大口咀嚼的侄儿问。

"香……"昌盛的回答被急切的吞咽打断。爷爷和爹做饭的手艺都不行,每次姑姑送来的吃食都令他食欲大增。

"表哥,别吃得太快,吃快了会噎住。"小小的月儿在旁边提醒着昌盛。

这话惹得绫绫爆发了一阵大笑。绫绫现在的笑声比过去多了。上次日军轰炸时她的丈夫、公公被当场炸死,婆母被炸成重伤,前不久也因伤重感染而去世了。婆家三口人的亡故自然让她伤心了一阵子,可当童养媳的那些年月里同这家人所结的怨愤,很快帮助她从伤心中解脱了出来。如今,她一个人带着女儿过活,日子虽然艰难点,倒也感到自由自在。

"绫绫,把剩下的饼给东院你卓伯伯和雅娴婶子送去,让他们尝尝。"达志这时对女儿交待。绫绫说:"我预先就给卓伯和婶子准备了一份。"说罢,把给爹、哥和昌盛的饼放到他们手上,就端着竹筛去了。这些日子,绫绫常去卓伯伯家坐坐,她知道父亲与卓伯伯的情谊,也知道嫂子容容的惨死对卓家两位老人的打击是何等沉重,她觉得她应该常去给他们点安慰。

绫绫从卓家回来时,低了声对达志说:"卓伯还没起床,我喊开门,婶子出来时眼红肿着,我问卓伯咋还没起来,婶说卓伯昨夜里又想起了容容,在床上呆坐了一夜,天亮时刚睡下。"

达志闻言叹口气,把饭碗也放下了。他知道卓远把独生女儿容容一直视为掌上明珠,真真是含到嘴里都怕化了。容容惨死后卓远虽从未对达志说什么,但达志明白卓远的心里会是多苦。达志如今心里的难受是双重的,既为失去儿媳难受,也为对不起卓远夫妇难受。"绫儿,爹有桩事想和你商量。"半晌后达志开口说。

"啥?"绫绫对爹的语气的郑重有些诧异。

"你卓伯和婶子总这样想容容,时间久了要伤身子,可他们就两个人过日子,又没有第三个人同他们说话散心,两人对坐那儿就免不了要说到想到容容。你卓伯和婶子都是好人,除了和咱们是亲戚之外,世代的交谊更深,咱不能看着不管,因此我想让你带着小月住过去,帮助照料他们的生活,岔开他们对容容的思念,做一个女儿该做的事,行吗?反正你和小月在那边过日子也太孤单。"

"爹,那你这边——"

"我有你哥和昌盛在身边,能过,你不用操心我。"

"那好吧,我听爹的。"

达志见女儿点了头,就抱过小月,先自在头前走了。三个人进了卓家,见卓远夫妇对坐在饭桌边,摆在桌上的饭一动没动。

"卓远哥、嫂子,绫儿带着孩子过日子,也孤单,我想让她来跟你们住一起,给你们做女儿,行吗?"达志先开口。

卓远和妻子闻言都一怔,一时不知该怎么说。

"绫儿,给你卓伯和婶子跪下,从今往后,他们就是你的爹和娘!你要为他们养老送终,做一个女儿该做的事,尽一个女儿应尽的心!"达志话还未说完,绫绫就噗嗵一声朝卓远夫妇跪下了双膝,颤了声说:"你们二老就把我看作容容……"

卓远直直地盯着绫绫看,半晌之后,才抖颤着伸出手,一把揽过绫绫的头,让两颗巨大的泪珠砸上了绫绫的头顶……

3

云纬在那个秋雨淅沥的下午回想老黑染病的经过,认定老黑得病是吃了过量的蝗虫油所致。用蝗虫榨油是今年才有的新事情。入秋以后,西峡、内乡境突起蝗灾,蝗虫飞则蔽日,落则盖地,所过之处,庄稼、树叶、草梗全被吃光。这场灾害不断东移,抵达南阳城西一带乡村时虽已是强弩之末,但蝗虫的数量仍多得惊人。被蝗虫吃掉庄稼的农人们无奈中愤而去吃蝗虫,人们把蝗虫用火一烤或放在锅中用盐水一焯,尔后咯吱咯吱地吃进肚里,既泄了一份愤恨也耐了饥。南阳县人于锦江由人们吃蝗虫想到母蝗虫肚里黄澄澄的油脂,顿时起了用蝗虫榨制食油的念头。他遂做试验,最后竟至成功,用四斤蝗虫可榨一斤油,油渣还可肥田。这消息传到百里奚村老黑耳朵里时很令他欢喜。蝗虫极需扑灭,芝麻油、花生油、豆油、棉油又都难买起,如今能榨出食用蝗虫油可真是一举两得。他于是和承达一起去自家的地里捕捉蝗虫,没有两天工夫,就捉了半麻袋,背到于锦江的蝗虫油坊里榨了六斤多油。老黑留下二斤给油坊主人以抵工费,剩余的用坛子提了回来。

那天晚饭时老黑亲自动手用蝗虫油炸野菜饼子,决心让全家人痛痛快快吃个饱。——因为灾害连连也因为打游击的承银不时要回来拿点钱用还因为上边催要的捐税太重,全家人许久没有吃过油炸的东西了。可饼子炸出之后,云纬只吃了一口就急忙摇头说我吃不了这个味,改吃了午饭时剩下的野菜窝头。承达一开始时还吃得挺香,到吃第二个饼时却忽然哇的一声呕开了,把吃进去的又吐了出来。老黑问咋着回事,承达说我猛然想起榨油时并没把蝗虫肚里的屎取出来,这油里肯定有不少蝗虫屎!老黑笑了,老黑说看来你娘俩没有享福的命,蝗虫是吃庄稼长大的,肚里的屎也脏不到哪里去,吃时不要乱想,只管香香地嚼了咽进去就是。

接下来老黑开始大吃。平日里吃饭,老黑总是先让云纬、承达吃饱,最后剩多少自己吃多少,很少放开肚子,今天晚上他破了例,心想反正这油来得也容易。

老黑吃得连打饱嗝心满意足。未料后半夜他先是开始拉稀后是开始呕吐,到天亮时竟已拉了十几次吐了七八回。云纬见状急忙去请郎中,郎中来看了后一边开药一边说:别人吃了蝗虫油并没这种反应,是不是你们逮的蝗虫有问题。有气无力的老黑摇着头说:"都是一样的蝗虫。"

老黑的吐和泻是第二天傍晚时分止住的。但年龄已高平日身体并不好的他怎经得起如此一场折腾?从此他开始卧床,而且生出了一个不停打嗝的毛病,又过了一段日子,他说他觉着肚里有个疙瘩,云纬请来郎中一摸,也点头说是个疙瘩。从此老黑越发消瘦起来。

云纬对老黑虽然说不上有爱情,但这些年来相依为命过日子,依恋之情是有的。她宁肯借钱也坚持为老黑治病,在生活上尽心尽意照顾他,生着法子为他做点好吃的。老黑知道自己的家底,估摸着家里不多的一点积蓄早被自己抖搂光了。不能再这样拖累下去,不然,自己蹬腿之后,他们母子该要卖房卖地了。我老黑生时没给他们母子俩留下像样的家产,死时可不能再留一堆债务。老黑这样想罢,就对云纬说自己不想再吃药了,云纬哪能应允,只管又买了药,可把药煎好后,老黑执意不喝,只说这汤药喝够了,想停停。

村里人对老黑的病日渐见重有多种说法,有说他可能原本肚里就有病,蝗虫油只是这病发作的诱因;有说他捉的蝗虫是闷死之后才送去油坊的,榨出的油可能已经变质;还有的说,八成是老黑去榨油时恰好让蝗虫仙子撞见,一怒之下降了罪于他,给蝗虫仙子烧烧香兴许还有救。云纬听了后一种说法后,为了去去心病,还特意去当初老黑和承达捕捉蝗虫的地里,烧了香,焚了纸,叩了头。

可老黑的病丝毫未见减轻……

老黑是在一个阴云猖狂的早晨咽气的。当霞光万道的东天被阴云肆意涂抹成一片灰暗时,老黑平静地闭上了他那双单眼皮的不大而和善的眼睛。其时,他正赤身躺在云纬的怀里。

后半夜里,这两天一直沉入昏睡的老黑忽然睁眼对守坐在床头打盹的云纬说:"我刚刚在梦中看见一个穿黑衣的人向我招手,说你们看的这一场戏散了,出去吧。我估摸我这是要被拉走了,有两桩事想跟你说一说。"云纬摇摇头:"有啥事你只管交待,但梦里的事咋能去信?"老黑却只顺了自己的思路说:"第一桩事,我死后你见了尚达志,告诉他我从来没亏待过他的儿子。""尚达志的儿子,谁?"云纬一听这话,滞留的睡意一下子被吓得飞走。老黑吃力地一笑,说:"我啥都知道。"云纬本能地掩饰:"啥,你知道啥?你说的是昏话吧?"老黑缓缓抓起云纬的一只手捏了捏:"我脸黑,可心不傻,我算过承达出生的时间;你当初去达志家时,我曾悄悄跟在你的后边,我啥都看得明白,我也懂承达这名字的意思。"血涌到了云纬的脸上,她根本没想到她一直小心对老黑保存的秘密对方竟然早知道,她起初还想再作辩解,后来想到对一个离死期很近的人继续撒谎有些太残忍,也就掐死了这个念头。

"我说出这桩事并不是要责怪你,只是想让你转告达志知道,我对他的儿子问心无愧。"

云纬嘴张了张,却一时找不出该说的话。这一霎,她忽然想起多年前的那个下午,老黑领着承达去村里借东西,达志刚好来访,后来承达一个人跑进屋,她见状急忙催达志走,随后她在屋后看见老黑双手抱头蹲在一棵枣树下边,当时他说他是打个盹,其实他是在避开三人相见的场面,天呵,他心里也苦……

"我这辈子有和你在一块的这段日子,是真活得值了。"老黑的声音在逐渐弱下去,"你给我的好处,我只有下辈子再报答。"

云纬无话,只一手轻抚着老黑的头,她担心她一说话眼中的泪就会流下来。

"我死后,你就带着承达早点到达志那边吧,"老黑的声音越来越低,"第二桩事,我听人说,男人临死时光身子躺在老婆怀里咽气,下辈子托生成男人就不会单身过日子,你能不能让我光身子睡你怀里,你害怕我在你怀里咽气吗?"

"不,不害怕……"云纬急忙摇头,像是为了证明自己说的是真的,她急忙脱了裤子钻进老黑的被窝,横抱起老黑那瘦得像一段枯木样的赤裸的身子。随后又解开上衣,让老黑像孩子一样地把头靠在她的胸口。

老黑的脸上漾出一丝满足的笑意,这股笑意一直留在他的两个嘴角,直到天亮后阖上了眼睛。

老黑咽气后云纬并没有惊慌,仍如原样抱着他,直到他的身子渐渐变凉,她才把他放回被窝,自己开始穿衣服。自己穿完,她方喊过承达。承达哭了,就在承达的哭声里,云纬动手给老黑穿上了预先备好的老衣。

随后云纬开始借钱筹备葬礼,自然她最先想到了去找达志,可一想达志家也刚刚埋葬了容容,就作罢了。

第三天的黄昏时分,老黑的灵柩平安入土。送葬的人在渐起的晚风中相继离去,承达和母亲也点燃了最后一捆火纸。在焚后的纸钱灰烬四下飘飞的时候,一队挎枪的人向墓地走来。母子俩先是一怔,随后看清了是承银和他的游击队员。承银在坟前站定,先是说了一句:"爹,我回来晚了,鞭炮纸钱都没带。"随后扬起手中的驳壳枪,朝天打了三响,震耳的枪声惊得那些纸钱的灰烬像麻雀一样地向高空中乱飞……

· 20 ·

4

草绒在离儿子的书桌几步远的沙发上坐下,把《圣经》在膝头上摊开,却并没有俯首去读她原定要读的"诗篇"第五,而是把慈和的目光抚在正伏案写着什么的儿子秉正身上,让一种甜甜的自豪感糖块样的在心中化开。

我的儿子终于长大了!看看他那宽大的身架,那嘴唇上的一层茸毛毛,那两只大脚,真真是一个男子汉了!没想到他会长这么快,小秉正在怀里噙着奶头吸吮,牵着手在地上趔趄学步,跳在水盆里扑腾着洗澡的事都仿佛如在昨日,可今天竟是一个商校就要毕业的小伙子了!主呵,我知道你一直在保佑我们母子,我时时感受到你那双照拂我们的手的存在,我如今祈求你那双仁慈的手,能护佑秉正顺利走上经商之路,正正派派挣一份家产,堂堂正正做一个人……

"夫人,大门口有人找秉正少爷。"一声下人的招呼打断了草绒的思绪,这当儿秉正已应声走了出去。草绒望着儿子那颀长的背影,再一次感受到自豪的波纹在心中一圈一圈荡漾开来。

会不会是一个姑娘来找秉正?他是到了和姑娘们交往的时候了。可那姑娘漂亮吗?和我儿子来往的应该不会是长得丑的姑娘。可她的心肠好吗?我儿子愿意交往的姑娘,她的心肠一定不坏。可她信仰主吗?也许她信佛祖?她吃斋吗?——这就是我妈妈!——妈妈你好!她分明地看见儿子领着一个白衣白裙的姑娘来到了她的面前,那姑娘正含羞地向她鞠躬问候,她满足地陶醉地闭上了眼睛……

"妈,你看这个!"儿子这时进了屋,不过身后并没有跟一个白衣白裙的姑娘,儿子只是手里拿着一张纸。

"啥?"草绒眨了眨眼,把那个白衣白裙的姑娘的幻影赶走。

"表格。专员公署派人送来的,说是爹让送的,"秉正把表格递到妈的手上,"我刚才去见了爹,爹说我填了这张表后,就准备任命我当专员公署的书记官,爹说这事他费了好大气力才弄成,他说他想让我早点进入政界,日后好有个发展。"

"嘀?"草绒一向平和的脸上陡然露出了厉色。"你咋回答栗温保的?"她向来对栗温保都是直呼其名。

"我说……听爹的——"

"啪!"一个巴掌猛然落到了秉正脸上。

秉正愕然地抬头看定妈,这是他长这么大以来第一次挨母亲打。"……妈……凭啥……?"秉正委屈地问。

草绒在扬起巴掌向儿子秉正的左脸扇去的那一瞬完全忘记了主的教导。当巴掌在和儿子脸颊相撞爆出脆响之后,她才意识到她的举动与主的教导相违,才急忙在胸前划了个十字。这时儿子那白嫩的颊上已有五个鲜红的指印在飞快地显现并且越凸越高,与此同时有两串泪珠从儿子的眼中飘落而下,左颊上的那些泪珠被凸起的指印改变了流动的方向,径直流进了儿子的脖颈。

草绒感觉到心中腾窜的火苗已被儿子的泪水浇灭,原本硬起来的心正被那五个指印压得越来越软。但她咬紧了下唇不让对儿子的心疼主宰了自己,厉了声问:"我平日是咋嘱咐你的?"

"好好读书。"秉正啜嚅着答。

"还有!"

"不做官,可经商、做工,也可种田。"

"那为啥又答应了他要去当书记官?"

"爹说……荣耀……"

"肖四当年荣耀不荣耀？骑着高头大马，前呼后拥的不荣耀？可如今他在哪儿？不是让枪子把头都打烂了？"

"当了官……也可为民……造福……"

"经商就不能造福了？你把百姓们要用的物件做出来，这不就是造福了？你把百姓们急用的东西卖到他们手上，这不就是造福了？做工就不能造福了？还有种田，你把人们要吃的粮食种出来，不也是造福？干吗非要去当官不可？"

"那……依你说……咋办？"

"烧！"

"烧？"

"把它烧了！"草绒把那张表格扔到了儿子的脚下。

秉正抬脸看了妈妈一眼，怯怯地弯腰拣起，伸到了蜡烛的火苗里。顷刻间，那张纸化作了一片灰烬在屋里旋。

看见那片灰烬最终飘落到地上之后，草绒才舒了口气，换了往常柔和的声音说："去洗洗脚睡吧。"……

当秉正那轻微的鼾声飘进耳中时，草绒才又起身走进儿子的睡屋，听任自己对儿子的心疼之情在脸上显现出来。她轻轻地在床头坐下，万分痛惜地看着儿子脸颊上被自己打出的五个指印。我的孩子，原谅妈妈动手打你，你长这么大妈是第一回对你动手，妈不该这样，妈会在主面前忏悔。可你也要记住，这辈子就做平民，别进官场，妈盼着你一生不遇太大的风浪，盼着你正正派派做人，盼着你在主面前永远良心无愧……

栗温保，你害了我还嫌不够，还要来害我的儿子？！要让我的儿子进官场，你休想！……

每次理完发，栗温保都要在理发椅上仰躺下来，在理发师的例行按摩中假寐一阵。他觉得这是一种放松身体歇息养神的好法子。今儿个,脸刮完之后,他依旧是一边听任那双小手做例行的按摩,一边将双眼缓缓闭了。

栗温保早先理发并不讲究,而且一向把理发叫做剃头。每逢胡子头发长了之后,他总是叫护兵上街随便找个剃头匠——当然要手艺好的,来用温水把头脸洗过,用剃刀噌噌地刮个精光就成。而且他也很少照镜子,剃头匠剃完,他伸手摸一摸光光的脑袋和下巴,点点头说声"行",就罢了。他把"剃头"改成"理发"真正讲究起来是在做了副司令之后。有一次他去开封开会,进了会场脱了军帽之后,他发现光头者就自己一个,其余的都是头发梳得有模有样;而且他注意到在会场上倒茶递毛巾的小姐们总把目光往那些头发梳得有模有样的家伙们身上瞅,绝少来看自己。这才使他意识到当了官对头发也该有所讲究。后来他就开始常去南阳城里有名的"雅舒发室"理发了。"雅舒发室"名气大但店不大,理发师只有父女两个,男客去了父亲动手,女客去了女儿剪头。栗温保的发型是老理发师精心设计的,栗温保很满意。有一次栗温保去理发时,恰逢老理发师有病,做女儿的就替父亲为栗温保理了发,这一理栗温保发现姑娘的手艺并不亚于她的父亲,心中很是高兴。一个妙龄姑娘的两只小手在自己头上、脸上触摸总比一双老年男子的手触摸起来舒服,遂就说定让姑娘每月来栗府两次,专为栗温保理发,付钱也比往日高出两倍。老理发师虽有些不愿女儿只身出门,但也终未敢言明,只嘱咐女儿理发时小心,别惹栗司令生气。

要在往日,要不了几分钟工夫,栗温保就能在姑娘的理后按摩中打起呼噜——姑娘的理后按摩手艺也得自父亲的真传,能很快让人筋松骨软神安气闲。而只要他打起了呼噜,姑娘就可以收起工具轻步走了。可今儿个有些反常,栗温保在理发椅上不停地变换躺姿,时不时还会莫名其妙抬手狠拍一下理发椅,使得那姑娘不明所以很有些心惊胆战。

栗温保是在生气,不过不是在生理发女的气,而是在生肖四余党的气。三天前,栗温保在队伍里清洗掉了肖四的最后一批亲信——斩草务必除根,这一点栗温保十分明白。在勒令肖四的那批亲信脱下军装离队回乡后,栗温保听说其中有人冷笑着叫:这笔账咱们十年以后再算!这句话让栗温保气了许久也惊了许久。十年之后再算账?怎么算?趁我年龄大时把我的权夺在他们手中?一个掌权者在年龄大了之后总要交出权力,权交错了人可会惹出祸患!我的权力将来会落在谁的手里?交给我的新副手?他如今跟我一心,将来会不会变?他内心里对我如此处置肖四和肖四的亲信有无反感?他一旦得了权之后对我变脸了咋办?

栗温保就是在这种思考下决定让儿子秉正进入政界。他打算先让儿子在公署机关干两年,了解一点政权机关行使权力的过程,尔后再让他来到自己身边,逐步委以职务,直到自己老了之后把权力全部交给他。这个世界上只有把权力交给儿子才算保险,过去的皇帝们不都是这样做的?

我的儿子只要接过了我的权,谁还敢对我栗温保说长道短?权力只有世袭才能保证旧案不反复,社会不动荡!"你说,是吗?"栗温保突然抓住了理发女正在按摩他额头的手。

那姑娘被这突然的问话和举动吓得浑身一颤,两只乌亮的眸子惶惶地瞪大了。"哈哈哈。"栗温保朝姑娘笑了,"你这副吃惊的模样倒是耐看,瞧这两只眼,瞪大了可真是让人喜欢,这儿也在发颤,它们也害怕吗?"他伸手隔着衣服拨拉了一下姑娘饱满颤抖的双乳。"栗司令——"姑娘吓得后退了一步。

"退啥子?我又不会吃了你,"栗温保笑得越发可亲,"我只是想看看它们害怕起来是啥子模样,来!"边说边一下子掀开了姑娘的衣襟,凑近眼去看雪白的胸脯上那两个依然在颤的美丽的奶子。

姑娘像待宰的羔羊一样闭上了眼,与此同时有泪珠在她羞红了的脸上晃荡。

"我们应该让一切敢于反对我们的人像它俩一样,不停地发颤！只有这样,我们才安全!"栗温保对着那两个仍然颤抖不止的雪白奶子狠狠自语。恰在这时,一阵急急的脚步声响到了门口,栗温保抬头一看,不由一怔:是草绒!

"看来我来得不是时候!"草绒冷冷地边说边在胸前画了一个十字。

"不,不,你误会了,我是在理发。"栗温保尴尬地笑了一声。

"理发还需要看人家姑娘的奶子?"草绒的话语像刚刚磨过的刀一样砍过来。那位姑娘此时已抹着眼泪出了门。

"哈哈,你来是有事?"栗温保躲过草绒话语的利刃笑问。

"当然有事!"草绒闭了闭眼,似乎在积聚说话的力气,"我来是要告诉你,别打我儿子的主意,别把他往官场上推,他不是一个当官的料!"

栗温保笑了:"干啥都是学了才会嘛,我当初会当官？如今不也学会了？我现在先让他到专员公署,就是为了锻炼他,我早晚会把他培养成一个合格的官！我所以让他出来做官,也是为了咱栗家考虑,人常说进山打猎最好是父子,有难时彼此可以拼力相救；这当官掌权也有点像打猎,父权传子才好让人放心。历朝历代,当官的儿子有几个不是做官的？再说,在咱中国,一个人也只有做了官才活得扬眉吐气,这你还不懂？"

"你可以让你的紫燕生的女儿当官,但我的儿子不行！你如果执意逼迫我们,我娘俩就走！"

"走？上哪儿?"栗温保一愣。

"去到主的身边！哎,你看见了吧？这是砒霜,你要是再逼俺娘俩,俺们就喝了这个！秉正是我从主那儿领来的,我有权把他再领回去!"

"你?!"栗温保骇得瞪大了眼。

草绒头也不回地走了出去……

· 26 ·

5

"爷爷,爷爷,妈妈让你把这碗里的东西先吃了。"卓远起床刚洗漱完,月儿就两只小手捧了个碗,努着嘴小小心心地由厨房那边走来,边走边喊。卓远闻声急忙起身去院里接了月儿手中的碗。——这是一小碗米酒荷包蛋,是绫绫为了补养卓远虚弱的身子,每天早晨特意做的。

"月儿,来,咱爷孙俩一块吃。"卓远在椅子上坐了,用筷子敲了敲碗,示意月儿来到身边。

月儿一边用衣袖去抹鼻尖上细碎的汗珠一边摇头:"不,俺不吃,妈说你瘦,让你吃了好胖起来;妈说你要吃不完了让奶奶吃,奶奶身子也弱。"卓远心中一热。绫绫真是个好心肠的闺女,她带了月儿来住下之后,真是尽心尽意地照料着自己和雅娴,就是容容在世,也只能是这样了。这个原先枯寂的小院,因了这母女的到来,才算又有了生气。

卓远喝了两口米酒,故意皱了下眉头,用筷子挑了一块鸡蛋说:"月儿,我觉着有些苦,你来尝尝是不是苦的。"

"苦么?妈说她放了糖的。"月儿不知是计,就上前张开小嘴吃了那筷鸡蛋,咽进肚里之后才又诧异着叫:"爷爷,是甜的呀!"

"真甜么?你再吃一筷尝尝!"卓远又慈爱地挑起一块鸡蛋。月儿张嘴刚吃进口中,看见奶奶从里间出来,急忙红了小脸向雅娴解释:"奶奶,是爷爷让我尝尝苦不苦的,不是我嘴馋要吃,我不是

· 27 ·

馋猫!"

卓远和雅娴一齐嘁嘁笑了,雅娴边笑边俯身亲了亲月儿的脸蛋说:"俺月儿当然不是馋猫!俺月儿是最懂事的孩子。"

绫绫和月儿没来的那段日子,卓远两口子上午不是蒙头昏睡就是相对呆坐。可如今只要一吃过早饭,月儿就会按妈妈的嘱咐,先拉上爷爷让他到书房写字;再扯住奶奶的手说要看她画画。这样,老两口的生活又渐渐回复了旧日的模样。前天,卓远已开始找人商谈五中校舍的重建和《宛南时报》的复刊事宜,他那被痛苦压下的精神活力又开始勃发了出来。

今天刚吃过早饭,卓远就进了书房,同《宛南时报》社来的一个年轻小伙商量着什么事情。绫绫进去给他们倒茶时,卓远给绫绫介绍说这是范炯,是他过去的学生也是眼下报社的编辑。绫绫含笑朝那年轻人点点头就准备退出来,不想那年轻人忽然很直率地开口说:"绫绫,我得麻烦你一桩事,帮我缝一个信插,就是找一块旧布料,在上边缝两排口袋,我好把下边寄来的稿件分门别类地放起来,好吗?"绫绫急忙点头应道:"好。"绫绫应了之后就去找布料忙活,到晌午时分那范炯要走时,绫绫便把缝好的信插交到了他手上。范炯原是个心直口快喜怒形之于色的人,一看那信插缝得很合他的心意,顿时就抓住绫绫的手连连摇着说:"谢谢你,谢谢你!"把绫绫羞得脸都红透了。站在一旁的卓远看见这情景,眼睛忽然一亮,脸上闪过了一个猛然生出什么好主意的笑纹。

那天晚上月儿睡下之后,绫绫过来给两个老人抻被铺床时,卓远蓦然说:"绫绫,你和月儿来住下之后,我和你婶子心里得了很大安慰。可我和你婶子想,我们这两个老人加上月儿,让你一个人照料,日子久了你会受不了的,咱这家里还该再添一个人。"

"添一个人,谁?"绫绫诧异着问。

"一个小伙。"

绫绫有些听明白了话音,脸慢慢红了。

"你还年轻,应该再找个人过正常的生活。"

"伯……"绫绫的头垂低了。

雅娴轻轻拍了拍绫绫的肩头,充满爱意地说:"我和你伯商量,想招一个上门女婿,当然,这人必须是由你看中的,我们只当参谋。"

"可我……有月儿……谁会……"

"孩子,要有获得幸福的信心。你觉得今日头晌你见过的那个范炯人咋样?"卓远笑问。

"我……"绫绫的头垂得更低了。

"范炯那小伙有才气,心地也不错,只是因为家穷,三十来岁一直没有成婚。我想给你们介绍一下,当然最后要由你拿主意。我和你婶子知道你过去的婚姻并不美满,你有理由慎重。你愿意让我去给范炯说说这事么?"

绫绫没有说话,只是低了头用手去搓自己的衣角。

"绫绫,你要是不好意思说出口,就把手放到你婶子手里,同意了,就捏一下她的大拇指;不同意了,就不捏。"

绫绫闻言,把手在雅娴婶子手中放了一下就跑了出去。

"捏了?"

"捏了!"

夫妇两个无声地笑了……

6

整整两个月之后,尚吉利织丝厂的废墟才算清理出来。以尚达志的想法,自然是要全面重建,把厂子再恢复到原来的模样。但常看报纸留意时局变化的立世以为,现在东边北边都有日本兵,说不定他们什么时候还会打来,万一厂房盖起后再来一次大轰炸不就糟了?达志觉着儿子的担忧有道理;再想想如今兵荒马乱,养蚕和缫丝的人少,真要大规模开工,原料也成困难。后就在原来厂房的地基上盖了四间简易工房,从地洞里搬出了两台机动织机,雇了两个织工,预备先小规模开工,若时局好转再扩大生产。

织机是在一个红霞初绽的清晨轰响起来的。那粗犷的响声顺着到处是断垣残壁的世景街向远处滚动,差不多惊醒了整条街上尚在沉睡的人们。这响声给这座遍体鳞伤的古城添了些许生气,也给尚达志那颗满是刀痕的心送去了一丝安慰。总算又开工了,总算又出绸缎了,爹爹,爷爷,先祖先宗们,尚家的这份祖业不会断掉,我还会让它发达起来的,会的!容容,我的好孩子,你用性命保住了尚家的这份家业,尚家世代人会记住你!我要给你立一个牌位,我要让后代人都知道,没有你,我们的这份祖业就可能被日本兵全都毁掉!日本兵,我操你们八代祖宗!八代!我尚家全家人将天天诅咒你们!一个人作恶会得恶报,一个国家作恶也会得恶报的,会的!但愿你们也有被别国占领的一天,但愿……

由于战争的爆发和延续,商店里久已不摆绸缎了,所以尚吉利织丝厂新出的绸缎销路还行。每天,都有绸庄商人和上流社会的太太小姐们上门来购。出产和卖出的数量虽然都不大,但旧日尚家门前的热闹,总算又多少回来了一点。

开工半月后的一个后晌,达志去一家马车行商量雇车去南召买丝,走到世景街西头的一处不大的菜市场时,忽然听见两个女人正为买卖鸡蛋讨价还价,其中卖者的声音令他一愣:云纬?循声看去,果然是云纬。只见她蹲在地上,面前摊放着一方蓝布手巾,手巾上只放着六七个鸡蛋和几个箱子上钉的铜搭扣,正向一个买鸡蛋的中年妇女叹息着说:"大妹子,你也看见了,我要是手上宽绰,也不会只拿着这六七个鸡蛋和木箱上的铜搭扣来卖了,实在是等着换点钱好买点红薯干填肚子,你就别再往下压价了,全当是帮我一个乡下人的忙——"云纬话到此处突然噤口,她看见了走到身边的尚达志,青黄的颊上顿时泅出了一片血色。

达志什么也没说,只是蹲下身子,轻轻伸手把摆放在蓝布手巾上的鸡蛋和铜搭扣重又包起,尔后默默伸臂搀起了云纬。

"咋,不卖了?"那个中年妇女问。

达志无言地摇了摇头,扶着云纬径往尚吉利织丝厂的方向走,两个人的脚步声在半街的阳光里踢踢踏踏地响。直到走出很远之后,达志才低低地开口:"原谅我因为忙开工,一直没去看你,可你有了难处该来找我的。""你家里不是也有灾难?再说,你还要办厂。"云纬喘息起来,"你得让我走慢点。"

达志放慢了脚步,他看了一下云纬直冒虚汗的脸,估计她没吃晌午饭。"老黑和孩子在家?"

"老黑死了。"

"哦?"达志停了一霎,再走时一直没有开口,他一时不知该说点什么才好。

进了自家屋子,达志先去灶屋给云纬下了一碗鸡蛋面条。饭端过来,云纬也没有客气,捧碗就吃起来。

云纬也显老了。看她的鬓上,也有了白发;那两个眼角,皱纹也密起来了。老天,日子过得可是真快呀!

"总看着我,是我的吃相难看吧?"云纬放下碗时,精神好多了,带了笑问。

达志摇了摇头,轻轻伸手抚着她的左鬓:"我是在看你的头发,也开始白起来了。想当初,它们可是黑亮得耀人眼睛。"说着,手已滑到了云纬脸上,深情地触摸着她那虽依旧细腻却已没了多少弹性的双颊。

云纬没动,也无话,达志这深情的声音和举动让她恍然想起了久远的过去,想起了他们最初相恋的那些日子,多少年过去了,但那些日子依旧就在眼前。——天仙我也不要!倘是云纬变了心,我就用这个腰带吊死在百里奚村边!——这不是达志那次在荆儿家说的话吗?……

屋子里很静,立世和小昌盛都在织房里,打扰他们的只有空气中飘飞的织机响声。达志的手先是移到云纬的脖子上,后来停在了她的胸口。他的手指刚想再动,不防云纬突然抬掌压住了他的手,有些惊慌地恳求:"别摸它们了,都已经瘪了,你摸住它们心里只会难受……"达志无言,手却执拗地想冲开云纬的阻拦,四只手在无声地冲推扭拉,最终还是云纬叹息了一声,停止了阻拦。达志攥住了那两个软软的乳房。是的,它们小了,瘪了,但它们给他的感觉却依旧和过去一样,让他的心感到了一阵由高空往下跳时的颤动。

"你难受了吧?"云纬的声音像风中的树叶一样抖着,"我告诉过你,你偏要——"

"云纬,"达志打断了她的话,"你这回可搬过来,我们结婚吧,我们该在一起过日子了……"

云纬什么也没说,云纬只是猛地抱住自己的头,无声地哭了……

达志执意留云纬在家吃了晚饭,饭后,又装了一袋面和几十个鸡蛋,直送到百里奚村边才往回返。

虽然夜月还未升起且小路凸凹不平,可达志往回走的脚步却迈得轻松自在,和云纬几十年的分离终已快告结束,这使他不由得把压在心中的那么多苦痛暂时推开而让一丝喜悦浮出来。

回去找机会和立世说说,让他也有个心理准备。估摸他对这事不会反对。云纬要是过来,小昌盛有人照顾,家务事也有人安排,于家于厂都有好处。只是这街坊们,怕要说一些闲话出来。——嗬,没料到尚家老掌柜的心还花着哩!——嘿,这尚老头又当新郎官了,还有那个劲头?——哟,都是有儿有孙的人了,这想女人的心还没死呐!……我不在乎,你们说吧,反正我这回是下了决心了!云纬,待我简单地筹备一下,就找辆马车去接你们母子,自然,咱们也不张扬……

达志在心里做的计划被媒婆景四奶的到来冲得歪七扭八。景四奶是在达志与云纬相见的三天后晃着两只缠得像芥菜疙瘩一样的小脚踏进尚家院子的。景四奶一进院就高腔大嗓地叫:"达志,你过来!四奶问你,你们这一家三口三个男人在一块过日子难不难?"达志有些发窘地点点头。四奶接下来就叫:"难了为啥就不找四奶我去?你年纪大了,续不续弦不打紧了;可立世还年轻着哩,你这个当爹的为啥就不操心再给他说个媳妇?如今可是民国了,总不能让立世像你一样打光棍到老吧?"达志被景四奶的这番责怪弄得有些脸红了,他忽然为自己这几天只想云纬而觉着了羞愧。是的,是该想法子给立世再续房媳妇,这样也好让立世尽快从对容容的哀思中脱出身来,这对立世的身子健康对昌盛的成长都有好处。罢,先给立世续房媳妇,待把儿媳娶来再说去接云纬的事。"四奶,我也一直在思谋这事,你有没有见到适合咱立世的人?"

"我今儿个来就是要告诉你一个喜信!可你总不能就让我站

在这院子里说吧？连个椅子也不给我搬?!"景四奶边抗议着边扭动小脚径直朝屋里走，达志急忙上前扶她坐下。

"流花街西头卖洋货的郭老大你知道吧？上回老日们飞机扔炸弹，把洋货铺子全炸了，把郭老大两口和儿子都炸死了，独独留下个刚过门不久的媳妇尤芽。那尤芽长得也是灵灵秀秀粉嘟噜噜，她娘家妈托我再给她找个人家，我想她配咱立世可不是正好？"

"只是人家愿咱立世么？咱可是有个昌盛，她愿做后娘吗？"

"这个我已经问过她了，那尤芽知道咱尚家也见过立世，她说她愿意跟立世过，说立世今后要想让她生儿女，她就再生；要不想让她再生，她就把昌盛当亲生儿子养活大。"

达志听罢心中有些高兴。立世要能续上这样一个女人倒是不错。于是就急忙去织房里喊来了立世，未料立世听四奶说完竟冷了脸一口回绝："我不想再娶女人！"达志怕四奶生气，急忙训他："你四奶也是关心你，你该——"

景四奶倒没生气，笑着对立世挥挥手说："不愿就罢了，你还去忙活吧。"待立世出门后，四奶才又开口："也难怪，立世没见过那尤芽，他心里又一直装着容容，现在一下子就让他应允是有点急了。我有个法子，你先以雇女工的名义让尤芽来家住一段日子，叫她帮助你们做饭、洗衣、擦机器，也给立世和尤芽一个接近建立情义的机会。尤芽来时我再给她做点交待，让她主动去接触立世，两个年轻男女总在一起，保准能水到渠成。那时候咱们再张罗定婚、成亲的事。这样办，也合乎眼下兴起来的新规矩，叫啥子自由去爱。"

"自由恋爱。"达志纠正道。他觉得这法子倒也值得一试，就便自己也可以看看她是不是个过日子的人。尚家可不能娶一个花钱如流水样的媳妇。遂点了头，和景四奶说好两天后让尤芽来尚吉利"做工"……

说话一向饱含水分的景四奶在介绍尤芽时破天荒地来了一次

实在,尤芽的确是个不错的女人。尚达志头一眼看见尤芽就觉得了几分满意。这尤芽论长相虽不能和容容相比,但也属于那种让人看着顺眼的漂亮闺女。从外貌上几乎看不出她曾结过婚,要不是四奶预先介绍过她的身世,把她说成一个未出门的姑娘也完全可以相信。而且勤快,啥样活都愿去干,她来的当天,做饭、洗衣、扫地,包括擦拭织机和动力机,样样就抢着去做。达志感觉出的缺点是她话多,嘴闲不住。坐下吃一顿饭就能说好多话,一会问昌盛饭烫不烫嘴,一会问达志嫌不嫌菜里放的盐多,一会给立世说吃饭慢一点的好处,一会又给昌盛解释为啥要多吃萝卜……往日尚家三口人吃饭时的那种安静被她弄得无影无踪。达志在心里说服自己不要太看重这个缺点,人嘛,谁没有个短处呢?话多不是啥大毛病,最多不过是日后爱唠叨点罢了。

对尤芽的到来,立世一开始根本没多想什么,他一向只操心着机器的运转和绸缎的织造,其他的事都交由爹去管。他完全把尤芽看成是爹又雇的一个兼做家务的女工,他留意到的只是她的勤快,觉得爹挑女工的眼力还行。

尤芽一定是记住了景四奶在她来尚家之前所做的叮嘱,所以来后便异常主动地和立世接近。立世中午、晚上在织房检修机器时,尤芽总要端一杯温开水送去;立世的衣服上稍沾一点油污,尤芽总要催他脱下洗洗;立世要出门时,尤芽早把他要带的衣物包好递到了他的手上。一个小伙不可能对一个女人的细心照拂一直无动于衷,立世不知不觉间对尤芽产生了好感。当尤芽有时询问丝绸的织造知识时,不爱说话的立世也愿意开口详细地为她讲解一番。有一天,雅娴送来了一筐红枣,立世特意拿了一把让昌盛给正在厨房忙活的尤芽送去尝尝。达志不动声色地观察着儿子和尤芽在感情上的悄然靠近,让一丝高兴默默地滋润着自己的心:也许要不了多久,这个破碎了的家庭就要先是接纳尤芽尔后迎来云纬两个女人。

一个细雨轻敲屋瓦的晚饭后,达志见儿子坐在锅灶前的矮凳上和正在刷洗锅碗的尤芽语调轻松地说话,便拉了昌盛去东院的卓远家串门,想给儿子和尤芽留一个单独相处的机会。他举着纸伞拉着昌盛向院门走时,瞥见院门口挂着的风灯正把光亮在那个刻有▦形图案的石头上来回涂抹,遂不由停步注目去看。那一霎,石头上镌刻的那个图案再一次让他觉得它其实就是这南阳城里纵横相连的街道的缩影,而且他分明看到,流花街上的尤芽正在不紧不慢沿一条横道向近处走来……

那天晚上达志在卓远家聊到很晚才回家。回来时昌盛已经在达志的怀里睡熟了,雨也已完全停止,达志抱着昌盛边走边习惯性地轻声念叨着:盛盛不怕,爷爷抱盛盛回家睡觉。心中却在猜想,立世和尤芽今晚该把话都说明了吧?他敲门时是立世来开门的,那阵子尤芽平时睡的小屋已经没有了灯光,达志装作随意地问:尤芽已经睡了?他希望用此引儿子说一点关于尤芽的话,最好是关于续娶尤芽的请求,那样定婚的事情就可以很快进行了。他今晚在同卓远闲聊时已经说到了希望立世再娶的事,开通的卓远已经表示了赞同。障碍大都已经消除,剩下的只是立世的态度。但立世的话却大出他的意外,立世闷腾腾地说:"尤芽走了。"

"走了?"达志猛地停步,怀中的昌盛也被这骤然一停弄得一动。

"走了。"

"有啥急事?"

"她不愿在这儿干了。"

"哦?"达志的眼直盯住立世的脸,他希望从儿子的脸上看出事情出现剧变的原因,但立世把脸扭开了。一定是在我离开院子期间发生了什么意外的事,不然尤芽绝不会在这雨夜和我不告而辞。晚饭后她和立世含笑而谈的样子证明她一点也没有要走的准备。

"究竟出了啥事?"达志再一次追问。

"没有出啥事,她说她不想在这儿干,就走了,咱再雇一个人就行。"立世的话音虽然平静,但分明是经过了掩饰。

达志没有再问,他知道这事不可能从儿子嘴里问清楚。他只是在抱昌盛往睡屋走时叹了口气。那天晚上剩下的时间他一直在猜:究竟发生了啥事促使尤芽走得这样快?……

几天后景四奶的到来才算帮助达志弄明白了尤芽不告而辞的原因。景四奶是在对尤芽的再三追问下才把事情弄清楚的。原来那天晚上达志拉昌盛去卓远家以后,尤芽和立世在灶屋谈得十分投机快活,后来因为尤芽把锅刷完把碗洗净没有再在厨房停下去的理由,两个人只好分开各回各自的屋子。尤芽回到自己的睡屋后因为心情激动什么事也干不成,她原本想把昌盛的一件旧裓子补好,可手中的针几次刺中了自己的手指,于是她扔下裓子决定想法再把立世叫到这屋里,干脆用一个大胆的举动把两个人的关系确定下来。尤芽是一个有心计的人,她从屋角悄悄找出一截旧麻绳,把它盘成蛇状放到了床上自己的枕头旁,尔后把自己的上衣和裤子脱了,身上只留下一条粉红裤衩,这才双手掩胸作出一个正要上床却被蛇惊吓的样子对着门外恐骇无比地喊:"天啊,救命呀——"

立世那阵正在自己的屋里设计一种新的印花图案,听到喊声扔下笔飞快地跑进了尤芽的屋子。"惊恐中"的尤芽一边用手指着枕旁的"蛇"一边准确地瘫软到了立世的怀里。立世一只手臂挟着几乎全裸的尤芽另一只手抓一截木棍向"蛇"砸去。接下来的发展和尤芽预先设想的几乎一样:"蛇"被哈哈大笑着的立世用木棍挑起扔了出去,立世扔下木棍后才发现怀中的尤芽几乎全裸着身子,他打一个哆嗦把尤芽松开了,尤芽则急忙"害羞"地用双手捂上了自己的脸。她没有去抓过衣服以遮住自己,而是依旧把美丽的胸脯横陈在立世的眼前。她感觉到自己饱满的双乳被立世的目光牢牢罩住,渐升渐高的热度在整个胸脯上弥漫开来。她听见一只手索索有声地向她的胸脯靠近,随即便像小鸟一样地落到了她的乳沟里。她轻哎了一声软了下去,一双有力的手便急忙把她抱起。她知道自己被平放在床上以后把双手从眼睛上移开,这时她看见立世正像小偷一样怯怯地伸手去脱她的短裤。当全身的肌肤都接触到了凉凉的夜气之后,尤芽知道自己今晚的计谋已告成功,不久之后她就会成为尚吉利的少夫人,一个微笑随之在她的脸上像涟漪一样一点一点绽开。正是这种高兴使她失去了应有的谨慎,从而让即将到手的成功接下来变成了泡影。那阵子立世的呼吸已变得十分急促,且已开始伸手去解自己的衣扣,如果尤芽这时继续闭上眼睛不吭不动或睁开眼睛但依旧无言,转瞬之后两人就会彻底结合在一起从而顺遂了尤芽嫁到尚家的心愿。但就在这个关键时刻,她爱说话的习惯毁了她,她竟会愚蠢地开口问一句:"我的身子不比容容差吧?"这句问话中的"容容"两字像一颗子弹一样准确地击中了立世的身子,使得他亢奋激动的身体骤然间一晃,跟着他的两眼就恐惧地死死盯住墙角。

"你咋了?"尤芽感觉到了立世的变化,忙问。可这时的立世已猛地双手捂脸转身跟跄着拉门向外跑去。

"立世——"尤芽惊慌至极地喊了一句,但这喊声并没拉住立世的身子。待她穿好衣服去找立世时,发现立世已跪在了堂屋容容的牌位下,正痛悔莫及地喃声说道:"容容,我差一点做了对不起你的事!"边说边用剪刀戳伤了自己的一只手掌,让鲜血成串地滴落到牌位前的香炉里,在血滴砸得香灰四飞时,尤芽听到了立世发誓似的声音:从今往后,倘若我的手再敢向别的女人伸去,这就是它的下场!

那一刻尤芽被惊呆在那里,她从来没想到平日言语不多的立世对死去的容容会有如此的深情和忠诚。她只是又站了一霎,就绝望地退回到自己的睡屋里,收拾一下东西悄步走了……

达志在弄清了缘由之后觉得无话可说。一方面他为儿子失去了这个续娶的机会感到遗憾,一方面又为儿子的这个举动感到了一丝骄傲。他那天只是把一卷钱塞到景四奶的手里,满怀歉意地把老人送出了门去。

此后又有两个晚上,达志发现儿子默无声息地跪在容容的牌位前,他知道立世是在继续自责,便放轻了脚步悄然走开。

儿子和尤芽的这段插曲过去之后,有几次达志想和儿子说说云纬来家的事,但每次都是话到嘴边又被他咽了回去。一个顾虑在他的心中胀得越来越大:立世听了我的话后会不会口头上赞成而在心里看不起我?他对自己的一点失态举动尚且如此自责,那对我和云纬的事能看得习惯?会不会在心底里认为我背叛了他的母亲顺儿而对我生出鄙夷?……

就是这个顾虑让他又生出了犹豫。

7

　　与达志半个下午和半个晚上的相处过去许多天之后,达志的一举一动还像墙上贴的年画一样颜色清晰地留在云纬的记忆里。她这些天一直在盼着达志的出现,她已经想好了当达志出现在屋门口时,她将高声地喊来承达,当即说明他们的父子关系,把她保存了多年的秘密公开出来。她想像着父子二人那时的惊愕之态,常常忍不住一个人轻笑起来。达志,我将带给你一件世上最好的礼物——一个壮壮实实的儿子。

　　达志却迟迟没有在门口出现。每一个夜晚来临之后,云纬都感觉到失望在咬啮自己的心脏。是不是他家又出了意外事情?会不会是他又变了心——觉得我变老变丑了?有没有可能是他担心我和承达去了给他添累赘?一连串的猜测弄得她烦躁无比。以她心底的愿望,她是真想立马跑到达志面前问清楚的。但她那一向强烈的自尊心并没允许。她觉得那样做或许会让达志觉得自己是为了摆脱眼下的贫困而急于嫁他。不,我决不会去求你!

　　如今,贫困和跟随在贫困之后的饥饿的确如狼一样地逼近了云纬和承达母子。达志那天赠送的那点东西因为其间承银回来拿走一部分而早已吃光。后来云纬没有办法只好把家里的地卖了一亩,近几天母子两人的生活,就是靠卖地得来的钱维持着。下一步怎么办?再卖地么?地卖完了以后靠啥过日子?

　　一个西风凛冽的傍晚,被失望和愁苦折磨的云纬正闷坐在屋里,门外忽然响起一个陌生的姑娘的问话:"请问,这是盛大妈的家吗?"云纬闻声抬头,看见一个穿戴讲究的女学生站在门前,忙点了点头:"你是——"

"我是你儿子承银的朋友,"那姑娘边答边走进屋来,不请自坐,"在南阳女师读书。"

"哦?"云纬有些意外地望着这个举止大方面目姣好的姑娘,她还从未听承银说起过她。

"大妈,请你把这个纸条交给承银。"姑娘说着递过一个折得很小的纸卷。

"他不在家。"云纬知道大儿子做的事时时都有性命危险,所以说到他时一向都很小心。

"他会回来的,回来后交给他就行。"姑娘说罢就站起身来,"我走了,大妈。"

"你还没给我说你叫啥名字哩。"云纬忽然间有点舍不得这姑娘走了,一个愿望像流萤一样的在心中一闪:这姑娘要能做了承银的媳妇那该多好!承银可是早到了结婚的年龄。

"承银会告诉你的!大妈,再见!"姑娘很快地走到院门外,骑上了一个有两只轮子的闪闪发光的东西,像来时一样突然地消失在了暮色里。

云纬小心地展开姑娘交给她的那个纸条,见那上边只有小小的两个字:"可行"。可行什么?什么可行?云纬盯着纸条久久地发愣。

云纬原以为要到许久以后才能把纸条交到承银手中,因为承银一向是十天半月才回来一次。未料当晚的半夜时分承银就敲响了屋门,而且进屋就问:"娘,后响有没有人给你送来一个纸条?"云纬方明白了那姑娘和儿子是早有约定,遂把那个纸条交给了承银。见承银看后面露喜色,云纬忍不住开口问:"啥是可行?"

"噢,娘,是这样,"心情显然很好的承银破例地向母亲解释道:

"我们有五六个人要去延安上抗日大学,但由南阳到西峡的路上关卡重重,必须找人送出西峡境,所幸现在栗丽已经想好了护送的法子,明日后响可以上路。"

"栗丽?是送纸条的那个姑娘?"

承银点头:"知道她爹妈是谁吗?"

"谁?"

"她爹就是栗温保,妈叫紫燕。"

"哦?"云纬惊得退了一步,"栗温保可是一直想抓你们!你咋敢跟她——?"

"利用!娘,你懂吗?我要利用她的特殊身份为我们做事!百姓们不是常说:把东西藏到最显眼的地方才最不容易被人找到?!我是在化名进入女师教书做学运工作时主动接近她的,她和她爹有些不同,她多少接受了我们的治国理论,她很单纯!"

"和她来往可要小心,毕竟人心隔肚皮!"云纬满怀忧虑地叮嘱。让承银与那姑娘成为一对夫妻的愿望此刻已不翼而飞。

"这你放心,娘,我还有桩事想和你商量。"

"啥?"

"我想让承达和这几个人一块去延安,他已经长大了,该到外边去读读书见见世面,再说家里日子又是这样难,有一顿没一顿的——"

"胡说!"云纬的眼瞪起来了,又显出了年轻时的那份厉害。"承达就是饿死在我身边,我也不许他出门远走!"

"可我想去,娘!"一直站在旁边倾听哥哥和娘说话的承达这时走近娘,闷了声说。"在家里总吃不饱,出去兴许能混个肚子圆;再说,我走了,口粮也给你省下——"

"啪!"云纬的巴掌带着嗖嗖的风声落到了承达的脸上,五个红色的指印像印章一样盖上了承达的右颊。

"那就算了,承达,你留在娘的身边吧。"承银不敢再坚持,急忙把弟弟往睡屋里推。

"你一个人在外边,就叫我操碎了心!两个都出去,是催我去死吗?告诉你,承达,你要敢走,我就把你的腿打断!……"

承银是鸡叫二遍时走的。天亮后云纬做好早饭去喊承达起床,承达翻身面向墙壁粗声说:"我想睡觉!"云纬知道他这是赌气,便无声笑笑:"你娃子愿睡你就睡吧,只要你不出门瞎跑就行!"云纬自己吃了饭,把承达的饭留在锅里温着,便提了锄头上地锄草。

云纬由地里回来时已是中午,见房门和灶屋门都锁着,知道承达已经吃过饭,她估计他是去村里找伙伴们玩了,就没在意,开了锁进了屋预备做晌午饭。饭做好还没见承达回来,就到儿子平日常去的几个伙伴家找,未料几家人都说没见承达,这让云纬有些意外,只好仍回来坐在家里等。饭自然是没心吃了。一等二等,直等到太阳像兔子一样钻进西岗上的地里,仍没见承达的踪影,云纬才真有些慌了。莫非他一赌气进城去了?得去找找,这个倔脾气的东西!云纬慌慌进了自己的睡屋想拿件衣裳就进城去找,忽然发现枕头上放着一张白纸。谁放的?她拿起来只看了一眼,身子就软软地滑到了地上。

重新把那张纸上的字读完是在顿饭工夫之后,那会儿云纬已经挪坐到了椅子上,不过她的神态在这短时间内发生了翻天覆地的变化:头发零乱,面孔惨白,目光虚散。

娘,我走了。原谅我偷偷跑去找哥哥他们那帮人,我实在是不想过眼下这种饥一顿饱一顿的苦日子了!我出去只要能混出个名堂,一定把你接出去享福!娘,我知道你为把我养大吃了多少苦,操了多少心……

憨货!狗东西!你竟敢偷偷地走了!你知道到外边就一定能吃饱?你明白不明白外面的世道有多乱?你就不怕碰上灾难?万

· 43 ·

—你有个三长两短，我该怎样给你爹交待？怨我呀，我该早把你交给尚达志，交到你爹手中，让他去管教你，那样也不会有今天，说不定你这会儿正在尚吉利织丝厂干活哩！盛云纬，这全怨你！你总想等你堂堂正正嫁去尚家时再把承达带过去，你可等呀?！不过尚达志，也怨你！你不是说你要早来接我吗？可你还拖什么？是嫌我的年龄还不够大么？你可拖得好，把你的儿子拖跑了！说不定他会就此死在外边，天呐，他是你的儿子……

云纬就这样一直胡乱想着呆坐到天黑，又从天黑呆坐到了半夜。门依旧敞着，屋里没有点灯，室内的黑暗和院里的夜暗如稀粥一样融为了一体；夜风肆无忌惮地钻进屋子，把桌上摊放的鞋样胡乱地扔到了地上；谁家的猫以为屋中无人，大步迈进了屋里，及至猛看见静坐在那儿的云纬，才又吃了一惊，仓皇地退了出去。

不知过了多久，外边响起了脚步声。云纬辨出那是承银的脚步响，但她依旧没动，静静地看着承银走进屋里，冷冷地说了一句："滚！都滚！滚得远远的！"

"娘，"承银似乎已预见到了娘的精神状态，所以没有吃惊，只是掩了门，蹲到娘的面前含了歉意说，"承达坚决想走，一再央求我，没有办法，我只好答应了。你不用担心他的安全，临走时我给了他一支手枪，他会用它——"

"枪？你还敢给他枪？"云纬一把抓住承银的领口，"你是要赶他去快死呀！你一个人玩枪还不行，还要把你弟弟也拉进去，万一他出了事，我可怎么去对尚——"

她话到此处突然噤口，紧接着哭出了声……

8

当抢盐的人群被枪声驱散后,栗温保缓步向盐车走去。那阵子夕阳刚好把一摊一摊血一样的红光透过街边的桐树树冠摊放在街上。他踩着那些黏稠的红光向前走时,瞥见两个半大的孩子正趴在地上寻找那些散滚在地上的盐粒,找到一粒便急忙塞进嘴里咯嘣咯嘣地嚼着吃了。一个卫兵刚要上前喝开那两个孩子,被他抬手制止了。他轻步向他俩走去,趴在地上的那两个孩子仍在聚精会神地俯地查找,直到瞥见一对雪亮的皮鞋站在了他们的头前,他俩才惊得抬起脸来,才想站起身来跑。但栗温保拉住了他们,示意随从由拉盐的马车上抓一把盐来,给他们每个人手上放了半把。两个孩子显然多日未吃过盐了,竟然又都一齐把盐往口里塞,栗温保止住了他们,温和地说:"回去交给你们的妈妈。"他知道他这个很富人情味的举动将被躲藏在附近街边、街角和窗后、门后的市民们看到并且传开。他刚刚动用过枪,他现在想用另一种面孔出现,他期望在人们的心里树立一个良好的形象。他最近在副官的帮助下又明白了一个道理:治民和牧牛一样,不能只用鞭子,否则牛被打急了会牴人的!……

栗温保虽然知道由于日本人的封锁,如今市面上食盐很缺,但他没想到市民们竟然已是两月未吃到盐了。刚才那两个孩子吃盐粒如吃糖块的样子真正让他吃了一惊。我该想办法弄点盐来,为百姓们真正谋点福利,做一点能让人记住的政绩。此事明天就办,派两辆汽车去襄樊跑一趟试试看!

栗温保那天晚上坐在家中的客厅里一直想的都是盐的问题,所以对紫燕的说话并未在意,直到紫燕拍了一下他的手气恼地问"你还要不要闺女了?"他才中断了思考,转而来听紫燕的话,才明白他的宝贝女儿栗丽昨天搭去西峡拉货的军车去西峡游玩,说好今天回来的,可天黑到这般时候还不见到家。

"没有问问那辆军车的司机回来了没?"栗温保立时着急起来。紫燕为他生的这个女儿是他的掌上明珠,这闺女不仅相貌长得漂亮,长出了他和紫燕的全部优点,而且懂事早,爱读书,深明事理。他每次由外边回来,都要给栗丽带点礼物,他甚至已为栗丽的将来做了设计:先送她去国外留学,尔后在政界为她找一个最有发展前途的丈夫,让她在上流社会永远占有一个席位。他已经做好了打算,在栗丽结婚的时候,他将在白河岸边盖一幢他曾在青岛开会时见过的那种西式临水别墅,作为送给她的结婚礼物。

"问了,说军车也还没有回来,这兵荒马乱的,就一辆汽车在路上走,该不是出事了吧?"紫燕有些焦急。

"我让人再派辆车去看看。"栗温保抓起电话刚说了几句,大门外响起了汽车的刹车声,随即栗丽那清脆悦耳的一声"再见"就蹦跳着进了屋里。栗温保扔下电话迎到门口抱怨道:"去西峡干啥了现在才回来?"

"噢,爹,我们去游览了西峡口外的奎文关,"栗丽边说边脱下外衣扔到了妈妈手上,把软沿遮阳帽扔到了栗温保怀里,尔后径直进屋,抓起栗温保刚才喝的茶杯咕咚咕咚喝了一气,这才又接着说:"那奎文关真是值得一看,北衔木寨岭,西南依观花寨,斩岭为关,扼豫陕孔道,极是壮观。"

"怎么忽然想起去看奎文关了?"栗温保笑问。

"书上不是说读万卷书行万里路方能成万世业嘛?!"栗丽随手抓起桌上的一本书扇着细汗点点的脸。

"同去的同学们都回来了?"紫燕把一个湿毛巾递到女儿手上,"我咋听说还有几个男的跟你们一块上了车?"

"都回来了,那几个男的是我几个同学的哥哥。"栗丽眼中闪过一丝慌乱,不过她很快借着恼掩饰了过去:"妈,还叫不叫我吃饭了?我饿着肚子回来,却只是一个劲地说、说、说!"

"好,好,上饭,上饭。"紫燕急忙喊叫下人。

饭端上来栗丽吃了几口,却又忍不住先说话了:"爹爹,你知道我这次西峡之行还看到了什么?"

"看到了啥?"栗温保在闲暇时常常愿意和女儿闲聊。

"我看到沿途的百姓们一个个面黄肌瘦,我看到一片片田地长满野草,我看到一间间草房东倒西歪,我还看到了饿死的人!"

"哦?"

"爹,我们这个国家再这样下去不行呵!得赶紧想想法子!"

"是么?"

"我们首要的任务应该是先打走日本人!为此,我们该与所有愿对日作战的人建立联盟,不管他们是什么党派、团体,自然也包括共产党。"

"共产党?"

"还有,我们应该改革我们现有的权力机构,学习西方,建立一个充满活力的治国机制,比如三权彻底分立,比如真正的两院制议会,比如废除一党专政实行多党共存,比如军人不参政,从而让我们的国家也强盛起来,让我们的普通百姓也过上好日子,让百姓们也像我们家的人一样,有吃有穿有住……"

栗温保默望着女儿,突然觉得女儿变得陌生了,他一直觉得还是个孩子的女儿能说出如此的话令他感到了吃惊。栗丽下边的话他没有再听,他只是在想:女儿一定是在学校里接触到了对政治十分感兴趣的人,而且那个人肯定是主动靠近栗丽的!

那晚栗丽去歇息之后,栗温保挥手让副官进来低声交待:"派一个人暗中保护栗丽,但不要让她感觉到,不能让她受到任何伤害。要注意悄悄调查常和她接触的人的政治背景……"

栗温保在那个蚊子猖獗的夏夜边摇着蒲扇边看着副官向他走来,那一刻他正在瞌睡与清醒的边缘上左右晃悠,他以为又是关于日军移防动态的报告,近来这种报告可是真多!他真想告诉对方明天再说他这会儿极想钻进蚊帐睡觉,但副官刚一开口他的睡意就像受惊的鸟一样扑棱一声飞走了。

原来栗丽是在和蔡承银他们来往!

狗日的,你竟敢朝我最珍贵的女儿下手。是的,她年轻、幼稚,容易接受你们那套胡说八道。可幸亏我发现得早!你不要以为现在是国共合作时期我不好治你了,其实我一直都在找你,我会让你知道厉害的,会的!

眼下要紧的是先彻底断绝栗丽与他们的往来。听说不久就又要给一批人授将军军衔了,战区长官部传来消息说我极有可能被授予少将衔。将军!一个家族多少代才能出一个将军?这是一个极为关键的时候,如果在这个时候我女儿和共党人物有联系的事被人密报上去,那梅花形的少将军衔就要在别人的肩上闪耀了!

对女儿的查问是在第二天上午。栗丽已临近毕业,那天上午学校的安排是让栗丽和另外两个女同学一起去五中实习,实习的方法是给中学生们讲课。吃过早饭栗丽拿上预先准备好的历史讲义正要出门,父亲和母亲出现在她的门口。她并不知道父母的来意,她像平日见到父母时常做的那样微微一笑,说:"我要去五中讲——"

"坐下,我有话给你讲!"栗温保神态威严。

"时间快到了,今天卓远校长和几位老先生都要听我的课——"

"坐下!"

"究竟有什么事?"父亲少有的严厉让她有些诧异。

"别问我,先回答我的问话!你和蔡承银什么时候认识的?"

栗丽的两只眸子像受惊的小兔一样在眼眶中一跳,不过转瞬之后就又恢复了刚才的平静,带一点傲然地说:"他曾化名在我们学校讲过一段时间的历史课,那时候认识的,咋了,有罪?"

"为什么到最近还有来往?"

"我有点佩服他。他说过他将毕生为国家的富裕和强大尽力,他对我们国家目前的状况忧心如焚,他说让历史上曾以到中国留学为荣的日本人骑在头上拉屎真是做人的耻辱——"

"那是宣传,是他们惯用的宣传伎俩!"

"可他亲手杀死过日本兵!他让我看过他保存的三项日本军帽,那是三个侵略者的头颅!我不管他从属于哪个党,只要他抗日,我就尊敬!我恨日本人,他们一次轰炸就炸死了一千多个南阳人,他们破城时强奸了几百名妇女——"

"好了,我不同你长篇大论,我要你记住两条:第一,绝不准再主动与他和他们的人来往;第二,如果他和他们的人要约见你,必须预先告诉我!"

"如果我拒绝呢?"栗丽像平日那样笑望着父亲。

"我将从此不许你再出大门!"

"你该早对我这样交待!"栗丽笑得有点意味深长。

"现在也不晚!"紫燕插嘴。

"晚了!"栗丽笑拖着长腔。

"啥叫晚了?"栗温保瞪起了眼。

"因为我已经有点爱上他了!"

"你?!"栗温保惊得跌坐到了椅里。要不是恰好这时副官送来了一封电报,他也许会跳起来把巴掌抡到爱女脸上。天呀!我的女儿竟会爱上——纷乱的思绪使他看了几遍也没能看明白那份电文,直到副官又催问了一句如何复电时,他才又拼力去读电报,才哑了声对副官交待:"立刻通知尚吉利织丝厂老板尚达志,按电报上的要求准备,复电长官部,三日内启程……"

9

　　块状的阴云砌在天上,犹如穷人家用碎砖头、烂石块垒的墙一样凹凸不平。达志双手抓住卡车的箱板,两眼望着被阴云毁了面容的天,心中继续在焦虑的猜测:栗温保究竟要用汽车把我拉到什么地方?一种不明所以的恐惧始终像虫一样在他的心里拱着。

　　三天前的那个头晌,他和立世把从镇平县卢医庙买来的那个单绽纺机抬进屋里,正在琢磨如何把卢医庙两个丝织工匠发明的这个比较先进的人工单绽纺机改成机器带动的织丝机时,忽见栗温保的副官走进来。达志还没有来得及招呼,副官就说出了来意:"栗司令让你尽快准备八十匹绸缎,各种花色品种的都要有一点,三天后坐军用汽车去一个地方,有人想买!"

　　"谁要买?"达志自然想问清楚,但那副官摇头说一句:"到时候你自然会明白!"就走了。

　　达志犹豫了两天没有准备,他估计这八成又是栗温保要讹他。未料第三天上午那副官送来了一半定金,这才使达志稍稍放下心:也许真有他的什么朋友要买?!这之后他才开始准备绸缎。他原以为要去的地方不远,未料坐汽车差不多走了三天还没有要停的样子,他心中不能不有些慌了。他几次追问车上的一个中校,得到的回答都是:别急,到了地方你自然知道。车上除了两个开车的和那个中校外,还有一个上尉和八个士兵。

　　达志如今特别留意车子经过的地方的地名,想据此对要去的地方做点判断。他注意到车过邓县、襄樊之后,一直是往西南方向行进。西南方究竟有栗温保的什么熟人?

此后的几天车一直在山里转悠,山路不好,车时走时停。有时遇到军营,中校会拿了什么证件进去要求住宿,临走时还会让人家给车上加点油。车上除了装有达志带的绸缎外,还有一批南阳特产:几麻袋长庆大米,十几桶小磨油,几包猴头、拳参、木耳、珍珠花等山珍,几麻袋晒干的广阳大枣和一些茶叶。此外还有汽车烧的几大桶油。

车子走走停停,无数的关卡,不尽的盘查。有几次因为天上有日本的飞机,只好夜行晓宿。车子所过的地方的地名也越来越陌生:竹山、竹溪、利平、安康、紫阳、毛坝关、达县……达志虽然没来过这个方向,地理知识很少,但因平日同各地的丝绸商人来往多,知道各省的口音,他从所经地方人们的口音中判断出:车出湖北之后先到了陕西,由陕西又进了四川。天呐,这究竟是要去什么地方?栗温保,我前辈子究竟是欠了你多少债,要你这样几次三番来折磨我和我的家庭?

最后两天行车时,因为连日的颠簸疲困,达志一直昏昏沉沉坐靠在车厢板上,他既无了向车外看的力气也没了向外看的精神,罢,拉到哪里是哪里吧!栗温保,你要是想用这个法子把我折磨死,我也就认了……

车子是在一个半后晌时抵达一座大城的。当时,昏沉中的达志听到车上的士兵们欢呼了一声:到了!遂慢慢睁开干涩的眼睛。他最先看到的是一大片建在山坡上的高低不同错落有致的房子,随后看到了洋灰铺就的大街,跟着看到了一条水浪翻涌的大江,后来才看到了一块木牌,木牌上写着两个大字:重庆。

呵,重庆!战时的首都!我竟然来到了首都?!一股意外的欢喜挤走了达志脸上的疲劳,他贪婪地撩起车篷布看着外边闪过的街景,哦,这里也有断墙残壁,难道也是日本飞机炸的?

当晚,他们一行人宿在一座兵营里。中校交待达志洗洗澡,换上干净衣裤,第二天好去卖绸缎。达志问卖给谁,中校依旧说:见了面就知道。达志那晚没有睡好,心里反复猜测着栗温保是要他把绸缎卖给重庆的什么人,盘算着要个什么价钱好。他心里此时已有些平静,不管卖给谁,卖什么价钱,让尚家的绸缎在这战时首都露露面毕竟也算是桩好事!

第二天上午,中校带车出去跑了半天,回来时,车上的土特产品已经不见。半下午时分,一辆黑色轿车开到了他们住的那座营房楼前,中校要他把装有绸缎的木箱放在轿车后边,随他一块出去。达志从这辆轿车的漂亮样子断定,他的顾客将不会是个小官。

轿车在这座陌生的山城里跑了一个时辰,最后停在一处幽静的山间别墅前。门开后迎出了一位少校,帮助达志把装绸缎的箱子搬进了大厅。达志正在打量这个豪华漂亮的大厅,大厅侧门那儿响起了几个女人的说笑声和衣裙窸窣声,少校闻声赶上前拉开了侧门,一群珠光宝气的夫人们在笑声中走了进来。为首的一位夫人步态雍容矜持,达志奇怪地觉得她有些面熟;紧跟在她身后的是一位外国女人,那外国女人脸露微笑地扫了一下大厅里的人;外国女人身后跟着的几位夫人个个也都衣着华贵。达志正打量着这群女人,只听为首的那位夫人高了声问:"哪位是尚吉利丝织厂的老板?"那位中校闻声急忙上前为达志作了介绍。那夫人含笑向达志点头:"谢谢你生产出了优质绸缎,赢得了美国朋友的喜欢。"说罢,扭头对那外国女人叽哩咕噜地说了一阵,达志估计那是英语。外国女人听完立时眉开眼笑地朝达志伸过手来,达志还没有明白她要做什么,自己的手已被对方抓住热情地摇着,同时她快速地说了一连串话。经那位领头的夫人的翻译他才明白,当年在美国旧金山举办的万国商品赛会上,这位美国女人的母亲和哥哥看到了中国南阳尚吉利大机房参赛的绸缎,她母亲和哥哥非常喜欢,很想同尚吉利大机房做生意,可惜一直没有联系上。这次她随丈夫来驻华使馆任职,她哥哥嘱她一定要想法同尚吉利联系上。今天,她为见到达志感到非常荣幸。达志听完自然高兴,连说谢谢!他没想到那次参赛的影响竟能持续到今天,在那一刻,他感到心里的一丝自豪像浸泡在水中的石灰块一样飞快胀开了。

接下来领头的那位夫人让达志把带来的绸缎拿出来看看。达志一打开箱子,那群夫人的眼便放出了光来。达志把绸缎一匹匹展开交到她们的手上,啧啧的赞叹声便立时响起并向大厅的每个角落奔去。那位美国女人不时把绸缎裹在身上对着厅里的壁镜左看右看,连叫OK!八十匹绸缎几乎全被展开,或铺或挂在大厅的沙发、桌几、靠椅等物件上,大厅转眼间变成了由图案和色彩组成的花园。那美国女人走到达志面前快活地边说着一串英语边拉开手袋,从里边拿出一叠厚厚的外国钱币——达志猜测那是美元,是表明她要全买的意思。他正不知如何开口时,领头的那位夫人走过来含了笑说:"这些绸缎是送给你的,夫人!这是这位尚先生也是我本人的一点心意,希望你能收下!"那美国女人听罢一把抱住那位领头的夫人亲吻起来。亲吻过后还边说着一段英语边做了一串手势动作,那手势极像是在比划天空中正在飞行的飞机。大厅里的许多人为她的话语和手势高声笑了。达志却听得不明所以,而且他心里已塞满了痛惜和对那个领头的夫人的不满:这么多绸缎就这样白白地送给了这个美国人?太叫人心疼了!起码应该收回成本费!临来时栗温宝虽派人送了一点定金,但那与全部价钱还相差很远。你这个女人也太多事,人家美国人愿给我钱你还不让,你是不割麦子不知道腰弯着疼,你晓得织这八十匹绸缎要耗费多少丝,花费多少工?他正这样想着时,只见先前领他进门的那个少校捧来一个精致的纸盒送到了他的手上,并掀开盒盖让他看了看。噢,是钱!

"尚先生,这是我按重庆丝绸时价为你准备的货款,外加的一点是对你辛辛苦苦由豫来川的谢礼,请收下。希望你回去后努力扩大生产,为对日作战作贡献!"领头的那位夫人这时走过来说。达志心中的那股不满此时自然已经化掉,他望着眼前这位显然是这客厅主人的女人再一次觉出:她有些面熟。

直到达志手上捏着那美国女人和她哥哥的名片坐进轿车驶下山之后,陪他来的中校才开口问他:"知道刚才给你钱的那位夫人是谁?"

"谁?"

"国母。"

"哦?"达志猛然想起从报纸上看过的照片。像!

"晓得那位美国女人是谁吗?"

"谁?"

"大使夫人!"

"嘀?!"

"明白大使夫人最后高兴时说的那番话的意思是啥么?"

"啥?"

"她说单单为了拯救这些美丽的丝绸不被战火毁灭,她也要呼吁美国再支援中国一批战斗机!"

"真的?"

"你这一趟收获可是真不小呵!"中校意味深长地看了看他手中的钱盒。

"嗯。"达志笑笑。是的,收获不小。这一趟入川让我看到了外国人对尚吉利丝绸的兴趣,增强了我扩大生产的信心!

"可我们十几个弟兄陪你走这一趟,真是吃尽了苦头!"

达志此时方明白了他的话意,急忙由钱盒里拿出了厚厚一叠钱递到了他的手上:"你和弟兄们拿去花吧!"

中校笑笑,中校望着车窗外美丽的嘉陵江吹起了口哨。

达志的心在这一瞬间已飞离了山城,回到了南阳世景街家中。立世、昌盛,我们该从地洞里再抬出几台织机来,放开手脚干,满足

· 55 ·

大使妻兄的定货要求,在美国打出一片市场来……

由重庆返回的第二天,达志就开始找人搭工棚并从地洞里抬出了全部机器,准备把生产尽快恢复到日军陷城之前的水平。对于产品的销路他也充满信心,他想,除了和那位美国商人做生意之外,还应该把产品销往大后方云贵川几个省份。

经过差不多一个多月的准备,工厂就开工了。在北边、东边和东南边都有日军威胁的情况下恢复一个工厂的生产,困难比达志原来想象的大。收丝、买油料这两样难事达志都揽了过来;厂里的生产则全由立世操心。昌盛还小,全家人包括雇工们的生活确需有一个人来掌管,达志接连雇过两个女工,结果都不能胜任。立世这时提出让妹妹绫绫回来管这一摊子,达志摇摇头没有同意。当初已说过让绫绫给卓远夫妇当女儿,如今再让她回来于情理上说不过去。就是在这种情况下,达志在一个晚饭后仗恃着夜暗的掩护,红了老脸一鼓作气对立世说出了想让云纬来家的心愿。还好,立世没有说别的,立世很痛快地应了一个字:行。

达志那天去见云纬时太阳已消失在百里奚村边的一个茅厕后头。他推开云纬虚掩着院门后吃了一惊。院里的东西零乱到了吓人的程度,那样子不仅不像住着一个女人甚至都不像住着一个男人。云纬正呆坐在院中的一块石板上,双眼怔怔地望着远处正在暗下去的天边。

"云纬,出啥事了?"达志急步走到她面前。

云纬看见达志后没有起身,只是苦笑了一下说:"他走了。"

"谁?谁走了?"达志在云纬的身边蹲下去。

"你的儿子。"

"瞎说,立世在家正忙着织绸缎哩,他能往哪儿走?"

"不是立世,是另一个!"

"另一个?"达志笑了,"你是糊涂了吧,我除了立世,哪还有另一个儿子?"

"有。"

"有?"达志再一次笑了。

"记得你当初去杀栗温保之后的那几个夜晚吧?"

"当然记得,那几个晚上——,等等,你是说——?"达志蓦然意识到了什么,在越来越浓的暮色里瞪大了眼。

"承达是你的儿子,懂吗?! 难道你一点都没有看出他长得像你?"

"天呐!"达志呆立在那里,只是瞪眼望着云纬,似乎要借这瞪视来作最后一次验证,许久之后他才呻吟似的说道:"可你,为啥不早——"

"我一直在等那一天,我想等到那一天了再把他送给你!"

"哦,你!"达志一把伸手把云纬揽过来抱在了怀里,他抱得是那样的紧,以致云纬开始了轻声呻吟。

"这么……些……年……天呐……不过这一天……总算来了,这……一两……天……你……就搬……过去……"

"可他走了!"

"走了?"达志这才注意起这两个字来,"去哪儿了?"

"很远,几千里,延安。"

"噢——? 报纸上不是说那是共产党的地——"

"轻点——!"云纬抬手捂住了他的嘴,"我真担心——"

"不要紧,"达志尽力回忆着承达的面孔,但因平日很少留意那孩子,竟很模糊,"有去就有回,他以后会平安回来的。"我的儿子,但愿你能平安回来!

"你说他能够平安回来?"云纬仰起脸,声调中带了点可怜和急切,那模样仿佛达志的回答就能给她儿子的性命保险一样。

"会的。"这么多年来,云纬让达志看见的都是她强硬的一面,她这副可怜而柔弱的面容达志还是第一次见到,一股巨大的柔情从达志心中涌起,使得他一边去亲云纬的脸一边叫出了许多年前他曾对云纬叫过的那句"我的亲亲……"

达志那天晚上没有走,两个人第一次像夫妻一样地在灶屋里做饭、吃饭;尔后,又像新婚夫妇一样走进了睡屋。

当两个人在床前站定后,一时都有些手足无措。尽管这样的时刻是他们两个人多少年前就盼望的,可当它在延宕了这么久之后来临时,两人竟都有些惶然了。用何种方式让这个夜晚开头?两个开始走向老年的人显然预先都没有考虑过。还好,夜风分明是看出了他俩的窘态,从窗口探进头来噗一下将油灯吹灭。这下子算替两人解了围,两个人几乎同时舒一口气,又几乎同时朝对方伸出了手。黑暗中的达志有了勇气,他弯腰用力把云纬抱上了床,帮她脱了鞋袜,他听见她低微地说了一声:我自己来。但他没有让自己的手停止,又去帮她脱衣服,可他在解那些布扣子时遇到了麻烦——他此生还没有为女人解过衣扣,当初顺儿的衣扣都是她自己解的,他从未伸过手。他又一次听到她低微的声音:这样解。于是上衣脱下去了,在窗外微弱星光的帮助下,他发现她的身子依然很白。当手触到她的裤带时,他想起了当年他们作为信物彼此交换的那一对裤带,她当时给他的那条似乎是用红线做的。他听见自己的心跳声在快速变大,感到双耳开始响起一种丝织机启动时的那种轰轰声,手有点发抖。他明白自己不能性急,但他没能控制住自己,扯下她的内裤时他听到了一点布的撕裂声,不过那声音很短,他不让自己太在意。他扑了过去,他很慌,他想稳一稳神,却越发慌了。糟糕!天呐,别慌!真糟糕!你究竟是怎么了?我的天呐,天呐,天呐——!

"别着急!"他再一次听见她那低柔而含满宽慰的声音,同时感觉到她的手在鼓励他,帮助他。他现在寄希望于她的手了,他多么渴望出现奇迹,但是没有,没有!天呐,天爷爷呀,你这个狗东西!他捂了脸从她的身上翻滚下来,把头紧紧抵在被子上。巨大的屈辱和歉疚使他没能忍住冲上喉咙的抽噎。

"没有啥,以后会好的,会的!别着急,来日方长……"她低低的抚慰反而加剧了他的抽噎,他歉疚的夹了抽噎的声音闷闷地从被子里传出:"我……老了……老……了……"

那天晚上的经历使达志不得不改变了让云纬很快来家的决心。在这种情况下把云纬接来,只会使两人更加痛苦。而且这个家又这样忙碌,云纬一来就不能不做事,让她心中痛苦就够难受了,难道还要她也像自己一样早起晚睡地忙织绸,把她的身体也累坏吗?

只有抓紧治自己的病了,啥时候治好,就啥时候把她接过来。云纬,一切全怪我呵!

他又专门去了一趟百里奚村,给云纬送了些吃的和钱。临走,红了脸说:"我会常来看你,只要病一好,你就过去……"

如今,除了忙厂里的事,那个病就挂在了他的心上。他几次想去安泰堂找大夫看看,都是快走到安泰堂门口又无了勇气。他真不知道面对大夫时自己该怎样开口。老天爷,你怎么会叫我得了这个病?是什么时候让我得上的?让我得个别的什么病不行,偏要我得这个?你看我和云纬这辈子苦得还轻吗?……

一个飘着雪花的晚上,厂里和家里的事忙完之后,达志横了横心,向安泰堂走去。单单是为了云纬,我也该治治这个病!在安泰堂门外,当犹豫又一次扯住他的脚时,他挥掌朝裹着雪花的空气一砍,毅然拍响了门。

安泰堂的安老大夫见达志这个时候进来,以为是有急诊,忙问:"病人这会儿在哪儿?"达志苦笑了一下,嗫嚅了一句:"我是给自己看病。"

"噢,哪儿难受?"老大夫从灯下伸过戴了眼镜的脸,注意地看着达志。

"嗯……是……真是……我觉得……觉得……"

达志原先准备的话果然像受惊的老鼠一样溜走了,他的脸上急出了汗。

经验丰富见多识广的安老大夫从达志的窘态上猜到了什么,于是不再问,起身走到一个悬挂的黑色布帘前,在布帘两边各摆上一个椅子,自己先在布帘一边坐了,尔后叫达志过去,在布帘另一边的椅子上坐下。现在,安老大夫和达志虽然面对面坐着,却谁也看不见谁的脸。

"告诉我,是不是下边的那一处有了毛病?是烂、是疼、是小便时痒,还是不举?"

"是后一种。"因为隔着黑布帘,达志的回答顺畅多了。

"发现有多长时间?"

"我……妻子……已去世……多年……我一直没有……注意到……只是最近……"

"噢。通常有四种情况能导致这种现象发生,一是肌体的过度疲劳和衰老,二是性生活的过度频繁和缺乏技术,三是外伤,四是心理上的不正常。你看来不属于前三种情况。"

"哦?"

"因为心理问题导致这种现象发生,一般又分这么几个类型,一类是患者心中预先就怀疑并恐惧自己得了这种病;另一类是患者长期厌恶、反感过性生活;再一类是患者长期为某一件事谋划、操心、焦虑、不安,并把它作为唯一的生活目标,导致肌体能量投放的偏向。你自己觉得你属于哪一类型?"

达志的心一咯噔:"后一种吧。"

"这个世上,值得我们全心投入的事情很多,但也不要忘了老天赐给我们享受的人生乐趣。我现在除了给你开点药之外,还想教给你几种消除这种现象的法子。但重要的在于你个人的心理调节。"

"谢谢。"

"第一个法子,是每天早晨排便之后,闭紧双眼,先放尽双肩的力量;再放掉从头顶到脚尖的所有力量,同时嘴巴半闭,以放松面部肌肉;然后,重复短暂而缓慢的腹式呼吸,持续一袋烟时间。这法子是为了让掌管那个东西的那部分神经容易兴奋。

"第二个法子,是早晨起床时,以勾手的要领,将左右手的食指相互勾住,用力拉。食指上有所谓'大动脉'经过,指尖处还有个'商阳'穴道。食指相拉对锻炼下半身有特效。

"第三个法子,是清晨扭动脊椎,上半身前后左右地转动或蹲马步。脊椎周围集中了许多自律神经,刺激这里就能刺激勃起的神经。

"第四个法子,是在闲暇时来一点对女性的幻想,目的在于防止大脑的性冲动衰退。

"第五个法子,是常散步或在情况允许下在脚底下踩一个东西以锻炼脚部。人的老化从脚开始,脚部是神经聚集的重要部位,脚的功能迟钝化,当然就影响到性能力,因此要常练练脚力。

"但愿这些法子能够奏效,让你很快能从女人那里获得上天应许的快乐!"

达志嗫嚅地应着,脸上的皱纹全像抹了染绸的红颜料一样,红成了一片……

10

　　卓远在为《宛南时报》写的"搞好战时立法,确保抗战获胜"的社论上画上最后一个句号时,时辰已近三更。他放下毛笔,哈一股气搓搓双手,轻轻拉开书房的门,踱到了院里。

　　冰块似的半个月亮把光洒在院中尚未融化的那层积雪上,使空气更显了几分冷冽。雅娴和绫绫、月儿都已入睡,院子里静得只有卓远自己的呼吸。

　　由于要操心学校里的教学质量,平日《宛南时报》的社论一向都由他的几个学生完成,他今晚所以要亲自执笔写这篇社论,是因为他耳闻目睹的两类现象实在令他忧心。一类是政府对战时经济发展没有立法予以保障,致使工商业和农业的生产在严重的战争负担下日见凋敝。谁都知道战争最终是双方经济力的较量,如果经济发展停滞,抗战就会失去后劲。再一类是军政权力机构官员们的奢侈腐败,尽管国土沦陷的消息伴随着前线的枪炮声不断传来,可南阳城里的各家酒楼照样是日日满席,夜夜席满,猜拳行令声冲出酒楼的窗隙门缝,在大街上不停地滚动。在酒楼上举箸端杯的,自然是文武官员和他们的亲属们。这种奢侈腐败行为不仅消耗着南阳城中本来就不厚实的经济实力,更重要的是严重地涣散了民心、军心。这几日,报社不断收到人们寄来的书信,对这种现象进行挖苦讽刺,其中一封信上还附了一副对联,上联是:枪声炮声碰杯声声声入耳;下联是:血水汗水捞油水水水相融。这两类现象若不纠正,必然会使抗战丧失后劲……

"卓远哥,还没睡?"达志在院墙那边的一声招呼打断了卓远的沉思。他走近院墙问达志:"咋也没睡?"

"唉,"达志重重叹一口气,"光今天一天,就有四家上门要我资助和捐款,先是栗温保的部队,后是方城驻军,再是宛西警备司令部,最后是专员公署。资助抗日我责无旁贷,但如此竭泽而渔令我实在心慌,照这样子,也许要不了多久,我就无钱开工生产了。"

"我也正为这事着急呐,农村里征集军麦也是接二连三,桐柏等地的农民已是忍无可忍,几次缴了征集军麦人的枪。抗战局势如此严峻,再这样下去势必影响到战争大局,为此,我刚才在一篇文章中对政府建议:尽快立两项法律,一为战时经济发展法;二为战时惩治腐败法。明日这文章就可见报。"

"当官的会采纳?"

"如今不是说要开展新生活运动,提倡官员廉洁自律吗?不是说要保护工农生产以利抗战么?但愿当官的能想到我们民族的前途。"

"这种地方性法规如果立,哪个衙门来办?"

"自然是专员公署了。眼下,我们不像西方那样,有专门的立法机构;但总有一天,我们会建立一个多党并存,立法、司法、行政三权分立的政治体制,使我们的国家和民族兴旺发达获得坚实的政治保证。"

"啥时候,咱这些平头百姓要也能真正参与选举,来决定立啥法就好了。"

"会有那一天的,来得迟早而已。嗳,对了,上回给你说的绫绫成家的事,最近有了进展,绫绫和范炯他们接触了几次,两个人都还满意对方。我想既是这样,干脆就在近日张罗着把他们的婚事办了,也了却了你我的一桩心事,如何?"

"由你定吧,卓远哥,我说过她是你的女儿。"

"那就择个日子行个婚礼,"卓远扬脸向天望着同月亮嬉戏的云絮,"让上天看看,战争可以把人们的性命毁掉,但它毁不了人们对于幸福的希冀!……"

邻居一只攀越房脊的猫不知受了啥子惊吓,突然惊叫一声滚下了地,惊得卓远和达志都晃了一下身子……

南阳的男子入赘当女婿,称为倒娶。倒娶与正娶在婚礼的程式上有很多不同。卓远虽是开明人,但为了让绫绫高兴也为了让达志满意,决定遵从这方面的一切程式。

举行婚礼的那天早晨,卓远雇了一辆马车,在车厢两边各贴了一个斗大的红字:"卓",去将范炯拉到了自家门口。车在门口刚一停下,主持婚礼的男子就上前高声喝问:来人是谁?范炯依规定大声回答:卓家传人。婚礼主持者又问:尊姓大名?范炯再答:卓炯。——从这刻以后,范炯就改姓为卓了。主持者再问:你今后若有儿女,将何以命名?卓炯依预先想好的话答:有儿名卓长武,有女名卓长文。

"请卓炯下车!"婚礼主持者这时喊道。待卓炯在伴郎的帮助下下了车后,又叫道:"卓炯拜见父母大人!"卓炯就急向端坐于大院门口的卓远夫妇鞠躬。

拜罢父母之后,卓炯被婚礼主持者引进正屋,主持者对一端坐于正屋桌前的老者叫:给卓炯授族谱!那卓族的老者便把一本厚厚的卓族族谱交到卓炯手上。至此,方让穿戴一新盖了红盖头的绫绫从里屋出来,与卓炯行夫妻大礼……

那天晚上,当宾客们走完,卓远看着卓炯和绫绫走进洞房之后,长长地舒了一口气,对抱着月儿的雅娴说:"绫绫这孩子,总也算苦到头了。"

一般的新婚夫妇,在度过了洞房花烛夜之后的第二天早晨,虽然脸上会有一点倦意,但眉眼间自会流露出喜气。可在卓炯和绫绫行罢婚礼的第二天早上,卓远和雅娴却相继发现,小两口的神色中都有一种很不自然的东西,一种类似不安和惊疑的东西。卓远夫妇觉到了奇怪,可也不好开口去问原因,只以为他们是还没有彼此适应。

一连几天下来,小两口的神态都是这样,而且两个人说话也日渐见少。这使卓远和雅娴真有些不安了,遂决定分头去问问原因。卓远问卓炯,卓炯只是笑笑低了头说:"没啥。"雅娴问绫绫,绫绫也只是垂了头说:"没事。"

一定是发生了什么不愉快的事!老两口在着急中想到了媒婆景四奶,于是就把景四奶叫了来,托她去弄清缘由。景四奶到底见多识广,她分别逼问,没用一个时辰,就把情况弄清了。

原来在新婚之夜,卓炯像一般新郎一样迫不及待,灯刚一吹灭,就朝绫绫扑了过去。白日里温文平和的卓炯只解了绫绫两个扣子就不耐烦了,哧啦一声撕开了绫绫的衣襟,就是这哧啦一声坏了事,让绫绫一下子想起当初和董家儿子圆房那夜的情景——董家先按童养媳圆房的规矩,吃罢夜饭天黑定后搬了一把饰有红布的圈椅放到院门外,让她坐下,尔后父子两人把她连圈椅一同抬进屋里,就让她上床歇息。她根本不知道这就是童养媳的圆房仪式,睡得懵懵懂懂时被那董家儿子弄醒了,当时董家儿子也是哧啦一声撕掉她内衣的,这一声哧啦之后就让她开始了那可怕的疼痛。所以这回一听卓炯哧啦一声撕了她的衣服,绫绫立时恐惧紧张起来,身子顿时充满了像是遇到危险一样的抵触之意。当卓炯去掰绫绫的双腿时,绫绫做了坚决的抵抗。卓炯显然没料到会出现这种情况,越发急了,就更用起了蛮力,绫绫也因此开始了更固执的抗拒。她显然也没想到平日温文尔雅的卓炯现在会变成这样。两个人都弄得满身大汗,最后是卓炯先松了手,他叹了口气说:嗨,怎么会是这样?绫绫此时也觉着了歉疚,就柔声恳求:炯哥,除了不掰我的腿不上我身子之外,你让我干啥都行,我们以后每晚上都互相搂着睡觉,亲亲热热过日子不好么?两口子难道就非要做那事不可吗?卓炯哭笑不得地说:那咱们还结婚干啥?绫绫说:结婚是为了相帮着过日子呀!

卓远和雅娴听得目瞪口呆。

景四奶后来宽慰卓远夫妇说,你们不用担心,我只用今晚一个晚上,保准就让卓炯和绫绫过得恩恩爱爱乐乐融融,你们明天早上看吧!

景四奶说了这话的当天晚上临睡觉时,把卓炯叫到屋后低了声交待:你待一会进去,端一盆温水到新房里,给绫绫洗洗脚。她可能不好意思让你洗,但你一定要洗。洗的时候,要轻轻搓她的脚掌,搓的时间要长,要让她感到舒服。洗完擦净之后,要用嘴亲她的脚背和脚趾,你可不要不好意思亲,女人的脚是同全身相连着的,灵透得很,你亲一下她身上就会有一下的反应。接下来你就用舌头去舔她的脚掌心,像猫舔东西一样的舔,她一上来大约会咯咯轻笑着要缩回脚去,但你继续舔下去就会出现奇迹:她会停了笑声闭上眼睛;脸上出现红晕;两个小腿肚开始微微打抖;身子轻轻地左右扭动。你还要不断地舔下去,到后来她就会轻声哼哼;出气变急变粗,两个紧靠在一处的膝盖会慢慢分开;两只手抬起来胡乱地抓摸着什么东西;胸上的两个奶子也像吹了气的橡皮袋子一样涨开了。到这个时候,你就把她抱上床去,做你想做的任何事情,保准她不会再推开你……

至今还是童男子的卓炯听得将信将疑,当晚依言去试,果然一切如愿。第二天早上起床后,卓远和雅娴留心去看,真就看见卓炯和绫绫脸上都浮着一层掩饰不住的笑意,而且话也多起来,绫绫还不时发出了笑声。卓远不知景四奶用了什么法子,只在心里暗暗称奇……

11

栗温保的官运伴随着又一个春天的到来再度盛开。先是被授予了少将军衔,继而又兼任了专员公署副专员。但如今的栗温保对官场已有了解,并不让自己喜形于色,而是居安思危,为牢牢控制兵权采取三项新的措施:其一是严格调兵手续,防止有人搞军中哗变夺权。他规定任何人要调动一个班的兵力,必须经他知道;要调动一个排的兵力,必须拿上他的手令;没有他到场,任何人无权动用一个连的兵力。其二是在军中设立军情处。专门掌握军官和士兵的行为和思想动态,一有反常情况,立时上报,不管他是在开会还是在睡觉。其三是在营以下部队中清除识字人。他认为真正可靠的是不识字的人,这样的人老实好管易控制。识字的人容易想这想那出问题,历史上多少掌权者都是被识字人推翻的。

　　这三项举措的实行让栗温保把军权像缠绳子一样紧紧缠在了自己的手上,到这时候他才让自己松一口气。说实话,自从杀了肖四之后,他内心里一直有一种压力,惟恐尚未清除净尽的肖四余党谋反朝他动手,现在,总算又可以放心地玩一段日子了。

　　玩什么?自然是女人。这世界上真正能让男人放松筋骨清除压力去除疲劳的最好东西,还是女人!当然,如今是不能像当初娶紫燕那样公开再养外室再娶姨太太了,那会影响到自己的形象影响到仕途上的升迁。女人要玩,庄重的官人形象要保护,仕途上的升迁机会更不能丢,这自然有些难了。但世上所有的难事其实都有解决的办法,关键看你动不动脑筋。栗温保如今的办法是在译电科配了一个漂亮的女译电员,在保密室配了一个妩媚的女保密员,在文印处配了一个文静的女打字员,三个姑娘都穿军装,外人根本不起疑。他想见哪位姑娘,一个电话打去,姑娘们便像执行军令一样准时来到他的身边。除了最贴身的侍卫知道之外,都以为她们是执行正常的军务。即使贴身侍卫,他也只是在门外站着,并不能说清屋里究竟发生了什么。

在这三个姑娘中,他最喜欢保密室的薛小亚。小亚是那种特会撒娇玩闹的姑娘,每次听到他打电话来说要看一下"第101号文件",她明知他要看什么,却偏要在来到之后娇声娇气而又一本正经地说:报告司令,101号文件丢失。栗温保这时就笑着一把扯过她来,一边说让我翻翻看是不是真丢了,一边就动手解她的衣服。待把她衣服脱完,栗温保总要手点着她两个乳头和下腹说:"101号文件不是还在么?"之后,两个人就笑滚在一起了……

一个春风轻洒花香的晚上,栗温保和小亚玩罢,两人并倚在床头时,栗温保叹口气说:"唉,可惜我没有封三宫六院七十二妃的权力,要不然,我会封你做贵妃的!"小亚笑笑,说:"其实你已经是皇帝了,你说咱南阳的哪个人敢不服你管?你和过去的皇帝相比,不过是管的地方稍小一点而已。"栗温保听罢嘀嘀笑了:"说得也是,既是这样,我就封你做妃,叫薛贵妃了!"小亚立时披了衣裙,跳到地上学着从戏台上看来的妃子参见皇上的动作,参拜道:薛妃给皇上请安了!话刚说完,两个人就又笑成了一团……

这游戏起初只在他和小亚之间玩,没想到栗温保渐渐竟会玩上了瘾,在和另外两个姑娘幽会时,也命令她们和他玩这个游戏。到最后,不论是哪个姑娘夜晚陪他,都要在外间换上他预先为她们准备的旧时清代宫女长裙,尔后进内室跪地参拜:吾皇万岁万万岁!直到他说一句"爱卿平身",姑娘才能走到床前卸衣。后来是小亚最先被这游戏弄烦了,向栗温保要求道:咱别像演戏似的总来这一套了,太烦人! 栗温保摇摇头说:我觉着这样挺舒心,委屈你就这样照着做罢,也许有一天,我还会封我手下的男人们做大臣呢! ……

一天晚上,他正和小亚玩这种游戏时,门突然被敲响了,他吃了一惊,以为是紫燕听到了风声来寻衅的,急忙令小亚藏进卫生间。门开后才知道,原来是新成立的南阳参议会送来一份急件,说明日早饭后参议员们要开会研究制定战时经济发展法和战时惩治腐败法,请栗温保也预作准备到会发表意见。文件的后边还附了一份剪报,是《宛南时报》上的一篇文章。栗温保没有细看也并没在意这事,往旁边一扔继续去和小亚玩闹。第二天早晨临去开会时,他才找来参谋长询问制定这两法的好处和坏处。参谋长说好处是有利于经济发展和政府清廉,坏处是以后我们在征集粮秣和办一些私事时,因为有法律管着,说话可能就不大作数了。栗温保一听这个立时把眼一瞪:"我们说话不作数了还当官干啥? 妈的,通知参议会那帮舞文弄墨的家伙们,就说这会不要开了!"……

栗温保那天中午在向汉冶酒楼的高台阶上迈步时也多少有些犹豫,毕竟是战时,一个税务查验所长搞大规模的祝寿宴会是有些过分。但他又不能不来参加,因为这位所长乃是小亚的父亲,他经不住小亚昨晚在床上的软磨硬缠而只好点头应允。

他进屋先送上了寿礼:一篮寿桃外加一个金条。这礼是太重了,喜得小亚父亲的那张脸上的笑容都多得要掉下了地。但栗温保几乎没看他的笑脸,只是朝站在不远处的小亚飞了一眼,他送如此重礼完全是讨她的欢心,他看见小亚在人们不注意时朝他抛了一个媚笑。

寿宴宴席整整摆了二十五桌。酒菜十分丰盛,来宾们在酒桌前一个个斗志昂扬,猜拳行令声冲出酒楼像寻窝的群鸟一样在街巷上盘旋。酒过三巡之后小亚的父亲带着女儿给来宾们敬酒,敬到栗温保时小亚一本正经地说:"感谢司令接受家父的邀请,屈尊赴宴,我代表父亲敬你三杯!"栗温保笑笑:"我和令尊是多年的朋友,理当来庆祝他的华诞。"两人嘴上这么礼义周全,眼中交流的却是只有他们两个能懂的要求和应允:——今晚上你必须答应做那个动作;——那是自然……

栗温保那天由酒楼回府时在酒力的催动下快活非常,他根本没想到他赴的这个寿宴会很快在报纸上披露出来。他看到《宛南时报》上的那则消息时已是傍晚。当他打开报纸看见那大字标题:"前方吃紧,薛所长摆寿宴二十五桌;经费紧缺,栗司令送贺礼一个金条"时,真是大吃了一惊,这又是那个姓卓的杂种干的!这不是公开要拆我的台吗?人们看见这则消息势必要对我和薛所长的关系做种种猜测,很可能会因此把自己和小亚的关系暴露出来;更重要的是,重庆方面正强调戒除奢侈努力抗战,这消息要让上边看见,说不定会被做了典型抓住训诫。妈的,卓远,你竟真敢太岁头上动土了,我该让你知道知道我的厉害!你拿你的笔我拿我的枪,咱们就斗一斗吧!妈那个蛋,也怨我,没有早想法把你的报纸封了!从今往后,不经老子批准,谁也别想办报纸,这报纸真不是好东西!娘的,当初,是谁发明的这玩意?……

栗温保后来叫来副官,命他带人带钱到街里的报摊上,把所有尚未卖出的当日的《宛南时报》全部买来烧掉。

"这是一个办法,但不是根本的法子!"副官在接受了命令之后慢腾腾地开口,"日后要再出现这样的事怎么办?还是买吗?"

"那依你之见——"

"有四个法子!"

"哦?"

"第一个,封!"

"这我想过,万一因为查封报纸引起什么抗议游行,更麻烦,如今可是游行成风!"

"第二个,吓!"

"这法子当年已经用过,并没把姓卓的吓倒。"

"那就杀!"

"这步棋最后再走,他在南阳是一个有影响的人!"

"最后一个法子,诱!"

"诱?"

"诱以官和利。在中国,没有一个识字人没有当官的欲望,尤其是那些会写文章的家伙。他们当初寒窗苦读的最终目的,其实就是做官。他们中大多数人与官府作对的原因,是因为他们没有做官的机会。我们如果封他一个官,譬如封他个专员公署的书记长,再把他的薪俸定高一点——中国的秀才都穷,见钱不会不心动。到那时候,他主编的报纸自然就会为我们说话,我们就等于把《宛南时报》买了过来!"

"嗯,这法子倒是可以一试。"

"那我——"

"去办吧……"

12

在那个大群绿头苍蝇游荡街头的正午,省立五中教国文的鲁先生第一次走进尚家大院,来为女儿买做嫁衣的绸缎。就在绸缎买罢和达志告辞的当儿,他瞥见了立在尚家大院里的那块石头,瞥见了石头上刻的▦图案。他的眼珠在大幅度的一抡之后急步走到石头面前,差不多是惊叫了一声:"咦,奇了,这石头上刻的图案和我爷爷当初读的那套《资治通鉴》封面上印的图案一模一样!"

"是吗?!"达志不能不再次吃了一惊。他知道鲁先生原籍山东曲阜,二十多岁后方随经商的父亲来南阳定居,难道在很远的山东那边也有人刻印这种图案?

"这我记得很清,小时候每逢爷爷读《资治通鉴》时,我总在一旁翻看。"鲁先生边说边用手摸了摸图案的刻痕,似乎在同记忆做着校对,随即再一次肯定:"一模一样!"

"那先生知道这图案的含义么?"达志想起自己平日的猜测,心中涌起一股要印证的急迫。

"我曾经问过我的爷爷,爷爷说他那套《资治通鉴》是老辈人传下来的,封面上何以要印这图案以及图案的寓意已经失传,如今每个人都可以有自己的体悟。爷爷说他的体悟是:图案的中间部分是指国家的有规有矩稳定有序之态,四周则是指国家的无规无矩动荡混乱之状。爷爷说图案上的那些竖线可能表示的是国家的内部情况,比如国人是不是讲仁义礼智信和纲常伦理,国民是不是有衣有食有屋;图案上的横线可能表示的是国家的外部景况,有没有由天而降的大灾大祸,有没有他国的入侵异族的来犯。不论是横线还是竖线出了问题,也就是说不论是外部还是内部有了毛病,都可能使国家从稳定有序滑到动荡混乱之中。爷爷说这个图案当初很可能是一个'资治警示图'或'国势预告图',发明它的人意在告诉治理邦国的人或普通国民:国家的有序和无序两种状态随时可以转换。人们据此可以对未来国家的前途做出判断。"

"哦,是这样。如果照这种理解,那下一步我们国家的前途应该可以看明白?!"

"当然,"鲁先生点点头,"眼下,外部有日军不断扩大的侵略;内部有官吏的日益腐败和民众的穷困潦倒,我们这个国家自然要滑向动荡和混乱。"

"还会动荡和混乱?"达志一听这话有些惊了。

"恐怕是的,做好思想准备吧,尚老板……"

我的天哟,再乱下去我这工厂还怎么办?眼下这种景况我已经是很艰难了,倘若真如鲁先生所说——,恐也未必,他和他爷爷的理解就那样准确?再说,尚家先辈人立这块刻有图案的石头的目的,恐怕不会是为了"资治警示"和"国势预告",一个纺绸织缎的人家,考虑的当多是与绸缎有关的问题……

鲁先生那天走罢许久,达志还定定地站在院中那块石头前苦思苦想,直到昌盛来喊他说送丝的来了他才回过神来。他在向丝房迈步时听到了一阵嗡嗡声,抬头才见是一群身个巨大的绿头苍蝇从空中掠过。他的皮肤因厌恶而骤然起了一层鸡皮疙瘩。他忽然想起这种大个苍蝇俗称也叫尸蝇,尸蝇?尸蝇的大量出现是不是在预告将会有尸……

他为自己的思绪流向这个方向吃了一惊,一股寒气霍然间窜上了他的脊梁……

福胜街的北头右侧，多少年来一直是一个牲畜市场。达志至今还记得这市场在兴隆年月里的情景，每天的上午，上千的牛、马、骡、驴、猪、羊在这里上市，牲畜的高叫和着经纪人、卖主、买主间的讨价还价声直上云霄。每逢有生意做成，旁边的酒馆里还总要传出一阵"喝，喝了这杯！"的欢笑声。这些年随着日军侵华战火的蔓延和天灾人祸的频发，这市场已日渐凋敝。达志已很久未到这牲畜市场了，在那个阴沉沉的上午他所以匆匆向市场走去，是为了买一只小羊杀了给织工们改善生活，——这些天，为了给那位美国大使夫人的哥哥赶货，织工们加班加点一个个都很疲累，应该弄一点荤腥让大家尝尝。

达志在向这牲畜市场走时已估计到不会见到很多牲畜，但他万万没想到他看到的竟是那样一副情景：整个市场上没有一只牛、马、骡、驴、猪、羊，有的却是几十个脖子里插了草标要卖的娃娃。娃娃中男娃女娃都有，一个个面黄肌瘦，年龄都在三至七岁之间。每个娃娃的后面都蹲着一个大人，或是当爹的或是做娘的，大人们多是衣衫褴褛目光呆滞以手抱头。达志被惊呆在那儿，欲呼的一口气久久地憋在喉咙里。他平日虽听说过四周乡下因为饥荒有卖儿卖女的，却从未想到这南阳城里竟然真有个娃娃市场。

买主很少，大人们一见达志走近，都抬起了盈满希望的眼睛。达志在一个四五岁的女娃面前停了步子，女娃那懵懂稚气的两只眼睛让他一下子想起了当年的绫绫，想起了自己当初把绫绫卖给董家的情景。他缓缓地蹲下身子，把原来预备买羊的那笔钱全掏出放到了女娃身后的父亲手里，一句"把孩子拉回去吧"的话还未出口，旁边几个娃娃的爹娘就都争着过来说："买我的娃吧，我的娃没病！""买我的娃吧，我的娃听话！""买我的娃吧，我的娃不哭着闹人。"达志摇摇头，把身上带的一点钱全掏出来分塞到几个大人手里说："我不买娃娃，你们领回家吧。"几个当爹娘的感动得要跪下磕头，达志拦住他们，示意他们拉了孩子走。不想这时又有三个妇女大约是看达志心肠不错,抱了孩子含了泪过来说:俺们不要先生一分钱,俺们养活不起孩子了,只求先生把孩子收养下,让他讨个活命就行。说罢,把孩子往达志脚下一放,扭身就走。达志慌了,急喊:"嗳,我咋能收养孩子?"那几个女的听喊,越发捂了脸急走,转眼间就拐过街角不见了踪影。三个娃娃这时也一齐哭了,有喊娘有叫妈的。达志慌得急跑到街角想追上那几个女人,可哪里有影儿。听着那几个娃儿哭得揪心,达志只好到街边的一个小饭铺里赊了三个杂面馍,过来递给了两个男娃一个女娃,三个小人儿显然早饿坏了肚子,抱住馍就啃,再不哭一声。达志愁苦地看着三个娃娃,只好拉了他们往家走,边走边在思谋着如何安置他们。也是巧,达志拉着三个娃娃走到福胜街南头,恰好碰见从福音学校出来的草绒。草绒见达志这模样,怔了怔,忙问咋着回事,达志就苦了脸把经过说了一遍。草绒听罢,叹一口气说:"你们三口人过日月就够难的了,再添这三个娃娃咋办? 也罢,让他们跟我回去吧,我反正也没啥事,又不缺吃的,养他们几年算了,权当是替主帮帮忙了。"边说边在胸前划了一个十字。达志心上很感动,看着草绒拉了三个孩子缓缓往前走,他禁不住照草绒的样子也在胸前划了个十字。主呵,我不知道你究竟住在哪里,可你应该能够看见,这人世上咋就变成了这样,反倒不让人住了?……

那天的晌午时分,达志又去饭铺里买了一篓子杂面馍,让昌盛和他一块抬到了卖娃娃的地方,给每一个娃娃和大人都分了两个。小昌盛显然是第一次看见这种卖娃娃的场面,吓得瞪大了眼问:"爷爷,他们明天咋办?"

"不知道,孩子。"达志摸着孙子的头,"我们现在还没有力量救他们,待将来我们的织丝厂发达之后,我们就会有力量办一个收养院了。现在你该明白,爷爷平日督促你勤学苦做,既是为了让咱的祖业发达为尚家挣来荣耀,也是为了有力量帮助更多的穷苦人家。

唉,啥时候这世上人人都有吃有穿有住就好了……"

晚饭后,达志正一边算账一边忧虑着那些娃娃的命运,忽听院门被人很响地敲起来,他以为是雇的那些买丝的人回来了,忙去开门。门拉开才发现进来的是一男一女,男的提了个大包。达志一愣,问:"你们是——"

"尚叔叔,我是承银,后边有人追我们,我得在你家里躲一会,如果后边的人追来,由她出面去应付。"承银指了一下和他同来的姑娘。达志知道承银的身份,不免有些着慌,但单单冲着云纬,他也要尽力帮助,忙喊来立世,把拎着包的承银领进了后屋。

"你咋着办?"达志转身急问姑娘,未料那姑娘倒很平静,笑笑说:"我没事,我就站在这当院里,你去拿两匹缎子,颜色要一红一紫的,用布包成一个包,我要买。"达志很有些不快:这个时候你还有心买绸缎?!不过既是她这样说了,也只好依她的话做。待达志包了绸缎出来,门就被啪地撞开,进来了一伙拿枪的人。达志慌得还没有开腔,那姑娘倒冲着那伙拎枪的人中的一个大方亲切地叫道:"刘叔,你们也来买绸缎?"

"哦,不……当然……栗丽,刚才是谁跟你在一起?"那个拎枪的瘦子有些吞吐地问。

"是这位尚老板呐,我买了两匹粉色缎子,尚老板要顺路送送我,半路上我又觉着粉色不好,拉他又回来换成了一红一紫。我正要回去,刚好你们来了,刘叔,那就麻烦你帮我把缎子提上。"说着,从达志手上拿过包就放到了那位"刘叔"手上。"走吧,刘叔,时候可是不早了,俺爹俺娘肯定在记挂着我哩!"说着先迈步出了门,在门口又回头交待道:"尚老板,明日上午你派人去栗府找我取钱,我叫栗丽!"

看着那几个持枪的迟迟疑疑地随姑娘出了院门,达志才松了一口气,才想起栗温保有一个名叫栗丽的闺女。他一边奇怪着承银怎么会同栗温保的闺女搅在了一起;一边又惊异着栗丽的沉着应对。这姑娘倒也是个人物!

　　承银从达志的后屋出来那阵已是三更时分。承银提着他手上的布包在和达志告辞时深深弯腰鞠了一躬,说了些感谢掩护的话。达志被心中的那个疑问拱得没法保持沉默,因此带了几分担心地说:"栗温保一直在想法抓你,你和他的女儿在一起可能会有麻烦!"承银在黑暗中笑笑,达志看不见他脸上笑纹的模样但能感觉到他笑了。承银说:"她和她父亲有些不同,她对我的信仰抱有好感,她还同情和支持一切反抗日本军队的人,而我们有一批人恰恰是在破坏日军电话线路时负了重伤,因此我就来找她弄药品了。我们必须利用一切可以利用的关系。唉,这包里就是她给我们的药品。当然,我对她也抱有警惕,请尚叔放心。"承银说罢抬脚就走,走出几步后又再次返回低了声说:"根据我们的情报,日军可能在不久的将来要发动河南战役,其战役的企图和投入的兵力目前尚不清楚,但估计规模不会小了,请尚叔在精神上有个准备……"

　　承银的双脚像猫一样落地,满街的寂静没有受到片刻的惊动。达志在看着承银的身影被夜色消融时,脑子里已被"河南战役"四个字塞得满满腾腾。日本兵会不会再次进攻南阳?我的尚吉利织丝厂难道又要停产?是不是又要来一场灾难?……

13

栗温保是在城防演习刚刚结束,三颗绿色的信号弹还在空中摇曳生姿的时候看见女儿走进自己的指挥所的。他很有些意外,问:"丽丽,你咋来了?"栗丽没有回答父亲的问话,栗丽只是往父亲眼前铺满地图的桌上一坐说:"爹,我想问你一句话,有一对兄弟正为家产的分配不公吵架,忽然来了一伙抢劫的强盗,你说这时候兄弟俩是该继续吵下去还是该暂停争吵合力去赶强盗?"

栗温保笑微微盯住女儿那双纯净清澈的眼睛,每当他看见女儿这双眼睛的时候,不知怎地他都要忽然忆起草绒和大女儿枝子以及当年在卧龙岗西落霞村打兔子的那些日子。"当然应该暂停争吵。"他依旧笑微微地说,从栗丽很小的时候起,他就喜欢回答她提出的一些千奇百怪的问题。

"你敢肯定你的回答没错?"

"当然。"今天演习的顺利结束使栗温保心情很好,他愿意和女儿逗下去。

"那么,在日本兵又要大举进攻中原的情况下,你为何还要派兵去南召山里围剿也在抗日的蔡承银的游击队?"栗丽紧盯着父亲问。

栗温保脸上的笑容倏然而失,他没料到女儿的话里还埋着这样一个陷阱。"小孩子家,别管这些政治上的事!"

"你和他都是南阳人,都是中国人,说到底是一家人,为什么不能一同去打日本兵?"

"你懂什么?!"栗温保瞪了一眼女儿。

"我懂,我当然懂!我知道你们彼此都有自己党派的利益要捍卫,也因此你想把他消灭,他想把你吃掉,可你们想过没有,国家的危亡,国民的平安,人类文明的发展是比你们党派利益重要得多的东西?!"

"住口!"栗温保抬手拍了一下桌子,"我和蔡承银根本就不是一家人!"

"什么叫一家人?"栗丽两眼一眨不眨地盯住父亲,目光中充满挑衅意味。

"好了,丽丽,"栗温保显然不愿和女儿再争下去,声音和缓了下来,"回家去吧,回去告诉你妈,就说我今晚回去吃饭。"

"爹,答应我吧,别再去攻打蔡承银他们,"栗丽的声音也柔软起来,"你们在日本兵面前是一家人,怎么可能不是一家人呢?"

"他要想和我成一家人,就等下辈子吧!"栗温保尖利的笑声像腊月间屋檐下挂着的冰条一样。

栗丽直直地盯住父亲的脸,两排玉牙慢慢咬了起来,随后,便听她压低了声音说:"不用等下一辈子了,爹爹,就在这辈子,我已经让他成了你的女婿!"

"什么?!"栗温保像突然被戳了一刀似的跳开了一步。

"他已经是你的女婿了!"

"你——?!"

"我本来并不想在这种场合说这件事,我告诉你的目的只是为了让你知道,你和他是一家人,一家人!"

"你这个死女子——!我打死你——!打死你!"他狂怒地拔出了腰里的手枪挥舞着。

"打吧,爹爹,你打吧,你不仅可以一枪打死你的女儿,还可以同时打死你的外孙或外孙女——我已经怀了他的孩子!"

"噢——！你这个——"他手中的枪啪地响了，子弹朝上直钻进指挥所的屋顶，震下了一缕黄色的土尘。几个卫士闻声冲进屋来，看见屋中仍是父女两个相对而立，一时不知发生了什么事情。这当儿，栗温保边把枪往地上重重一扔边歇斯底里地吼："滚，都给我滚——"

栗温保从狂怒中恢复了镇静是回到了家中之后，他在从隔壁传来的栗丽的哭声中慢腾腾地踱步。他的两眼不时地在墙角看见蔡承银那模糊的面影，杂种，你竟敢来糟蹋我的女儿！尽管他不时地把眼闭上一霎，但那想象中的可怕的场景却总在他眼前展开：蔡承银的那双手正在麻利地解着栗丽的衣扣……他不得不时时摇头把那场景赶走，不得不一次又一次压灭心底里复燃的火苗。这件事必须赶紧了结，不仅仅是因为栗丽的身孕拖下去会很麻烦，重要的是我的女儿和共产党来往的消息传到重庆会引来祸患！紫燕，你这个狗女人整天都在干些什么，竟然连一个女儿都看护不住！栗丽，当初我真不该送你去上学，给了你接触那杂种的机会！蔡承银，你从我的手下逃脱了一次又一次，但这一次决不会让你再逃走！他朝门后的副官招了一下手，压低了声音交待：给南召方面再增派一个营，命令他们配合伏牛山工作团务必尽早抓住蔡承银并彻底消灭他的游击队！

当副官的脚步声响出门外之后，他走进里间走近一直呆坐在床沿的紫燕身边。

"丽丽还在哭。"紫燕似乎是在提醒丈夫注意倾听女儿的哭声。

"让她哭吧，她多流点眼泪有好处，现在你去把那种药拿来！"

"药？啥药？"紫燕站了起来。

"那种药！还用我来提醒？"

"你是说打胎？天呐——"

"还不快去？！"

"可是,丽丽的身体很弱——"

"还要罗嗦?!"

紫燕只得起身出去,不大工夫之后拿了一个纸包进来。

"用开水冲好,就说是镇静睡觉的药,哄她喝了!"

"我——"

"你要连这件事都办不好,那就——"

紫燕默默起身拿过杯子,把药粉放了进去……

第二天的头遍鸡叫时分,寂静的栗府里再次响起了栗丽的哭声,紫燕听到哭声,慌得连鞋也没穿就朝女儿的房中跑去。栗温保坐起身,倾听着隔壁屋子的动静：

妈妈,这是怎么了？怎么了？……

……别怕,丽丽……别怕……

妈妈……那是什么？是什么？……

……没什么,孩子……你躺好……

……妈……那是不是……

……丽丽……一定是你昨天过于伤心……

栗温保舒了一口气,重新躺下去。蔡承银,你别做梦了,你休想攀我栗家,你的后代已经完了,你是想要儿子还是想要女儿？……

"才刚刚成形。"紫燕扎煞着双手走近床沿说。灯光下,那手上还依稀沾有血迹。

"唔。把那东西包好,埋远点,最好埋到城外,坑要挖深!"

"丽丽要亲自去。"

"可以答应她,但她必须应允一个条件:不能哭!你陪她去,不能坐家里的轿车,坐人力车,把车停远点,不能让车夫看明白你们要干什么。她回来后,再不许出门;同时,你要抓紧与我原先给你说的那个人联系,一个半月之后,把她嫁出门!"

"一个半月？"

· 81 ·

"我不想再有丑闻!"

紫燕没有说话,隔壁栗丽的抽泣飘进来撕碎了室内的静寂。曙色一点点地增加,白色的窗纸上映出了最初的一缕红霞,那霞光渐渐加深,慢慢变成血一般的殷红……

14

云彩像决堤的水一样漫过来,把正在爬升的春阳和蓝湛湛的天一齐淹没净尽;风带了一点甜丝丝的雨腥气随后赶到,同云纬刚栽好的那些桑苗嬉戏——桑苗上那不多的叶片,被风逗出哗啦哗啦的笑声出来。云纬抬脸看了一下天,轻舒了一口气。这真是一个栽桑的好天气。树刚栽下就来场雨,要不了几天,这些桑苗就会把根须扎下土去。

在自家院门前的空地上栽桑树,是云纬那天在听了达志叹息蚕丝越来越难买到之后萌生的。门前的这片空地,差不多可以栽四五十棵桑树。靠这几十棵桑树养蚕收茧,得到的丝自然不会很多,但把这点丝送给达志,对他多少也是一个帮助。云纬每每看到达志被原料弄得愁容满面时,都满是心疼,她太想给他一点帮助了。而且云纬还想得更远,倘若自己把桑树栽好把蚕养好,让村人们看到干这个也能卖钱,大家就都会在自家的宅前屋后种起桑树来。到那时候,百里奚村就会变成一个大桑园大蚕场,尚吉利织丝厂就可以把这里作为一个小型原料基地了。

她把又一棵桑苗放进刚刚挖好的土坑,预备拥土埋根时,背后忽然响起一个低低的声音:"请问大娘,这里是一位姓盛的大妈的院子吗?"云纬扭脸见是一位十几岁的小姑娘站在背后,忙点了头说:"我就姓盛,你有事?"

小姑娘双眼慌慌地瞅了一下左右,这才又伸手去裤兜里摸出一个信封飞快地放到了云纬手上,压低了声音说:"栗小姐让送给你的!"

"栗小姐?"

"就是栗丽,栗司令的女儿。"

"哦?"云纬恍然记起了许久之前那个漂亮姑娘的突然造访。

"我走了。"小姑娘说罢,便慌不择路地向村外走去。

一种出了什么事的预感陡然揪住了云纬的心,她慌忙撕开信封,信纸上是两行无头无脑潦潦草草的字:"告诉他,他的孩子埋在白河南岸柳林南沿从东数第四棵与第五棵柳树之间。让他别来找我,切切。"

告诉他?谁?承银?只能是他了!

他的孩子?谁的孩子?承银的?可他——难道是承银和她——天呐——

孩子怎么了?出了啥子事?埋在——噢,我的孙子还是孙女?苦命的孩子!

承银,你该早给我说的,说了我就会想法去照顾她,或许就不会出这样的事了,她毕竟没有经验。为啥不早给我说呢?你和她——她的父母同意了?……不像,刚才送信的小姑娘为啥那样慌张?……

那天剩下的时间云纬没有再栽成一棵桑苗,她的心被这封短信弄得纷乱如麻。她很想立刻就见到承银——这么多年来,她还是第一次急迫地想见到这个长子。但她明白她只能在家中等待,她根本不知道他现在哪里。他每次出门,从来没有告诉过他的去处。

快回来吧,孩子,家中出事了!我当初真不该放你出去,要是你安安生生地在家里,你肯定早就成家了,说不定我也早抱上了孙子、孙女……如今一切都还是空的、空的……

承银看到栗丽那封短信已是在十四天之后。其时,他刚刚从一场围剿中逃出,衣履上还沾满了伏牛山的黄土和酸枣刺。母子俩的见面照例是在夜晚,照例是在百里奚村西那个松柏环绕的方家坟园里。漆黑的夜色把远远近近的坟头变成似有若无的黑影,承银就在这黑暗中从母亲手里接过了那封信。信笺展开时他用手指在上边细细摸了一遍,那轻柔的动作就像是当初触摸栗丽那细腻光滑的肌肤。承银至今还记得第一次和栗丽见面的情景,那是在他化名进南阳女师教书的首堂课上。那堂课他讲的题目是:中国传统哲学的立旨原则。他刚刚讲了中国传统哲学是建立在两个原则之上:"治人"为本,"治物"为末的政治原则;道德为本,智慧为末的伦理原则。一个短发齐耳的女学生就昂首站起来说道:还应该补充一个原则,就是前人为本,后人为末的尊祖原则。中国社会从殷代起就形成了祖宗崇拜的传统,殷人相信人死可以成神,因此重视祭祖,祈求祖宗在冥冥中降福保佑,殷代的帝王每每以祖为称号。到了周代,祖宗神仍是崇祀对象,《尚书·金滕》就有记载。殷周以后,中国社会祭祖的传统从未中断。也因此,中国古代的思想家无不敬祖尊祖,尊祖主义,也就成了中国哲学的一个根本原则……承银当时被女学生的这番滔滔长论惊住,他没想到女师竟有如此善于思索和敢于表达的学生。也就是因为这个,他把这个女生的姣俏面孔连同她的名字"栗丽"一起,印在了脑子中。半个月后,当他从上级那里得到指示:"主动接近栗温保之女栗丽"时,他半是惊诧半是欢喜。自此,他便以老师的身份开始了和栗丽的交往。最初的交往目的很明确,就是为了从她那里获取关于栗温保的各种消息,但不知从什么时候起,一股隐秘情愫从他心里长出了。尽管他清醒地意识到了必须抑制心中滋长的这种东西,可他最终没能掩饰住……

母亲一直沉默在身边的黑暗里,他不知道母亲看没看信的内容,他带了一点急迫和激动看警卫员去坟头上捕捉萤火虫。片刻后，四个萤火虫被警卫员轻轻攥到了手中，一丝光亮从一道指缝间露了出来，承银就在这点光亮下读完了信的全文。警卫员见他折上了信纸，便也把四个萤火虫分两次很小心地放走了，于是黑暗便再次展开在承银眼前。

……银哥，我知道你对我爹满怀戒备，也知道你最初接触我的目的只是为了从我这里打探我爹那方面的消息，更知道他一直想抓住你。

知道了就好。

可你们却都愿抗日。

这倒也是。

你们为什么就不能携起手来？譬如说让他发给你们好枪——你们的枪多么少呀！而你们可以多给他出点练兵布防的主意——你是这样的聪明。

不可能。

啥叫不可能？我偏要让它可能！就是为了这个"可能"，我今晚要做一件事情！

一件事情？

一件把你和他紧紧联系起来的事情！

联系起来？

我要让你变成他的女婿，让他成为你的岳父！我要让你们再也不能彼此仇视、动手！

你？

懂了吗？懂了就过来，还要我自己解衣服？

但是——

你别装模作样了，我平日看到过你的眼睛，你喜欢我，你常在我扭开脸时瞅我的胸脯，现在我让你看个够！

栗丽……

……它们好看吗？大不大？你的手在抖。你过去摸没摸过别的女人的奶子?……

……没……

……那就尽情摸吧,只是轻点……轻点……你和我爹虽然信仰不同……党派不同……但你们都是人……都是中国人……为什么就非要打个你死我活不可?……裤带不是那样解的……别急……从明天起……你太慌了……我的腰……慢点……哟——

……丽……我喜欢死你了……喜欢死了……

……慢点……我疼……我疼……

……丽……给我……生个孩子……

……我……会的……会的……有了孩子……向你叫爹……向他叫姥爷……我看你们两下里……还怎忍心打下去……

"承银,走吧,你们走吧,天快该亮了!"一直沉默在黑暗中的云纬此时开了腔。这声音在延续的静寂中显得有些突兀,把呆站在那儿回忆往事的承银惊得身子一晃。

"走吧,孩子。"

"妈,你回村去,我想去看看!"

"看啥?去哪儿?"云纬的声音里满是惊慌。

"去……看看……孩子……"

"可是——"云纬没再说下去,她理解儿子的心情。她只是静听着儿子的脚步在坟头之间响动,并最终消失在接替夜色的晨雾中……

那天的黎明时分,白河南岸早起的农人们发现,在柳林的南沿跪着一个男人,头低垂着地,双手深深抠进土里。农人们并没有惊奇,这年头什么样的怪事都能出……

15

又一批新织的绸缎送进染房的那天上午,立世把儿子昌盛叫进了染房屋里。小昌盛以为爹要他帮忙,刚在染锅前站好,不想立世就已经嗵一声把门插死了。昌盛一愣,以为自己做错了什么惹爹生气,忙带了小心说:"爹,我这些天一直在照看动力机,机子没出毛病!"立世摇摇头,沉了声说:"爹今天叫你来,是为了把配染料的法子传给你!按咱尚家先辈的规矩,这法子只传长子,且要在长子十六岁时再传。你今年岁数虽还不够,可已经懂事,这兵荒马乱的年月,我想还是早传给你好!"昌盛忽闪着眼睛把头点点。

立世小心地从衣袋里掏出一片纸来,指着上边的字说:"这是染印各种花色时颜料的配方比例,你必须把这些数字记死在脑里。"昌盛闻言刚要伸手去接,不防爹又把手缩了回去:"这张纸在你手上只能停留五天,五天后我就要收回来烧毁,你要在五天之内把这些数字牢记在心里。我们尚家历代人都是这样做的,只有这样才能保证不使任何外人得知我们的配方!我们不在世上留任何关于配方的文字记录,这些是我为了传你才临时写在纸上的!"

"哦?"小昌盛的双眸里满是惊奇。

"这纸上还有一点我没有写出,这就是每一锅染料配完之后,要滴一滴血在锅里!"

"一滴血?"

"对。比如我们今天要染的是杏黄颜色,按二、一、三、五的配方配好颜料之后,就用小刀把手指——不论哪个手指都行——割破一个小口,挤出一滴血在染料锅里。就这样割,这样挤!"立世边说边做了个示范,把一滴殷红的血滴进了染料锅里。

"为啥要滴血?"

"这是老辈子传下来的规矩。听你爷爷说,当年咱家的绸缎无论怎样染,在鲜亮度上都赶不上苏杭的绸缎。有一天,一位祖爷正伏在浸满绸缎的染缸上发愁,忽闻一股异香飘进屋里而且听见屋顶啪的一响,那位祖爷抬头看时,只见一股白烟在屋顶弥漫,白烟中现出一个鲜衣亮带发髻高挽的仙女,那仙女取下头上的银簪径向那位祖爷扎来,祖爷躲闪不及被银簪扎伤了手指流一滴血出来,那滴血恰好滴进了染缸里。未料当天那缸绸缎染出后竟鲜亮异常,使所有看见的人都啧啧称奇。也就是从此开始,咱们家染绸时兴起了滴血的规矩。"

"噢?!"

"当然,在手指上割口滴血时,要先把手上沾的颜料洗净,别让颜料渗进刀口里去。也不必怕这样做会伤身子,一滴血对于人算不了啥!"

"我懂。"

"知道了这些配方和滴血法之后,要时时记住不能说漏了嘴让别人知道。多少人包括洋人都想弄明白咱们的配方比例。日后除了你儿子之外,不管是谁向你问起,即使这个人是你的妻子、女儿,是你的岳父、岳母,都不能说!明白?"

"俺明白!"

"还有一条,今后一旦我和你爷爷不在人世,你独自配染料时,每次一定要先插上门,要检查屋里有没有外人藏匿,要时时提防别人的眼睛!"

"俺知道!"

"只要把染料配好,具体染时可以让雇工们干,明白?"

"嗯。"

"现在你站在旁边,看我再给你做一次——"

咚咚!敲门声把立世的话音打断,他急忙示意昌盛把那张纸装进贴身衣袋,这才去拉闩开门,原来是父亲。

"咋了?让昌盛在这儿干啥?"达志有些意外地问。

立世示意儿子出去,待昌盛出门之后才答:"我把配方传给了他。"

"哦?为啥不先同我商量?他还不到十六岁!"

"爹,你听到街上流传的消息没?日本人要打'河南战役'了,万一他们再打到南阳,万一我有个三长两短,这尚家就靠他了!"

达志有些惊疑地望着儿子,半晌才说:"即使老天爷要尚家再死一个,也该是我,怎会是你?!"

"爹,你一定要活下去!我嘛——"

"你怎么——?"达志的眉毛惊得要飞。

立世笑了一下:"日本人一来啥事都可能发生,我只是心里想做个准备。"

"你甭给我说这种不吉利的话!"达志狠狠瞪了一眼儿子……

日军将发动"河南战役"的消息开始像暮色中的蝙蝠一样在南阳城的街巷间盘旋翻飞,市民们的心便如绑在秋千上一样忽高忽低起来。街市上有了逃难的最初迹象,不少人开始抢购吃的东西。这情况使尚达志想起承银当初的警告,不得不再次忍痛决定停止生产,以便把织机先埋藏起来。

最后一部织机停止运转是在一个半后响。满院子的轰轰响声突然消失所带来的那种寂静竟然也会对人的耳膜产生压迫,达志双手捂耳抱头蹲在院里,许久许久一动不动。

这一停又该是多少时间?几个月?一年?尚吉利织丝厂为啥就脱不了这种折腾?啥时候俺才能安安心心织绸织缎?……

因为有了上次的教训,达志决定不把机器埋在自家院中而埋到城外去。但埋在城外的啥地方最安全?随便找一块僻静的野地?那挖出的土势必要引起人们的注意。达志最后想到了云纬的那所院子,那倒是一个好地方,既在城外又在村边,且有院墙遮挡,挖土时也好有个遮掩。

达志在一个傍晚去找云纬说了这个想法,云纬自然同意。于是说干就干,达志找来了几个亲戚朋友,连夜开始秘密地挖洞。

机器后来是用五个晚上悄悄拉出城放进洞的。一切安排妥当的那个晚上,达志坐在云纬床前默望着院中那个伪装好了的地洞,想着平日轰响着的织机如今死尸一般寂无声息地被埋在土里,两个眼角就溢出了两滴泪。云纬看见,走过来低声劝慰:"想开点,也许要不了多少日子,就会把日本人赶走,那个时候再织吧……"边说边撩起衣襟替他擦泪。未料云纬越劝,达志越是伤心地想起这些年的遭遇,哽咽得越发厉害起来。经历了很多磨难的云纬,仍是听不得男人的哭声,达志几声抽噎一起,云纬的心竟像被揉碎了一样,遂把达志的头紧紧抱在怀里。

不知过了多久,村中忽有锣鼓声传来。已慢慢平静下来的达志哑了声问:"这时谁还有闲心敲锣打鼓?""八成是卓先生领的演剧队又来演抗日戏,这些天,他们一直在周围的村子中演,有时演《血战大上海》,有时演《卢沟桥》,有时演——"

"卓先生?哪个卓先生?"

"就是你的邻居卓远校长,要不要去看看?"

"哦?"达志这才想起,因为忙厂里的事,已有好些日子不见卓远哥了。其间,只听说栗温保派人邀请他出来当南阳专员公署的书记长,他不干,没想到如今竟领起剧团演戏了!

戏场就设在村中的一片空场上。不大的舞台被几个松明火把照得雪亮,舞台上方的红联上写着:南阳五中、南阳女师、平津同学会抗日演剧队。台下站着黑鸦鸦一片村民。达志和云纬走进场

时,舞台上正有一个姑娘在唱:

> 擀面杖,两头尖,
> 打成饼饼圆又圆。
> 有葱花,有油盐,
> 又是香来又是咸。
> 哥哥杀敌上前方,
> 把这饼儿带身边。
> 饿了请你吃个饱,
> 杀敌不怕胳膊酸。
> 何时打垮日本鬼,
> 回家咱们再团圆……

达志在舞台一侧,看到了正伏在一盏油灯下写着歌词的卓远,灯光把卓远头上的白发照得根根毕现。卓远写得聚精会神,脸上的皱纹正随着笔的移动时聚时散,并没注意到达志和云纬就站在身边,直到他大约写完了一首歌词抬起脸来,才惊喜地叫:"你们——"

"卓远哥,有啥事儿要我帮忙么?反正厂子已经关闭,我如今也是个闲人了——"

"嗨,"卓远叹口气,"偌大的中国,既放不下一张书桌也放不下一台织机了。你既是闲着,刚好几所中学近日发起了一个为前线将士募捐寒衣的运动,你就去这个募捐委员会吧。"

"那我就先捐买三千套棉衣的钱,三千套够不够一个师的军人穿?"达志的脸上陡然现出了亢奋的光。

"量力而行吧,你还要留点钱以便以后恢复生产哩。"卓远感动地拍了拍达志的肩。

"不,三千套!"达志几乎是发誓似的喊……

16

郑州、洛阳、许昌沦陷的消息抵达南阳是在一个没有晚霞的黄昏。载着沦陷消息的《宛南时报》在渐浓的暮色里被人们默默传递。市民们不约而同都拥到了街上,彼此没有话语,只有眼睛在交流着心中的惊惶和忧虑。往日乱叫的狗们也很知趣,都敛了声屏了息卧在墙角里。

栗温保得到消息自然要早。这几天,他一直站在地图前看参谋们把日军进攻的蓝色箭头画得越来越近。传说已久的河南战役到底开始了,而且日军的前进速度是如此惊人,他们的下一批目标是哪些?漯河、襄县、叶县、鲁山?再下一批呢?无疑是方城、南阳了。看来,又要打一仗了!一旦打起来,结果会是怎样?守住南阳?恐怕未必吧,那么多设防坚固的大城都丢了,南阳就会固若金汤?很可能是再次兵败而走了。若是不打呢?不打倒是很容易,日军秘密派来劝降的使者就住在一旁的偏院里,他们给的条件倒也优厚,城陷后自己做豫鄂边防司令和南阳复兴委员会的委员长。这倒不能说不是一条路,河北省主席庞炳勋和新五军军长孙殿英不都是走的这条路?可真敢答应吗?谁敢保证将来的战局不发生变化?万一中国军队再把日本人打败怎么办?那时候自己岂不要被当做汉奸惩治了?不要落一世的骂名?而且很可能会被人们像对待秦桧那样塑一尊跪像让人唾骂。中国人很少饶恕过卖国者,投降不就是卖国?!若干年以后,说不定人们会指着我的儿孙说:

这就是卖国贼栗温保的后代！后人中也许会有人愤而大骂：我们的爷爷为什么是这样一个混蛋？！有的人尤其是女儿和孙女们，也许会因羞愤而自杀。不，不能投降！那就坚守下去？与南阳古城共存亡？那倒是会落一个英雄的名声。可把如此安逸舒服的生活扔了不也太可惜？！一个空空的英雄名声就换走了我千辛万苦得来的一切？不！这时局的发展会不会也有另一种可能：日本人彻底战胜中国？这种可能并不是就不存在，日本人从东北打到华北，从华北打到中原，从中原打到华南，也许他们真能打到四川打到西南，把全中国完全变成他们的。要真是这样，投降不就是棋高一着了？！罢罢罢，就和日本军派来的密使谈一谈，既不答应什么也不完全把这条路堵了，咱们骑驴看唱本，走着说着⋯⋯

栗温保在那个没有晚霞的黄昏完全被黑夜代替之后，对副官说："我可以去见见日方派来的那位涂先生，但要严密封锁消息。"副官于是领着他向偏院走去。

涂先生是一个谢了顶的五十来岁的中国男人，栗温保同他握手时看到他的嘴唇又大又薄，便明白此人能言善辩是一个经常充当说客的角色。栗温保心上猜测着日本人让他来劝降一定也给了他什么，是钱是屋是女人还是官职？世上男人们图的也不外乎这几样东西。他故意不主动同姓涂的谈论时局谈论守城谈论日军的进攻，只问他吃好睡好没有身体如何是不是第一次到南阳，只同他扯些南阳城的出产、历史和名人，想看看他怎样说到正题。那位姓涂的果然急于谈他此行的任务，待栗温保的话刚一停顿就单刀直入地问："我让你的副官向你转达的条件你觉得怎样？你让我在这小院里秘不见人地住了三天，看来是主意还没有拿定？是不是对皇军的最终胜利还有怀疑？"

栗温保笑了一笑，开始在心中琢磨用什么样的词句回答才不至于让对方完全失望，不至于得罪对方，正在这时，院子中突然响起了噔噔的脚步声，随即是哨兵的劝止："你不能进去！"栗温保闻声一阵紧张:什么人闯进了这个院子？他曾严令不许任何人走进这个小院,一旦他和日方密使会面的消息传出去可不是一桩小事!

"我找我爹有急事!"一个女人的声音扑到屋里。

原来是栗丽。栗温保稍稍松了一口气。"栗丽,回你的屋去,我正有事!"他朝院中喊了一句,他也不希望女儿看到这个场面。但是晚了,栗丽已经哐啷一声推开了门。

栗丽在屋里站定之后并没有去看父亲,而是直盯着坐在黑漆靠椅上的涂先生,箭一样的目光如同要把姓涂的钉在那里。栗丽原本红润的脸这些天因为抗婚因为过半幽禁的生活而显得有些苍白——她因坚决不嫁父母应允的那个人而被父亲勒令不准出府门。

"你来这里干啥？快出去!"栗温保不高兴地朝女儿挥手。

"我听说家里来了一个客人,特来看看！再说你当初只是不准我出府门,并没有不准我进这个小院!"栗丽转身朝父亲冷冷扔了一句。

"看来这位就是令媛了,我姓涂。"涂先生微笑着起身朝栗丽点头。

"是从日本人那里来的？"栗丽脸上在笑眼却在眯着。

"既然你已经知道了,我也就不再相瞒,我是酒井师团长的朋友。"

"如果你把我父亲劝降了,日本人答应给你什么官职？"

"这——"姓涂的脸上满是尴尬。

"栗丽,回你的屋去!"栗温保面露愠色。

"回去干啥？"栗丽回瞪了父亲一眼,"我还是第一次看见汉奸呢,让我好好看看汉奸的嘴脸!"

"你……敢骂……我?!"姓涂的脸涨红了。

"栗丽,给我滚出去!"栗温保鬓上的青筋开始跳了。

"我骂你？你他妈的当汉奸还不算,还想让姑奶奶也当汉奸的

· 95 ·

女儿,我当然要骂你!"

"栗温保——,你应该知道你纵容女儿的后果!应该知道酒井师团长的厉害!"姓涂的冷然转对栗温保说。

"栗丽——"栗温保真有些慌了。

"后果?我倒要让你先知道后果!"栗丽咬牙说完这句,突然嗖一下从衣袋里摸出了一把勃朗宁手枪,猛地指住了姓涂的。

"不能胡来——!"栗温保见状惊骇至极地喊了一句。但是晚了,他的喊声还未落地,枪声响了,姓涂的应声倒地,不过并没死,他只是捂着腹部喊叫:"妈呀——"

栗温保被惊呆在那里。听见枪响冲进来的副官和哨兵们也吓愣在那儿。

"不要害怕,爹!"栗丽这时平静地转对父亲,"我只是因为不想当汉奸的女儿对他发了点怒气,并没有打算将他打死,切断你投降的路,你这会儿只需把我打死,把他送到医院救治,你们的投降谈判仍可以进行下去,来,枪给你!"栗丽边说边把枪放桌上朝父亲刷一下推过去。"朝这儿打!"她指了一下自己的胸口。

原本捂腹呻吟的姓涂的,这会儿看见栗温保拿起枪指向了女儿,塞了痛楚的眼中重又充满了希望,忍住痛说:"我会对酒井师团长说明真相,这并不是你的过错,我保证——"

"乓!"子弹又一次痛快地奔出了枪膛,不过应声倒下去的不是栗丽而是姓涂的,这一次他彻底阖上了嘴巴,只有双眼还含有惊诧。

"爹——"在短短的一瞬静默之后,栗丽张臂朝父亲扑去,"我知道你会这样做的,你会的!"她把脸深深地埋进父亲的怀里,"我坚信你不会去当一个汉奸而让国人唾骂,不会把耻辱留给你的子女!你不会的!……"

枪从栗温保的手中掉了下去,他轻轻叹了口气,任凭女儿摇晃他的身体。

"爹,你不知道我有多么高兴!从今往后,我会爱你的,我会听你的话的!我知道你其实是一个好父亲!我现在决定遵从你的安排,去和你选定的那个人结婚,尽管我并不爱他,可我要做一个听话的女儿……"

第二天的《宛南时报》头版上,刊载了一条大字消息:栗将军击毙前来劝降之汉奸,决心和日军血战到底……

消息是栗丽亲笔写好亲自送往报馆的……

17

疏散全城居民的命令是在日军占领城东北的赊旗镇之后发出的,那是一个在细雨里即将靠近黄昏的下午。有过一次陷城经历的市民们哪敢耽搁,立刻背上预先打点好的包袱开始在淅沥的雨声中出城向西逃去。

达志一家和雅娴、绫绫、月儿一起出城往西走,在十二里岗和一直等候在那里的云纬会在了一处。立世和绫绫背着三家人的衣被和吃食,其余的都空手或打纸伞或披蓑衣杂在逃难的人流里。这是一支看不见头尾不停蠕动的队伍,队伍里的哭喊声和催促声此伏彼起。达志透过伞沿的雨滴望着在泥泞中惊慌挪动脚步的人们,忽然想起过去在夏季的雨后看见蚁窝被淹后蚂蚁们奔逃的队伍,它们也是排成长队惊慌出逃的。天呵,这种逃难的情景什么时候才能不再发生?……

达志一行人是半夜时分逃进伏牛山的一个小山村的。他们决定先在这里停下脚歇歇,尔后根据情况再决定是否进深山沟里躲避。

达志毕竟上了岁数,长途的步行累得他在借宿的山民的草棚里睡得很熟。他第二天早上是被一种持续的磨刀声惊醒的。他走出草棚时看见立世正在一块磨刀石上磨一把镰刀,他认出镰刀是他们家平日砍削桑树枝叶的那一把,而且霍然记起这些日子立世总是得空就磨这把镰刀,有时还拿着镰刀在院子里乱抡,偶尔还会嗖地把镰刀朝后院的一棵树桩扔去,让镰刀利索地把树桩削去一段。也许立世这是为了防身,这年头有一个防身的东西也确实必需。达志在这个早上看见立世手中锋利的镰刀时并没想别的。

第三天后响传来消息,南阳城已经全部陷落。尽管这已是意料中的事,可人们听说后还是被惊住。所有在这个小山村落脚的逃难的人们都沉在一片静默里,只有立世又拿起了他那把镰刀,走到房东的磨刀石前霍霍地磨了起来。西坠的没有了暖意的春阳,只看了一眼那被磨得锃亮的镰刀刃,就在磨石的啸叫声中吓得最后滚进了山里。

这天晚饭时,在山村里避难的人们突然听到一阵惨厉的狗叫,人们先是吃了一惊,以为日本兵真的已经来了;后来才弄清,原来是立世在杀一条狗。他用他磨得十分锋利的那把镰刀,硬把一条半人高的狗砍得七零八碎,弄得满身满脸都是血迹。狗的主人——一户山民见立世把狗砍得这般模样,不高兴地问他是咋着回事,立世当时一边喘息一边慢吞吞地说了一句:我想试试这把镰刀。那山民被弄得目瞪口呆:天底下竟有这样的人,为了试刀就把我的狗杀了?……

日本兵开始出南阳城西犯的消息,在第五天早上被外出打探情况的年轻人们带进了山村。逃难的人们立刻决定向深山里转移。立世就是在这天傍晚大伙转移到一条名叫酸枸沟之后突然失踪的。他的失踪引起了雅娴、云纬和绫绫的惊慌,达志在最初的那阵慌乱过后,想起了立世这几天对那把镰刀的打磨,想起了立世早些天对昌盛说的他可能会死的话,他觉得他猜到了儿子的行踪,一股深深的担忧也随之朝他的心底钻去。

立世是在五天后的一个霞光灿烂的清晨出现在酸枸沟的。最先看到他的一个逃难姑娘吓得尖叫了一声"妈呀"便往人群里钻。满身是血的立世那刻一手搀着一个年轻女人一手拎着一个柳条编的小篮,面孔阴郁地站在酸枸沟的沟口,那把带血的镰刀就插在他的腰里。人们惊异地认出,立世搀回的那个胸口洇血的女人,是早

· 99 ·

先在尚家帮过工的尤芽。其时,鲜艳的霞光把立世沾血的身子映得通红一片。

"你上哪儿去了,哥哥?"绫绫跑过来追问。立世没有回答,只是用目光示意妹妹把软在他身子一侧的尤芽搀走,他自己则手提着那柳条篮阴沉着面孔径向沟边的一棵杉树走去。那篮里沉甸甸分明盛着东西,但上边盖着的树叶遮断了人们探究的目光,人们只在篮底发现了一些晶莹的血珠。

立世把那个柳条篮挂在了杉树最高的树枝上。

达志一直默默地注视着儿子,他一开始就知道儿子是去找了日本人,但他猜不出那柳条篮里究竟装了什么,也不明白他怎么会把尤芽又带了来。他没有问,他想他能够慢慢看明白。

立世在山溪里洗净了身上的血迹之后,云纬和绫绫给他拿来了干粮。他显然饿极了,大口吞吃着,但吃完后他只望了一眼树杈上的那个柳条篮,就突然呕开了,哇哇地把吃下去的东西又都吐了出来。

那天的正午时分,有几只秃鹫开始围着那棵杉树盘旋。人们一开始并没理解秃鹫盘旋的目的,直到它们向挂在树杈上的那个柳条篮俯冲时才明白那篮里有它们喜欢的吃食。后来有三只秃鹫从那柳条篮里各叼出一坨东西飞走。好奇心特重的单身汉老七爬上邻近的一棵杉树观察,当第三只秃鹫叼起吃食飞走时,老七在树上惊叫了一声:天呐! 老七从树上滑下之后开始压低声音宣布他的发现:原来是和睾丸连在一起的男人的那个东西!⋯⋯

达志叹了一口气,扭脸去看立世时,立世正呼呼大睡⋯⋯

容容,我报了仇了!

我当初在你的坟前发过誓,我兑现誓言的时候总算到了。

我是一个人潜回南阳城边的。我只拿了一把锋利的镰刀。过去,我用这把镰刀割过后院里墙根处的草,删削过桑树的枝叶;今天,我要用它削掉日本兵的那个东西!这些杂种不配拥有繁殖后代的器具!

我藏在城边的庄稼地里,我知道我只能对付单个的日本兵,我必须等待时机。

当第一个目标向我靠近时,你不知道我的心跳有多么急,我握镰刀的手抖得有多么厉害!那是一个白胖的日本兵,臂下挟着一个青年女子,我不知道那女子为何没有逃走而落在了日本人手里。女子边被拖拉着走边哭叫着。日本兵显然也想找一个僻静的地方再动手,挟着她径向我藏身的庄稼地里走来。那杂种在离我有一百来步的地方放下了女子,随后他从他的枪上卸下了刺刀,他拿着刺刀在那女子的脸上比划了一下,女子的哭叫便戛然而止。接下来他扔下刺刀去脱那女子和他自己的衣裤。我就在这当儿顺着垅沟悄悄地向他爬去。那杂种太专注了,直到我爬得离他三步远时他还毫无知觉。我是一下子跃起朝他的头上砍的,不知道是他的头不经砍还是我把镰刀磨得太锋利了,整个镰刀全部砍进了他的头里,他连哼叫一声也没来得及便倒了下去。我先把那女子的衣服扔给她,随后动手去割他的那个东西。耀武扬威的日本兵的那个东西原来并不经割,我用镰刀尖轻轻一旋它就像被剜出的红薯一样滚了下来。那真是一个令人恶心的和野兽们的那东西一样丑陋的物件,我差不多已经没有了带走它的心情,但后来我想这是它们作恶的证据,我应该收集起来让老天爷看看!……

我的第二个目标是在葛庄的村头。这个日本兵正把一位拼力反抗的妇女绑在树上,尔后用刺刀去割烂她的衣服。当他把那妇女的短裤挑开尔后去脱自己裤子时,我的镰刀划一个弧形朝他的头顶飞去,他也是没吭一声就倒在了地上。不过他并没有立刻闭眼,我是在他还睁着眼的情况下割下了他的那个东西,我想让他死前再尝一尝那个东西被割走的滋味,好让他记住下辈子再托生成男人时别做同样的事……

接下来我碰见的是一个戴眼镜挂战刀的军官。他刚在一个地洞里发现了一对夫妻,他把那对夫妻赶出洞口后一刀砍掉了那位丈夫的头,尔后去撕那女人的衣服。女人边死命地挣扎边哭喊:不!不——!不——!那军官把女人的衣服扒下后才发现她是一个肚子已隆起的孕妇,他显然不满意,竟一下子用战刀削去了那女人的两个乳头,就在他拣起那两个血红的乳头微笑着欣赏时,我的镰刀飞向了他的头顶。那是一个精明的杂种,他可能也在提防着身后,他一听到我挥动镰刀所带起的风声就飞快地闪跳了一步,这使得我的镰刀落了空。他随即举刀向我劈来,幸亏我闪得快,只让他砍伤了我的胳膊,我胳膊上的血开始往外涌,但我不敢停下,我依旧挥臂用镰刀同他搏斗,我胳膊上的血也随即四下里飞溅,谢天谢地,正是这些飞溅的血帮了我的大忙,——有几滴正好溅落到了他的眼镜片上,这使他在一瞬间失去了视力,我就在这一瞬间把镰刀砍到了他的头顶上,我听到了头骨被砍开的声响……在我把那杂种的器具利索地割下之后,那孕妇已捂着淌血的乳房晕倒在了那儿。我把她的衣服给她披上,用布带把她的胸部缠上,弯腰要去抱她走时我才认出,原来她是曾在咱家做过工的一个名叫尤芽的女人……

我把那三坨东西放进一个柳条小篮,挂了一棵高高的树上。我想让上天看个明白,想让老天爷知道他造出了多少不该造出的坏种……

容容,你不是在流眼泪吧?你的肩膀在抖,你一定哭了。别哭了,你多少笑一下,这样我的心会好受些。要不了多久,你也会听到日本人的哭声,听到他们的妈妈和妻子、姐妹的哭声,我要让他们用眼泪抵偿你流出的泪水。过来,让我替你把眼泪擦去。对,就这样,不哭!只是侧了耳去听他们的哭声。听见了吧?是他们在哭,那是他们的哭声!不是?那是谁的?天上的?不,是的,是他们的!他们的……

立世醒来已是第二天的午后……

· 102 ·

18

　　卓远是在阵地上分发完鼓励战斗士气的《宛南时报》特刊，预备和他的几个学生一起撤出城时听见那声炮响的。那声沉闷的震得大地一晃的爆炸响过之后，无数的纸片在火光中像鸟一样在空中飞舞。"是书库！"几个同学看到那情景后几乎同时惊呼。

　　卓远的心咯噔一下。"书库"就是如今省立五中的图书馆也是过去的宛南书院的藏书楼。那是南阳也是整个豫西南藏书最多的地方。作为南阳书院的督学和省立五中的校长，他知道那里边藏有多少珍本、孤本、善本书籍。尤其是那部一八六七年由同治皇帝批准颁赐南阳珍藏的《道藏经》，是已绝版的明代正统、万历年间的原版印刷典籍，全中国仅有三部，是稀世之宝。这部书是道教的一部大型丛书，全书共计五百一十二函，五千四百八十五卷，十二万五千五百面。其内容除道教的伦理道德、教义解说、代表人物、重要著述而外，还囊括了大量的文化科学知识，从哲学、宗教、文化、艺术、历史、地理到天文、体育、医药、生物、化工等。书中涉及到许多历史人物的社会实践、著作活动、言论观点、轶闻逸事。从道家的经、咒、符、录，到诸子的著述事迹等，都有收录，具有很高的资料价值和学术研究价值。这些书原本是想运走的，因为十几万册书籍的搬运不是一桩小事，也因为书库在上次城陷后躲过了灾难，加上大家认为日本人不会抢这些他们看不懂的中文书籍，所以这次就依然没有再动，只是加固了门窗加上了大锁。人们当时都没有料到炮弹会准确地炸着书库,没去想炮弹的爆炸会引起大火。卓远在短暂的惊愕之后扭身向书库跑去,他的几个学生紧紧跟在身后。

刚才那发威力巨大的炮弹是从书库的前坡钻进去炸的,库顶几乎全被炸飞,书本和书柜的碎片炸得满地都是,库顶和库内有几股火苗正像蝴蝶一样在书页上和房坡上飞动。"快灭火!"卓远喊了一句便去抓水桶。好在几股火苗还没有长壮,经几个人的拼命扑打和泼水后相继熄灭。

枪炮声这时越加激烈,卓远和他的学生们就在这尖利的枪炮声中望着已暴露在星光下的图书。怎么办?它们现在已失去了屋顶的保护,如果任其这样别说日本兵有意放火,就是有炮弹再落进来也会造成燃烧。重新把屋顶搭好?不可能!即使有材料有时间搭好,可谁能保证不会再飞来一颗炸弹?剩下的办法只能是搬走,可往哪里搬安全?哪有那么多人来搬?

"你们怎么还不出城?"几个骑马的军人此时走过他们身边,其中一位哑了声叫:"快走,部队马上就要撤退!"

卓远绝望地闭上了眼睛:一旦弃城撤退,这些书十有八九要化为灰烬,数百年的文化积累难道就眼睁睁看着它们消失净尽?能不能请军队帮帮忙?战事如此激烈,他们会来帮忙搬书?不是说要撤退吗?部队撤退时能不能捎一部分出城?把最重要的书比如《道藏经》捎带出去,保住图书中的精华不是也行?……

卓远带着他的几个学生来到附近的一个团指挥所时,麻脸的团长正对着电话向他的部队下达交替掩护撤退的命令。他刚一听罢卓远说明来意就冷笑了起来:我人都顾不过来了还顾得了你的书?!卓远知道这是他现在惟一可求的人了,他必须说动他伸手帮助。他几乎没有犹豫,便扑嗵一声朝那位团长跪了下去,颤了声说:"这是南阳人多少代先祖积存下来的文化典籍,保存住它们对哺育后世子孙有益,后人们会记住你保护文明的功德……"随来的几位学生也都照着卓远的样子跪了下去。麻脸团长显然没料到这个场面,怔了一霎,随后他一边扶卓远站起一边喑了声说:你们和我的警卫排的人快去把最重要的书本都抱到学校门前的五龙街口,然后我命令我的部队后撤路过街口时每个人顺手带上几本书;我连伤员在内只剩下了一千多人,至多能给你带一万来本……

那是一场紧急的对书的挑选,好在卓远平时对藏书楼的藏书情况了解得比较清楚。他在书架前边走边指点着哪些书该带走,一见他指着哪本书说"要",后边的人便急忙抱走。这种挑选一直进行到后卫部队也将要撤走的时候。卓远和他的几个学生最后是随着麻脸团长的指挥所一起撤出城的。

时辰已是接近黎明了,那支每个人都抱着几本书的队伍在星光下快速地蠕动在城西的岗坡上。白色的书本使这支西撤的队伍显出清晰的轮廓。卓远望着这支队伍的双眼渐渐被泪水蒙住。上帝,你该看见这个场面,你该看清这些人手里都抱着什么!你不是希望人类过文明的生活吗?那你就该行使你的力量,让这些爱护文明的人们取得胜利……

19

当日军将南阳城的第二道防线在城东关撕开一个口子,企图攻进内城时,栗温保随着增援的预备队之后也到达了这个战斗最激烈的地方,亲自指挥部队又把日军逼了出去,使防线重又恢复了完整。

尽管他已打了半辈子仗,见过了无数的死亡场面,但此刻呈现在他面前的暂时静寂的战场还是让他打了个哆嗦。敌我双方的尸体像夏季丰产的麦田里的麦捆子一样,横七竖八地摆了满地,使得人抬脚后必须寻找落脚的地方。原本干燥的地上,此刻脚踩上去有一种粘滑的感觉,栗温保知道那是血——血已经像雨一样把这块地方洇湿了一层。一个断了胳膊的营长看见他,踉跄着跑过来嘶声喊:司令,我的营只剩下了三个人,求你再给我一个营,我要和他们拼下去!我日他们日本兵的亲奶奶,我不信拼不过他们!栗温保没有说话,只是无言地握了握他的手,低声说:你先下去歇歇,这里有预备队顶着……

究竟还打不打?照此打法,我的部队还够打多长时间?把部队打光了咋办?日本人不占领这座城市能够罢手?他们倘是一直攻下去,我的部队能够顶住?可是不打行吗?你敢擅自撤退?真要擅令撤退,战后上峰势必要追究,到那时再走肖四的老路,让绑缚刑场枪决?如果那样,可真要遗臭万年了!那么就打下去?打,只有打了!打下去的最坏结果,无非是当个光棍司令,可光棍司令是英雄！只要当了英雄,上峰不可能不给我补充兵员,到那时,我还是个有实力的将军！那就打！日本兵,咱们今天就来个决一死战！酒井司令,你想当你的日本英雄,爷们也要当一回中国英雄！咱们就各为各的民族打吧！唉,大和民族,中华民族,都是人的一个团体吧？干吗非要这样你死我活地打下去？既然你们要打,咱们就打！……

战区长官部下达的撤退令是在敌人的又一次进攻发起时到达栗温保手里的。栗温保看罢电文:"请即令部队西撤以保存有生力量,再相机歼敌"之后,长长地嘘了一口气。酒井司令,爷们把空城暂时让给你,咱们晚点再比高低！

栗温保部署完后撤方法和顺序之后,骑马随右路撤出部队出西关向城外走去。他的心稍稍有些轻松,毕竟是离开了制造死亡的最前线。不料出西关不久,道路一侧的沟里突然跳出两个人拦在了他的马前。侍卫们一惊,急忙出枪;栗温保却在惊骇中认出,那两个拦在马前的穿了男服的人是他女儿栗丽和栗丽的使女。"丽丽,你怎么没有随你妈她们一起早走？"

"我想看看战斗的结果！爹,告诉我,你为什么要撤？"女扮男装的栗丽照样握着她那支勃朗宁手枪。

"军机大事,你问这作啥？快随在后边走！"栗温保挥了一下马鞭,他的坐骑刚抬前腿,栗丽已敏捷的跳上前抓住了缰绳。

"爹,你必须告诉我你为什么后撤！否则,我是不会放你走的！我们丢掉的城市已经太多了,如果你是因为害怕日本人的攻势擅自下令弃城的,那你就别想走！除非你让你的马蹄踏过我的胸脯！"

"放肆！把她给我拉开！"栗温保生气地挥了一下手。他的侍卫们刚跳下马,栗丽已把她的枪指向了自己的头:"你们都不用动,省一点力气去对付日本人吧,我自己死,我死了之后你们好拉开我的尸体赶紧逃走！"

"丽丽——"栗温保闻言慌得急忙翻身下马:"我是奉命撤退!奉战区长官部的命令撤退的!只有保存了有生力量,才能和日本人再打!明白?"

"真的还是编了理由来骗我?"栗丽的双眼又眯了起来。

"林参谋,给她看命令!"栗温保无可奈何地朝身旁的机要参谋叫。

栗丽就着城中腾起的火光看清了那则简短的电文。她随即松开了栗温保坐骑的缰绳,收起了枪说:"爹,我错怪你了,你们走吧。"

"你也跟我们一起走!"栗温保重新跨上了坐骑后说,"这里马上就是沦陷区了,你一个女孩子家还留在这儿干啥?"

"我想再看看!"

"看什么?"栗温保猛伸手抓起女儿把她放在了身后,同时用马鞭狠抽了一下坐骑,那匹栗色战马立时放开了四蹄。

"我们还会回来的!"夜色里传来栗温保对女儿的保证,那声音转瞬间便被一排炮弹的爆炸声压得无影无踪……

20

　　山间的月夜清幽而宁静。一缕缕夜雾，在蒙蒙的月光下散挂在树梢枝头，像极了刚刚漂染过晾晒在那里的白绸。平日喜欢在夜间出没的野兽，大约被山外一连几月的枪炮声所惊，早已躲往了更深的山里。四周除了夜鸟偶尔发一声鸣叫之外，就只有轻微的山风贴了树叶滑行的响动。

　　达志默坐在一块石头上，静静地望着在远山尖上移动的半个月亮，任凭思绪像夜雾一样飘摇。真没想到，眨眼间已是几个月过去了，日本人真的在南阳城久住了下来。这些天，日本兵不断地四下里扫荡，他们会不会发现我在百里奚云纬家院里埋藏的机器？上帝保佑那些机器吧，那是我们尚家人用性命用汗水换来的……

　　身后的茅棚里传来了一声轻微的响动，好像是小昌盛含混地说了一句呓语。自从日本人在南阳成立维持会、复兴会，设立宪兵司令部和豫鄂边防司令部的消息传来之后，避难的人们才明白，必须做长期避居山里的准备。于是都动手砍来树枝、竹子和山草，在隐蔽而向阳的地方搭起了草棚。立世一连搭了三个草棚，一个让雅娴、绫绫和月儿住，一个让云纬和尤芽住，另一个留给父亲、昌盛和自己。

　　"怎么不睡？"身后传来一声低柔的问候，与此同时一件女式的夹衣披上了他的肩头。他知道这是云纬，他没有回头，只是握了她的手拉她在身边坐下。

"离天亮还早,再去睡一会吧。"云纬轻抚着达志的手背,低低地催。

达志把头摇摇:"睡不着。你说这日本人还能把南阳占多久?"

"谁知道呢?"云纬叹了口气,"不过昨日承银从这儿过时说,到处都有人在和日本兵打,也许要不了多少日子,他们就会退走……"

"唉,大好的时光,人们本该安心种地办工厂,把日子过得美美满满,却想不到要在这山沟里——"

"不——!不——!不——!"几声女人的凄惨呼叫突然把达志的叹息截断。云纬闻声急忙起身向茅棚里奔去,她知道这是刚刚流了产的尤芽又沉在了可怕的幻觉中——这些天几乎每个夜晚尤芽都会在梦幻中哭喊。"尤芽,我的孩子,来,是大娘,醒醒,快醒醒!"云纬一边轻声说着一边向尤芽伸出手去,可只穿着内衣的尤芽还是圆睁了惊恐的双眼,一边抱紧胸脯向茅棚的角落里躲一边凄厉地叫:"不——!不——!不——!……"

避难的人们都被尤芽这恐惧的哭喊惊醒,相继爬出草棚默默地望着这边。人们都已经知道了尤芽的经历,听着这叫声只能再陪一声沉重的叹息。

"不——!不——!不——!"尤芽仍在一边叫着一边向茅棚的角落里缩,险些要把茅棚挤倒。云纬没法,只得喊了一声:"立世,你快过来!"因伤口感染正发着烧的立世这当儿摇摇晃晃地走进茅棚,打着火镰点燃火绒照了照自己的脸化:"尤芽,你看,是我!"尤芽这才停了一声连一声的呼叫,怔怔地看了一霎立世,尔后向地铺上一扑,发出了心碎的呜咽……

尤芽在低泣中又慢慢入睡,被惊醒的人们又都进了茅棚,山谷又渐渐恢复了先前的静谧。只有达志仍呆坐在原处,默望着把月亮引走的黑魃魃的山脊。唉,又一声深重的叹息被夜风裹走……

尤芽两个奶子上缠的绷带是一个月之后才最后取下来的。尤芽当时一看自己乳房的样子,哇的叫了一声就急忙捂上了眼睛,一任泪水挤满指缝。站在茅棚里的云纬、雅娴和绫绫只看了那对丰满却无了乳头的乳房一眼,也都慌忙把目光掉开,那种怪异的感觉令她们的身子不由得打了个激灵。云纬默默地把尤芽的衣襟拉好,尔后把她揽在怀里,轻拍着她的后背以平息她无声的抽噎。她一时也不知该用什么话语来给尤芽安慰。

那天中午到了吃干粮的时候——躲在山沟里的人们中午都不敢生火做饭,忽然不见了尤芽。云纬和雅娴担心地对视一眼,就急忙催人们到四周的山坡上去找。最后是立世在一处悬崖上找到她的,那刻她正双手抚胸呆呆地站在悬崖边沿,听任山风撕扯着她的头发和衣衫。立世先是悄悄走近,尔后猛然抓住了她的胳膊。

立世把尤芽扯离悬崖之后,才在她面前蹲下低了声说:"尤芽,当初俺昌盛他妈容容被日本人糟践致死后,我也想一死了之。可后来我想开了,我要是自杀身死,日本人不知道不说,知道了他们肯定还会高兴,因为他们又少了一个敌人!妈的,我偏不死,我要活个样给他们看看!我要想办法把仇给报了!再说你,那天那个日本军官原本是想要杀了你,如果你今天跳崖自杀身死,其实也就是遂了那个日本军官的心愿。咱为啥要死?咱为啥要让他们如愿?咱为啥不好好活着?"

"可我咋活?我这个样儿还咋活?"尤芽目光呆望住近处的树丛,自语似的说。

"咋就不能活了?难道因为奶子受伤就不能活了?你是担心日后不能奶孩子了吧?你没听说用羊奶、牛奶也能把孩子养活?有了孩子不一定非要亲自喂奶——"

"我不会有孩子了,不会!"尤芽依然瞪着树丛。

"为啥?"

"将来谁还会愿意和我成家?谁?"尤芽把呆滞的目光移到立

世脸上,一动不动。

立世的双唇慢慢张开,但许久没有声音出现,直到两唇就要合拢的时候,才有一个字走了出来:"我!"

尤芽的双眸像遭风刮了似的一动。

"只要你愿意,到日本人退走的时候,你就跟我回去!"

尤芽闻言身子先是一悸,随后就闭上了眼睛,只把两行泪水留在了颊上。

"别哭。"立世轻轻抬手去抹她脸上的泪,不料越抹越多,望着那两行愈涌愈急的泪水,他只好一把将她拉到怀里,抬起自己的衣袖去擦……容容,这是我第二次把一个女人揽在怀里,但我想你一定能看明白,你知道我这样做是为了啥,你会同意我这样做的。会吧?你放心,我不会做让你伤心的事,决不会!……

21

烛光好像害怕山洞里的黑暗,抖抖索索地不敢往远处走,只照在近处的几摞书上,照在不大的一块洞壁上,照在卓远手里拿着的那本插图本《地动初考》上。这本用黄色竹纸刊印的书中,收录了张衡和魏晋南北朝时期的学人研究地震的文章,书后注明为南阳清韵堂印,只印十本。卓远深知它对后人研究地震的珍贵价值,所以翻动时都是先在衣服上揩了手再伸指头。这《地动初考》便是当初麻脸团长让他的士兵们捎带出城的那批书中的一本。那晚,捎书的队伍走到这山口处,麻脸团长对卓远说:我刚刚接到命令要去堵截一股日军,书就给你放在山口,你自己想办法藏起来吧。卓远感谢罢麻脸团长,便和他的几个学生一摞一摞地把书搬进了这个挺大的山洞里。随后又开始整理,分类分目地一摞一摞放好。整日为时局忧虑的他,只有坐在这一摞一摞保存下来的书中,心里才觉出些快慰。

感谢你这个山洞,让我们的书暂时有了宿处,日后,我会让人在洞口刻上四个字:容文仙洞。以褒扬你保护人类文明的功绩。也许就在此刻,你所保护的这些书的作者,正在向你鞠躬致谢哩!

——容文仙子,老夫李聃拜见,谢谢护佑吾五千言《老子章句》……

——岑参拜见容文仙子,感谢护存拙著《边塞吟》不遭兵焚……

——容文仙子大德,鼎力护救《放翁词》,陆游没齿不忘……
——《敦煌写经》能得你护佑,实乃……

扑棱棱……一阵鸟翅扇动的响声将卓远的默想打断。又是蝙蝠在飞。我就担心这些可恶的蝙蝠污损了我的书。卓远起身端了蜡烛循声去看,果然在岩洞一角发现一堆湿漉漉的蝙蝠粪落在了一摞书上。他小心地伸手将书上的蝙蝠粪抖掉,尔后举了蜡烛想去洞壁上方看蝙蝠的藏处,蝙蝠没看到,却意外地看见洞壁上有一些不甚清晰的刻痕。他定睛细看,原来那些刻痕竟可组成一些简单的图案:蛇、牛、斧头……嘀,是岩画!一定是过去栖居在这山洞里的先民们刻的!如此宝贵的东西白天竟然没有发现?噢,原来这儿是个天光的死角,白昼的光线照不到它。感谢这些讨厌的蝙蝠,竟然让我无意中发现了一处有价值的先人遗迹!哦,那是什么符号?丗!我好像在哪儿见过?对,见过!想起来了,达志家院中的那块石头上也刻着这个图案。奇怪,两个图案竟然一模一样!这图案是什么意思?是先民们表达他们对一种什么东西的认识?倘是一种认识,该是对什么事物的认识?是对社会和自然界的认识还是对人自身的认识?是不是可以理解为是对人自身的认识,是对人的本性的认识?要真是这样,那图案上的横线该是代表人本性中的善,像孟轲说的"人性之善也,犹水之就下也;人无有不善,水无有不下"。图案中的竖线,则代表人本性的恶,像荀子说的"人之性恶,其善者伪也"。这个图案当是人的本性的形象表示。由于善与恶交叉相连,因此和平与战争便在历史上交替出现。这图案难道是在提醒后人:不要期望有永久的和平,也不要相信有永久的战争;人不会满眼看到的都是善行,也不会满眼看到的都是恶行;人不必对世事过于乐观,也不必对世事过于绝望?我这猜测是不是有些道理?也许先人们刻这图案的目的和我的猜测完全是风马牛不相及!待战争过去后得请考古学者来好好地研究一番,首先要断定这些岩画镌刻的年代,尔后再分析这个奇怪的图案的涵义。弄懂了这洞里这个石刻的涵义,也就明白了尚家先辈人在院中竖那块石头的目的……

卓远手上已燃尽的蜡烛,像是怕惊动他的遐思,只轻轻一晃便无声无息地熄去……

一些令人高兴的征兆是在一个闷热的午夜显示给卓远和他的学生的。其时,他正在烛光下审看最新一期的《宛南时报》。南阳沦陷之后,《宛南时报》在卓远的努力下,一直还在出报。报社就在藏书的洞里。不过报纸由铅印改成了油印;版面由对开四版,变成了八开单页;时间由原来的每日一张,变成了一旬一张。尽管做了这些改变,疏散在广袤的伏牛山里的民众和军队,仍然十分欢迎这张小报的出版,很多人就是由它了解时局消息,增强抗战信心的。

"苏联对日本正式宣战。"卓远盯住这则头条消息看了许久。尽管这条来自军队战报的消息是他亲自刻印的,但那刻他还是凝目其上不愿离开。他仿佛已经看见大批的苏联士兵翻越过兴安岭,正向盘踞东北的日本关东军的后路扑去。鸣拉——冲呀——

日本人,你们高兴不了几天了,末日离你们不会太远! 人类的进化发展历史已经表明,凡是以文明为敌向野蛮倒退的行为,都不可能持续太久,不管这种行为来自一个人还是来自一个民族!……

"卓老师,快出去看!"一个化装出去采访的学生就在这时跌跌撞撞跑进山洞喊。

"什么事?"卓远一惊。至今为止,日军还没有摸进这条山谷,是不是今夜来了?

"日、日本兵在烧毁他们自己的东西!"那学生急切地说完这句,向外指着:"站在山顶上就可以看清,快去看!"

哦?

一行人跑到山顶,果然看见山下镇子里日军驻扎的地方大火熊熊。那火不像是起自民房,而是由一大堆物品上蹿起的,有一股浓烈的织物被烧、粮食被焚的焦煳味在随风飘来。一个隐蔽在邻近山谷的军医院的医生,这时拎一架望远镜也跑上了山顶,他边举镜观察边报告着他的发现——

他们烧的是成捆的军衣!

有两个军官在开枪射杀他们的军马!

三个日本兵在石头上摔断他们的枪支!

有两个人在向火堆上倾倒白色的面粉!

有一个挂战刀的军官跪地拔刀刺向自己的肚子!

两个日本兵在引爆成箱的炸药!……

轰隆隆。巨大的爆炸声像一群疯狗一样爬上了山顶,仿佛在为那军医的观察报告作着证明。

一抹稀有的笑意浮现在卓远的脸上。他们完了!只有绝望的人才会焚烧自己的东西!只有败局已定的军队才会毁坏自己的用品!只有失去获胜希望的军人才会拔刀自尽!这么说,胜利已经来了!来了!长长的八年抗战,总算有了一个结果了!卓远仰望着星斗渐稀的夜空,发出了一阵长长的笑声,那笑声盖过了远处飘来的爆炸声,久久地在山谷里滚动。

"小齐——"卓远转对一个学生喊,"立刻回到山洞里,准备出一期'号外'!"

"号外?"

"我来亲自撰写稿子!"

题目怎样定?就叫"日军末日已到"?

轰隆隆,又一阵猛烈的爆炸声滚过山顶……

22

栗温保在那个万籁俱寂的午夜被机要参谋从睡梦中叫醒后多少有些恼火,他边嘟囔着:他妈的,觉也不让我睡!边睁开惺忪的睡眼去看参谋呈上的电文。当看清电报上写的:"日本天皇已正式宣布无条件投降,着令你部迅即进城接受日军投降"之后,他才猛摇了一下头,把几缕缠着未走的睡意彻底赶走,朝门口的侍卫高叫:立即通知各部队集合……

栗温保率领他的骑兵大队由南阳城西关向内城走时,太阳刚刚爬上湛蓝的秋季的天空。仿佛日头也知道今天是一个不寻常的日子,笑得分外灿烂好看,满城里都是它那金晃晃的光线。

受降式在省立五中的大操场上进行。栗温保走上主席台与先已到达的其他抗日部队的军官们和战区长官见面之后,开始注目循序缴枪的日军队伍。看见过去耀武扬威穷凶极恶的日军官兵如今恭顺地缴枪、鞠躬尔后恭立一旁的模样,栗温保心里第一次为自己是个中国人而感到了一阵骄傲:我们到底打败了你们!能在中国这块土地上立住脚的还是我们!在这一刹那,他忽然想起了当初和日军酒井司令派来的那个姓涂的汉奸进行的那场谈判。那天晚上倘不是栗丽来进行意外的干预,说不定自己真会和日军达成了什么协议。若是真有协议达成,那今天自己会站在什么地方?像其他汉奸一样被关押审讯绑缚刑场么?他的身子不由得颤抖了一下。人在关键时刻的选择是如此重要,一念之差,就是台上宾和

· 117 ·

阶下囚的区别呵！……

受降式结束后，栗温保策马向场外走。在操场的进出口处，一个便装的中年人迎面走来高声招呼：栗司令，你好！栗温保觉得来人有些面熟却又一时记不清对方是谁，便含混地点了一下头。不过没走两步，记忆之库的深处突然有灯光一闪：蔡承银？！他急速勒马回头，跳下了马。

"看来司令还记得我。"蔡承银朗笑着在栗温保面前站定，"我今天特地来看看这个受降式，和他们打了八年，一直盼着这一天，亲眼看看才觉得心里舒坦。"

栗温保的手下意识地去摸了一下腰里的枪。承银见状笑道："我想，在今天这个大喜的日子里，栗司令大概不会对我动武吧？"

栗温保有些尴尬，掩饰地笑道："呵，动什么武？笑谈，笑谈。"

"就是，"承银依旧朗笑，"我俩当了八年抗日的战友，我相信司令不会对战友动手的，对吗？！"

"当然，当然。已经在城里住下了吧？"在这一霎，栗温保也觉得自己应该大度一点，尤其是在今天这样的喜日子里。

"如果司令允许的话，我就住下。"

"自然允许了，要不要我找人去安排？"

"那倒不必，谢谢司令的美意，再见！"承银朝栗温保伸出了手。

栗温保稍稍犹豫了一下，也把手伸了出去。

"但愿我们的手能永远这样握住。"承银笑道，"毕竟我们做过对日战争中的战友，我们又是同一个民族的子孙！"

栗温保一时无话地笑笑，看着蔡承银转身，消失在欢庆抗战胜利的人流里。栗温保此时还没意识到，这个分别的场面将要永远地刻在他的记忆中，在今后的岁月里，他还将无数次地忆起这个场面，并为在此刻自己没有掏出枪来而后悔……

23

达志擦拭完最后一台织机上的铁锈抬头嘘气时,才注意到太阳已经没了踪影,暮色也已踱到了近处。他望着擦拭一新摆满了云纬这个小院的织机和动力机,快活地咳了一声。这些机器是前天才从地洞中抬出的,擦拭它们整整用了两天时间。还算幸运,云纬的这个小院没有引起日本人的重视,他们只在院门前留下了几个军靴的印痕,并没有走进这个院子,更没有发现院里埋藏的机器。看来,当初决定把机器埋在这里是对的!

"来,洗洗,该吃饭了。"云纬这当儿端一盆水过来,把皂荚和手巾递到达志手上。"锈得厉害吗?"

"锈得是不轻,不过,还都能擦掉。我想,今后这些机器是再不会闲得生锈了……"

两人吃罢晚饭,天已经黑透。云纬看着达志问:"天黑成这样,还回去?"达志把头点点:"也好,就不走了。"说罢,又朝云纬笑笑:"只是这些天住到山里,身上脏得厉害,我怕我身上这味——"

"我去烧水,咱都洗洗。"

云纬把水烧好后,先让达志洗了,这才又为自己舀了一大木盆,端进睡屋。

达志默坐外间吸着旱烟,静听着里间云纬的撩水声。那水声先是让他记起年轻时跳进护城河撩水洗身的情景:水波、绿柳、蛙跳,一种莫名的舒坦漫上全身;随后,那水声渐渐变成了一只猫的爪子,轻轻地抓挠着他心里的一个什么地方;抓得他心里又痒又热起来;接下来,他感觉到小腹那儿有一个沉睡的东西在缓慢地苏醒并开始蠕动着胀大,使得他先是站起身焦躁地踱步,后来竟不由自主地紧走两步撩开了悬挂在里间门口的布帘。正在擦身的云纬闻声扭过脸来,淡然一笑说:"看啥,又不是没见过,瞧,都老了,身上的皮都软塌了。"达志没有说话,只是快步走向云纬赤裸的身子,猛地伸手把她抱离了水盆。

"慌啥?我身上的水还没有擦干。"

云纬的话还没有说完,身子已被达志平放到了床上。她很有些吃惊:达志还很少有过这样粗鲁莽撞的举动。她正琢磨着怎样开口问他病好了没有,达志已经猛扑了上来,不用问了,她几乎立即感觉到,他已经进入了她的身子。呵,老天,你行!你已经行了,行了,我的天呵……

不论是对于云纬还是对于达志,这都是多年来没有过的狂欢。当两个人后来终于从那座美丽的山巅往回返时,都对对方还有如此的活力感到了惊奇和欣喜。他们依旧紧紧地相拥在一起,他听到了她的喃喃细语:"你今夜还像一个小伙子,可你过去为啥……"

"大约那是因为心里不轻松,心情轻松可能是做成这种事情的保证……"

一阵欢快的唢呐和锣鼓声由窗隙钻了进来,两人都知道这声音来自今晚城里的游行队伍——在这个月朗星稀的晚上,南阳城要举行整夜的抗战胜利大游行。

胜利了!

再也不会听到枪声了!

苦难结束了!

我们终于等来了幸福!

"云纬,我啥时候来把你正式娶过去?"

"随你。不过你这可不是娶老婆,而是娶一个老太婆!"

"我就是要娶你这个老太婆！咱们说定了,只要厂里的生产一恢复,我就来接你！"

"来辆牛车？"

"想要花轿？"

"当年的花轿没坐成,我真想再坐一回,可惜老了,坐花轿要让别人笑掉牙的！"

"怕啥？让他们笑去,我要雇一个八抬大轿！"

"算了吧你,来辆独轮车就行。"

"哪能——"

"可我昨夜里又做了个梦。"

"嗬,梦见啥了？"

"梦见我走在一个很大的花园里,园子里开满了好多白的、紫的鲜花,花园里有许多横竖相交的黑土铺成的小路。别人告诉我你在花园里,我也听见你在园子里说话,就沿着小路去找你,可不管沿着哪条小路走,就是碰不到你。后来在一个岔路口碰见个身子好高的穿黑衣服的人,面孔看不清楚,好像是个花匠,我问他沿哪条路走能遇见你,他没说话,只抬起大手朝一个木牌指了指,我看了看那木牌,木牌上写着六个字:地府花园,无人。"

"哦？"

"这总不是啥不吉利的征兆吧？"

"这样大年纪了,还信这？"

"好,不瞎想了。我过去后,你就全力去操办厂里的事,家务事再不用你费心。"

"我早这样盼了。你这身子摸着还这样——"

"去！这边门前我种的那些桑树还要找人来侍弄好,日后最好再置买几个桑园,尚家也该有个固定的蚕茧供应基地。"

"还要有一个缫丝厂。"

"也该有一个丝绸成衣厂！说正事哩,你这手还乱动？"

121

"这地方还饱实着呐——我还想再买一批机器。"

"你捏得我有些疼了……生产出'霸王绸'不会要很长时间吧?"

"不会!"

"轻一点揉……要是真生产出了'霸王绸'你会怎样?"

"我会——"

"会咋?"

"会抱上你抡三圈!"

"吹牛!还有这力气?"

"不信就试试!"达志霍地从床上站起,弯腰要去抱云纬。

云纬一边拉被子盖上赤裸的身子一边嗔道:"疯了?"

哈哈哈哈……

第 二 部

1

　　遣返最后一批投降日军的汽车驶走没有多久,晋升南阳警备副司令栗温保为中将的通知,便和一份署有"绝密"字样的文件一起被放到了栗温保那张巨大的水曲柳木办公桌上。副官先为他展开的,是那份通知。中将?这么说到底盼来了?!全中国的中将能有多少个?至多几百人吧?偌大的中国,数万万人口,我成为这几百分之一,该当知足了!爹、娘,你们九泉之下,也该笑一笑了。儿子从一个靠打兔子种地为生的乡下小子,当上了今天堂堂的中将副司令——倘不是有驻防附近的正规军军长兼任警备司令的规矩,儿子也早是正司令了!我为我们落霞村的老栗家,挣来了一份真正的荣耀,对得起你们的养育之恩了!这些天,我翻了翻明朝嘉靖年间所修的南阳府志,看到凡七品知县以上的官吏,都在府志上留下了名字。照此例修方志,身为中将的我,理所当然地会进入今后的南阳志,青史留名了!我总算也活出了一个名堂,爹娘,你们看见了吧?……

　　一个满足的傲然的灿烂的笑容,在栗温保那张气色很好的脸上站住不走了。

　　当副官把那份绝密文件展放在他眼前时,他仍沉浸在自己的遐想里,虽然目光在那文件上放着,却并未读进脑中,直到副官催问"怎么办"之后,他才用心去读:"着令你部以最快之速度,用坚决手段围歼盘踞在桐柏与唐河之间之共军部队……"

· 125 ·

栗温保有些吃惊地抬起了眼。真的还打？我的部队才刚刚吃了几天饱饭，因死伤而空缺的兵员还未来得及补充，许多官兵因家人被日军打死而渴望回家探亲，武器和弹药的补充也未进行，城里每天还有因埋葬被日军打死、烧死的亲人骨殖而起的哭声。难道这个时候就真的还打？

在此之前，上峰虽然已有过要剿除共匪的指示，而且也下发过"戡乱手册"，但栗温保总觉得那是久远以后的事。并没想到新的战争其实已经像看见了带肉骨头的狗一样，正在他的腿旁跳跃，只要他一声令下，它就会奔突向前了。

"依你之见，该怎么办？"栗温保把作战命令朝副官面前一丢，闭上了眼。每逢他对什么事还没有拿准主意的时候，他都让副官先发表看法，他养成了凡事再三权衡的习惯。

"那当然是照命令办了。"

"这世界上没有当然，你只给我说说你的想法！"在这一霎，他忽然有些怀念肖四，那人虽然有野心，但有他在，凡事都能给你分析得透彻明白。

副官有些尴尬地笑笑："依我看，中国因为没有建立民主政体的传统，在日本人被驱逐之后，国共两党建立民主联合政府的可能性根本不会存在，两党所掌握的军队合并为一支只管国家安危不问政党利益的国家军队的可能性更是没有。在此种情况下，两党两军之间必有一场战争，尔后，由胜者建立政府。这场战争至多可以推迟时日或缩小规模，但打是肯定要打的，我们想躲也躲不开。"

"谁会是胜者？"栗温保把两眼更紧地闭了起来，似乎这样就能看清那个未定的结局。

"战争的胜负决定于实力强弱。实力主要有四个部分构成：兵员的数量，装备的优良程度，物质保障的时间长短，外部援助的有无。由这四个方面衡量，实力强的是国民党和国军，胜利自然属于此方。"

"我们真正参加进去打,会有哪些获得?"

"会获得大批的新式装备和扩编队伍的机会;会扩大我们所掌握的地域面积;会获得上边的信任;重要的是,你会获得进入高层权力圈的机会和资本。未来的权力分配必是论军功行赏。你一旦有了军功,被授上将军衔并兼任河南省政府主席或副主席的可能并不是没有!"

栗温保猛地睁开了眼睛,不过一霎,又慢慢阖上问:"会失去什么?"

"我们惟一失去的可能就是南阳民众的尊敬。因为眼下人们渴望的是休养生息,是安居乐业,他们突然看到抗日的英雄又开枪去打国人,会收走他们原先给予我们的敬意……"

敬意?敬意能带来什么?

再说,中国自古以来就是一个只认成功者的国度,谁成功了,人们就会说谁"行"。倘我真的做了上将做了省政府的主席,谁敢对我不尊敬?

如此说就干?!

栗温保彻底睁开了眼睛。"传我的命令,立即停止休假和各种欢庆抗战胜利的活动;各团在四十八小时内做好作战准备;各侦察单位务于今夜出发,查清共军布防情况……"

这大约是我最后一次下赌注了。年龄留给我下赌注的机会已经不多,倘若我真的又成了赢家,所有应该给我的东西就必须全部给我!上将军衔,省政府主席,万众的称颂,河南省史志的记载,中国的史书上是不是也该记下我的名字?……

副官出门传令时,栗温保唤出留在内室的小亚笑道:"宝贝,能不能再穿上那身衣服让我看看?"小亚媚笑着点头复又进了内室,片刻后,便穿一身早先仿做的清宫皇妃的衣裳走了出来,边向栗温保行跪拜大礼边一本正经地叫道:"吾皇万岁,万万岁!"栗温保先是笑说:"爱卿平身——"随后叹道:"可惜南阳不是京城,要不然,我真会封你——""司令在这南阳不是已经像皇上了吗?"小亚打断栗温保的叹息,上前偎到了他的怀里。"唉,你哪懂呀,"栗温保捏着小亚的脸蛋重又叹道:"一个男人要做一回真皇帝,那才叫不枉一生呐!可惜我年纪大了,手下的军队不多,要不然,我谁也不靠,既不靠共产党,也不靠国民党,我要独自打一个天下,过一过天下大权全握一手的瘾……"

草绒把那一桌子酒菜做好已近正午,满院子都是热闹的阳光了。她匆匆解下身上的围裙,让儿子秉正去喊栗温保来吃这顿犒劳饭。

主动请丈夫来吃饭,多年来在草绒还是第一次。草绒是前天才和儿子从疏散的小山沟里回到南阳城的。她和儿子早在去年年底就被栗温保送到了深山沟里,她也愿意和儿子呆在那个差不多与世隔绝的安宁的小山村中。要不是栗温保派人去接,她还真想再住下去。

今天请丈夫来吃饭,不是因为感谢他派人去接他们母子,也不是为了重弥夫妻之情,实在是因为高兴——为丈夫在与日军作战中的表现高兴。丈夫如何怒杀日军派来的汉奸说客,如何带领部下在东关血战,如何威武接受日军投降,这些事已被几家报纸刊载广为传播。草绒回城听说后,第一次为丈夫感到了骄傲和高兴。这几年,草绒看到的和听到的日军暴行实在是太多,即使是信仰主的她,也对日军产生了强烈的仇恨和惩罚之心。丈夫的所作所为让她有一种惩罚得施仇恨得泄的高兴。也因此,她破例要亲手做一桌酒菜犒劳丈夫。

院门外传来了两个人的脚步声。草绒忽然有些慌乱起来:他会怎样看待我这顿饭?不会把这视为我企求弥合夫妻之情吧?不会把这视为我对他纳妾玩女人的屈服吧?栗温保,这是这,那是那,今儿个,我是把你作为抗日军人来敬的!

"妈,爹来了。"秉正的喊声使得正佯装找什么东西的草绒不得不抬起眼。现在她看清他了,多少年来,她还是第一次让自己温和的目光在他脸颊的正面停留下来。他也老了,眼角的皱纹已挤成一团,下巴上拥了些肉,走这点路就喘开了?"爹,你坐。"儿子的招呼使得草绒不必再开口,她松一口气,她正为怎样招呼他踌躇,儿子让她免去了这道礼数。她开始去厨房里端菜。菜摆好时,儿子也已把黄酒倒上了,滚热的黄酒氤氲着热气,草绒该坐下了,可她仍然没想起该怎么说第一句话,说什么?为你抗日有功——?那不好像是在办公事?

"爹,你这多日子和日本人打仗辛苦,妈说请你过来吃饭,保养保养身子。"

孩子,你到底已经长大懂事了,替妈免去了说这话的尴尬。她端起酒碗,朝丈夫举了举:"喝。"就说这一个字吧,这个字还算容易出口。

"你们母子住在山里也苦,原谅我没去看你们,我太忙。"

草绒的心被这温热的话浇得颤栗起来,他是含着感情讲的,是的,他只要含着感情说话他的声音就浑厚好听。她觉出眼底有一缕润泽的雾气飘上来,想掩住她的眸子。不能让他看见我的眼睛,不然他会以为我在哭。她把嘴凑近碗边,喝了一口甜甜的黄酒。

他也喝了一气,是一气,这一气大约会下去半碗。她没有抬头,但听得很清。刚结婚那阵他就是这样喝酒的,那时在落霞村,喝黄酒的机会不多,但只要喝,他就是这个喝法,一气下去半碗。什么时候能再过那时的生活,一家三口围在桌前,安静地吃饭,乐融融地交谈。最好把枝子和女婿和他们的孩子也叫回来,一家人在一起这样吃饭……

"报告!"一声高喊突然由院里飞滚到饭桌上,惊得草绒手中的酒碗一晃,一股黄黄的酒液溅落到菜盘里。

"啥事?"栗温保望着院中的两个参谋,淡了声问。

"报告司令,七团、八团电告,敌四百余人被我围在一条山沟里,拒不投降,为迅速解决战斗,以防其突围,他们请示是否可以干脆开枪,不必再抓活的。"

敌人?现在还有敌人?草绒惊异了,急忙站起来问:"日本人不是投降了吗,怎么还有人在跟你们打?"

"不,不是日本人,是共军。"两位参谋中的一个轻声解释。

"共军?"

"就是蔡承银他们那伙子人,共产党的军队。"栗温保的声音是解释性的,很平和,说完朝两个请示的人极利落地一挥手:"轰了吧。"

"蔡承银?我听说他们也在打日本人,干吗自己人又——"草绒把目光第二次正面放在了丈夫脸上。

"嗨,你不懂,如今是必须消灭他们——"

"他们也像日本兵那样杀老百姓?"

"这倒没有。"栗温保缓缓地摇头。

"他们像日本兵那样烧百姓们的房子?"

栗温保一边摇头一边用筷子夹起了一块炸鱼。两个请示的参谋已出了草绒的小院,脚步声正被不大的正午的风删除得近乎没有。

"他们强奸女人?"

栗温保一边认真地吃鱼一边摇头,他沉浸在这种浓浓的家庭气氛中,没有抬头,所以也就没有看见草绒脸上陡然集聚起来的阴云。

"人家既是不杀不烧不糟蹋女人,你干吗要炮轰人家?四百多人呐,你忍心——"草绒的声音高了起来。

"可他们要权,你懂吗?权!"栗温保依旧在小心地对付鱼肉里的刺。他剔得很仔细,很久没吃草绒炸的鱼了,吃这样的干炸鱼块令他想起过去。

"权?"

"嗯。"

"因为要护住权你就要轰了他们?"

"当然,在这事上——"

"滚!"

栗温保吃惊地抬起了脸,他根本没想到草绒在这种气氛里会吐出这个字,他呆在了那儿。

"妈!"秉正慌慌地朝她喊,手扯了扯她的衣襟。

"滚出去,我不招待因为权就杀中国人的人!"草绒在这一瞬间又显出了当年的模样,眼圆睁了起来。

"是你叫我来吃饭的。"栗温保笑着说,他想缓和气氛,他不想在已长大成人的儿子面前丢脸。但看得出恼怒正在他的眉心积聚,他的一只手握成了拳头,另一只手习惯性地去摸了一下腰间的枪,不过很快,摸枪的手又放下了。

"现在不想叫你吃了!"草绒边说边猛一下掀翻了饭桌,碗盘们顿时在地上发出了尖利瘆人的叫喊。

栗温保的脸冷了下来,双颊在一点一点地变青,咬肌在抖动。但他没有发作,他看见儿子不知所措的眼里含满了泪,忍住了涌到喉咙口的叱骂,转身走了出去。草绒,我这次饶了你!过去的皇帝也是可以杀正宫娘娘的,别以为我不敢动你,我不过是看在儿子的面上,饶了你……

草绒先是用目光直推着栗温保的身子,随后朝墙上的十字架跪了下去,她一边在胸前画着十字一边呜咽着喊:"主呵……"

2

当两党两军激战的枪子和弹片已在桐柏和唐河之间的秋野里像成群的蝗虫一样飞上落下时,卓远则正在他刚刚清扫整理出来的书房里同南阳知识界的几位名流一起,讨论撰写一份建立南阳参议会和众议会以及民主联合政府,实施和平建设的方案以便呈报当局参考。他们一点也不知道战争其实已经在南阳这块土地上再次爆发了。

讨论的发起者卓远和所有的与会者都情绪激昂而热烈。一种复兴南阳振兴中国的热气在书房里烟一样飘绕翻滚。为了加剧这种热闹的气氛,破窗而入的阳光也变得格外绚丽和五彩缤纷。

有人妙语连珠地阐明中国和平建设的机会已经到来,中国就要重新崛起。有人一字一句地讲出他对建立民主政体的设想,第一步如何选出众议会和参议会议员;第二步如何选出南阳市市长、副市长;第三步如何设立行政、司法机关。有人热情地建议南阳的经济发展分五步走……正当这些满腹经纶的知识界名流们侃侃而谈的时候,战争再次爆发的消息袅娜着走到了南阳的街头。

把开战的消息带进卓家带进那间热气腾腾的书房的,是绫绫的丈夫卓炯。卓炯刚从已经恢复正常出报的《宛南时报》报社来,他急步进院后没有像往常那样去抱向他跑来的月儿没有去回答绫绫的问候,而是径直奔进书房高叫了一句:"已经打起来了!"

原本流动在屋里的议论被这声高叫刀一样地切断。人们一齐把不解的目光对准卓炯,用眼睛追问他喊叫什么。"国共两党的军队已经在桐柏打起来了!"卓炯慢腾腾地说完这句,就抱头蹲在了地上。

这一次是更为长久的静寂,而且静得彻底,连呼吸声也没有。那消息如子弹一样击中了每个人的胸口,消除了他们发出任何声音的可能。邻院尚吉利织丝厂安装织机的响动趁机钻了过来,如入无人之境样的在书房里窜动。

"哈哈哈……"最终结束书房静寂的是卓远发出的一阵笑声,笑声苦涩而冰冷。当你们这些自认为有治国知识的人在这里热心设计国家的未来时,未来却已经由别人定了;而且谁也没有想着要来问问你们,你说你们算是什么?……你现在该明白历史上为什么那样多的饱学之士要销声匿迹于山林畎亩之中,郁郁终生地打发日子了吧?当权者并不需要知识人的这份聪明,他们需要的是权力……中国知识者所以会在设计国家未来的大事上没有发言权和决定权,恐怕是因为他们没有和资本结合,没有让自己站在雄厚的经济基础之上吧?倘若他们也如外邦的知识者那样,学得知识后不是去掌握一家公司,就是去掌握一个工厂和农场,或是去当银行的总裁,那会不会就可扭转这种局面?只当一介清贫的书生,你的话当权者怎能会去重视?……我真不明白,中国内部的事情为什么仍然要用枪来解决?枪是什么?枪是给生命制造威胁的东西,是制造死亡的器具!为什么不能换别一种办法:会晤、商谈、普选?在中国这块土地上,这些年打的仗还少吗?死的人还不多么?该停停了!该让人们过一段和平安宁的日子了,该让南阳这个地方有鸟语花香而不是尸臭狗吠了……

无力回天呐……

那原本是尚达志多年来最快活的一天。厂区清理出来了,被日军入城后烧毁的几间厂房已做了修补,织机、动力机已全部运回

133

安装完毕,几天之内就可以开工生产了。达志在落日的余晖里坐在前院,和雇来帮忙的工人们边喝着柳叶茶边聊天打发着这天最后的时光。闲聊的话题是漫无边际的,一会是日本人的投降细节一会是哪个女人的改嫁过程,心情很好的达志对这些内容都乐于倾听,他愿意让自己的脑子和身子都来一阵彻底的放松。

　　卓远面色阴郁地走进院中时达志正为工人们的一句什么话朗声大笑,他在看到卓远的面孔时让正在升高的笑声戛然而停:卓远哥的脸色咋这样难看?莫不是出了什么事情?他一边给卓远让座一边用目光不安地询问。

　　"达志,战争爆发了!"

　　"什么?"达志没有听懂。

　　"国共间的战争爆发了!"

　　"哦?"达志的眼珠倏忽间像被砸上了钉子,一动不动了。震惊和愕然飓风一样掠过他的脸。他分明地看见,那个复兴尚吉利织丝厂的机会刚刚在院中卧下,便被战争这只巨鹰翩然飞来叼走了。"但是……我……怎……"舌头有点不听达志的使唤了。

　　"唉,我们都无力来改变局面了。"

　　"可……我……"

　　"机器不必埋藏,先看看再说。"卓远拍了拍达志的肩膀,摇摇头向门口走了。

　　达志先是直直地望着卓远那已显出佝偻的背影,后来便是呆看着院中的那块石头了。工人们什么时候走的他不知道,他就那样愣愣地站着,直到夜晚的第一股寒气走近他的身边,让他打了个冷战。

　　他慢腾腾地走近院中的那块石头,双手伸出扶住了它,似乎不这样他就很难让自己站住。他那涣散的目光在越来越浓的暮色里停在了那个▦形图案上。明白了,先祖们,你们在石头上刻这个图案的目的,是告诉俺们后人,这人世是一个洞眼很大的筛子,任何希望放上去都有可能从洞眼里漏下去,漏得无影无踪……

"尚大伯,饭好了。"腰里勒着围裙的尤芽这当儿走过来叫。从山里避难回城之后,尤芽就一直住在尚家。这一来是因为尤芽的娘家、婆家人都被日本兵进城时杀了,房子也全被烧光,她已无处可去;二来是立世当初有过应允;三则因为尚家也确实需要个女人来料理家务。

"我不想吃,你们吃吧。"

"你忙了一天,不吃饭咋行?"尤芽走近达志,"是身子不好受?"边问边就上前搀了他的胳膊。达志只得迈着发软的步子向厨房里走。

这些日子一直在山里跑着买丝的立世并不知道时局的变化,在饭桌上兴冲冲地向父亲报告:"拉丝的马车后天就可以到,明天可以试机,三天后所有的织机都可以响了!"

"丝到了也只开三部机吧。"

"咋?"立世的眼瞪大了,"和日本人打仗这些年,各地的丝织厂差不多都没开工,全国都缺绸缎,眼下正是开工大干的时候,我还想再买几台织机……"

"战争又开始了!"

吧嗒。尤芽手中的筷子掉下了地。

立世无限惊疑地瞪着父亲的嘴,那目光似乎在责备:你嘴里咋能说出这些字?……

抽壮丁的消息是几天后的一个正午,由景四奶扭着两只小脚带进尚家的。景四奶当时风风火火地跑进尚家院里报告:满城里都在统计十七岁至四十五岁的男人的名字,不论从事啥职业的人家,只要家里有两个十七到四十五岁的壮丁,必须有一个去当兵;虽是独丁可没有成婚的,也在被抽之列……

达志和立世再次被骇呆在那里。立世显然符合后一个标准。

135

"咋着办?"达志在短暂的呆怔过后慌慌地问四奶,"立世可不能去当兵呵,厂里这一摊子——"

"如今只有一个办法了!"景四奶叹道。

"啥?"

"让立世和尤芽立马成婚!"

达志没有说话,只是小心地看了儿子一眼。有了当年立世和尤芽的那场波折之后,达志知道儿子在这事上的倔犟。

"这可是关乎你们家织丝厂的大事。你立世要是被抽去当兵,剩下你爹和小昌盛,你们家这厂子还咋办?再说,容容已经死去了几年,她就是在九泉之下知道这事,也会——"

"行吧。"立世打断了景四奶的解劝。

达志和景四奶放心地对视了一眼。之后,四奶就又去问尤芽的意见,尤芽早存了和立世过一家人的心愿,自然点头应允。于是说办就办,四奶当下把两人叫到正屋,先让他们解下各自的裤带交到她手上,她把两根裤带互换后让他们重新系好;接着开始让两人给祖宗牌位磕头,给达志磕头;然后四奶又去街对面的陈家酒铺里买来一碗黄酒,一分两半让二人交臂喝了。最后,四奶就去把尤芽的被褥搬到了立世的床上。也亏着四奶办得快,当四奶后来把自己动手剪的一个红纸"囍"字在门上刚贴好,统计男丁年龄的几个人就进了尚家大院。四奶见状高喊:"立世、尤芽,有客人来了,你们两口子还不赶快出来给客人敬烟?!"立世、尤芽应声出来,立世前头递烟,尤芽后边点火。几个统计人员满脸都是惊讶:"没听说你俩结婚了呀?""昨天刚办的婚礼,"景四奶急忙代答,"这年头成婚也无力张扬,所以街坊邻居们都不知道,也没给诸位发喜帖,请多原谅。"几个人显然还在怀疑,又走进新房看了一阵,景四奶忙又笑道:"结婚这事还能作假吗?人家两口子昨晚已经在床上练过蛋了!不信你们问立世,立世,昨夜里那滋味咋样?"

立世满脸像泼了血一样红。

几个统计人员都被景四奶这话逗乐了,边笑边退出了院子。待几个人走远,景四奶才捂了胸口叹:"老天,好悬!"……

　　那天的傍晚时分,立世一个人跑到城边的尚家坟园里,在容容的坟头跪了许久。他回来时尤芽已把被褥铺好了,正坐在床边等他。他没有说话,只坐在靠窗的椅子上抽烟。尤芽那低微发颤的声音就随着飘摇的烟缕传了过来:"俺知道你心里还想着容容,你也不要作难,俺还搬回原来的屋子睡,你只需对外人说咱俩是夫妻,别让抽去当兵就行。"立世闻言抬眼时,尤芽已抱了一床被子要向门口走,他叹了一口气,伸手扯了一下她的胳膊,尤芽显然没有料到有这一扯,身子一下失了重心,趔趄了几步向地上倒去,立世急忙伸手将她抱住……

　　他的手是哆嗦着伸向她那些衣扣的。她有些恐惧地紧闭了双眼。在解最后一层胸衣的纽扣时,她忽然抬起双手紧护住胸口不让解,而且眼中滴出了泪。立世明白她是害怕让他在灯光下再次看见那两个无了奶头的奶子,于是扭头噗一口气将灯吹熄。当尤芽那温软的身子终于偎到他的怀里时,他听见她在他耳边满怀歉疚地哽咽着:"……俺晓得男人们都爱嘴噙着奶头玩,可我已不能满足你了……"立世什么也没说,他只是轻轻地小心地抬手揉着那两个丰满的奶座……

137

3

　　由于风的摇晃,春阳像一个不安分的姑娘一样在桑叶上跳跳荡荡,晃得云纬的眼睛都有些花了。她眯着眼,小心地采摘着桑叶。这些树还都在幼年,摘叶时稍不小心就会伤了它们。云纬每每下手掐叶梗时,都惟恐摇折了它们的躯干。门前的这个小桑园今年是第一次供叶,云纬在每棵树上只采一至两个叶片。我只养了三箩蚕,这样采差不多就够它们吃了;明年,待你们长得再高些,我每天就要多采了。我要养更多的蚕,快些长吧,你们……

　　云纬想得很专心,专心到都没注意有两个商人打扮的人走进了她的院门。直到那两人中的一个又走到桑园边招呼了一句:"老人家,你好!"她才扭过了脸:"你找谁?"

　　"有一个茧商想见你。"那人指了指院内站着的另一个人。

　　"茧商?"云纬笑了,"我才刚刚养蚕,哪有茧卖?"

　　"先见见面吧,以后保不准会有生意做哩。"那人边说边去帮她提手中盛桑叶的竹篮。

　　"以后有茧也不会卖给你们,我这里的茧呐,尚吉利织丝厂已经定下买了。"云纬边向院里走边说。

　　"我要出高价呢?"院中站着的那个戴眼镜的商人接口,话音中带了一点笑意。

　　"再高的价也不卖。"

　　"我要用这房子换呢?"戴眼镜的商人指了一下云纬的房子。

"这房子?"云纬狐疑地瞪着对方。

"嗯,就这房子!"

"你拿我的房子来换我的蚕茧呀?!"云纬瞪起了眼睛。

"这也是我的房子呀!"

"你的?!"云纬的眉毛竖起来了。

"当然!"那人这时笑着摘下了眼镜,向云纬走近了一步,"难道不是吗?"

"是你,承达?"云纬惊喜地叫。

"妈妈,这房子难道没有我的一份嘛?!"长高长壮了的承达一下子伸臂抱住了妈妈。

"哦,你这个鬼小子,刚到家就跟妈开起了玩笑,为啥这时才回来? 渴吧? 饿么? 瞧脖子里这汗,热吗? 走多远的路,累不累? 看这个子,有多高! 比妈高半个头了! 在外头想不想妈妈? 你一个人在外边咋过日子的?"

承达边笑边捋着母亲已花白的鬓发说:"妈,你问的问题太多,我一时答不过来,现在让我先问你,只问三句,第一,你身子好吗?"

"好,妈的身子结实着哩!"云纬摸着儿子胳膊上凸起的肌肉,高兴地点头。

"你知道战争又开始了吗?"

"知道,知道,可是这是为啥? 不都是中国人么? 为啥事就不能坐下好言商量呢?"

"妈,先别问我,再听我问:你愿出来帮帮我吗?"

"帮你? 妈当然愿意! 你说让妈干啥吧!"望着几年不见的儿子,她快乐得只会点头了。

"活儿倒很轻,只是需要妈妈离开家,到另外一个地方住着,而且不能和熟人们见面!"

"哦?"云纬一怔。在这一瞬间,她想起了达志,想起了达志说过些天就要接她过去住的打算,咋着办?

· 139 ·

"妈,如果你答应,明天头晌,你只需带一点穿的衣裳,顺着往邓县的大路走,在潦河镇街头,有人等你!"

"噢,承达,妈答应,妈今夜里再跟你细商量,有桩事妈也正想跟你说,尚吉利——"

"妈,我们以后见面再说话,现在我得走了。"

"走?"云纬吃惊了,"才回来就又要走?有啥要紧的事慌成这样?跟我进屋,妈还有话问你!"云纬不由分说扯了承达的手就往屋走。承达只好进屋,但他没坐,只笑了说:"妈,那你有话就快问,我真的不能久停。"

"你这些年都在哪里?"云纬一手抹着承达额上的汗粒一手去抻他的衣襟,她仿佛要把这些年积攒在心里的对儿子的爱全都拿出来。

"先在延安,后随队伍去了长城一线,一直在那儿和日本兵打。"

"哦,你如今在干啥?"

"他现在是我们的侦察连长!"和承达同来的那个年轻人这时接口。

云纬再一次把惊异的目光停在儿子额头。呵,这么些年他一直在玩枪!我的两个儿子为何都和枪结了不解之缘?"你可得小心呵,如今人家正在和你们打仗!"她紧紧攥住儿子的手,忽然意识到这是白天,这个地方离城又是如此近,万一让人发现……一种恐惧风一样钻进她的心里。"你快走吧,妈不留你,记住以后白天不要来这城边走,小心被人家看见!"

"别怕,妈,我们的大部队就要过来了,要不了多久,南阳就要变成我们的!"

"快走!"恐惧使得云纬催儿子走了。望着儿子拐上往北的大路,她才想起,她竟没让久别归家的儿子喝一口水。走吧,孩子,走得远远的,越远越安全。天爷爷,保佑我的两个儿子吧!达志,你的儿子回来啦,他长得比你还高还壮,我多想让你们父子见见面,但是这次不行,太危险,以后你会见到他的,总有一天,我要把他领到你的身边……

4

时辰离黄昏还有很长一段距离,响着的三台织机就相继敛了声音,不甘而无奈地静坐在那里,像一个满是力气渴望驰骋的儿马被拴在厩里一样,浑身都透着一股不愿意。但这没有办法,南阳城的东西南北四个方向上,差不多每天都有枪炮在响,织丝厂的原料买进和产品销售都成了问题,尤其是销售,这年头谁还有心穿绸着缎?因此,只有这样织织停停,停停织织了,就这,库房里还积压着成品哩!

达志蹲坐在车间的门槛上,默默地看着一张报纸,那是卓远刚才让月儿送来的一张半月前的《东方日报》。报纸上有一则卓远加了红框的消息:记者日前在美国洛杉矶举行的世界丝绸博览会上获悉,获得今年博览会金奖的是美国一家名叫安妮的丝绸织造厂织造的产品……

我们在最值得骄傲的工业领域也失去了奖章。这奖章本该属于中国,也许就属于我尚吉利。但是我们失去了!我们失去了安宁也就失去了一切,包括时间、金钱、荣誉、尊严……

"爹,我想了个销售积压绸缎的方法。"立世这当儿从后院走过来说。

"啥法子?"达志仍盯着报纸上的那条消息,没有抬头。

"你说社会上如今最有钱的是哪部分人?军官!大大小小的军官们。只有他们还有钱买绸买缎!眼下南阳和南阳四周驻防的军人这样多,咱何不想法送货上门,把绸缎摆到军营里,吸引军官太太们的眼睛,让她们催着她们的丈夫掏钱买?!"

"嗯,这倒是个主意。"达志抬头望着儿子,"你可以去试试!"

立世说干就干,第二天头晌,就和昌盛用独轮车推了满满一车绸缎去了校场路上的一处军营。事情还真如立世估计的那样,把五颜六色的绸缎在军营的操场边上往绳子上一搭,立刻引来了那些随军住在军营的女眷们。她们七嘴八舌地议论、比试并互相怂恿,果然不久后就都回家找丈夫要钱来买。一车子的绸缎仅在这一座军营里就销售一空。这可真喜坏了立世父子,第二天就又推车去了白河南岸的又一处军营。这一天又是全数卖出。如此几日下来,家里原来积存的绸缎竟推销一空。这个意外的结果使得达志也满怀喜悦。三代人是在最后一匹积存绸缎卖出的那个月朗风清的夜里开始清点钞票结账的。因为数天来,推销时都是按市价收的纸钞,所以清点钞票很费了三个人一阵工夫。一大堆钞票摆在桌上,要一张一张展平,一种面额一种面额的归拢,最后再数清。三个人心花怒放地干了差不多半夜,才算算出了数目。

这一笔数目不小的现金究竟怎样使用,达志和立世意见不一。立世说应该全用来到南召、内乡、镇平境内收购生丝。说我们是开工厂的,出去收丝时无论碰到国共哪一方的军队,只要说明情况,想他们也未必就会扣下咱买的丝。达志则主张先把钱存起来。说存钱总比存丝方便,现在就是把大宗的丝都顺利买回来也不敢开机织成绸缎,因为没有客商来大批进货,军营里的那点购买力已经用尽,根本不可能再买走这些绸缎。父子二人的分歧最后以儿子服从父亲宣告统一。

决定了保存现金之后,在现金的保存方法上父子二人又发生了分歧。达志主张存在钱庄里,立世则认为在这战争年月里,还是把钱放在自己身边放心。时局一旦好转,立刻就可以外出收丝和买其他原料;存在钱庄里到时一旦取不出大笔现款岂不麻烦?这次的分歧以父亲服从儿子结束：达志认为儿子的主意有些道理。

存钱的法子还是老法子，放在坛子里深埋地下。三个装满纸钞的坛子在一个月黑之夜被埋进睡屋的床下土里之后，父子二人都长长地舒了一口气。

父子二人那晚上都心身放松地走进了幽长的梦境，不同的只是梦的内容。立世走进的是一片粉红色的树林，林中的一块空地上站着一个浑身贴满白纸的女人，女人欢笑着去撕身上贴着的钞票大小的白纸，每撕下一张女人白嫩的身子就露出了一片。立世饶有兴味地看着并盼着她快点撕完身上贴的所有的白纸。女人的四周渐渐布满了撕碎的纸片，美丽的身体雪一样的露了出来……达志走进的则是一条涂满青色的地道，在地道的深处有一座巨大的坟墓，两个男人正在坟前散发白色的纸钱，和钞票一样大小的纸钱漫天飞旋如飘雪一样好看。达志正在观赏这少有的景致时听到一阵瘆人的笑声，就是这奇怪的笑声把他从最初的曙光中吓醒。

那天吃早饭时父子二人都是边喝稀粥边回忆昨晚稀奇的梦境，但谁也没有说出来。父子二人那时都还没有意识到，未来在利用梦境对他们进行昭示：一桩可怕的灾难距离他们已经很近……

5

栗温保在他的指挥部处理完当天的军情事宜已近子夜。他近日越来越感觉到和共军打仗不是一件轻松的事情。他如今必须倾尽全力来判断共军各种虚虚实实的举动以便做出相应的决策,以至于每天晚上上床时左半侧的头部就像针刺一样的疼。

他身穿睡袍平躺在指挥部隔壁的卧室床上,让随军护士的那双小手轻轻地按摩着他的头部。他始终坚信男人恢复体力和精力的最好办法是和年轻女人接触。有许多个夜晚,都是这位年轻女护士的一双小手把他送入不太安稳的睡乡的。只有当他睡熟之后,护士才能轻轻去外间的床上躺下。他近来常常在半夜被噩梦惊醒,一旦惊醒就很难再次入睡,那时就需要小护士上床对他进行另外一种按摩,他总是在那种按摩结束后的疲乏之中再次沉入梦境。

今天晚上他刚刚来了点睡意,床头柜上的电话铃却突然响了。小护士惊得跳起来抓住了话筒,但她并没有立刻对着话筒问是哪位,她要等对方先开口,如果是男的她可以搭话;如果是女的她必须交给栗温保应腔,以防止引起一些不必要的麻烦。

"喂,爸爸!"话筒里传出的是栗丽的声音。女护士以极轻的动作把话筒递到了栗温保手上。原本因电话响在此时而满脸愠色的栗温保听清是宝贝女儿的声音,脸上立时换成了笑容:"是我,小丽,这个时候打电话有啥急事?"

"是有一件很急很急的事,你必须现在就来我家一趟!"栗丽用的是命令的口气。

"不能等到明天早上?"栗温保笑了,对女儿他绝少发脾气。

"不能!你要这会儿不来,明天早晨你可能就要后悔!"

"好,好,我这就去。"栗温保放下话筒赶忙起身让护士帮助穿衣。栗丽的脾性他知道,万一因为自己不去而出了什么事岂不糟糕?

栗丽如今的家在望乡台附近的一座青砖灰瓦的小院里。夫婿是栗温保手下最有作为的一个团长,当初栗温保决意把自己的女儿许配此人,是因为他觉得这团长将来可能会有造就。栗温保从轿车上下来走进女儿和女婿的院门后多少吃了一惊:院子里亮着十几盏灯笼,这些灯笼全部由男女仆人们提着环立在卧室门外;离门口十几步远的地上,扔着一堆被子和男人、女人的衣服;栗丽正柳眉倒竖双手叉腰立在灯笼围定的卧室门前;她的身边站着一个当初陪她来到婆家的年轻女佣,女佣的手上拎着一支手枪。"咋了,出了啥事?"栗温保紧走几步来到女儿身边。栗丽看见父亲顿时眼圈有些红了,她鼻翼吸动了几次才开口说出一句:"你进我们的卧室去看看!"

栗温保狐疑地抬脚向卧室走。他虽然已经断定屋子里出了事情,但他进门后看到的情景还是让他没有做好准备的头脑轰地响了一声。——他的女婿赤身裸体和另外两个裸体赤身的女人各自抱头蹲在床上。栗温保只看了一眼就顷刻间猜出了事情的全部经过:一定是女婿趁女儿外出玩起了女人,当三个人熟睡之后女儿回家发现了真情,于是悄悄抱走了三个人的衣服和屋里所有可以蔽体的东西,待把灯笼都点亮之后才最后抓走了盖在三个人身上的被子……

栗温保扭头出来铁青了脸说:"先把他们的衣服扔进去!其他人都各回各屋,谁也不许向外说出今晚的事情!"

栗丽极慢极慢地在门前的台阶上坐下,将两个女式坤包扔到父亲的手上说:"我还想让你看看这个!"

栗温保知道这是那两个女人的包,他估摸里边装了女婿给她俩的钱,但打开一看才知道,每个包里有一根金条。

"晓得那金条是从哪里来的吗?"栗丽抬眼瞪着父亲,"是没收的汉奸们的财产的一部分,这些财产本应上缴国家,可他一直留在家里说等方便时再交。没收的二十根金条中如今只剩下了八根,你要不要去看看家里盛金条的保险箱?"

栗温保边摇头边又重新走进卧室,他挥手让两个已穿好衣服的女人快走,随后转对红着脸低头坐那儿的女婿说:"你愧对了我对你的信任!你知道战争的发展对我们是多么不利,可你竟还有心在这儿玩……"他省略掉了"女人"两字,因为这一瞬间他想起了他的那个小护士和薛小亚,他决定避开这个问题:"你知道蒋总统的长子经国先生最近讲过什么话?惩治腐败!打击一切贪污受贿的腐败官吏!你挥霍没收来的汉奸财产算什么行为?一旦抓住你该怎么处置你恐怕心里也能明白!我今天告诉你的只有一句话:你好自为之,别让我再从栗丽那里听到对你的抱怨!我的脾气你也知道!"

栗温保出来时栗丽还在台阶上一动不动地坐着。"小丽,歇去吧,凡事想开些,他若再不改正我会为你出气!"他知道在这个时候,任何安慰都不可能止住女儿心上伤口的疼痛。只有让时间来帮助她习惯这种做了官的男人的生活。

"爹,你等一等,我有话给你说!"栗丽叫住父亲,"我当初答应过你,我做他的妻子,我现在仍然会去实践我的诺言,这一点你不必担心!我这会儿要给你谈的是另外的事,是关乎你所为之效力的那个政府前途的事!"

"别因为生气就说傻话,小丽!"

"爹,我这会儿已很平静,我现在要给你说的是我在最清醒时思考的问题。这个问题就是:你所效力的那个政权,前途可能要有些麻烦,极有可能是一种崩溃的结局!"

"小丽,别胡说!"

"我不是胡说,我这是经过分析得出的结果。一个政权,其上层出现腐败还并不可怕,因为要从上烂到下还有个时间;其下层出现腐败也不是十分可怕,一方面上边可以对其制止,另一方面从下烂到上也要一段时日。一个政权最怕的是中间腐败,中间一旦腐败,可以很快向上向下蔓延从而加速其死亡过程。这就像一根萝卜,中间一烂,上半部很快因为失去养料来源变干变枯;下半部因为中间的烂液下流而更快坏掉。眼下的国民政权,其中间部位已经烂了,它的中层官吏们没有烂掉的虽然还有,但已经不多。因此,女儿想提醒你,这个政权的未来已经笼罩着一股不祥之气。所有的政权在灭亡前都有一个共同的征兆,这就是腐败!你要早做打算!"

栗温保被女儿说得打了个寒噤,但他最后还是瞪了一眼女儿:"不许瞎想,快去歇息吧!"……

6

  达志是在抢购风潮抵达南阳的前一天离城前去唐河正华烟厂的。正华烟厂在上海托人购买了一台十二匹马力的单缸柴油发电机组,用于本厂的生产和照明。这在南阳还是第一家,达志因此想来看看其功能和操作情况,心里打算着一旦局势稳定厂里生产正常之后,就也买一台这种机器。

  因为是步行,达志那天到达唐河时天已黑得彻底。在这种黑如墨染的天气里去看发电机,其制造光明制造力气的功能当然会使达志激动无比也高兴无比。他在笑声里根本不知道,通货膨胀这个恶魔,正趁着夜色站在南阳城的上空把苦难疯狂地撒向城区的每一条街道。

  他第二天半上午时开始离开唐河往回返。那时辰抢购风潮那锐利的爪牙已经悄无声息地伸到了县城的边缘。最先得到物价就要飞涨消息的城边的人们,匆匆提着手上的钞票出门往街里走。达志虽然觉得了一点诧异却并没有在意,他当时只是在心里惊奇:市场上今天是要卖什么稀奇金贵的东西?

  他返回到南阳城时太阳已经落下,在依稀的暮色里他看见了一种反常现象:南关的几家粮店早早地关上了铺门,而门口还依然围着些手中提了钱的顾客。咋着回事?有顾客为何还要关门?他有些讶异地看着暮色里的街景,这时候他方感到了有一股不祥之气在街道上飘荡。

走进家门,他第一眼看见的是院里放着的十几个胀鼓鼓的麻袋,小昌盛正攥着一根木棍坐在麻袋上。"咋着回事?麻袋里装的啥东西?谁送的?"他一连声地问。闻声从屋里走出的尤芽还没有来得及开口,昌盛已说开了:"全是我爹买的东西,有包谷有红薯干,还有一口缸和一些瓦罐。"

达志一听头上就起了火,娘的,真不是一个会管理的东西,多金贵的流动资金,怎么拿去买了这些?该留着以后去买丝、买染料、买柴油用呵!他正待骂出口,立世拎着一匹土布进了院子。达志立刻叫开了:"咋了,你是不是不想开织丝厂了?买这些破烂东西做啥?"

"爹,你不知道今天城里发生了什么事,从早晨开始流传武汉、襄阳物价已经飞涨的消息,上午人们就开始拿钱来抢购东西。人们什么东西都买,都是想买成实物放在家里保险,结果越抢物价涨得越快,你知道今后响包谷的价格比昨天高出了多少?二十倍!我是怕咱一点东西不买会吃亏,今后响才买了这一点。我正急等着你回来拿主意呢,咱还有那么多纸钞,要不要明儿个赶紧花出去?"

达志吃了一惊,这才明白为何南关的粮店门口此时还围了拿着钱的买主。天呵,事情怎么一天之间就起了这样大的变化?照这样下去人还活不活了?政府应该赶紧制止这种物价上涨的势头,赶紧呵!

达志和立世包括尤芽那晚上都没有睡好,黎明刚刚来临,立世就从床上爬起来问达志要不要把埋在地下坛子中的那些钞票拿出来去买成实物。达志摇摇头说:"别急,在这个物价上涨的风头上买东西不是吃亏太大?我看看情况再说。"

尚达志没吃早饭就去了街上。街上到处都是拿钱买东西的人,人们买不着这东西就买那东西,一心想把手中的钞票用出去的模样好像已经没有了明天。这种末日气氛令达志感到恐惧也使他坚信,政府决不会不管不问。不要慌,沉住气,物价会有降下来的时候。

　　他也曾打算抢购点生丝,在街上找了半天才找到了一个卖丝的。一问价钱又吓了一跳,比几天前的生丝价格高出了二十来倍。不,不买,用这个价格买来的丝织成再好的绸缎也赚不了钱。

　　那天后晌达志去了一趟专员公署探问情况,公署里的人回答说正在想办法制止这种混乱状况。这个回答让达志安心了不少,他想也许一两天后物价就会开始回落,那些抢购东西的人早晚还会后悔。

　　但事情并没有按达志的希望向前发展,接下来的几天物价仍在可怕地上涨。达志这才彻底慌了,他不得不决定也加入抢购的队伍,让儿子赶紧把埋在地下的那些钞票拿出来。但是晚了,犹豫不决和心存侥幸使他丧失了宝贵的时间,他手中的钞票已经贬值到了可怕的程度。第一坛钞票立世和尤芽拿出去买回来两张铁锨、五十斤面粉、二斤铁钉、两口木箱、一个尿壶、一沓写春联的红纸;第二坛钞票只换回来一麻袋萝卜。当立世阴沉着脸扛回那一麻袋萝卜说:"只能买到这点东西"时,达志像遭了雷击一样枯立在那里,他两手抖颤着想帮儿子把萝卜放下地,却到底也没能伸出手去。

　　第三坛纸钞只花出去了一半——为昌盛买了一个裤子和一个短裤,剩下的那一半再也花不出去了。所有的店主都只要硬通货而不要这种近似白纸一样的钞票了。立世把那半坛钞票抱回院中时,达志跟跟跄跄地奔过去,一边嘶叫了一声:"怨我呀——全怨我呀——!"一边大把地抓起钞票向半空撒去。浅色的钞票纸钱一样在空中散开,飘飘荡荡坠落在地。这情景在一瞬间让达志忆起了他当初做过的那个梦:纸钱飘旋在一个青色的地道里……他只来得及呻吟了一声:我的织丝厂呵——就仆倒了下去……

7

栗温保走近那个刚刚发生过搏斗的现场时,氤氲在空气里的那股血腥味还没有完全散去。他的鼻子抽搐了一下,打了一个不算太响的喷嚏。他看见士兵们正用水冲刷石板砌成的街道上的血迹。是的,应该冲刷干净。应该让人们尽快忘记这个事件。血这种东西容易让人们的神经激动,而眼下我需要的恰恰是安宁。

栗温保心里明白,在这种物价飞涨通货膨胀的情况下,人们心里的焦躁都已接近了燃点,任何一个火星都可能引起大火,必须把每一个溅飞的火星都看成火灾来灭。也正因为此,下午他一接到德华街重阳粮店发生抢粮事件的消息后,立即命令部队封锁德华街并快速地把抢粮的人群镇压了下去。决不能让蔓延在全国的抢米风潮再在南阳刮开!

"司令,据报,省立五中、南阳女中、南阳简易师范的学生们要在明天举行示威游行。"副官轻声地在栗温保耳边报告,"他们提出的口号是反通货膨胀、反饥饿、反内战。"

"哦?查清了谁是组织者?"

"还没有,不过煽动者可以肯定是卓远!"

"嗯?"

"他在今天的《宛南时报》上发表了一篇署名文章:《国何以存,民何以生?》公开批评政府的经济和金融政策,报纸今天出版后,学生和民众们争相传阅,造成人们的情绪更加激愤,起到了点火的作用!"

"又是他!"

"我们该采取措施,防止因此而引发大的骚动!我们很难经起——"

"天亮之前,派部队进驻各校,严禁学生天亮后走出校门!"

"为防止《宛南时报》再发表点火性的文章,是不是把它——封了?"

"那势必引发卓远和知识界的抗议,造成新的麻烦,上次他们不是把二百支钢笔折断摆在报馆门口,抗议我们不让它发表过激性言论了?"

"那依司令之见——"

"不让一个人发表文章的办法好像很多。"

"当然。那干脆派人去当面警告他,不许——"

"他会把你警告他的事也写成文章!"

"那就找个借口把他抓起来!"

"那会引来更多的人写抗议文章!"

"那便差人去把他的那只手废了,他就剩下了一只手!"

"他还有嘴,他的控诉会变成更厉害的文章!"

"吓不行,抓不行,废不行,那我们只有——"

"这天好像要下雨了。"栗温保突然不再理会副官而仰面向天说道,随即便径直朝自己的汽车走去。车门拉开的时候,后座上传来了一声轻轻的狗吠。他叫了一声"宝贝",一只毛茸茸的小狗便从座位上弹起跳到了他的怀里。这是一位下属前些日子送给他的一只叭儿狗,他很喜欢它那股亲热人的劲头。它容易让他忆起当年在落霞村打兔子的岁月,那时候他也有一只狗。他如今常常想回忆过去。汽车在石板路面上有些颠簸,叭儿狗在他的怀里叫了一声,尔后乖巧地扬起一只爪子让他看。这时他才发现它的那只爪子上有一个小小的伤口,不知是抓什么东西时剌伤的。他有些

· 153 ·

心疼,急忙转对一名侍卫交待:"这狗爪上有一个伤口,回去记住告诉军医给它治治,伤口不大,但我想它可能会疼……"

　　轿车呼一下拐了个弯,将侍卫的一声恭谨的回答摔出了车窗外……

8

　　审校完第二天报纸的清样,已近三更时分了,可睡意还在远处徘徊着未来,卓远就从书架上拿下一卷《资治通鉴》,在那里翻起来。只是没翻几页,就又烦躁地扔开了它。这是让当权者看的书,你看了有何用处?难道还会有人来听你的治国主张吗?

　　油灯的火苗在从窗缝里钻进来的越来越凉的夜风中抖索着,一副将灭未灭的模样。看来,眼下的政权有点像这油灯,已经不起多长时间的风吹了。一个政权眼看着通货膨胀而无力制止,眼见着大批的工商业者破产,大批的平民沦为赤贫而无力相救,那人们还要这个政权作甚?看待一个政权有没有存在的价值,归根结底是要看它能不能给社会上大多数人提供富裕幸福的生活。倘是它只能给大多数人带来惊慌不安和苦痛,人们对它的抛弃是早晚要发生的事!现在需要弄清的是,它还有多长时间的寿命?

　　"喵——"院子里突然响起一声猫的惊叫。卓远听出是家里养的那只黑猫。总不是被老鼠吓的吧?你这个胆小的家伙。他起身想去开门让黑猫进来,却不防刚一起身便爆发了一阵长长的咳嗽。他急忙去捂嘴,怕惊醒已经睡熟了的家人,但是迟了,隔壁响起擦火柴点灯的声音。把绫绫和卓炯他们惊醒了。

　　绫绫从卓炯的胳膊上抬起头,一边捋着散乱的鬓发一边诧异:"伯还没歇?"跟着坐起身去穿衣服。睡眼惺忪的卓炯揉着自己被绫绫枕疼的胳膊说:"去催他歇吧,快四更了!"

院子里好凉,绫绫一出门就打了个冷战,她急忙推开书房的门走了进去。她先去拍伯伯的后背——卓远还在咳嗽,身子因为咳嗽缩成了一团。卓远在绫绫的轻拍下终于渐渐把咳嗽停下,绫绫这才又转身去倒热水。抱怨声和水声一同飞进卓远的耳里:"伯,你咳嗽还没好,咋又熬夜?俺们都睡了一觉了!"

"人老了,没瞌睡。"卓远一边笑望着绫绫一边去喝热水。绫绫这当儿走到窗前的书桌上去收书本:"伯,不准读了!我给你把书收——"绫绫的话到这儿突然止住,两眼骇然地瞪着窗外,与此同时响起一声惊恐地尖叫:"人——"

卓远在绫绫的叫声中慌慌地站起身来,他那一刻还没想到要躲避什么,他只是不知道绫绫为什么惊恐,但就是这个起身的动作让他的心脏躲开了一发致命的子弹。几乎在他站起的同时,一声尖利的枪响将深夜的寂静和窗纸击碎,子弹打中了他的腿,他哎哟一声跪下了地。绫绫不知是看出了紧跟着的危险要去保护伯伯还是出于在灾难中向亲人靠拢的本能,迅疾地转过身向卓远扑去,但就在这一瞬间,第二、第三发子弹啸叫着飞了过来,梅花状的血渍顷刻间便在绫绫的后背上显了出来。

枪声惊醒了卓炯、雅娴、达志一家和附近的邻居,到处都有开门的响动,一个黑影就在那一霎跳过了卓家的院墙。卓远什么也没看见,他甚至忘了发一声喊。他只是无限恐慌地用双手去捂绫绫后背上的伤口,血已经把绫绫白色的内衣后襟全都染红,且还在争先恐后地冲开卓远的指缝向外喷涌。"绫绫,绫绫——"卓远用尽全身的力气哭喊着,仿佛要用哭喊去唤回绫绫那正向高空飘飞的生命……

当卓炯、立世和邻居们拎着木棍冲进屋里时,浑身是血的绫绫已经软软地躺在了卓远怀里,煞白的脸上还残留着惊恐。呆了似的卓远一动不动地抱着绫绫,发白的眼仁直瞪着拥进屋里的亲人和邻人,那模样像是在惊诧:你们来干啥?

人们用了好大工夫才把绫绫的遗体从卓远的怀里抱出来,才把还在淌血的卓远的左腿捆扎好。所有的人都被这突然而至的灾祸击懵了,没有人想到去哭,直到把绫绫的遗体放好之后,哭声才升了起来。雅娴和月儿那凄惨的哭号被夜风送往城市的许多角落……

天还没有亮,星星不知何故都已隐走,只有冰冷的夜风在四处爬行……

9

我现在懂了,列祖列宗。你们刻在前院石头上的那个图案就是一个蛛网,你们是在告诉我和我的儿孙,我们是被粘在这张由苦和难纵横交叉构成的蛛网上的苍蝇,尽管蛛网的四周是欢乐是畅快是幸福,但我们尚家人注定要在这张蛛网上挣扎,根本无可能抵达蛛网四周那些美好的地方。我这样理解对不对?对不对?告诉我呀你们……

被通货膨胀和绫绫惨死双重打击砸倒在床上的尚达志,双眼直盯着在屋角晃动的一张蛛网,发红的双眼里放出灼热而异常明亮的光。

一阵拐杖捣地的声响没能影响达志对蛛网的盯视,直到立世喊了他一声他才扭过脸来,才看见原来是卓远哥架着拐杖站在他的床头,脸上满是因挪动伤腿而疼出的汗水。

"达志……我没能护住你给我的女儿……"卓远的话里夹着粗重的喘息,两滴巨大的泪珠和汗水交汇后落在了地上。

达志抖颤颤地伸出一只手,按在了紧抓住拐杖的卓远的手背上。许久之后才发出了微弱的声音:"当初……我也没有护住你给我的女儿……"

立世和尤芽把卓远搀走后达志沉入了一阵短暂的昏睡,就在这阵昏睡中他又看见了那个蛛网,他看见他在那个蛛网上挣扎着想爬向蛛网的边缘,可每当他就要抵近蛛网边缘到达安全之境时,一个巨大的蜘蛛就快速地在他前边又布下了一片网格。他听见一当他抬起衣袖去擦拭额上的汗水,那个蜘蛛就在一旁发出冰冷的笑声……

一阵轻微的触摸把他从噩梦中拽出,醒来时他看见云纬蹲在他的床前,正用衣袖轻擦着他额上的汗水。"我刚刚看到报纸,报纸上说持枪盗贼闯进卓宅,巡逻队闻声追堵已将盗贼击毙,我担心出事,没想到果真……"云纬的声音在达志耳边絮絮地响着。

"他好吗?"达志突然高了声问,人挣扎着要坐起。

"他好。你快躺下!"云纬知道他是在问承达,当初她按小儿子的要求离开百里奚村去潦河镇时,她来给他悄悄说过她暂时离开的原因。

"他们啥时候能来?"达志的眼睛又闪出了灼热的光亮。

"来?"云纬一怔。

"来!"达志直盯住云纬,"告诉他,我盼着他和他的人来!"

"我不知道,他只让我在一个小店里卖香褾火纸,但我从他们的话语中听出,他们的大队伍就要来围南阳了。"

"这个社会已经没法让人活下去了。"

"我懂你心里的苦楚。"

"它总是从你手里拿走东西,不给,只拿!"

"你一定要想开,好日子兴许在后头。"

"会有好日子?"

"承达说会有!"

"告诉他,我想要的好日子就是让人安宁安心地办工厂,让人平平安安。"

"我会给他说的!"

那样一天会来?会真的有那么一天?达志又抬眼去看定墙角的那个蛛网。我会爬到蛛网的边缘?能走进那些没有格子网的地方?能脱离开苦难?……

10

白色絮云中的一个黑点在不断地向近处滚来并涨大,渐渐显出了它带有双翅的身形——一架军用运输机第一次飞抵南阳古城的上空。

栗温保默望着飞机在空中盘旋,这条空中通道的建成似乎没有给他带来多少高兴。几个月前,他相信机场的建成会使他的城防变得更加固若金汤,为此他下令强征几千民工和几百辆牛车日夜赶修。仅仅几个月后的今天,那种自信已消失得无影无踪,一股冰冷的寒气开始钻进他的心中,并像此刻的飞机一样在他的胸中盘旋。

战局的变化如此急剧令他有些目瞪口呆,拥有强大军队的政府如此快的瓦解真出人预料之外。如今,南阳城四周除了向南还有通道之外,宛东、宛西、宛北三个方向上的大多数城镇都已被共军占领,一种兵临城下的感觉令他常从夜晚的睡梦中惊醒。也许当初我不该听从副官的建议而把赌注押在国军一面,我该保持一种中立的姿态,既不亲共也不亲国,那样我今天就有了回旋余地,就有可能仍然保住我已经得到的一切⋯⋯

飞机鸟一样地滑落在跑道上。栗温保在副官的提醒下向飞机走去。十几门小型的美式新火炮和成箱的轻武器正从飞机上卸下。看到这些崭新的武器,栗温保的心又为之一振,只要我有枪有炮有军队,我的未来就有保证。也许眼下的局面只是暂时现象,顺利和胜利就在不远处等着我……

"司令,随飞机来的陶处长说,鉴于目前的局势,为使指挥官们无后顾之忧,全力应敌,上峰让分批撤离团以上军官的眷属。"副官的报告再次打断栗温保的思索。

"嗯,那你去安排吧。"

"飞机后晌就要返回广州,你那里让草绒夫人还是让紫燕夫人先走?"副官又问。

"让草绒先走!"栗温保不假思索地说。自那次草绒当他的面掀掉饭桌之后,他心里就充满了对她的怨恨,女人老了真他娘的令人讨厌!这次送她去了广州,今后就是胜利了也决不再接她回来,就让她带着秉正在南方过活,让她尝尝不住在我身边的那种滋味!娘的,要不是我,你如今能吃穿住那样好?……

草绒最初听说要让她和儿子后晌就离开南阳飞往广州时吃了一惊,她的第一个反应是想说:不!但后来她又把这个字嚼碎咽进了肚里。她想到了近在咫尺的战争,想到了儿子秉正的安全。子弹是不长眼睛的,万一秉正在城中走动时让——她不敢让自己的想象顺这个方向延伸下去。离开一段日子也许不是一桩坏事!她就是在这种考虑下同意南飞并开始了紧张的离家准备。

草绒和儿子坐上去机场的汽车时栗温保走了过来。这毕竟是一场离别,栗温保觉得有必要来送一送。草绒和秉正见状也急忙走下车来。"爹,再见!"秉正恭恭敬敬地向父亲鞠了一躬。栗温保拍拍儿子的肩膀:"照顾好妈妈,有事随时给我写信。也许要不了多久就会再把你们接回来。"栗温保说完把目光转向了草绒。她的头发已经白了这么多?女人老起来可是真快!当年在落霞村时她是多么水灵的一个姑娘,从那时到现在已经过去了多少年?"一路平安!"他朝她说,可他听出了自己那话音里未带多少感情。"你要多保重!"他听见了草绒的声音,那声音有些发颤,这使他的心一动,他看见她的眼里有一层雾一样的东西在飘。他突然想起了她刚生枝子的那一天……

"还有,要尽量少杀人！少杀！"草绒忽然这样说,"你手里有枪,杀人很方便,可上帝在看着人间,谁杀了人他都在记着,他会有惩罚——"

"好了,上车吧,该去机场了！"栗温保打断了草绒的话。女人永远就是这样爱唠叨,走吧,把你送到广州我看你对谁唠叨！

汽车开走了,儿子在隔窗向后朝他挥手,他点了点头。他觉到了一阵轻松,这下我的后院安宁了,没有谁再总是来指责我……

他是在自己的府邸里看见飞机起飞升空的,他再次舒了一口气。像许多和家人分别的人一样,栗温保相信自己只要愿意,随时都可以再和他们见面,他根本不知道这就是和妻子、儿子的永别。许多年后,当他终于意识到这就是永别之后,他才极力去回想那天飞机腾空时的情景,才记起当时的天空中有一片瓦灰色的云团在慢慢地裂成两块,两块的中间露出湛蓝的天空,那线天空蓝得像海……

11

淅沥的秋雨使潦河镇比往日更早地进入了黄昏。街邻们晚炊的烟缕开始在雨滴的缝隙里升上迷蒙的暮空,稀疏的狗叫声在不长的街筒里飘来荡去。云纬就在这个时刻下定了要同小儿子承达讲清他的生父是谁的决心。

那一刻承达正在福寿香裱火纸店的后屋里同几个来买火纸的"顾客"密谈。云纬轻轻关上了店门,开始边做晚饭边注意后屋里的动静,她希望承达和那些人的密谈能够早点结束,以便她和他开始那场她酝酿很久的谈话。

天完全黑定之后她听到后屋里有了响动,随后她看见儿子拉开了后窗,几个"顾客"转眼间星散在了浓浓的夜暗里,淅沥的雨很快将他们的脚步声抹去。

承达来到妈妈身边时面带喜色,一边去锅里抓捏妈妈刚蒸熟的红薯,一边兴奋地附在云纬耳边说:"妈,我们的大部队已经到达!"

望着儿子盈满喜气的脸,云纬最后平静了一下自己,便不紧不慢地开口:"承达,妈也有话要说给你。"

"啥?又是想哥了吧?"承达一边向嘴里填着红薯一边问,"要不了多久你就会见到他,他如今已经是我们的首长了!"

云纬摇了摇头:"妈想说的是,你爹——"

"噢,你说是去给爹的坟上烧纸的事?放心,南阳城一到我们手里,我就去他坟上——"

云纬果断地将儿子的话音打断:"蔡老黑不是你的亲爹!"她为自己终于说出这句最重要的话而舒了一口气。

"啥?"和云纬预料的一样,承达倏然瞪起了眼睛,有一块红薯皮粘到了他的嘴角上而他忘了去抹掉。

"蔡老黑只是你的养父,你的生父是尚达志,尚吉利织丝厂的主人。"

"妈!"承达低沉地叫了一声,目光是云纬从没有见过的慌张和严厉,"你在给我说什么?"

"我在告诉你,你是尚达志的儿子!"

"可是……为啥——?"承达像溺了水而头又伸出了水面的人一样困难地问。

"我和你爹尚达志本来就该是一家人,可是后来……"她没再讲下去,讲清这个问题需要太多的话语,她相信不用讲下去儿子就已经明白。

"噢——"承达猛一下用手抱住了自己的头。

屋子里很静,只有屋外的秋雨在轻击着近处的树叶,响声很轻。云纬默望着儿子,等待着他抬起头来。这情景也和她预料的一样:一开始他很难接受这个事实。但她相信很快就会看到儿子的笑脸——他会为他的父亲还活在世上而高兴。

可接下来发生的事却出乎云纬的意料之外,承达抱头沉默许久后呻吟着说的一句话是:"我本该是贫农的儿子,可你——"

"贫农?什么贫农?"云纬一惊,她只是注意到了这个陌生的词而未去留意儿子的抱怨口气。

"贫农是革命的阶级,懂吗?"承达抬眼瞪着妈妈,"蔡老黑和你日后完全可以被划为贫农,可现在我竟是——"

"这和你爹有啥——?"云纬有些着慌,她开始感觉到有一股凉气从小腿上升起。

"关系大着哩！现在我成了尚达志的儿子,可他是资本家！他日后将被划为资本家！"

"资本家?"云纬自语着,对这个更加陌生的名词惶惑不已。

"你不懂,妈妈!这事很重要,我在革命,我过去对领导一直说我是贫农的儿子,可现在……"承达再次用双手抱住了头。

"现在你不会说你是尚达志的儿子?"

"妈,你不懂——!为什么你和——你真是——"

"我真是什么?你给我把话直着说出来!"云纬这会儿听出了儿子的抱怨口气,霎时来了气:"我当初真是不该要了你这个东西!老子过去千辛万苦养大了你,你爹如今正躺在床上盼着你和你的人早进城去,可你竟在这儿——"

"妈……"承达又一次抬起头时已经满脸是泪,"妈,我的心里很乱,我没有想到你会告诉我这个,我不知道该如何……"

看见儿子的眼泪,云纬的心又软了下去,她一边伸手去擦儿子脸上的泪一边低了声说:"怨妈没有早告诉你,别哭了,呵……你爹他是个好人,他想办一个丝织大厂,想让中国的绸缎在世界上扬名……"

那天晚上母子二人睡下之后都久久没有入眠,云纬一直倾听着隔壁儿子的动静:除了不停地翻身就是长长的叹息。她不知道究竟是哪里的问题使事情没有出现她预想的结局:儿子本该兴高采烈地期盼着去见父亲。秋雨仍是不紧不慢地在窗外淅沥,直把清醒无眠的云纬送进第二天的晨光里……

12

卓远瘸着左腿轻轻走到月儿的小床前时，月儿还在熟睡。月儿的一只小手握成拳头放在被子外边，两个小嘴角一动一动，仿佛正沉在一个需要表述意见的梦中。卓远想把月儿的手塞进被子里，又怕把她惊醒，为难中他拿过月儿的小袄，轻柔地盖住了她的胳膊。

每天早晨起床后，卓远都要先来看看月儿，尔后才能安心地去做他要做的事。如今，他把心中的爱几乎全部倾在了月儿身上，照顾一个女孩的所有的细小的事他都能想到，想得比妻子雅娴还仔细。他决心让这个失去母亲的孩子在一种没有烦恼和遗憾的生活里度过她的童年和少年，他觉得只有这样才能对得起为护他而死的绫绫——那个如同亲生的女儿。

他瘸着左腿向门口退去。他腿上的石膏已经拿掉，接骨的大夫没能把他那被子弹击碎的小腿骨挽救过来，他于是走路便成了这个姿势。

他的左腿在门槛上不听使唤地碰了一下，就是这一下响动惊醒了月儿，月儿眨巴着眼喊："爷爷，天亮了？"

"嗳。"卓远笑笑，笑容里带了一点歉疚。

"天冷吗爷爷？我要穿小袄么？"穿着红兜肚的月儿一骨碌坐起身，忙着去抓床边的衣服。卓远这当儿又急忙走到床边帮忙。

月儿穿着停当跳下床时，卓远已拿起了梳子笑问："今儿个头发梳成啥样？是燕子的翅膀还是独角的山羊？"

"就梳成妈妈的那个样子！妈妈不是快该回来了吗？我要让她看看，我的头发和她的一模一样！"

卓远的双颊轻微的一抽搐。月儿至今不知道妈妈的去处。因为怕伤及她那颗稚嫩的心，在给绫绫举行那次大规模的送葬活动时始终没让月儿知道。告诉她的只是：妈妈因事去了远处。绫绫死后，卓远和他的学生们当然猜得出击中绫绫的那两颗子弹来自何处，也自然能分析出这次打黑枪事件的真正原因。所以他们把给绫绫送葬变成了一次游行示威。也许是因为担心众怒难犯怕引起更大的骚动，官方的巡逻队才抓获了一个"持枪盗贼"并很快把他击毙……

卓远把月儿的头发梳好时雅娴已经把早饭做出，三口人正准备坐下吃饭，在报社值班的卓炯匆匆走进屋说："伯，政府突然下令，要各学校立刻动员师生做好远行准备，说要把各校迁往湖南零陵。"

"哦？"卓远一愣，不过片刻后就又复归平静，"这么说，那个变化就要来了！他们既是连学校也要迁走，那表明这座城市他们是要放弃掉了！"

"咱们怎么办？"

"不走！我们留下来看看另外一种制度。我们不是一直想寻找一种能给平民和国家带来富裕和富强的制度吗？不是想寻找一种公正的民主的安宁的社会么？我们来看看我们是不是找到了！你去告诉报社里的诸位，就说我不走了，报纸暂时停刊，由他们自己决定自己的去向。顺便去告诉你达志叔一声，让他们先进地洞躲一躲！"

卓炯出门之后，雅娴轻了声问："就这样定了？"

"定了！我们生活的这个世纪已经过去了将近一半，可失望一直在跟随着我们，如今总算有了一个新的机会让我们生出希望，我

167

们不该放弃它!"

"轰——"城中的什么地方发生了爆炸,吓得月儿"妈呀"一声扑到了卓远怀中。

"别怕,孩子,这是钟声!是一个制造经济停顿和吏治腐败的制度的丧钟响了。任何一种政权和制度,只要它不给人们制造平安和富裕,不给人们制造幸福,人们就要疏远它、抛弃它,就会为它敲响丧钟……"

月儿抬起惊恐的脸,不知所以地听着爷爷的自言自语。这时候她听到了又一声爆炸,随后看见有一股烟云腾上天去,把充满阳光的天空涂成了灰色。

"雅娴,月儿,我们也进地洞。"

"轰——"……

13

　　表盘上的时针才指向三点,离天亮还早。栗温保站在白河南岸的沙堆上,将目光再一次向笼在夜色里的南阳城由西向东扫了一遍。再见了,我的南阳!我不能不暂时放弃你……

　　近日战争的发展令栗温保彻底地慌了。辽沈战场上四十七万大军的覆没像一个冰坨填进了他的喉咙,令他感到了从未有过的寒冷。唐河、方城、镇平、邓县等周边县城的失去,让他更加清楚地意识到南阳已是一座孤城。打还是走,成了他必须立刻回答的问题;守还是弃,成了他必须立马要做的选择。

　　以我的这点兵力和逼到城下的共军中原部队主力相拼,即使打得好也不过是多维持几天南阳的现状而已。倘是万一失利,在这座没有多少回旋余地的城池里很可能就会全军覆没,到那时即使自己远走高飞也已无了意义。这年头,谁还会去理会一个无兵无将的光杆将军?重要的是,我将从此失去东山再起立足这个世界的资本!我的部队是我多少年来苦心发展起来的,我不能让它毁在这里!撤,暂时放弃南阳!留得青山在,不怕没柴烧。不过,我的放弃是有代价的,我要把南阳变成一座空城!我要让所有的公职人员、技术工人、店员、手工业者和中等学校的师生都随我走,我要把能带的东西都带走,我要让你们进城之后方知,这里已经人、物两空!也许要不了多久,我就又会回来,南阳最终还是我的!……

"司令,部队在中午前可以撤退完毕,学生和其他人员明日午后可以出城!"副官这当儿走过来报告。

栗温保嗯了一声,向另一个沙堆走去,那上边,站着他的女儿栗丽。自草绒、秉正走后,大女儿枝子和她的一家,紫燕和几个亲戚也都相继走了,如今留在他身边的只有栗丽。

"小丽,想好了吗?爹希望你跟爹一块走!"

"不,爹,原谅我这回违抗你的心愿,我不想走了!"

"为啥?"因为夜色,他看不清女儿脸上的神情。

"爹,我说句坦白的话,我对你为之效力的那个政权失去了信心和兴趣。爹应该能够看见,平民百姓的心如今并没有向着这个政权。原因是它的内部过于腐败,已无力给人们创造富裕、安宁的生活环境。"

"小丽,不要胡说!"

"爹,我也不想这样说,因为你也在这个政权中,我原本也对它充满了感情。可我现在不能不这样说了。这个政权如果不痛下决心,进行一次彻底的反省、改造和整顿,譬如说建立真正的民主体制,把立法、司法、行政三权区分开来,造成一种有监督的有自我更新能力的局面,那它的死期一定不会遥远了!"

"小丽!"

"爹,你走吧,让我留下来,让我看看另外一种政权究竟是什么样式。我决定不走,还有另外一个原因,那就是我想和我的丈夫分开一段日子,他已经又姘上了两个女人,让他快活一段时间吧,要不然他为了躲我整天费尽心思,何必?"

"唉,你晚点会后悔的!"

"也许,但因为这是我自己的决定,我后悔时也不会埋怨任何人!还有,爹,我求你一件事!"

"说吧!"

"在你的部队撤出时,不要让士兵们在城中搞爆炸!"

"为啥?"

"城中剩下的都是平民,他们刚刚从日本人的炮火下活过来,不应该再毁坏他们那一点可怜的家产,不该让他们再受惊吓。"

"好吧,我只让人炸掉我的几处枪械库,其余的不炸。不过我这样做不仅仅是因为你的请求,而是因为我还要回来,这里的一切都还是我的!明白?!"

"爹,恐怕你很难会再以今天的身份回来了。"

"你不相信?"

"爹,你应该懂得,人们一旦决定抛弃一个政权时,那是很干脆的!很干脆!"

"可我——"

"爹,在你之前,南阳已经有过许多统治者,可他们后来都被抛弃了。这是没有办法的事,人们总是根据能否为他们创造幸福这个标准,不断地选择政治制度,政权形式和掌权者,他们总是不断地扔开、迎来,迎来、扔开!"

"司令,该上车了!"副官走过来催。

"爹,你上车走吧!"

栗温保转过身,重又默望着笼在夜色里的南阳城区,一霎之后,钻进了车。

轿车的引擎骤然撕破了河畔的静谧,一长队闭灯的汽车向南迅疾地驶去。一刻之后,河岸又恢复了原来的模样,只有栗丽默立在那里,一阵夜风过来,在水面上掀起依稀的涟漪……

14

尚达志听到院门被敲响时黄昏已近结束,夜暗正从四面八方向城中汇聚,一大群乌鸦嘎嘎叫着从现出疏星的头顶掠过,仿佛在向尚未南走的人们分发着一份恐惧。

从听到第一声门响开始,达志的两个小腿肚就不由自主地开始哆嗦:我这次盼来和等来的会是什么?是福还是依旧为祸?

城中的喧哗和纷乱是半后响开始停止的。达志判断那是南逃和南走的军队和市民已经走完的征兆。但他一直没敢开门去察看,这年头什么事情都可能发生,还是先躲在自家院里牢靠。他让立世、尤芽和昌盛藏进地洞,自己一个人留在院里倾听外边的动静。

外边的街道一开始静得有些怕人,没有任何一点人声和猫叫鸡啼狗吠,甚至连风也停止了游动,使人怀疑整条街都已经死去。后来,也就是黄昏来临的前夕,达志的耳朵捕捉到了一点脚步声,他猜想那肯定是些蹑脚而行的人;再后来,传来了整齐的有力的成队人的脚步响,达志猜测,这该是共产党的军队开进来了。又过了一阵,他便听到了敲门声。

敲门声像是颇有礼貌,敲敲停停。达志犹豫着没去开时,敲门者仿佛也没有生气,并没有砸门或是高声叫骂,依旧是停停敲敲。这种敲门的文雅样子多少消除了达志的疑虑,他便大着胆子上前抽掉门闩拉开了那两扇吱吱哑哑的木门。反正这门早晚要开,我倒要看看我盼来的是一些什么人!

他想面对他的应该是一些枪口,因为敲他院门的是军人,但门打开后听到的却是很客气的招呼:"尚叔,你好!"

他在一霎的愣怔之后分辨出这声音有些耳熟,但黑暗妨碍他看清来人的面孔,他只看到一群模糊的男人身影。

"我是承银,蔡承银!"

"哦,承银,是你?!"达志有些意外的高兴。

"这是我们的蔡副师长,也是新任的南阳副市长!"一个年轻的声音在对达志解释。

那股绑缚住身心的紧张之感被达志訇然一声挣断:呃,原来是承银,是承银当了市长!"快,快请进屋坐! 立世,快出地洞来见你承银哥哥!"达志的声音里溢满了欢喜。一个我认识的人当了市长,这于我尚吉利今后的发展……

"尚叔叔,不进屋了,我们就站在这儿说几句话。我想请你帮我一个忙!"

"帮忙? 啥,你说!"

"我想请你尽快地把你的工厂生产恢复起来,让织机响起来,让人们尤其是让我们的敌人看到,南阳城在我们手里已经活起来了! 以便把人们的心稳定住!"

"当然……行!"达志因为惊喜声音都打颤了,天呵,我还没提开工的事,他倒提了!"只是,我的流动资金被上回的法币贬值糟蹋光了,我没钱去买原料,我只有想法先卖两台织机——"

"流动资金我们可以先借给你! 老汪——"蔡承银立刻扭头朝身后喊,一个提皮包的中年男子应声来到了承银身边。"先借给尚老板五十万元,待他运转开以后再还我们!"那人应一声后,哧一声拉开皮包,在一把手电的照射下,当即把五厚沓崭新的钞票一沓一沓拿出放到了尚达志手上并开始交待:"这是我们刚刚发行的中州钞票,在河南全境流通! 我是才被任命的南阳市的银行行长,这个

· 173 ·

提包就是银行的金库！这是我贷出的第一笔现款,你在这儿按一个手印！你只管放心用这笔钱,因为支持你开工带有示范性和政治性;我将不要你的利息,三个月后你如数还我就行!……"

直到蔡承银一行走了之后,达志还呆呆怔怔地站立在门口。天呵,天下会有这等好事,主动地不要利息把钱借给你让你去开工生产！这不是做梦?！列祖列宗,你们的后代到底等来了好世道,我们尚吉利的兴旺有指望了,我们祖业的发达有指望了！我们很可能要织出"霸王绸"了……

一种轻松和欢喜渗进了尚家这顿延迟了的晚饭里,虽然依旧喝的是包谷掺红薯疙瘩稀饭,可四口人都喝得眉开眼笑。一种重振祖业的希望再一次在尚家院里到处飘荡。

达志和立世在商量了一番原料采买、织工雇请、车间整理等诸项事宜之后,各自迈着轻快的步子回房睡觉,两个人的嘴角上都隐约地抹上了一点笑意。

立世走进自己的睡屋时尤芽正在弯腰铺床,丰满的臀部在灯光下极惹眼地一晃一晃。平日寡言少语绝少开玩笑的立世这刻忽然来了兴致,上前一把抱住尤芽的后腰转身将她抡了一圈,未听见立世进屋、毫无思想准备的尤芽被这个突然的动作吓得张嘴就要惊叫,是立世那紧跟着扑上来的嘴唇把尤芽的惊叫及时堵了回去。

"吓得我以为是来了坏人！"尤芽一边脱着衣服一边嗔怪。

"嘿嘿,"立世一边往被窝里钻一边笑着,"我心里实在是快活,你说,过去有谁会无偿地拿钱来给咱织绸织缎？这不是天上掉下来的好事吗？"

"他们不会是另有用心吧？"尤芽偎进立世的怀里时仰脸问道。

"不管他们的用心是啥,反正钱在咱们手里,发展的是咱们的织丝厂！"

"这倒也是——"尤芽的声音再次被立世的舌头堵住,她感觉到今晚是他们成婚以来他最兴奋的一次,那两只带了硬茧的大手在她身上忙得不可开交,而且他的整个身子也因为亢奋在颤栗。她先是有些惊奇地在黑暗中注视着他在这仅有的兴奋时刻的一举一动,随即便觉出自己的身子也正在慢慢升离地面,感受到他正在把她引向一个有数千只大鸟盘旋鸣叫的奇妙的地方,那个地方有一种令人心旷神怡叫人一闻即醉的花香……

尤芽在即将醉倒的最后一刻,忽然意识到今晚所做的事情中少了一道程序,她摇了摇头把越来越浓的醉意努力赶走,这才记起立世今晚忘记戴上那个东西——他们用羊膀胱自制成的避孕的物件。"停一停……"她在他耳边提醒,"把它戴上了再……"正沉入迷醉状态的立世被这提醒显然弄得有些不甚高兴,一边停了动作一边瓮声瓮气地说:"一回不戴就不行了?"

"我害怕怀上……"尤芽的声音浸满胆怯。

"就是怀上了有啥不好?昌盛是独子,你再生一个他们弟兄俩将来也有个照应,咱这厂子以后还要大发展哩,没有人手能行?"

"可我怕……"

"怕啥?这世上哪个女人不生孩子?"

"我是怕日后真有了孩子,我没法喂他奶水;我还怕孩子会问我这地方为啥和别的妈妈不一样……"她把他的手轻轻拉到了她的奶子上。

他的心一颤,忙又把她搂紧在怀里。

"原谅我不想生孩子,除了你,我实在不想再让其他人看见我这地方……"

"好吧,我们不再要孩子。"立世轻拍着她的后背。

"我会把昌盛当亲生儿子看的,人们不是常说,养儿不在多少,好儿子一个顶仨,只要昌盛能干,就会——"

"好好,我懂。"

"你真的从心里同意我——"

"是的。"

"那你……就把这个戴上……"

"好吧……"

接下来两个人又重新开始,但欢乐已经藏匿得无影无踪。尽管尤芽努力想使立世高兴,立世也尽力想让尤芽快乐,可两人都没能如愿。事情最后结束的时候,两人都只是如释重负地嘘一口气……

15

云纬做梦也没有想到,她此生还会再以主人的身份走进那个先是晋府后是栗府的宅邸。当她和承达被承银派去的马车径直拉到那座府宅的朱漆门前时,她几乎是惊恐地诘问那个赶马车的战士:"咋会拉到这儿来了?"

"大娘,没错,蔡承银蔡市长就住在这儿。"那战士一边回答一边伸手要搀她下车,她慌忙闪躲了一下身子。天呵,怎么又住到了这个地方?

"妈,这就是咱家,快下来。"一个剪短发的女兵这当儿笑迎出门朝她亲热地叫。她愣了一下方明白,这就是承银的媳妇了!噢,这儿媳长得是顺眼。承银前些天已派人捎信到潦河镇她那个小店,说他已经结婚并刚有了一个女儿,原来儿媳也是一个当兵的。

云纬不得不下车了。她在儿媳的搀扶下双脚刚落地,早蹦下车跳进门的承达已在高叫:"妈,这院子不错!甸珍嫂子,我和娘住在哪儿?"

"放心吧,不会让你睡到院里!"儿媳边搀着云纬向台阶上走边高声笑道。

云纬的双脚像缠了绳索一样迈得艰难而又缓慢。我怎么会又回到了这个院里?那不是晋金存当年过生日的房子吗?那不是栗温保和草绒当初的卧室吗?那不是老黑当年喂马的马厩吗?呵,这个地方不能住,它让我想起太多的东西!

"妈,你就住这屋里,弟弟住你隔壁。前边的屋子让县中队的战士们住,反正咱一家也住不了这么多的房子。"媳妇甸珍给她做着说明,可云纬却并没有听,她只是吃惊盯着媳妇扶她走进的房子,这不是我当初做晋金存三夫人时住的那间屋子?

——晋爷给你三条路任你选:一条,寻死,看到了吧,那边墙角有绳子,你可以在这间屋梁上上吊;第二条路,要钱,你说个数,我待一会让人给你送来;三一条,把你卖到外地去,卖到……

"不,我不住这儿!"云纬逃也似的急步出了屋子。

"怎么了,妈妈?嫌不合适?"甸珍有些意外。

"妈,你要是不愿住这屋咱俩换换,"承达这时跳过来叫道,"你住隔壁,我住这儿,我觉着这间还比那间宽敞哩!"

云纬担心儿媳看出她的反常,没再说话,点点头走进了隔壁。这是当初草绒做女佣时住的屋子,草绒,你如今在哪里?真是屋在人非了!唉,反正这儿不能久住,一待家里人都安顿下来,我就住到达志那儿去。达志,我们可该住到一起了,我们该有个真正的家了!我们总算拥有了安排自己生活的条件,再也没有什么可以阻挡我们了!……

云纬那天的情绪完全转好是到了晚饭时分。晚饭前承银在警卫员的护送下从外边回来,一看见她就高兴地跑过来连声叫妈,扶住她的肩膀左看右看问这问那,让她心里觉着分外温暖。接下来是小孙女一觉睡醒,小保姆抱过来让她看。小丫头长得胖嘟嘟白生生的好喜人,甸珍和承银一个劲地催那小丫头叫奶奶,小丫头先是陌生而好奇地打量着她,随后才含混不清地叫了一声:"来来——"这稚嫩的叫声抓得她的心又痒又酥。后来是承达领着一个穿军服的俊俏姑娘进来向她介绍:"妈,这是我的对象文琳!原在我们师部机要科工作,如今是南阳警备司令部的机要员!"云纬虽不知道"对象"这词的含义是啥,但看两人的亲密劲,知道和南阳城里已经订亲的男女差不多了,遂高兴地拉了那姑娘在身边坐下。

饭桌上承银让摆了黄酒,一家人都端起酒碗向云纬敬过来时,云纬心里因住进这栋老宅所引起的不安暂时悄然遁走,面孔完全被笑意占据。老天爷总算开眼,让我和我的孩子们有了今天!我当初没有白吃那些苦,我有了两个值得骄傲的儿子,我已经有了孙女,我的家总算像个家了!……

一向不沾酒的云纬那晚破天荒地喝了一碗多黄酒,结果喝得头重脚轻双颊酡红,她后来是被甸珍和文琳搀到睡屋的。她上床倒头就睡并很快进入了梦中……

云纬以主人的身份住进宽大的栗府之后并没能让那种舒畅和自豪的感觉在胸中久驻,一缕莫名的不安总在她心上缠着。她于是决定和儿子们正式谈一次话,为这次谈话她还专门做了点准备。谈话是在几天之后的一个正午进行的。承银、承达被母亲叫进屋后,先还以为老人是有什么家事要商量,及至看到母亲把几张写满了字的白纸郑重其事地放到他们手上方觉到了诧异:"是啥?"

"看看吧,你俩!"

那是一份自周宣王以来,历代在南阳这块地方做官的人,其升迁和被杀、被贬、被废、被关的情况抄录。承银、承达看了一眼就茫然地抬起头问:"妈,你从哪里找来的这东西?让我们看这个有啥——"

"这是我特意去你们卓远伯伯那里求他帮我找的,你们不仅要看,还要记在——"

"记这干啥?妈妈,你看我们忙得还——"

"再忙也要记住这个!你们如今也是官了,既是做官,就要对过去官场的情况有一个了解。你们从那纸上可以看明白,那些做官的人中,被杀、被贬、被废、被关的人占了多大的数量。由这些人的命运你们也该懂得,你们所干的这种事儿,处处充满危险。官场里既有炫人眼目的荣耀,也有触礁沉船的悲伤;有万人之上一呼百应的显赫,也有中箭落马踩成肉浆的惨状。多少年前南阳人就传唱着一首歌谣:宦海茫茫吁可怕,风波陡起天来大,只听轿前唱喧哗,可知心内乱如麻,一时坠缺锦添花,一霎被参惊落马……"

"妈,"承达笑了,"说这些老皇历干啥?俺们如今不叫当官,叫当人民的勤务员。"

"不是官?不是官咋叫你们市长、科长?那不是官衔是啥?"

"就算是官,如今也不会再像过去的官场里那样,你整我我整你的!"承银慢声做着解释。

"既是做官,既是在官场上干,官场里那些事怕早晚会遇到。说实话,妈是不喜欢你们干这个的,如今既是已经干了,妈希望你们记住三句话:第一句,不贪财。凡是做官的,都有权支配一部分钱财,你们肯定也是这样,对经管的钱财,万不可据为己有,那是百姓的血汗,贪为己有是要落一世骂名的。第二句,要为百姓谋福。要尽心尽力地给百姓办点实事,让他们有吃有穿有住,一句话,叫百姓们活得自在称心,这样,百姓们才会拥戴你。第三句,别玩女人。当官的有权指派人,当然也有权胁迫女人来到身边。人要一喜欢上了这个,改是改不掉的,传出去就会遭人怨恨——"

"妈,你别说了,我们要连这些都做不到,还算无产阶级的——"

"妈是给你们提个醒,到底怎样做一个好官妈也说不清。妈没做过官,但妈过去见过几个做官的,妈怕你们像他们一样做官,妈心里总是不安——"

"你只管放心,妈,我们不会胡来,我们会——"

"给,"云纬边说边从床头拿过一本书递到承达手上,"这是我从你们卓远伯那里借来的一本写怎样当官的书,是清朝一个叫汪龙庄的人写的,你们看看,兴许对你们有点用——"

"嗬,妈,这是封建的东西,我们怎能去读这个?!"承达啪一下又扔到了老人的床上。

"好了,妈,"承银轻拍了一下母亲的手,"你要相信两点,一,如今的官场不再是历史上的官场,再不会你倾我轧,有贬有关有杀了;二,如今的官不再是过去的官,不会只谋私利,不管人民死活了!妈,你放心休息,我们要去开会了……"

云纬默望着两个儿子的背影,轻轻地嘘一口气:但愿你们能做好这个官,做个好官,让妈心里安稳……

16

栗丽雇来的向卧龙岗西落霞村搬家的牛车,那天正好与云纬向城中搬运百里奚村老屋家具的马车在梅溪河西岸的一条土路上相遇。栗丽和云纬都坐在各自的车前头,她们两人当年虽有过一面之识,但此刻都没能认出对方。不过,两辆反向而驶的车已经标明这两家的命运发生了根本性的转折。

栗丽是三天前接到公安局要她回父亲原籍居住的通知的。通知由公安局治安科长蔡承达亲自送到她的手上。她在看见承达的最初一霎心猛跳了几下,这个和当年的承银长得有些相像的小伙让她想起和承银在一起的那些岁月。不过,承达冷峻的话语立刻让她平静了下来。——你的特殊身份已经使你不宜再住在城里,经研究认为你应该回到你父亲的原籍!……

对于要她迁到乡下的通知她并未提出异议。也许一个新生的政权需要对来自敌对营垒的成员保持警惕。假若我是这个政权的创立者,我也会这样。栗丽想在去乡下前办的唯一一件事是见见承银,见见那个和她有过肌肤之亲她至今还不能忘怀的男人。

她知道承银如今搬到了她父母当初住的府邸,所以她便在那座熟悉的朱漆大门前等待。昨天傍晚她到底等到了他,他正从一辆马车上下来时她迎了上去。她叫了一声"蔡市长!"他起先一定是把她看成了要反映什么事的市民,所以很热情地迎过来问了一声"你好!"当认出她时他显然吃了一惊,一种惊恐的表情从他的额上一闪而过。这种一闪而过的惊恐没能逃开栗丽的眼睛,她立刻便明白自己企盼已久的这次见面对方并不欢迎,也在那一瞬间她懂得了两人之间的旧情已不可能复萌。"是你?"他说。"还能认出来?"她淡然一笑。"当然,我以为你也走了。"他向门里看了一眼,是怕别人发现我们的交谈?"我留下来是为了常去给那个孩子烧烧纸。""哪个孩——"他的问话突然中断表明他明白了她的话,尽管是在暮色里,她还是看出了他的脸有些发白。"有什么事需要我帮助解决吗?""没有,我是来向市长辞别的,我要到卧龙岗西落霞村落户。再见!"……

一切都已经过去。

落霞村的干部显然早得到了通知,她一到便被带进了两间草屋,带她的人告诉她这就是她的住处。她惊异地打量着这种她从未住过的房屋,随后开始从车上搬下东西。

整理好简单的用物后她走出了屋门。不大的落霞村正浴在正午的阳光里,村子的破败一览无遗。满村都是低矮的草屋;一些显然是被战火焚毁的房屋的断壁还呆立在那儿;村民们身上的衣裳很少有不打补钉的;围过来的孩子们的脸上满是菜色。她感到心上倏然一疼:爹爹,这儿是你的故乡,是你的先人栖居的地方,可你竟然把它治理成了这个模样!你应该走,应该让出这个地方,应该换成别人来治理!承银,你过去曾经给我讲过你的抱负,你说过你要给人们创造幸福,现在该你兑现了!你必须赶紧想法改善这里的状况!这里的人也都是人,他们应该享有吃饱、穿暖、住好的权利,你作为新的治理者应该明白这个道理!我在看着你的举动!我在看着!落霞村的村民,我的父老乡亲,我的父亲愧对你们,作为他的女儿我对你们也满怀愧意!我此刻回到你们身边,大约就是上帝的旨意……

"哟,这是谁家的漂亮媳妇?瞧这对奶子!"一声男人的嬉笑突然将栗丽的沉思打断。栗丽扭头看时,才发现一个嬉皮笑脸的乡下男人站在身边,两眼一眨不眨地盯着她的胸脯。

栗丽尽可能和婉地笑笑,她还从没遇见过如此露骨的纠缠,"我姓栗,是咱老栗家的女儿。"她知道在这个村子里,最能保护她的可能是自己的姓氏——乡民们从不准欺负自己同姓人的女儿。

"噢,你是栗温保的女儿,听说了,听说了。"那人闻言立刻在脸上现出一缕尴尬,慌慌地向远处走了。

呵,故乡,你原来还有保护你的孩子的力量,尽管这个孩子从来没有回来看过你……

17

卓远赶到汇文小学接月儿的时候,太阳早已躲得没了踪影,偌大的已开始有暮色飘动的小学校院里,只有月儿孤零零站在那儿。卓炯已参军随部队南下走了,卓家又只剩下了老两口和月儿三个人。

"爷爷怎么才来?"月儿的小嘴噘着,显然在生气。

卓远笑笑,卓远先把月儿的书包拿过挂在自己的肩上,尔后拉起月儿的手,一边拄了拐杖帮助那只残了的左腿挪动一边回答:"爷爷在和蔡市长商谈。"

"啥叫商谈?"

"商谈就是为一件事商量交谈,是一种双方平等的谈话。"

"为啥事商谈?"

"为当官,蔡市长想叫爷爷当官。"

"当啥官?"

"就是管各种学校的官。那些学校中有像你们汇文这样的小学,也有初中、高中和师范。"

"你答应了?"

"没有。"

"当官不好吗?"

"当官有好处也有坏处。好处是有权办自己想办的事情,能谋到个人的名誉和利益;坏处是失去了自由思索的权利。再说,爷爷已经老了,爷爷这辈子从来没到哪届政府里当过官。"

"啥叫自由思索?"

"就是不受限制的思索,也就是思索时不受框框的限制,就像你晚上睡觉时做梦,怎么梦都行。"

"当了官为啥就不能自由思索?"

"因为官一般都有上级,而且有纪律,下边的官和上边的官在思索的问题和深度上通常要求一致。"

"人为啥要自由思索?"

"因为人只有自由思索才能认识自己,认识社会,认识自然,认识宇宙,才能有发现,有发明,有创造,有进步。"

"爷爷你为啥要自由思索?"

"爷爷是知识者,知识者在社会上就担负着自由思索的任务。这是一种分工,像你姥爷织丝厂里的工人,他们的主要任务是织丝绸,那是社会给他们的分工。爷爷要是不去自由思索问题,爷爷就是失职,就是偷懒。"

"你都思索了啥?"

"爷爷啥都思索,因为是自由思索,思索的问题可以很多。比如爷爷眼下正思考着怎样办好南阳的教育,办哪些学校好,每一种学校开设哪些课程,南阳急缺的人才是哪些……"

"那你思索了这些问题给谁说呢?"

"爷爷可以写成文章在报纸上发表;也可以直接给当官的说。"

"人家会听?"

"会的,因为爷爷是教育委员会的顾问。"

"啥叫顾问?"

"顾问就是人家有事情弄不明白了要问你,你去给人家解答,就像你做作业时遇到难题来问我和你奶奶,我们给你解答一样。"

"顾问到啥时候?"

"还不知道,这要看双方的意愿,假若我不想当了或是他们不愿聘我当了,这顾问就干到头了。"

"干到头了咋办?"

"就在家里住着啊,反正爷爷也老了。"

"那不是奶奶么？她站在门口干啥?"

"她在等我们,哎哟,总算到家了。"

"你哎哟什么?"

"我哎哟是因为你把爷爷问得太累了……"

第二天是个星期日,天刚开始酝酿着变黑的时辰,一些在空中飞动的鸟儿还可辨清,街边的一些人家才传出响亮的喝红薯稀饭的响声,卓远就一手拄着拐杖一手拉着月儿,开始了例行的傍晚散步。

气力是让岁月一点一点地拿走了,走不多远卓远的喘息就变得十分急促,他不得不时时停下步子,让急喘慢慢平息下去。"爷爷,你为啥总是站住?"月儿对这种走走停停不甚满意。

"爷爷老了,走不动了。"

"我还没有长大,你咋就老了呢?"

卓远笑了,"是呀,是呀,爷爷不该老。"

"等我长大了你再老,那时我好伺候你!"

"谁这样孝顺呀?"爷孙俩的谈话突然被人打断,卓远抬头看时,才见是蔡承银迎面走来,于是点头招呼:"忙哩?"

"我刚去看了几所已开学的学校,教学工作做得不错,这是你管的事儿,我该向你——"

"我爷爷不做官!"月儿大概以为承银是在说做官的事,大胆地截断了他的话。

"不做官做啥?"承银转而笑望着月儿问。

"做一个自由思索者!"月儿挺了挺身子答。

"哦,"承银抬脸看着卓远:"这么说,你爷爷最近一定又思索了

· 187 ·

什么重要问题。能告诉我吗,卓先生?"承银的脸上已是一副郑重之态。

"当……然。"卓远犹豫了一下,"我最近想的一件事是:你们掌权之后要长期坚持做下去的最重要的事是什么。这可能是多此一举,你们肯定早就明白!"

"我很想再听听你的思索结果!"

"摆在你们面前的事情肯定很多,但发展经济才是你们时时不能忘掉的最重要的事情。因为只有这件事做好了,百姓才能有吃有住有穿,国力才能强盛,才能不让日本入侵中国这类事情再次发生!我想提醒你的是两点:其一,中国历朝历代的掌权者在上台之初,差不多都明白要把发展经济当作要务,但实际上都是没过多久,就把这事忘了;其二,日本投降后,我们两国的经济可以说是在一个起点上,但现在他们已经低头不声不响地建设了三年——这三年间我们还在打仗。与他们相比,我们已经失去了三年的时间。我们不能再失去了,不然的话,他们就会在国力上再次占尽优势,那样,说不定就会有又一次入侵!"

承银的身子一震。

"日本人独特的民族认同感,日本民族社会的强大凝聚力,日本社会唤起共同目的、共同意识的特殊能力,这些都是不可小视的!你们作为执政者,必须有一种紧迫感!日本已经两次打进了中国,弄不好还会有第三次的!而且你要知道,穿军服的军队不是唯一的军队!"

"哦?"

"根据历史提供的事实,促使掌权者不再把自己关注的中心放在经济发展上的缘由通常有——"

"爷爷,我不想听,我要去麻糖店——!"月儿将爷爷的话音打断,扯着爷爷的手要走。

"对不起,就说到这儿。我这可能是杞人忧天,只是供你参考罢了。"

　　卓远拉着月儿走了,走出很远之后,他无意中回头看见,承银还定定地站在原地。莫非他真的把我的话听进去了?他是在想那些话么?我那些话多少有些逆耳,能听进逆耳之言的掌权者才有希望掌牢权力!但愿他能记住那些话,关注经济发展,关心百姓疾苦,从而使国力强盛,人民幸福……

18

丝织机的清脆响声再一次从尚家院里飘起来了,响声带着一股欢快沿世景街向两头漫开,把生气和活力注入了这个被战乱折磨得奄奄一息的冷清的古城。

尚达志站在织机前看着织女们的操作,脸上的笑纹多得仿佛就要滴落下来。承银做主借给的那批中州钞票真是帮了大忙,不仅使他买来了丝买来了油买来了染料雇来了织女,还使他把当初被日本兵炸毁烧毁的房屋大致修缮了一遍。他当初曾经对恢复生产的资金筹措做了多种设想,却从来没想到会有人主动借给他这么一大笔无息的钱款。看来我盼他们来是盼对了!云纬,你真养了两个好儿子!

达志已经很久没有这样高兴过了。因为心情好他觉得浑身都添了力气,那天晚饭后云纬来看他,一进门就被他拦腰抱起向上抛了一下,云纬慌得连忙低叫:"你疯了,快把我放下,让孩子们看见了多不好!"达志听了嘀嘀一笑说:"立世和昌盛都在机房里忙活,尤芽出去买菜了,没人会看见。"说罢又在云纬的脸上狠狠亲了一下。并执意要让她坐在他腿上说话,而且边说边用腿颠着她。云纬被达志这异常热烈的动作逗引得红晕满面,后来忍不住也亲了达志一口。两个人正激动地互相对视,门外传来了昌盛的脚步声,脚步声吓得云纬急忙跳下地去抻衣襟捉头发,达志也赶紧站起来装着去桌上寻找东西。昌盛进门问候了一声"盛奶奶好"拿起一个织机零件出去之后,云纬余惊未息地说:"以后可得小心,咱俩都是当爷爷当奶奶的人,让儿孙们看见咱们这个张狂劲那还了得?!"

这之后两个人才坐下来平心静气地说话。云纬告诉达志,她本来是想这几天就领承达来认他的,无奈承达太忙,又要抓城里治安又是管四乡剿匪,很少在家住,只好等他忙过这一段再说。又说承达已有了一个对象叫文琳,姑娘如何的聪明好看。达志听罢感动地攥住云纬的一只手说:"这个儿子是你送给我的!我日后一定要报答你!""咋样报答?"云纬笑瞪了达志一眼。"让你来当尚家的内掌柜,穿绸着缎享清福还不行吗?""哼,让我来还不是为了给你干活当长工!"云纬笑着用指头捣了一下达志的眉心。接下来达志就问她啥时能来,问要不要找辆马车去正式接她,还说最近立世就要进山去买丝,家里人手太少忙不过来,她越早来越好!云纬说既然两个儿子都在身边,她得给他们先说一声,然后再决定来的时间,来时也不必用马车接,免得张扬……

因为说得太多,待云纬要走时才知道已快到三更天了。那阵子立世和昌盛都已睡下。立世和尤芽睡在前面店堂看守成品,昌盛睡在车间看守织机,院子里静得彻底。"就住在这儿吧,明早再回。"达志笑望着云纬提议。云纬迟迟疑疑地停下脚步:"承银他们要等我了咋办?""嗨,等不着他们自会睡了。"达志上前一把拉过云纬关上了门,接下来就去铺床,床铺好回头见云纬还站在那里,就笑了:"咋,还跟个姑娘一样?"云纬这才抬头说:"你把灯吹了!"

达志把灯吹灭后云纬才走到床边。"为啥要先吹灯?"达志在黑暗中含了笑问。"我害怕你看见我的身子,越来越老了,浑身的东西都瘪缩了,没有看头了。""可我摸着它们还都挺好,真的,挺好,你看,还都是这么大……"

"可是不能看了,女人到一定时候就不能让男人看了……你轻一点……小心外边有人听见……该死的床……轻一点……轻一点……"

· 191 ·

19

栗秉正在广州这个南方都市的一条小巷里再一次抬眼向天看去。天仍旧很低，云块仿佛就在屋顶飘移。租住在二层阁楼里的那些北方军政人员的眷属们，似乎一伸手就能抓住一把云缕。唉，这天，又不可能来飞机了！

这些天，秉正每天都在盼北来的飞机。只要天上一有飞机响，他总要从租住的那间小屋里奔出来看，他迫切地盼望父亲栗温保或家里的其他人能飞来广州。他盼望见到父亲和家人并不是对他们怀有深刻的思念——在栗家他尊敬和爱戴的只有母亲。他盼望见到他们是为了得到钱的接济。如今，他和母亲太需要钱了。当初离家时他和母亲带的那点钱早花光了。他们根本没想到在广州停留这么长时间会依然等不来家人。秉正一到广州就给家里写去了信，告诉了父亲他和母亲租住的地方，而家里至今没来一点音信。许多天来，秉正和母亲的生活全靠给附近一些富裕的人家洗衣来维持。总是秉正外出到富裕的人家收取要洗的衣物，回来后让母亲洗，他负责提水、晾晒和送回。每当看见母亲那双在水里泡得发白的手，他的心就刀割般难受。他曾试着去找别的能挣钱的事做，可谈何容易？到处都是由北方跑来避难的人们，谁不想做事挣钱糊口，哪有那么多的工作？爹呀，你莫不是忘了我们？总该给我们送点钱吧？……

"正儿。"母亲的喊声使得秉正急忙从阴霾的天空收回目光，走进屋去。这是底楼的一间不大的房屋,因为天阴屋里光线格外昏暗,满脸疲惫的草绒正倚在床上喘息。她手指着床上已经叠好的一沓衣服说:"去给吴家送去,顺便问问他们还有要洗的东西没有。""妈,今儿就不找衣洗了,天阴,你这身子又虚,昨夜咳嗽得那样厉害,说不定爹这一半天就会——"

"别提他!"草绒的脸上突然露出一丝厌恶,"没有他咱们也能活!"说罢,又抬手急忙在胸前划了个十字。

秉正没再吭声,用一块干净的蓝布把那沓衣服包好,手捧着向巷里的吴家走去。吴家的男主人像是在市府里做官,院子多少有一点派头。一个老仆人为秉正把门打开后,秉正看见四十多岁的女主人正在院里踱步。"夫人,衣服送来了。"那个额头很凸的女人没有应声,只是用双眼把秉正盯住,用目光在秉正的身上来来回回地触摸探究。秉正以为自己的举止有不得体的地方,忙把身子又躬了躬说:"洗好的衣服请夫人过目。"

"嗯,跟我来。"那女人这才应了一声,转身往屋里走。女人把秉正径领进卧室,指着一个衣柜说:"放这儿。"

秉正把衣服放下后看见女人掏出了钞票,他知道这是对方付的工钱,忙躬身伸手说了句:"谢谢夫人!"

"小伙子,你还愿不愿再多挣点钱?!"女人的问话几乎和那几张钞票一起落进了他的手里。

"当然愿。"秉正一边把那几张钞票往口袋里装一边喜出望外地说。

"愿意的话我就给你一个机会。"那女人破例地笑了笑说,"我丈夫去香港安排我们不久后去定居的事,得一周时间。这期间我需要有个人来陪我解解闷,如果你愿意的话,我可以给你这个数!"她说着又捏出了一沓钞票。

"是要我唱歌弹琴吗?哎呀,我不会。"秉正急忙歉疚而遗憾地摇头。

"不,不。"那女人这次笑出了声,灰黄色的板牙再次露出了全部面目。秉正在心里想,她笑起来其实比不笑还难看。"很简单,只要我让你干啥你干啥就行,咱们现在就可以开始!"女人边说边转身关上了卧室的门。

秉正有些茫然地看着女人,女人这时已轻步走近了他说:"来,先把你上边的外衣脱下来!"

"脱衣服干啥?"秉正有些着慌地后退了一步,不想女人已经麻利地伸手替他解开了上衣的衣扣。"脱嘛,脱下来我再给你说!"女人乜斜了眼示意。秉正迟迟疑疑地把上衣脱了下来,上身只剩下了妈妈为他缝的一个白汗褟。他已多少觉到了一点屈辱,但挣钱的强烈愿望把那点屈辱压下去了。

"嗯,不错!"女人凝视着他的胸脯说,"我猜,你不是华北人就是中原人,你们北方男人就是有点看头,瞧这胸脯子,一看就知道有劲道,肉墩墩的,是一块,而不是南方男人的一条。这胸脯摸到手上的感觉保险不一样!"女人边说边上前摸了一下秉正的胸口,秉正吓得又后退了一步,脸和脖子都红透了。"看来你还没让女人摸过,还害羞!这倒是我的福气,我没想到我还能得到一个童男子!来,把裤子也脱了!让我看看!"

秉正的眼泪流了下来,他现在明白女人要让他干什么了!他猛地抓起上衣,边往身上穿边往外跑,慌得女主人急忙叫道:"别走呀,你……"

草绒的高烧是第二天午后开始的。一上来她以为能抗过去,没给秉正说病了,只说我想躺下歇一会。谁知不久就烧得说开了胡话,把秉正吓得赶紧去找附近诊所的大夫。正是物价飞涨的时候,大夫的诊费也高得怕人。大夫开完药单,秉正身上不多的一点钱便全让大夫拿走了。大夫开的是三服中药,拿什么去买这三服药呢?同机飞来的那批眷属,身上的钱也都所剩无几了;加上又听

· 194 ·

说下一步要往香港、台湾撤,每个人更把手上的那点钱看得金贵了。秉正厚着脸求了几家,借到的钱才勉强够抓一服药。他把这服药熬好服侍妈妈喝过之后,见妈妈又沉入了昏睡,便一个人向巷口走去。他得赶紧想法去挣钱买那两服药。

　　街上到处都是为躲避战争而南迁的人。没钱租屋和有钱但租不到屋的人就露宿在街边,使得整个广州市就像一个闹闹嚷嚷的码头。秉正去了几处货运码头,看能不能找一个搬运的活儿做,结果工头一看他那副白净文雅没干过体力活的样子,就挥手叫他走开;他后来又去了几个做鞋、做肥皂的小工厂问有没有活可干,人家也都摇头很干脆地作了拒绝。天那时已经开始黑了,他沿着珠江边慢慢往回走。浑浊的江水打着漩涡往远处滚动,几只叫不上名字的鸟儿在水面上时高时低地飞。他在一处无人的岸边站住,先是慢慢将牙咬起,尔后在胸前划了一个十字,之后,挥拳猛向齐胸高的岸堤砸去。他跟跄着走到了家,服侍妈喝了点水吃了几口东西,安顿她躺下,就出门径向巷里的吴家走去。

　　吴太太见到秉正后先是吃了一惊,随之就又笑得满脸是花了:"想开了吧,小伙子,用这个办法赚钱有什么不好?如今这个年头,过了今天不知还有没有明天,应该想法子找快活才对!能享受到的,咱就该享受到!你没见过我那个狗男人,他在市府里当个管救济的官,他那个玩法才叫绝哩,一天换一个姑娘,全是黄花的!他说:要玩赶紧趁乱玩,不的话以后就没机会了!我不跟他生气,我说你玩你的,老子也要玩老子的!这不,今儿个我不也有了你这个童男子?! 来,把衣服脱了,我好好教你几手!先不要闭上眼,先把这根绳子拴在手腕上,我拉着绳子的这一头,我说一声'滚',你就在这地毯上打一个滚,你要滚得好了,我会赏你一块糖!你哭了,哭了可不好!玩这种游戏哭了可不好!把眼泪擦去,对,擦去,擦干净!我也把衣服脱了,你不敢看我,嗬嗬,你不敢看我!现在我让你滚,滚吧,就这样,对! 滚得好! 就这样滚……"

秉正是半夜时分趔趄着走进屋的。第二天早上他去药铺里把另外的两服药买回来了。这两服药吃完,秉正又让大夫开了三服药,草绒的烧才算退了。身子虚弱的草绒倚在床上看见,儿子的眼窝一下子陷进去了,眼圈发青,双眸有些发呆。她叹了口气,从床头摸过那本《圣经》,抬手在胸前划了个十字,尔后在床上慢慢跪下双膝低低地祷告道:"上帝呵,保佑我的儿子吧!如果你是因为栗温保这些年享受了他不该享受的东西而来惩罚他的家人,就来惩罚我吧,把所有的惩罚都加在我的身上。请不要碰我的儿子,不要碰他!他是我活在这世上唯一的指望了,我求你,保佑他……"

天空响起了隐约的雷声,仿佛草绒的祷告真的惊动了上帝而使他老人家有了回音。这之后不久,在头顶上游荡了两天的阴云到底撕开脸皮撒起了泼,把猛烈的雨水倾了下来。白花花的密集而冰冷的岭南大雨像要冲刷掉这五羊城里的丑恶似的,长久不歇地倾注着……

20

栗温保率领他那损失了一半的部队且战且退到荆州城是在一个阳光血红的下午。这些日子他一直在向南败退的路上惊惊恐恐地走,先退樊城,后退襄阳,再退荆门,如今总算到了长江边上的荆州。只要过了长江,大约就安全了!真没想到,军队一旦败起来是如此可怕,到处有人倒戈,随时有人叛逃,人人无心恋战。民众的离心更是可怖,不再笑脸欢迎,不再犒劳慰问,不给吃食甚至不给带路。这个政权究竟是怎么了?得罪了这么多人?

荆州的局面让人看了还算能安下心来,尽管到处都是南撤过来等待过江的军人、民团成员和眷属。但安排得还算井井有条。栗温保带领侍卫拜会了荆州驻军长官,弄清了自己的部队明天傍晚可以过江之后,心情略略有些轻松,这才扭身去看那依然巍峨的古城墙。倘是人们没有发明这些机枪、大炮,凭借着这座古城,我和我的部队在这里坚持上半年没有问题。刘备、关羽、张飞他们当年所以能在荆州久居,可能和当时使用冷兵器有很大关系。刘、关、张三位前辈,你们不知道今天的战争有多么可怕,一个连也就是一个百夫的兵力眨眼间就可能被枪炮消灭净尽……

轿车驶过开元寺门前时他命令停车。这座在唐代香火盛极名播八方的寺院如今已满脸都是破败之色,挤住在寺院里的士兵使它连平日的肃静也完全消失,几位敞怀喂奶坐在寺内的女眷使佛祖眼里充满尴尬。栗温保平日并不信任何宗教,但此刻看见佛祖却不由双掌合十。喧闹的寺院因这位中将大人的到来而沉入了短时间的静寂。栗温保垂首默立在佛祖面前,想起这些天的接连失败,忽然禁不住低声开口祈求:"佛祖保佑我和我的部队平安渡过江去!"他的话音未落,面前突然啪嗒一声,惊得栗温保蓦然后退一步,众人定睛看时,才见是一小块从屋顶坠下的碎瓦,一只叫不出名字的小鸟正爬在椽头向下眨着含义莫明的眼睛。

栗温保重新上车向自己的营地驶去时有些心神不定。但愿那块碎瓦不是什么征兆才好。他那天晚上吃饭时喝了点酒,饭后他醉意朦胧地向临时卧室走,刚进门就大叫了一声:"来人呐——"众侍卫听唤以为出了什么大事,急忙提枪奔了过去。

"干吗在我的卧室里放一只白兔?!"栗温保怒冲冲地朝侍卫们叫。

白兔?众人一愣,忙一齐用目光去寻,空荡荡的房子里哪有啥子白兔?"哪有兔子?"侍卫长笑问,"再说,这年头枪炮乱响,我们就是想找一只白兔也找不到呐。"

"怪了,我刚才一进来就看见有一只白兔在屋里乱跑。"栗温保摇了摇头,朝侍卫们挥手:"也许是我喝了酒,眼看花了,你们去忙吧。"众人出去后,他刚在床沿坐下,就又看见一只白兔出现在了床前地上,正定定地望着他。幻影,他妈的全是幻影! 他拍了拍额头,猛向床上躺下去。

就因了这只白兔,他上床后久久不能入睡,随军护士给他服了两倍于平时的安眠药他才渐渐阖上眼睛。睡着后他仍死死抓住护士的手,似乎惟恐对方在他睡着后悄悄走掉。

大约就在他入睡不久,解放军的一支部队快速地包围了荆州。当栗温保被护士推醒的时候,枪弹已蝗虫样地扑向了他的临时指挥部。他想组织抵抗的愿望转眼间就被他的士兵们搅得七零八落,不少连、排成建制地举枪走向了对方。太阳又一次升起之后,守军将领们发现他们已经丢了荆州。

当栗温保发现连逃跑也变得不可能后,彻底的绝望与慌张使得他举枪指向了自己的头颅。事情突然间变得如此简单,只要他按在扳机上的手指稍稍一动,这个纷乱喧闹盈满枪声的世界就会离他而走。但他的手指却迟迟未动,渴望命运出现奇迹的幻想和对那个黑暗世界的恐惧阻止了那个手指对枪机的按动。到了那里我将再也没有我现在拥有的一切,没有宽敞的住屋,没有娇嫩的女人,没有精美的饭食,没有中将军服,没有侍从们的恭敬侍候……一股巨大的遗憾在他的心底旋转。随军护士不知是看出了他的犹豫还是出于真诚的关心,扑上前轻易地夺过了他的手枪。也就在这个时辰,一批解放军战士冲到了他们的跟前……

栗温保是半月后又回到南阳的。自然这次不是坐的轿车而是囚车。当他在颠簸的囚车上看见浴在阳光里的南阳城时,他心里开始生出真正的后悔:当初应该自杀!自杀了我就不会有今天的回归。你这个手软的东西!车子在摇晃着前进,他的两胁能感觉到枪口的撞击。他看见了白河,水依旧流得不急不徐;他看见了卧龙岗,岗脊仍然原状卧在那里;他看见了北郊的独山,山体还是那副孤孤单单的模样。可是人事已非,人事已非了!这些河边的渔民,往日见了我会躬身肃立;这些街边的摊贩,过去看见我总是赶紧施礼;这些市民,当初见我总是恭敬闪避,可他们今天不同了,他们就那样直直地盯着你……

他不知道在前边等待他的将是什么,但他明白等待他的不会是他希望的东西。

我应该自杀,应该死在荆州,不该再回这里,不该呵!不过也没什么了不起,大不了是个死,让他们用枪崩了作罢。老子这辈子活到这个份上也已经值了,老子住过了南阳城最好的房子!老子吃过了南阳城所有好吃的东西!老子穿过了南阳城最有名的绫罗绸缎!老子玩过了许多南阳地面的漂亮女人!老子喝过了南阳地面上出产的所有美酒!老子穿过了中将军服!老子曾经让所有的南阳人敬畏过,老子作为一个男人如今死也值了!值了!开枪吧,你们!……

蔡承银是坐在客厅的那把黑漆靠椅上看着栗温保被押解着一步步走近的。一股终于战胜敌手的快感抑制不住地在全身弥漫。栗温保,你终于成了我的俘虏!多少年来,你一直想抓住我,杀掉我,没想到被抓住的倒是你自己!我们的搏斗终于有了结局!你现在作何感想?……

我看见你了蔡承银!这一次让你占了上风!我知道你这会儿满怀得意,不过也不要笑得太早!世事难料,也许有朝一日局面还会改变!你这会儿坐在我过去的客厅里,坐在我当初常坐的黑漆靠椅里,甚至连我当初喜欢的那个座垫也没换,如果一旦局势有变,就不用费事了,我们两个只需换换位置!……

栗温保,我真想杀了你!我真想尝尝杀你的滋味!我要杀你就连打四枪:第一枪,是为了你当初对我和我母亲的欺压!我和母亲在你家当佣人的那些日子我还模糊地记得,你从来没把我们娘俩当人待!第二枪,是为了这些年你对我的追捕,你和你的士兵的子弹几次差一点就要追上我。第三枪,是为了你对百姓们的鱼肉,这些年,你欺负过多少平民?!第四枪,是为了你生生拆散栗丽和我的婚事,让我们那个孩子没能睁开眼睛看一眼这个世界!……

开枪吧!我看见你的手动了一下,想去摸枪了!我没想到会死到你的手里!我真后悔这么多年竟没抓住你,其实是完全应该抓住的!让你溜走的一个原因是我太大意,我一直认为你和你的人成不了大气候,没料到你还真成了气候!我特别后悔在接受日军受降的那天见到你时没有朝你开枪,那时候杀你真是易如反掌!还有在你小的时候,我该动手,我为什么那时没有看出你是个祸根!……

想想吧栗温保,想想你是为什么失败的!一个拥有那么多军队的政权如此快速地崩溃,一定有许多深刻的原因!你只要想通了原因,你就会对眼下的失败心平气和了。我知道你眼下还不甘心,但终有一天你会服气的!……

蔡承银,我至今想不通你们为什么会这么快地获得人们的支持,是因为你们要平分土地?是因为你们要限制少数人富裕?是因为你们宣布将实行民主?你们是在哪一点上打动了人们的心?会不会是你们宣布要建立的那个社会?是共产主义迷住了人们?人们想住啥房屋就有啥房屋,想吃啥饭菜就有啥饭菜,想穿啥衣裳就有啥衣裳,想玩什么都可以,多么美的社会,可能建成吗?……

"我们又见面了。"承银缓缓地站起身来。

栗温保没有应声,只是盯着承银的手,看他什么时候去掏枪。此刻,他再一次对自己当初没能自杀而生了后悔。

"我有一个建议,"承银慢腾腾地开口,"我俩此刻不以胜利者和失败者的身份说话,我们只以两个'人'的身份交谈,我想问你一个问题:你当初掌权时想得最多的问题是什么?"

栗温保双唇紧闭,仍旧盯着承银的两只手。我知道你是想戏耍我之后再掏枪,掏吧,杂种,我等着!

"你不愿说?那我就替你说了。你掌权时想得最多的是如何掌稳手中的权力不使其失去并享受权力带来的一切利益!"

栗温保茫然地看定承银,不知他现在还谈论这些话有什么意义?

"我现在告诉你我掌权时想得最多的问题是什么,——我要让南阳的百姓们富裕!让他们活得舒服!"

栗温保依然盯住承银的手。现在他该掏出枪了。

"好了,我想对你说的就这些,现在我受权宣布对你的处置!"

栗温保的双腿轻微地一抖。

"明天,先送你去河南监狱,稍待些日子,再转去战犯管理所,你将在那里从容地回忆过去!"

201

栗温保的双眼震惊地瞪大：不杀？

"带走吧。"

栗温保有些机械地转身往外走，步出门槛时他抬了一下头，他这才发现，今天的头顶没有云彩，天，蓝得出奇……

21

快活从来没有像今年春天这样如此热情地与达志相伴:顺利地还上了政府当初借给的那批中州票;由开封新买了一台用于车间照明的发电机;厂子的绸缎月产量超过了以往任何一个时期;前几天,由北平来的两个顾客买了二百匹红绸,他们说尚吉利的红绸是他们见过的质地最好的绸子,并告诉达志,这批红绸将被用于一个喜庆大典的装饰,大典过后,他们将给尚吉利寄来一张纪念性的喜卡……这一连串的事情,哪个不让人快活?

更让达志高兴的是今天晚上。云纬上午来告诉说,今晚她将领着承达来认他这个父亲。呵,承达,我们父子终于要相认了!我从此有了两个儿子一个孙子,我们尚家祖业的承继绝不会有问题了。

达志等着太阳西沉之后,慌慌地烧了一壶茶水,又反复地擦了桌椅,这才在院子里激动地踱着步等待。

立世和昌盛还在车间里忙活。他决定暂时不把这个喜讯告诉他们两人。他打算过两天找个停机检修的空闲日子,请云纬过来,让尤芽做一桌酒菜,叫立世、承达、昌盛坐在一起,把卓远哥、雅娴嫂和月儿也喊过来,那时再宣布这个消息,让他们都来一场惊喜。

脚步声响过来了,是他们母子。他赶紧迎出门去。

他倒茶水的时候手有点抖,滚热的水洒到了桌上并飞快地流进了桌下他的鞋帮,他觉到了有一点灼热的疼。

"达志,我把孩子给你带来了!"云纬的声音也像这茶盅里的水,在轻微地晃。

"嗳,嗳。"达志一时不知该说什么,只把目光慌慌地停在儿子脸上。他的额头多宽、鼻子多挺呵,他的脸型有点像他妈,可下巴是我的!下巴的那个形状和立世的一样,是我的!还有那双眼睛,和我的有点像,像!孩子,我见过你多少次,可我竟然没有认出你是我的儿子!……

"承达,叫吧,叫一声!"云纬在催,眼窝里已有两颗泪要滴了。

达志的鼻子顷刻间也变酸了。孩子,原谅我过去没有照顾你们母子,让你们吃苦了!……

"爹。"叫声突然由承达的口中发出,出奇地短促,短促得达志都怀疑它是否响过;而且没有达志预料中的那种激动和充满感情,有点冷。

达志愣了好一阵才记起应该回答:"嗳,孩子!"

"你爹一直在惦着你!"云纬这才有了笑容,是笑容最终催促悬挂在她双眼角上的泪珠落下了地。

承达的眼睛一直盯着脚前的地面,即使在他喊那声"爹"的时候也未抬起,但这时却猛把目光罩住达志说:"作为儿子,我无权过问你和妈妈的过去,但我有权决定今后的事情!我承认你是我爹,可我也要告诉你,我还同时承认你是我们革命的对象,因为用阶级分析的眼光看,你今天的经济地位决定了你并不从属于革命的阶级——"

"承达!"云纬吃惊地喊。

"妈,不要拦我,许多政治上的事你不懂,让我把话说完!"承达再次转向达志,"你今后的生活中如果有困难,我会资助和帮助;但你必须做到:一,不公开我们的父子关系,这件事只限于你、妈妈和我三个人知道;我仍姓蔡,不再变动姓氏。二,不能要求我站在你的立场上看问题办事情,我们虽是父子,却不属于同一个阶级,我们的世界观不可能一样!"

惊骇充满了达志的两只眼睛。他对与儿子相认的场面做了许多种设想,但没有一种设想与眼下的情景相似。儿子的冷峻和冷淡把他心中的那份热切浇得无影无踪,他感到了一种彻骨的冷。他不知接下去该怎么说,他求救地望着云纬。云纬的脸早已变得煞白,嘴唇哆嗦了半天也没说出话来。倒是承达开口说道:"妈,咱们走吧。"

"滚,你给我滚!"云纬终于朝承达嘶声喊出了一句……

没有人注意到云纬在那天的午饭桌上神态有异。承达虽然发现母亲吃饭时很少夹菜,但也只是以为母亲不喜欢嫂嫂炒菜的手艺,根本没想到他就要听到一个将令他一惊的消息。

大约是在全家人都盛了第二碗面条之后,云纬突然把碗一放将筷子在碗上一搁说:"承银、甸珍、承达——妈有一桩事给你们说!"

"啥?"承银最先停了咀嚼。

"你们弟兄两个都已经能立住事了,承银已经有了家,承达也快有了自己的家,都不需要妈再替你们操心,因此妈想——"

"妈以后该享清福了!"甸珍急忙接口。

云纬摇了摇头说:"妈想去尚吉利织丝厂——"

"买绸缎?"承银笑了,"买吧,让甸珍陪你去,妈是该穿点好衣服了,过去都是破衣烂衫,以后该穿得好点了。"

"不是,"云纬再次摇了摇头,"妈去尚吉利是想和尚达志……"

"要和尚老板谈什么事吗?"甸珍有些诧异。

"不,结婚!"云纬毅然地吐出这两个字后,舒了一口气。承达那天对达志的态度,促使她做出了这个艰难的宣布。

饭桌上的所有响动包括空气,都在这一瞬间像骤停的机器一样,静止了。

承银、甸珍和承达都被这个消息击得有些发呆,直直地看着妈妈。云纬先还能挺住儿子、儿媳们的注视,但随后她的目光一下一下缩短,终至于把眼睛抬高,目光发飘地望向了屋顶的一个角落。

没有声音,屋内仍是彻底地静寂。云纬感觉到一丝慌乱开始钻进了心里。当初她估计到孩子们听到这个消息后会惊异甚至会反对,她已经准备好了所有的解释和辩说,但她就是没估计会遇到这种静寂,她一时失去了主意。随着静寂时间的延长,云纬发现久违了的那种羞怯的东西又回到了心里并开始随着血一点一点向脸上涌去。孩子们这会儿怎么看我?他们会不会把我想象成一个思念男人的老太婆而对我充满了鄙夷?她很想去看看他们的目光,但又没有迎视的勇气。

谢天谢地,孙女肖肖这时在隔壁她的小床上哭了。哭声使屋里那种充满压力的空气开始一股一股流走。她听见了凳子搬开和脚步的响声,但她仍然一直没有低下眼睛,直到小保姆过来喊了一声:"奶奶,你还要再添点汤吗?"她才低下头,才发现饭桌前已经空无一人。

她两腿发软地走回到了自己的睡屋。天呵,他们这是什么意思?为什么会是这样?可你刚才应该再向他们解释几句,应该说明你和达志的过去,你为啥怕成那样?不,这件事不能就此作罢,既然已经提出了,就要有一个结果!你可以把这种无言视为一种默许,就是,也许孩子们就是在用这种办法表示他们的同意!难道儿子儿媳们会说:妈呀,我们同意你再嫁出去?!是的,他们这是同意!既然这样你就可以准备一下东西。其实也没什么好准备的,就是把一些衣服带过去,其他的都不用拿……

"妈妈。"甸珍的一声轻唤使云纬一愣,她立刻明白了儿媳的来意,看来他们有话!她示意儿媳坐下,有些紧张地盯住她的嘴。

"妈妈,承银、承达我们都理解……只是……"

云纬一下子屏了呼吸,只是什么?

"……只是承银、承达如今刚刚开始工作,他们需要妈妈的支持——"

"我当然支持,我还会常回来,孙女肖肖我也可以带——"

"不是这个意思,妈妈,你知道,这种事总是会弄得沸沸扬扬,让人们议论,影响到他们的威信和工作,妈妈总不至于不想想他们……"

云纬双眼里的神采在一点一点地消失。这事会影响到孩子们的威信和工作?

"或者再等些日子?"甸珍注意到婆婆脸上神色的变化,急忙又补充说,"眼下工作千头万绪,万一他们……"

"那就等等再说吧。"云纬叹一口气,要是再坚持下去,孩子们会不会认为我急于和男人……也罢,达志,咱就再等等吧,这么多年都过来了……

达志有很长一段时间都被承达说的"革命对象"四个字弄得心神不宁。他为此还专门去请教了卓远哥。卓远因为没读过这方面的书,一时也说不清楚。只宽慰达志放心,说"对象"明明是栗温保他们。并嘱他抓紧这个大好时机去扩大生产。达志在卓远的宽慰下也觉得承达说的兴许是气话,毕竟这些年我从未关心过他,两个人生分是正常的,也许过些日子就好了。达志的这种心神不宁先是让厂里的繁杂事务渐渐挤到一边,随后便被那件震动世界的喜庆大事完全遮盖。

那天达志随同街邻们走进广场时还以为是参加一次寻常的群众大会,繁忙的生产事务使他连报纸也很少去读。当他看见会场上悬挂的大字标语后他才知道一个新的国家——中华人民共和国已经成立。他惊喜地看着满眼的红旗和欢呼的人群,兴奋地倾听着锣鼓的喧响和承银拿着铁皮扩音筒喊出的声音。一个巨大的说不清内容的希望在他眼前飘荡,他忽然有一种想跳想蹦的冲动。

后来是正在走向衰老的不灵便的双腿限止了他。他只是反复地喊着同一句话:"好呵——"这种没有具体内容的口号令周围的人们十分诧异。

达志下意识地喊出的那两个字似乎是一种预兆,没多久果然有两桩好事接连降临到尚家院里。头一桩是北京开国大典筹委会寄来的一张纪念卡,上边写着:贵厂生产的真丝红绸被开国大典作为饰物使用,特致谢意。达志、立世、尤芽和昌盛都欣喜地看着那张纪念卡:这应该也是一种肯定,是对我尚家产品质量的嘉许!虽然离织出"霸王绸"还有很远的路,但这表明我们有走至目标的力气!第二桩是新成立的行政公署下达的一则通知:迅速织出八百匹最好的绸缎,预备和一个代表团一起去苏联展销。达志看到这则通知时胡子都笑得翘上去了:我的产品又可以出国销售了,又可以去和外国的绸缎比试了!这是一个扩大影响的机会,必须使出全部力量织出最好的绸缎,我要让苏联人看看中国的绸缎,看看我尚吉利的出货,总有一天,我要占领你们苏联的绸缎市场……

那些天达志和立世严格检查每道工序,从生丝的整理到最后染印结束时的漂洗,每一个环节都小心翼翼,真正做到了精心、细致、尽力。八百匹绸缎全部出齐之后的那天晚上,达志把立世和昌盛叫到屋里说:"这回去苏联展销,在咱们尚吉利还是第一次,弄好了,会为日后咱们的产品销往欧罗巴洲打下基础,有利于我们晚点拿到更多的订单,使咱们尚吉利厂更快地发达起来,早日织出在世界上称王称霸的绸缎。弄不好,我们就失去了一个重要的发展机会。也因此,我真想亲自去,可腿脚不灵啦。想来想去,我打算让你们父子同去!你们去后务必尽心尽力,不出纰漏。出去后除了办好咱们产品的展销之外,还要留心看看他们那儿的绸缎产品和丝织机,学点东西回来!"

立世听罢点了点头;从没出过远门的昌盛早已按捺不住心头的高兴和急迫,笑着问:"苏联在哪个方向?离咱们南阳城多远?"

达志没有去理会孙子的询问,仍肃穆了脸说:"你们父子出门,我有一个要求,就是每到一个住处,你们父子二人各给我写一封信,报告这之前干过什么事,见过什么值得记住的东西,听过什么有用的消息!"

"两人都写干啥?让爹写就是。"

"都写!"达志瞪了一眼孙子,"而且谁也不许看谁的信,两封信分别封好,一同投到邮局寄我。到一个住处无论再忙,这桩事一定要办,记住了?"

立世和昌盛急忙点头……

绸缎装车出发是在一个阳光明媚的上午。看着两辆装满绸缎的马车驶上往北的官道时达志朝坐在车辕上的儿子、孙子挥手作别。官道上铺着一层厚厚的阳光,马车仿佛在那层阳光上船一样快速滑行。尚家的绸缎终于又盼到了走出国门的一天!但愿这只是一个开始,但愿明天的太阳还是这样灿烂……

22

父亲大人：

儿带昌盛于八日后晌抵郑州，当即持南阳行政公署之介绍书往见省府一负责对外交易之官员黎先生，黎先生告知明日头晌派人协助将货物转装一中型汽车厢内，后晌可启程去天津。当晚歇乐达旅栈。

儿叩上

爷爷：

我们到了郑州。这里街上人多，而且也有卖烤红薯的。爹去找人时我留下和赶马车的赵伯伯李叔叔看守货物。一个头上戴布帽的男人(不知道是不是秃子)，来到车旁问拉的啥货，我告诉他是绸缎，南阳尚吉利厂的。他点点头说他知道尚吉利，老字号。夜饭吃的面条，爹吃两碗我吃三碗，卖饭的老板娘说我"半桩，饭仓"。饭有点辣。我瞌睡了，不写了。

孙子叩上

父亲大人：

我等已抵天津卫，一路顺利。按河南省府黎先生之交待，经至海河饭庄见到政务院一位负责对苏交易之官员谢先生。谢先生说他将带我们去苏。并告诉今晚要将绸缎装上火车。还说此次去苏展销是一次友好行动,要我和昌盛注意礼仪。夜宿海河饭庄,房费挺贵,谢先生说由他出,我没推让,省一个是一个。

立世叩上

爷爷:

天津卫是个好地方。这边有的女人已开始穿裙子,小腿上裹着丝光袜。穿绸缎衣裙的女人挺多,我留心看了看,有些还是咱尚吉利的出货。这边卖麻花的人不少,而且卖的麻花特大,有我胳膊那么长。我很想尝尝,爹说不行,说麻花虽大,味道怕和南阳的一个样。天黑后街边有人唱戏,听人说他们唱的是河北梆子。俺们晚上住的房子挺大,有两张床。我和爹正要睡时有个女人敲门,问爹要不要喇叭花,要的话可以随她去拿。爹把她赶走了。爹说她是妓女,我不知道妓女是干啥的。我们窗外就是海河,睡在床上能听到水声。

昌盛叩首

父亲大人:

我们已抵苏联的伊尔库茨克城。火车出了点毛病,我们要在这儿住一夜。谢先生领我们在城里走走。这儿的天还很冷,穿绸缎衣裳的人基本没有。我给你和昌盛各买了一顶皮帽,这儿的皮帽又好又便宜。

立世匆匆

爷爷:

我们已经到了苏联,这个城市的名字很怪,我记不清。人说的话我也不懂,全靠谢叔叔给我们解释。这里的男人又高又壮;女人们胖的也多,胸脯子挺得好高。有一个姑娘看见我后笑着叫了一句,谢叔叔解释说她在叫:哦,中国男孩!她见我没生气,竟过来抱住我亲了我一下,把我吓一跳,亲的是左脸。我们明天就离开这里继续走。

孙子叩上

父亲大人：

　　我等已抵莫斯科。这儿是苏联的首都,城市很大。今日头晌,在几个苏联人和谢先生相帮之下,我和昌盛把咱家的绸缎在一个展销厅里布置摆放好。谢先生说,明天正式展销。展销厅的门口用汉字写了:东方瑰宝——中国南阳尚吉利织丝厂绸缎。还有一行俄文,谢先生说意思一样。苏联人吃的东西有点古怪,我和昌盛一时有些吃不惯。

儿立世叩上

爷爷：

　　我们已到了莫斯科。我和爹还有谢叔叔已经把咱家的绸缎在一间大房子里摆好,有的搭在铁丝上,有的摊在柜台上,有的放到货架上,五颜六色很好看。从门前经过的不少苏联女人隔着玻璃门窗看见咱的绸缎,就凑近门缝向我们说好长的苏联话,谢叔叔就也对她们说些苏联话。过后谢叔叔说,她们是在问卖不卖,谢叔叔告诉她们明天卖! 我估摸我们在这儿能赚钱! 晚饭后谢叔叔出去办事,我和爹去了一个大广场看热闹,爹说那个广场叫红场。广场旁边是宫殿,叫克里姆林宫。那宫殿很威风,院墙有一枣树高。这里有一种油,叫黄油,抹到面包上吃,很甜。你的身体好吗？

孙子昌盛叩上

父亲大人：

　　这几天我们一直在卖绸缎。绸缎销得很快,平均一天能销一百七十来匹。来买、来看绸缎的人很多,大多数是女人。价钱上每匹比在南阳的卖价贵一倍,这是谢先生定的。苏联的钱叫卢布,我兜里已装有不少卢布。头一天开始卖时,谢先生在扩音机前用苏联话对顾客作了介绍,主要是介绍咱尚吉利从事绸缎织造之历史和所产绸缎之优点,顾客们很响地拍了巴掌。谢先生说,今天的《消息报》上还刊登了中国绸缎在莫斯科展销顺利的情况。昨天后晌,来了一伙军官,我看不明白他们的军衔,谢先生说其中有一个元帅、三个少将、两个上校。他们都带着夫人,那些军官夫人们全都非常喜欢咱们的绸缎,不停地把绸缎披在身上到镜子前去照。他们每个人后来差不多都买了七八匹。我和昌盛一切都好,勿念。

儿立世叩上

爷爷:

  绸缎卖得很快。昨天还来了几个不是苏联人的外国人,一个女的是瑞士人,一个大胡子中年男子是美国人,一个老头是英国人。这都是谢叔叔告诉我的。这三个外国人都只是看看咱们的产品,一匹也没买。那个美国人看罢咱们的绸缎后还摇了摇头。那个英国人摸着咱们的绸缎对爹说了好长一段话,谢叔叔没有翻译给我们听。事后我问谢叔叔那个英国老头说了啥,谢叔叔说:那个英国老头自称威廉,说曾经与你们南阳尚吉利织丝厂打过交道,是老朋友,但其实他很不友好,他说你们绸缎的质量与有些国家相比已算不上优等,他劝你们赶紧向外国学习。我把这话给爹说了,爹也很不高兴,爹说他并没听说过咱家有一个英国朋友,爹说这人兴许是专门来败坏咱们尚家绸缎声誉的。谢叔叔要我提高警惕,小心敌人的破坏。他们这儿的孩子们常吃一种叫奶油冰淇淋的东西,我很想尝尝。

孙子叩上

父亲大人:

  绸缎销得已所剩不多。昨天傍晚我们就要关门的时候,来了一辆轿车，车上下来两个军人，他们和谢先生说了一阵话后，谢先生很高兴地要我和昌盛把每种花色的绸缎都包上两匹，随他坐上军人的轿车。轿车一直开出城外，最后开进一个隐没在半山坡上的树林里的大院子。院子里很静，但到处有人站岗，我们被领进一个宽大漂亮的客厅，客厅里坐着一家人：一个五六十岁的男人，一个四五十岁的女人和两个姑娘。谢先生上前向那个男人施了礼，随后让我们把带来的绸缎在客厅里摊开，那位夫人和两个女儿一见咱们的绸缎，高兴得欢叫起来，一会把这一匹披到肩上一会把那一匹围到腿上欣赏。那个男人一直坐在旁边含笑看着他的女儿。后来那位夫人把每种花色的绸缎都留下一匹，问我要多少钱。我从这家的住房和室内摆设看出他们很有钱，就想着该多要一点，能多赚就该多赚一点。我正想说个数字让谢先生翻译过去，没想到谢先生先开口说不要钱了，说这些绸缎送给你们，算是俺们中国人的一点心意。我当时很不高兴，心想这是很大一笔钱呵，怎么能够白扔？绸缎是俺家的，你谢先生不能做这个主！后来回到旅馆时我把不该白送的话给谢先生说了，谢先生说，这批绸缎的成本费回国后由国家给你们补上；并说，这点绸缎虽然白送了，是个损失，但它能让那位领导人批准给我们国家进口一大批急需的工业生产机器。我想，要是这样，就也行。

儿子立世叩上

爷爷：

你不知道我昨晚见到了多么漂亮的房屋。那座房屋在莫斯科城外的山上，样子古怪，像塔，又像大雄宝殿。四周都是树林。屋子里铺着厚厚的地毯，人走上去没有一点点声音。房子四周好多花玻璃窗户，窗户上都装着红丝绒窗帘。屋子里摆的家具都模样奇特漂亮，茶杯是银的。房子的主人是一个大官，他有一个夫人，两个女儿，小女儿长得更好看些。他们看见咱们的绸缎都眉开眼笑，很喜欢。那个小女儿还当着我们的面把上衣脱了，露出两个光膀子,把一匹翠绿的绸子披上去让我看美不美,我羞得没敢看。他们要了不少绸缎,但谢叔叔不让他们交钱,这把那个小女儿感动得要掉眼泪。她会几句汉话,她对我说:谢谢,你们中国人聪明、慷慨,我喜欢!我没别的话说,就对她笑笑,她看见后又上来抓住我的胳膊问:我跟你去中国学织绸缎行吗?我急忙摇头,我想她肯定吃不了咱们织绸的那份苦。临走时,她把一支钢笔(不是咱们用的羊毫毛笔)放到我手里,非让我拿走不可!我看看谢叔叔,谢叔叔说:小姐送你的礼物,你就收下吧。我只好向她鞠一躬,把钢笔装进了口袋。他们全家把我们送出门,临上车前,那位小女儿又一下子抓住我的双手放到她胸口说:再见,我的织绸缎的中国朋友!我的手碰着了她的胸脯,但不是我有意碰的。

孙子昌盛叩上

父亲大人:

 绸缎已经销得只剩八十来匹。谢先生说这八十来匹不用销了,他将把它们分送给苏联负责经济贸易部门的官员,谢先生说这是表达中国人民友谊的需要;并说成本费回国后由国家付给我们。昨天,有三家苏联的贸易公司送来了订单,总共是八千匹。我算了一下账,若把卢布兑换成人民币,我们已赚了一大笔钱,这一趟来得值!谢先生也很满意,说此行达到了目的。我们已在准备回国。

儿子叩上

爷爷:

 我今天吃到了奶油冰淇淋,是爹买给我的,爹让我放开吃,我一连吃了三个,真过瘾!我和爹还为亲友们买了礼物,给你买的是一双皮靴,很好看的!我们就要回国了,爷爷,我想你!

孙子叩上

· 215 ·

当达志戴上老花镜展读儿子和孙子辗转寄来的最后一封信时,立世和昌盛乘坐的马车已经响着悦耳的铃铛驶进了南阳城中。达志在那个阳光当顶的正午,看着儿子和孙子带着骄傲和满足的笑容走进院子,并没有迎上前去。他当然看见了儿子手里提着的鼓鼓囊囊的钱袋,他也看见了孙子手里拿着的专为他买的俄罗斯皮靴和皮帽,但他脸上没有笑容,也没有快活地招呼。直到立世和昌盛向他鞠了躬之后他才慢腾腾地开口:"我有两点不满意。第一,你们不该不和那个威廉谈谈,不该不和那个美国人谈谈,你们该了解一下英美织造绸缎的状况,你们错过了一个了解他人的机会!第二,你们只记住了买皮靴、皮帽子和冰淇淋,而忘了买苏联市场上出售的其他国家的绸缎,那些绸缎是我们尚吉利的竞争对手,是我们应该研究的对象,不然我们怎能超过他们?"

满心欢喜的立世和昌盛被弄得呆在了那里,要不是卓远这时拉着月儿过来,要不是月儿笑着高喊:"舅舅,表哥,给我带了啥东西?"立世和昌盛简直都不知道该怎样打发满脸尴尬的笑容了……

23

　　草绒由台湾高雄上岸再辗转到内埔住下几月之后,在广州黄埔上船的那一幕还常在她眼前晃动。那真是一场可怕的记忆:那么多人推拥着向那艘装了军用物资的货船上挤,船上的军人们鸣枪也不能禁止逃亡人潮的汹涌。眼见得不少人已被从船舷上挤下大海,轮船只好在没有撤掉登船踏板的情况下启动离港。许多人就在那一刻哭喊着掉进大海并很快被海浪吞没。其时草绒在儿子秉正的搀扶下才刚刚挤上甲板,只差两步他们母子就也要葬身海里。当她在儿子的扶持下回望在码头上顿足哭喊的人群时她心里不由得生出了一丝庆幸:上帝保佑我们母子终于登上了这最后一艘撤往台湾的轮船!她抬手在胸前划了一个十字。也就在那一霎,她在落水的人们中看见了一个极像女儿枝子的女人,她刚朝儿子叫了一声:快看,那是不是你姐!那女人却已经被浪头打进了水里。轮船那阵也已经掉头完毕,正加速驶向烟波浩淼的深海,草绒于是只好把怀疑、不安和惊惧永远压在心里……

　　轮船在高雄靠岸只算是把草绒、秉正送到一个没有枪炮轰鸣的地方,在广州就已缠上他们的穷困却依旧紧跟在他们的身后。

　　大批大陆人的抵达使这个岛上的一切供应都显紧张,差不多分文没有的草绒和秉正的日子自然难熬。他们一开始借钱在报纸上登了一个寻找栗家人的启事,期望找到亲友得到接济,失败后才走进了拾破烂者的队伍。

第一次拾破烂是在一个早上。那个空气中充满海藻腥味的早上草绒本想去一家糖厂问问是否可以找份工作,在去糖厂的路上她看见路边的垃圾堆上扔有几个罐头瓶子,就顺手把它们拣了起来。在经过罐头厂的门口时她看见一张纸上写着收购罐头瓶的说明,便把那几个罐头瓶交给了厂门口负责收购的老头,老头立刻给了她一张钞票。这张数额不大的钞票使她意识到她和儿子有了谋生的办法。在糖厂没有找到工作之后,草绒便毅然带着儿子走向街道和郊区去拣拾破烂了。

　　农家出身做惯了活路的草绒虽然年龄已大,但仍干得很投入,秉正见母亲这样就也很卖力地去干。母子俩通常是白天拣拾,晚上把拣到的东西分类,隔几天去卖一次。每次卖得的钱虽然不多,但总是有了收入,母子两人的吃穿也算凑凑合合地保住了。

　　母子俩那时谁也没有料到,就是他们选择的这一拣破烂的行当,将使他们结识一个名叫阿倩的贤惠姑娘,并从而令他们娘俩的命运开始了又一个转折。

　　那是城郊一家很小的造纸厂,厂子小得只有五六个工人。厂主是早些年由广东移居岛内的一对夫妇。草绒和秉正因为经常拣拾到一些破布和废纸要来卖给这家纸厂,所以就慢慢和厂主熟了。这厂主有一个十八九岁的姑娘叫阿倩,中学毕业后就在家里帮助父母照料厂子里的事务。草绒和秉正来卖宜于造纸的破烂时,常是阿倩过来过秤付钱,一来二去,这阿倩就和草绒、秉正母子熟识了。

　　这阿倩姑娘心眼儿挺好,看见他们母子二人生活艰难,在给他们拣拾的破烂过秤时就常常多说几斤,多付他们几个钱。草绒和秉正自然看出了这姑娘的有意照顾,每次离去前总是连连道谢,并一心想对这姑娘的关照有所报答。一天,秉正听见姑娘向她爹说想买一本《山地探秘》的故事书,秉正就记在了心里,第二天用卖破烂的钱去街上书店买了一本,当日去送破烂时就递到了阿倩手上。

阿倩接过书后又意外又高兴,她显然没料到这个拣破烂的年轻男人还有这么一份细心。这之后,她对这母子俩的关心就又进了一层,常常找话题问他们母子的身世。草绒也是不愿遮遮掩掩的人,就一一说了,姑娘听后越加同情。便在征得她父母同意后提议让他们母子干脆住到她家一间闲置的旧房子里,这样每月也好省去一笔租住房子的钱。草绒和秉正自然高兴,就从原来租住的地方搬了过来。这样,每天拣拾的破烂可直接拉到了厂里,倒是省去了许多气力。

又过了些日子,厂里雇的一个工人回北部老家奔丧后没有再来,阿倩就问秉正愿不愿到厂里做工,秉正当然高兴地应允。自此后,秉正算有了正式的工薪收入,母子俩的生活更加有了保障。不过,草绒一个人仍坚持每日出去拣拾破烂,以补贴家用。

秉正在厂里做工没有多久,就显出了与众不同。他勤快,不论厂主吩咐下什么活儿,总是尽心尽力尽早地干完,从不拖拉偷懒;他掌握技术快,秉正因从小读书,头脑聪慧,学这种并不复杂的造纸技术很容易,故没有多久就可以独立操作;他待人温文尔雅,从不脏话满口,而且也从不像别的工人那样在晚上去找花柳巷的女人。他的这些与众不同之处很得厂主夫妇的赏识自然也让阿倩高兴。尤其是每当草绒因为腰疼半躺在床上时,秉正总要端了饭碗一筷一筷地给妈妈喂饭,那份尽心尽意的样子让阿倩看见真是感动。一来二去不知不觉间,阿倩姑娘的心里对秉正生出了一种微妙的感情。

秉正对阿倩的心事有所察觉是在秋天的一个依然闷热的傍晚。那个有许多蟋蟀欢叫的傍晚他奉厂主之命加了一会儿班——光着上身一个人在厂房里用木杈挑着造纸用的稻草。他所以光着上身是因为他舍不得在干活时穿他那件打了补钉的衬衫。可当他干完活要去穿他那件破衬衫时怎么也找不见了,正当他焦急地在他挂衬衫的地方来回查看时他听见身后响起一个细柔的含满关切

· 219 ·

的声音:"别找了。"他扭头才发现是阿倩手捧一件雪白的新衬衣站在他的身后。他因为自己光赤着上身而害羞地垂下了眼睛,随后他便感觉到那件新衬衣披到了他的肩上。当他在阿倩的指挥下把两只胳膊伸进衬衣袖子之后,他看见有两只灵巧白皙的手在他胸前扣那些扣子,最后一个扣子扣完时他感觉到阿倩的指甲在他腹上轻轻地划了一下,那轻轻的一划使他感到又痒又酥。

这个傍晚过去没有半月,阿倩的父母就找到草绒谈话,希望她不再外出拣拾破烂而来造纸厂看守堆放稻草的院子。草绒虽没猜出这安排里已带有另一番情意,却也欢喜,第二天就去了那个轻快干净的岗位。

接下来就到了那个上午,在那个阳光明丽原本看不出要下雨的上午,秉正受阿倩父亲指派和阿倩一块去屏东的一家印刷厂送纸。一九五〇年的屏东地区汽车还属稀有,阿倩家的运输工具是一辆漆得很漂亮的牛车。纸装上车之后,阿倩便和秉正坐到车厢前部挥鞭赶牛上路。两个人在牛铃的丁当声里漫无边际地说话,话题虽不断漂移,两人却都从这种谈话里体验到一种令人心醉的甜蜜。渐渐地,阿倩就把身子靠了过来,秉正见状先是一惊随即也渐渐把胆子放大,小心地试探着伸手把阿倩揽到了怀里。牛车在吱扭的轮声里缓缓驶近屏东,秉正和阿倩在身体的接触中也慢慢走近爱的巅峰。大约是老天爷想要成全这桩好事,忽然间在天上布下一片雨云,让雨点不紧不慢地落了起来。两人见状急忙将牛喝住,用帆布车篷把车厢罩了起来,尔后两个人一同钻进车厢的纸堆上躲避这场不大的阵雨。有了车篷和雨幕的遮掩,阿倩变得分外胆大,在和秉正行过一阵长久的亲吻之后,先伸过手去解秉正的衣扣。秉正是壮健的男子,自然禁不住这种主动的召唤,立刻就也动了手,转眼间就把阿倩那白嫩的身子平放在了那白色的纸堆上。阿倩那快乐而痛楚的呻唤因雨声的遮掩没能飘出很远。当那场不大的阵雨结束之后,一团沾了鲜红血迹的白纸也被扔到了路边。

牛车重又在略显泥泞的道路上移动时,牛鞭握在秉正的手上,阿倩则软软地横躺在秉正的怀里,只用两只满足而幸福的眼睛望着阴云逐渐撤走的天空……

　　阿倩和秉正的婚礼正式举行是在民国四十年的八月十四。那是一个十分俭朴的婚礼,小纸厂的厂主没有举行奢华婚礼的财力,两个新人也都不愿因婚礼而给并不富裕的家庭增加负担。婚宴只有两桌,请的客人只有阿倩唯一的姑姑和姑父,再就是厂里的几个工人。婚礼过后,当秉正和阿倩相拥着走向他们的洞房时,草绒面朝着挂在睡屋土墙上的十字架跪了下去。主呵,我知道这是你对我们的眷顾,你用你那双慈悲的手给我送来了一个可心的儿媳给秉正送来一个贤良的妻子,我们从此更有了在这个远离故土的岛上活下去的勇气,我们会永远记住你的恩惠……

24

仲秋的南阳的天空,也和台湾屏东地区的天空一样,澄清高远,瓦蓝明亮。差不多就在秉正和阿倩的喜宴开始的时候,一辆由三匹白马拉着的马车驶出南阳城西关径向伏牛山里驰去。白发苍然的卓远坐在车的前头,车上的几个中年男子全是他特意从省城邀来的考古学者。

卓远至今没有忘记抗战期间避难山洞时所见的那些洞壁岩画。他凭直觉知道那些岩画的考古价值很高,尤其是那个和达志家院里石头上所刻图案一模一样的符号:卌,让他特别着迷奇怪,他太想弄清它的含义了。因此,前些天听说省考古队正式成立,他特意致函邀请他们前来。

到洞口去的最后一截路他们弃车步行。拄杖在前边带路的卓远此刻才发现这条山谷的美丽,当年因为心中整日塞满惊恐,根本没有听见众鸟的歌喉如此柔婉动听;根本没有看到一线清溪流得如此悠闲诱人;根本没有留意到由千百种树木组成的山林如此苍茫雄浑。看来,风景的容颜可随人的心情作着改变,美和枪炮声是两个对立的东西。

一进洞口,手电光一打到那些岩画上,考古队长就抓着卓远的手欢呼:嗬,重要发现!谢谢你,卓先生!接下来考古队员们展开了紧张的工作。原来这洞中的岩画并不止卓远当初发现的那一处,十几个地方都有,只是因为一层青苔遮蔽了它们没让卓远当年看到。午后一点十分时,阳光突然奇怪地灌满了山洞,洞壁上的岩画被这耀眼的阳光照得极其清楚。仅仅十分钟后,阳光就又开始极快地撤走,众人都有些惊奇地注意到这种情况。"角度!"考古队长又欢叫了一声,"先人们在选择刻画的山洞时已经懂得了阳光和洞口要达成一定的角度……"

那天的傍黑时分,考古队长向卓远讲述了他们初步考察的结果:这些岩画是"南召猿人"的后裔留下的,对研究原始人的头脑发育和生活状况有极珍贵的价值;岩画的内容主要是展示原始人如何猎牛的过程,从工具准备到狩猎过程到烧食经过;从岩画上看,这时期的人似已开始进行抽象思维,䷀形图案,像是他们抽象思维的结果。"

"哦?"卓远两眼放光,"请讲细一点!"

"这个图案表现的不是具体的东西!既不是一种狩猎工具,也不是一种狩猎图景,更不是一种狩猎结果。它可能是先人们对他们狩猎活动所做的一种抽象总结。"

"总结的什么?"

"先人们每天清晨出发时猎牛的目的很明确,但傍晚归家时却常常并没有得到预想的结果——空手而归牛没猎到,这在岩画上都已有反映。因此,久而久之,先人们就慢慢意识到,人最初的目的和最后的结果之间,表面上看像是一条直线,实际上这条直线要和许多其他的也由目的——结果构成的直线相交,也就是说,在这条直路上有许多岔路口,任何一个路口都可能使事情改变运行的方向,从而得出与人的最初目的完全不同的东西。最初是想猎牛,但最后猎到的竟是一只兔子。这很可能就是先人想要通过这个图案说明的东西。当然,这只是一种猜测,我们还要进一步研究……"

卓远怔怔地看着考古队长。这种猜测仿佛有点道理,倘原始人真能思索到这里也真是了不起。如今的社会上,人人既有自己长远的人生目的也有短期的随时间变化的生活目的,这些目的和它们的结果之间构成一条直线,无数个人的无数条目的——结果直线相交,就构成了一个极其复杂的局面,就会出现无数个谁也没有料到的结果……这么说,尚家的先人把这个图案刻在石头上竖在院中,是在提醒后人:小心前边的岔路,岔路还不是一条?!……有意思,达志,很可能就是这个含义!……

卓远快活地顿了一下手杖……

当伏牛山里的这场考古活动暂告结束,卓远回城想去找达志细说考古队长对那个图案▉的猜测时,南阳历史上第一次仲秋物资交易大会在城西梅溪河东岸的空地上拉开了大幕。来自南阳城和邓县、镇平、内乡、南召、方城、唐河、桐柏、新野、淅川、西峡、社旗等城镇的大批工厂主、手工业者、商人、农民,都把自己的东西摆在了这个巨大的场地里,自由而公平地进行交易。——这是新成立的南阳行政公署为活跃发展南阳的经济而采取的一个措施。尚吉利织丝厂自然不会放过这个大好的销售机会。达志整天都在会上忙活。他亲自雇人在梅溪河岸上用苇席、高粱秆箔和桌子搭了个很大的摊位,把五彩缤纷的绸缎在摊位上摆得满满的。自立世和昌盛由苏联返回后,由于有赚得的那笔钱和几张订单,尚吉利织丝厂的生产规模又扩大了不少。达志托人又从上海买来了五台机动织机;立世到南召、内乡预订了大批生丝;又新招了一批工人新建了几间厂房。尚吉利每天的出产量超过了以往最兴盛的时候。

物资交易会引来了包括襄樊、信阳、许昌、商洛、达县客商在内的大批参观购物的人。各家卖主为了吸引人们对自家东西的注意,都想了不少办法。有的人家雇了说竹板书的艺人,在自家的摊位前边打竹板边述说自家产品的好处;有的人家在自家摊位前挂了会说"欢迎"的八哥鸟笼;有的卖主干脆用报纸糊成个喇叭筒拿到手里呼喊:"货真价实、不坑不骗——"尚吉利也想了个吸引顾客的办法:雇了二十个姑娘,每个姑娘身披一匹绸缎,在摊位前坐成一个巨大的圆圈。上午每个姑娘都披一匹红绸,使那圆圈看上去像一个太阳;下午,每个姑娘都披一匹月白色的缎子,使那圆圈看上去像一轮月亮。而且姑娘们的坐姿还每隔一段时间就做一次改变。立世想出的这个法子还真惹人眼睛,这新奇的招揽顾客的法子使得尚吉利的摊位前从早到晚都是人流不断,站在摊位后的达志看着络绎不绝的买绸缎的人群,喜得双唇没有时间阖上……

——"达志,这主意想得好,让美丽的姑娘们披上美丽的绸缎,很好的广告!"

——"噢,卓远哥,你来了。孩子们想的这法子是不是有点太招摇——"

——"推销商品就是要招摇,这是一门叫广告学的学问!"

——"卓远哥,我有一个想法。"

——"哦?"

——"我的厂子就照目前的生产规模生产,再有两年,我就要捐款办一所'南阳大学'!南阳如今不是还没有一所大学吗?"

——"嗬?"

——"这所大学办成后先设一个丝织专业和一个商学专业,以后再逐渐扩大!"

——"好呀!"

——"到时候请你出任大学校长!"

——"行呀,只要你任命,我敢不干?"

——"你说我这样做可以?"

——"当然,大实业家就该有这份眼光!国家为你创造了发展的条件,你应该为国家的长远发展尽力!"

——"卓远哥,我还有一个野心!"

——"说出来!"

——"我要在十年之内织出'霸王绸',让尚吉利织丝厂的绸缎在世界上称王称霸！我要让世界上的女人和男人都以穿上尚吉利的绸缎为光荣！"

——"十年？"

——"十年！我用了不到两年就干到了今天的规模,我再用十年完全可以做到！到那时,我要让世界上所有的丝绸商人都再来中国抢购尚吉利的绸缎！我要用尚吉利的绸缎把世界上愿穿绸缎的女人和男人都打扮得漂漂亮亮……"

月亮升起来了,车轮一样地停在东天。银辉耀在披着白缎的姑娘们身上,使她们坐成的圆圈也发出了亮光。在两个月亮的映照下,达志脸上的皱纹变得清晰可辨。卓远在月光下看定达志那张亢奋的棱角分明的脸,突然觉得眼下给他说考古队长对那个图案▆的分析有些不合时宜。

——"十年！你信吗？"

卓远没有应声,只是在心上最后决定：不说,今晚不说考古队长对那个图案含义的猜测。

——"十年！"达志以为卓远在怀疑他的能力,几乎是发誓似的喊……

第 三 部

1

难道真有盗贼钻进了这店堂之中？

达志在那个阳光绚丽的早晨发现前一天卖剩下的七尺蓝缎不翼而飞之后真是大吃一惊。临街店堂的钥匙只有三把，儿子立世、孙子昌盛和自己各持一把，除了三人之外谁也进不了这个批发兼零售的店内。立世、昌盛都说他们没拿这七尺蓝缎，那剩下的解释便只有一个：遭贼偷了！

可这解释连达志自己也不相信。店堂的门窗无任何破损，贼是咋样进来的？店堂内那么多成匹的绸缎贼为何不偷，反只拿这七尺蓝缎？会不会是立世、昌盛……达志打了个寒噤，你怎能去怀疑你的儿孙？

这件事必须弄清！七尺蓝缎对如今兴旺发达的尚吉利织丝厂是算不了什么，但今日丢了七尺不管，明天就可能再丢七匹。这个漏洞应该立即堵住。

达志决定自己亲自观察。他假装对那七尺蓝缎丢失的事已经忘记，每天照例地把当日零售裁下的绸缎衣料随意扔在柜内，看会不会再有丢失的事情发生。

真相后来大白于一个有风无雨的阴沉的夜晚。那天晚上达志睡下后忽然想起一桩有关生丝购进的事要对儿子交待，于是又穿衣起来。他走出睡屋时猛然发现前院店堂里有影影绰绰的亮光，他一愣之后紧忙轻步走过去。店堂内站着的是孙子昌盛，昌盛正不时划亮火柴,在微弱的光亮映照下挑选着柜内那些单件的绸缎衣料。他隔门缝看见昌盛把两件衣料卷好塞进衣兜后惊得双唇无限地张开:天呵,这小子咋会变成了这样?他闪在一个柱子后,看着昌盛轻手锁闭店堂后又溜出院门向街上走去。杂种!自己偷自己。这可是尚家历史上的奇耻大辱!败家子!八成是去换钱赌博,尚家出了败家子了!

尚达志悄悄跟在孙子身后,想看看他究竟要把绸缎送到什么地方。无奈天太黑,加上年龄大腿脚也不灵便,没有跟踪多远他便丧失了目标,眼睛里看到的只是被夜风肆意搅动着的黑暗。

他气冲冲地回家叫醒了儿子立世。睡眼惺忪的立世听父亲说罢事情经过后也大吃一惊:"这个狗东西,啥时候染上的这个恶习?!我去找他!"

"去哪里找?黑更半夜的,惊动了外人就好?"

"那你说咋办?"

"他会回来的,你只需把麻绳给我往梁上搭好!"

立世没再说话,只是从门后拿出一盘麻绳,把绳子的一头向父亲睡屋的梁上搭去,搭下来的绳头像蛇头一样轻轻摆动。父子俩就在那绳头的摆动中默然对坐,谁也没有心思说话,只侧了耳静听着屋外的脚步声。后来一股夜风飐进来,索性帮他们把灯也吹熄了。

昌盛回来时已近四更。他显然怕惊动了爹爹和爷爷,双脚如树叶一样地向地上落着。他刚要闪进自己的睡屋时突然听到爷爷说了一声:"你过来!"这话音在这寂静的夜里显得是那样的突兀和怕人,他被惊得头发都竖了起来。"爷爷还没睡?"昌盛不得不向爷爷的睡屋走来,这时他看见油灯被点亮了,看见爹也坐在屋里,他的双脚移动得越发慢了。

"说,刚才去了哪里?"

"没去哪里,因为睡不着,就随便到街上走走。"

"出去时带了啥东西?"

"啥也没带呀!"

"到祖宗的牌位前跪下说!"尚达志指了一下祖宗牌位,站起了身子。

昌盛迟疑了一霎,向那些牌位跪下了双膝。

"说,对祖宗说你出去时带了啥东西!"

"没……我真的没带啥出去。"

"列祖列宗,尚家出了败家子了,达志愧对你们呵!"达志这时一边喃声说着一边也朝牌位跪了下去。片刻之后,他转脸对一直默坐在那儿的立世说:"执行家法吧!"

昌盛惊骇地去看父亲,直到这时他才注意到那个在半空中晃动的绳头。他看见父亲抓住那个绳头向他走来,阴沉着脸三两下就绑起了他的手腕。"爹,你干什么——"他的惊问声还没有落地,他的双脚便已离地了。"哟——"他发出一声痛楚的尖叫。这是他长这么大第一次尝受这种可怕的家法。尤芽被他的叫声惊得披衣起床跑过来,见状刚要进屋阻拦,达志威严的眼神把她挡在了门外。

"说,刚才出去究竟带了啥东西!"

"我……我……真没……"汗珠开始从昌盛的毛孔里向体外涌着,而针刺一样的疼痛则开始由腕、肘、肩等处向体内汇聚。

"我们尚家多少代没出败家子了——"

"我……我说……我带了绸缎衣料出去——"他看着爷爷和父亲那两张冷峻的脸,绝望地闭了眼睛说。

"出去干啥?"

"去灯市街47号宋家。"

"宋家是干啥的?"

"卖葵花籽的。"

"去宋家干啥?"

· 231 ·

"把衣料给宋小瑾。"

"宋小瑾是干啥的?"

"是宋家的小女儿,也卖葵花籽。"

"把衣料给她干啥?"

"想让她高兴!"

"高兴?"

"我爱她,懂吗?我爱她!"

审问的尚达志和默立在那儿的立世、尤芽一齐瞪大了眼睛。

天呐,我的孙子也已经懂得爱女人了!这么说你是已经长大了?可我还一直把你当孩子看呢!达志急忙抬手示意儿子放下吊孙子的麻绳,当昌盛的双脚刚一落地,他便急忙上前把孙子揽在了怀里。直到这时,他才感觉到孙子已长成了一条汉子,瞧这个头和身架!"你为啥不早说?为啥要悄悄地拿绸缎而不明给我和你爹说?"

"我说了你们能舍得吗?你们把绸缎看得那样金贵——"昌盛的眼泪流出来了。

"看得金贵不一定就舍不得,这要看是为啥事。我们尚家的丝织祖业要延续下去,自然需要有后人,不娶妻生子哪来的后人?这是大事!爷爷错待了你。你明天去把宋家的那个姑娘叫来,只要人合适,爷爷要亲自送她一匹绸缎!来,立世,扶昌盛去睡。"

立世无言地走过来,小心地搀扶住儿子,一边用手揉摩着儿子那被吊疼的肩头,一边慢慢地向门口走去……

那个名叫宋小瑾的姑娘是第二天正午时分被昌盛领进尚家大院的。她在迈过院门上那道高高的枣木门槛时并没有停止嗑葵花籽——她一手拿着一包葵花籽,另一只小手准确地把葵花籽送进那两片薄薄的嘴唇;两片红润小巧的嘴唇很快便从葵花籽壳里嗑出了那长条形的仁;尔后噗的一声,葵花籽壳便被她极利索地吐到了地上。"嚄,你们家院子好大!这石头上刻的是啥东西?"她在院中那块刻有▓形图案的石头前停下脚步,乌亮的双眸好奇地停在那图案上。

"老辈子人刻的,说不清是啥意思。快走,我爷爷和爹爹等着见你。"

"急啥子急?让我看看这图案!它有点像——"

"像啥?"

"像我爱吃的向日葵,你记得么,把向日葵盘上的籽粒搓下来后,葵盘就有点像这个图案!"小瑾说着把口中的一个葵花籽壳准确地吐在了图案上。

"胡说吧你,老辈人刻个葵花盘有啥用意?"昌盛笑了,扯了小瑾的胳膊催:"快走!"

"这是你家老辈人在告诉你们这些后人,办啥事都要顺其自然哩!不要强求——"

"爷爷,这就是小瑾;小瑾,这是爷爷,这是爹,这是尤婶。"——昌盛一向对尤芽不叫妈而叫婶。

小瑾这才把目光从那块石头上收回来,望定走近来的达志和立世夫妇,先是说了句"你们好",接下来就又嗑起了葵花籽,只把新奇的目光在院子里活活泼泼地抡。

达志像平日审查绸缎质量那样仔细地审视着孙子看上的姑娘。这姑娘貌相上是不错,脸蛋、身个、体形都属于很撩人的那一类,只是身上有一种东西让达志不喜欢,那是一种很难说清的类似散漫、懒散、不忧不虑的东西。尤其是在这种场合还嗑着葵花籽,让达志觉到了不痛快。这样的媳妇日后怎能撑持起尚家的祖业?达志的脸色阴沉了下来。一旁的昌盛看见爷爷的神色有变,急忙使眼色让小瑾不要再嗑葵花籽,可小瑾根本没看明白,仍是边嗑着葵花籽边问:"尚爷爷,学丝织难吗?"

"难倒不难,只是你愿意学吗?"

"说实话,我不太愿意学,我这个人不喜欢老坐在那儿——"

"那你喜欢干啥?"

"我呀,喜欢自由自在!"小瑾说完自己先笑了,笑罢,葵花籽便又在小巧的双唇间翻动了。

达志的脸阴得越来越重。不长眼的东西,怎会看上这样一个不成气的姑娘?他瞥了一眼孙子说:"厂里有事,我得去忙,你们聊吧。"说完,扭身就走了。一直默站在一旁的立世看出了父亲的不快,也说了一句:"昌盛记住留宋姑娘晌午在这儿吃饭,我得去印染车间了。"言毕,扯了尤芽的胳膊也走了。

"看得出,你爷爷和你爹对我不满意。"小瑾仍然笑嘻嘻地嗑着葵花籽,"我当初已经对你说过,我这个样儿不大适宜于你们这个家庭,可你总是缠我!如今你看明白了吧?你现在该放我走了!"

"上哪里走?"昌盛闻言急忙抓住小瑾的衣袖,硬把她拉进了自己的住屋,"爷爷和爹爹并没有正式表态,你咋就知道他们不满意?你刚才见他们时也不该总嗑葵花籽,我给你说过,他们喜欢一本正经!"

"他们喜欢什么我不管,我可是喜欢自由自在。让开路,我要回家了!"

"别走,咱们再商量商量咋样才能让他们满——"

"我不想商量,你让不让开?"

"不让!"

"那我可要采取措施了!"噗!一个葵花籽壳准确地从小瑾口中飞出,粘到了昌盛脸上。小瑾见状,先自咯咯咯笑弯了腰。

"给我擦掉!"昌盛假装生气地把脸伸过去,"嘴唇吐的还用嘴唇来擦!"

"不擦!"

昌盛猛地伸手掐住了小瑾的腰并把她高高举起:"不擦我就把你扔到墙角去!"

"好,好,我擦。"小瑾嬉笑着只好把嘴唇凑近昌盛的脸,昌盛趁这机会,一下子把自己的嘴朝小瑾的双唇压了上去。

"哎哟,你慢点……我嘴里还有一截葵花仁哩……你这个家伙……你吸得我……好……疼……呀……"

昌盛的晚饭吃得有些心不在焉,目光一直在爷爷的嘴上晃,他知道关于他和小瑾的事爷爷很快就要作出判决。当他听见爷爷用咳嗽来清嗓子的时候他真想赶紧钻进爷爷的口中把那个决定看个明白。

"这个姓宋的姑娘模样倒是不错,只是她那副脾性怕不适宜咱这样的人家。见了生人还嗑着葵花籽,一身的不稳重相,日后很难立住家;再说,她又不爱丝织这个行当,咱尚家是干啥的?她将来就是内当家了,内当家不喜欢丝织,那咱的'霸王绸'啥时能织出来?所以我看这桩事就作罢吧!昌盛今黑里再拿一件缎子衣料过去,给人家说明白算了!我和你爹过后再瞅着给你说个合适的姑娘。娶媳妇可不能只看面相,立世你说是吗?"达志把眼睛望向儿子。

"我听爹的。"立世看了一眼昌盛,很轻很轻地叹了口气。

昌盛不知道自己是怎样迈过院门的。他向灯市街小瑾家走时自然没带什么缎子衣料,他身上带的只是对爷爷的一腔怨气:你只见了一面就知道人家不会过日子?你就这样轻易地把我们拆了?你知道我当初为了和小瑾好上费了多少力气?你晓得小瑾身上还有多少长处吗?拆了,你就这样把我们拆了?再说一个姑娘?那样容易?……

小瑾依旧是嗑着葵花籽来开门的。她一看见昌盛的脸就明白了:"是你爷爷不同意吧?"她把一个葵花籽壳使劲吐到远处的地上,"那你就走呗,还来俺家干啥?"

"我……实在……"

"回去吧,让你爷爷再给你找一个! 再说,俺们这个卖葵花籽的人家也配不上你们织绸缎的!"

"不是……求你……"

"少罗嗦!"小瑾嘡一下关上了门。

昌盛双手抱头慢腾腾地往回走,脚下的石板路突然间变得如烂泥一样稀软,他深一脚浅一脚地迈着步子。完了,一切都完了!爷爷,你做的好事呀!"等等!"背后蓦地传来小瑾的一声喊。昌盛转身时看见,小瑾又打开了门,正急步向他的身边走。

"你是真愿和我在一起么?"星光下可见小瑾的眼睛瞪得很大。

"当然……"

"既然这样你就跟我走!"小瑾猛地抓住了昌盛的手,他立时感觉到她的手在抖。

"去哪儿?"

"妇联会。如今的婚姻是不准外人干涉的! 妇联一定支持我们!"

"可我爷爷不是外人呐。"

"他对于我们两个就是外人,这件事只应该由我们两个来定,我问过别人的!"

"可——"

"你愿不愿跟我走?"

昌盛的眼前晃过爷爷威严的面孔,去找妇联会不等于告爷爷的状吗? 爷爷和爹知道了会怎么想?

"不走拉倒,你对我根本就不是真心!"小瑾摔开他的手又气冲冲往回走。

"小瑾,我去!"昌盛抬起头喊。

"你想好了,可别后悔!"

"如果妇联会支持咱们,你日后到了俺家,一定要学会织绸!"

"为啥?"

"丝织是俺尚家的祖业,织出'霸王绸'是俺尚家人的目标,你作为长孙媳妇,不会织绸咋着能行?"

"噗"——小瑾又一次把一个葵花籽壳准确地吐到了昌盛的脸上:"八字还没一撇哩,谁是你的媳妇?"……

尚达志是在指挥工人把新买的六台织机往车间抬时看见甸珍走进自家院门的。他在一愣之后立刻猜测专员夫人来尚家的目的:是来要绸缎的吧?自古以来当官的夫人就爱穿免费绸缎,看来她也如此。也罢,就送她两匹,看在承银扶持我尚吉利发展的份上,我白送给你!

他把甸珍迎进屋里,刚要开口问她愿要哪种花色的绸缎,不防对方先已说道:"尚老板,我今儿来是想以妇联主任的身份和你谈一个问题!"

"哦?"达志一愣:谈问题?

"我们听说你的孙子尚昌盛在和灯市街的宋小瑾谈恋爱,并有结婚的打算,而你不太同意,想要拆散他们?"

阴云从达志的眉梢涌起并渐渐向整个面孔蔓延:你男人的官再大,也不能来管我的家务事呀!我要找什么样的孙媳妇用得着你来插嘴?"是有这么回事,那姑娘不太适宜做我们尚家的媳妇!"

"适不适宜不应该由你来决定,该由昌盛和小瑾决定,只要他俩相爱,别人就无权拆散他们!"

"我是尚昌盛的爷爷!"他加重了语气,同时把目光直盯住甸珍那一身中山服,"历朝历代,当爷爷的都可以——"

"但是今天不行!即使你是昌盛的爹爹你也不能干预!"甸珍盯视着自己的婆婆想要再嫁的这个老人,她想看出他身上的什么东西吸引了自己的婆婆。

"如果我要坚持呢?"达志来了气。

"我们会依法对你处置!"甸珍的眼睛里出现了一层冷厉,"也

237

会依法保护他们!"

一股凉气在喉头那儿盘旋不去。甸珍的强硬令达志再一次意识到了她的身份:专员夫人兼妇联会主任。忍,这是父亲的遗嘱。不能顶撞她,弄不好会把事情办糟,也许她会支持昌盛从家里搬出去,万不可把事情弄大!

"想要我同意这门亲事,宋小瑾姑娘必须答应我三个条件!"

"你说说看!"甸珍看明白了,这个人的身上有一种办什么事不达目的不罢休的执拗。

"第一,要喜欢丝织这个行当,日后进门就要用心学习织绸织缎并当一名好织工;第二,要守尚家的俭朴之规,不要整日穿得花花绿绿只知买零嘴吃;第三,要稳重,不能整日嗑着葵花籽嘻嘻哈哈,不像过日子的人!"

"这三条嘛,也都还在理,我想宋小瑾是会答应的。"甸珍缓和了语气。

"口头答应了不行,得让她给我写个字据!"达志又提出了要求。倘若那姑娘真能答应这三条并立下了字据,就让她来吧!那姑娘的模样不错,只要下劲让她改掉身上的毛病,也许会是一个好孙媳妇的! 昌盛,你个小东西,你竟敢让她跑到妇联会去找专员夫人,把我们家的事捅到官府里去?!……

三天后的傍晚时分,昌盛迟迟疑疑犹犹豫豫地走到达志面前,把一个纸片塞到了爷爷手里。达志就着暮色看见,纸片上是两行单薄的小字:爷爷,我会当一个好织工,会守俭朴家规,也不再嗑葵花籽了。小瑾。

"唉,就这样吧。"达志叹口气,"过几天先摆一桌定亲酒,过门的事晚点再同她父母商议。"

"谢谢爷爷。"昌盛高兴地鞠了一躬,转身就往车间里跑了。

你娃子高兴吧! 倘若这小瑾改不掉身上的毛病,只是因为看上了咱尚家这份家业才屈从这三个条件,日后有你流的眼泪哩!……

2

必须尽快嫁个男人!

当栗丽第一次挑上粪担向留给她种的那一亩坡地摇晃着走去时,她便意识到了这个问题。农活的繁重和苦累使她这个从未接触过农活的人是那样吃惊;她一下子就明白了她过去对农民辛苦的理解是多么肤浅和笼统;也几乎立刻就懂得了为什么历史上历次对官府的反抗都起自农民——他们是活得最苦最累的一部分人。

但嫁给谁?

栗丽在划成分时被定为地主——其父当年在落霞村的确买有七十来亩土地。一个年轻的女地主可以嫁给一个什么样的男人?

他必须是一个有力气的人;也必须是一个贫农;还必须是一个会干庄稼活的农民。只有找这样一个男人我才能在落霞村生活下去!栗丽自己定下了这三条标准,根本没有去想英俊、文雅、富裕、有知识这些通常的条件。这当然不能不让她觉到了痛苦。常常在半夜梦醒之后,她会把一长串的问号拉到自己的床前:假若你当初随父亲的部队南撤去了台湾,你如今的生活会是什么样?会和那个当团长的男人离了婚?会在一个师范院校里谋得一个教书的职位?会找到一个中年教授作丈夫?会住上一套有客厅、餐厅和洗澡间的房屋?会继续用上一老一少两个女仆?会在星期天去愉快地度假?⋯⋯但几乎每当这些问号在她床前推挤时,她都会摇摇头再把它们一一赶走。不必再去想象了,你既然自己选择了现在这种生活,就应该有勇气面对它!你曾经在和父亲分别时说过,你不会后悔!

你不该后悔!

你不能后悔!

人不论在什么条件下都应该有能力活下去!

就按照这三条标准找一个丈夫吧。别把找丈夫这件事想得多么神圣,你不是已经有过一个丈夫了吗?丈夫说到底只是一个过日子的伴侣!……

划定了选择范围之后栗丽开始用自己的眼睛去找。这是一场不带任何感情成分的挑拣,没有激动自然也没有高兴,只有一种尽早寻到目标的迫切。种地是一桩我太难胜任的工作,我必须找到一个帮手!

她最后把目光停在了一个叫曹冬至的三十多岁的孤身男人腿上——那是一双真正的农民的腿,沾满了泥土且又粗又壮又长满了长长的汗毛。他符合那三条标准,但她却不敢让自己的眼睛在冬至的脸上停留,那是一张太让女人尤其是栗丽这样的女人失望的脸,不过栗丽早已过了以貌取人的年纪,她在心里说服自己压下对那张脸的厌恶。冬至,我就要你了!我想让你来帮助我自食其力!

决定要找冬至之后栗丽便开始对他施放表示亲昵的信号:冬至哥,麻烦你帮我挑担水来!冬至听见立刻上前拿过了水桶。三十三岁的冬至像村中所有非栗姓的男人一样,早把色迷迷的目光盯在了年轻漂亮的栗丽身上。只是碍于她是栗姓的姑娘,怕栗姓人着恼而未敢动手。他平日能做的只是晚饭后装作闲逛和另外几个男人一起磨蹭到栗丽门前,找点借口同栗丽说上一句两句话。如今见栗丽主动开口要他帮忙,高兴得那两只不大的眼睛里溢满了光彩。

事情最后决定在一个飘着细雨的晚上。那天晚饭后冬至不辞辛劳地披着蓑衣来问栗丽要不要挑水，栗丽点头说好。冬至挑一担水进屋之后，栗丽说：麻烦你再帮我烧一锅开水！冬至急忙答应着蹲在锅灶前点火。开水烧好之后，栗丽指着门后的一个木盆说：把开水舀进去，再兑点凉水！冬至以为栗丽要洗衣服，忙又快活地一一照办。水兑好之后，栗丽上前插死了屋门，转身对冬至说：把你身上的衣服脱了！冬至先是一愣，随即脸就在油灯下涨成了一片血红："我……我……"

　　"不愿脱了你就出去！"栗丽断然地朝门一指。冬至慌得急忙低头讷讷着："我……脱……"冬至不知所以慌乱无比地扯下自己的衣服，尔后羞得捂住裆部垂首立在那里打着哆嗦。"坐在水盆里洗净你的身子！"栗丽边说边朝冬至扔过一块手巾外加一个砸碎了的皂荚。冬至这时已感觉到事情正在向美妙处发展，急忙坐进木盆洗了起来。待他洗好擦净身子抬头看时，栗丽已脱得一丝不挂地仰躺在了床上。他高兴得疯了一样地往床前跑，离床还有一步时却又吓得赫然站住——栗丽手里竟拿着一把明晃晃的菜刀！

　　"看见了吧，不要慌！"栗丽侧身用一个手指平静地拭着那个雪亮的刀刃，"要想上我的床得答应我三条，不的话这会儿就赶紧再穿上衣服出门！"

　　"啥？"冬至听见自己的声音有些发颤。

　　"第一条，从今以后不赌博、不喝酒、不嫖不缠别的女人；第二条，凡是我不愿做的事，不能强求我；第三条，每天晚上睡前洗脸洗脚，用盐水漱口！"

　　"行，都行！"冬至一听是这些并不可怕的条件，急忙连连点头。

　　"如果过后有一条你没有照着做，我可决不会客气！"栗丽最后抹了一下那锋利的刀刃，当啷一声把菜刀放到了床头桌上，这才对冬至招手："上来吧。"

　　冬至小心翼翼地向床边挪步，战战兢兢地爬上了床，但面对着

241

栗丽那雪白的身子，却犹豫着没敢做任何动作，只拿眼睛怯怯地盯着栗丽的脸。

"愣着干啥？想咋做你就咋做吧！"栗丽闭上了眼睛。

冬至先是害怕地看了一眼床头桌上的那把菜刀，之后才像去逮一只正在打盹但随时可能惊跳开来的羊一样，屏住呼吸极慢极慢小小心心地伸出手，猛地抓住了那两条丰腴暄白的大腿……

办了结婚手续之后，冬至就正式搬过来住下。至此，栗丽感觉到自己又有个家了。自从一个南逃湖南又返回南阳的人带回母亲紫燕途中得病死去，那个团长丈夫已不知去向之后，再建一个新家的愿望就在栗丽心中生出了。如今，这个愿望总算得以实现。尽管这个家并不是希望中的那个家，但总是一个家了。

栗丽看人挺准。冬至是一个勤快的农人，地里的庄稼让他收拾得有模有样；家里的大部分活路也都让他包揽了过去。栗丽尽力帮助冬至做活，努力让自己适应这种新的日子。在地里，冬至下种时，她总要上前相帮着牵牛；冬至锄草时，她总是把锄掉的草拣拾到一起；冬至割麦时，她便学着捆麦。在家里，她用自己的一双巧手，把冬至的衣服改缝得有模有样，让他穿起来精精神神；她在土墙上细心地糊上了能搜罗到的白纸和报纸，每天打扫房间，把屋子收拾得清清爽爽；她变着法儿把那些粗粮做成可口的饭食，让冬至吃得十分满意。她有时候当然会把今天的生活和过去在栗府过的舒服日子相对照，会忆起旧日的种种奢华。不过每次她都能很快终止那种对照掐断那种回忆。她知道生活既然已经转了弯，就得按转变以后的道路走，对照和回忆除了增加不快和烦恼之外没有任何好处。她决心让自己在落霞村心境平静地活下去，人怎样活还不就是几十年时间？再说，在过去那种衣食充足房屋宽敞的日子里自己就没有痛苦？和那个团长结婚后不是照样每天都有气恼？

和冬至生活得时间久了,她感觉到自己心里也对他生出了一点满意。这点满意除了来自他干活勤快庄稼作务得好和知道心疼体贴人之外,还来自他夜里在床上的表现。每天夜里上床之后,只要栗丽没有什么明显的表示,他是根本不敢碰一碰栗丽的。而一旦哪天栗丽表示了允许,他便像下地干活一样,用尽全身的力气全心全意地去做那事。他虽然不识字,但做起那事来也很有些办法,重要的是有力气,有时也能把原本漠然对之的栗丽送往一个极乐的境地,让她忍不住快活地呻唤几声。栗丽有时也不满意自己的这种表现:你怎么会在一个不识字的男人面前也显出了一份贱相?不过她还是常常没法控制自己,肉体真是一个粗俗的东西!

正因为有过这些还算欢乐的夜晚,所以后来当栗丽发现自己的月信没有照常来时也就没有觉着意外。她平静而淡漠地注意着自己身体的变化。要来的你就来吧!既然要过这种生活就该接受这种生活赋予的一切。孩子在她肚里逐渐长大时她心里没有一般孕妇所有的那种欣喜——为一个不识字的长相也说不上像样的农民生个孩子有什么值得夸耀的?这个孩子要是蔡承银的那该多好?!不过,当那个胖胖的男孩被接生婆放进她的怀里、当那个小嘴嚆住她的奶头之后,她还是感觉到有一股欣喜像泉水一样从心底不停地涌了上来。呵,我的孩子!我有了你,尽管你本来应该是另外一个模样,你的爹不该是今天这个爹,可我还是喜欢你!……

对儿子的爱和哺育使栗丽变得更加忙碌,与此同时,她也开始了由一个城市知识妇女向农村妇女的快速转变。渐渐地,她也学会了一边抱着孩子一边拿着勺子搅动锅里的稀饭;也学会了敢于当众掀开衣服把奶头塞进儿子嘴里;学会了左手抱着孩子右手拉着羊进圈……

让给在战犯管理所的父亲写信的通知是在一个晚霞升起的时辰送到栗丽手上的。其时,栗丽正在自家门前的菜园里一手抱着儿子一手拔着萝卜,每拔一个萝卜她都要扭脸亲一下儿子的脸蛋:

又一个!我的小乖乖!又一个,我的小宝宝!又一个,我的小星星!……儿子被她的亲吻和叫声弄得咯咯咯直笑,就在这咯咯的笑声中栗丽听见篱笆外村长在喊:"冬至家的,有你的信!"

  给父亲的信是在夜里冬至和儿子睡熟之后开始写的。已经很长时间没有摸笔了,栗丽攥着笔在灯下坐了许久还没有写出一句话。写什么呢?爹,你好吗?承认吧,你没有把南阳治好!不要因为把权丢了而长久后悔,要看开些!你已经七十多岁了,来日无多,何必再计较胜败得失?一个人死了之后,什么东西属于他?!……父亲愿听这些话吗?爹,我已经成了家,并且有了一个男孩叫曹宁安,我的日子过得还好……就写这些吧!……

3

太阳在北京战犯管理所的高墙外缓缓西沉。远处德胜门楼顶脊上的阳光依旧鲜亮无比,不过在这院内,已有一股凉爽之气在四散游动,让人感到了一些舒畅。又一个白天就要过去!

栗温保的目光在这所名叫功德林的监狱内无目的地游动着。这座清末改建的日本模样的新式监狱,并未全然脱去它当初的庙宇原状,一些监房还能让人猜出它当初在庙宇内的身份和用处。一切都在变化,不变的只是这永恒的天空。

来到这里已经多少天了?栗温保摇摇头,不想让自己沿着这个思路想下去。管他多少天哩,如今计算时间还有什么用处?平生没有进过北京,没想到竟在北京的监狱里住了下来。北京的夕阳曾让多少个帝王看过,现在轮到我来看了!

读报纸的声音在耳畔越来越小,砖砌的高墙渐渐被栗温保的目光穿破。他又看见了南阳城,看见了卧龙岗,看见了落霞村。他看见年轻的栗温保拿着祖传的那杆猎枪,走上了铺着一层白雪的岗坡。猎枪托上的那绺红缨在白色的雪地里火一样地飘动。他瞪大两眼机警地顺着地垅搜索,看到了,那两只毛色浅灰的兔子正在地垅里嬉戏。他慢慢地托起猎枪瞄准过去,一定是轻风把"此地危险"的信息带给了兔子,只见它们先是停止嬉戏猛然伏地,尔后倏地腾起,箭一般离开了嬉戏地。但也就在这一瞬间,啪——!枪声响了!他看得非常清楚,两只灰兔都是先向空中一跃,跟着便向地上栽去。"打住了——"他呼一下快活地站起身来。

"打住什么了?"正在身后听读报纸的狱友们一齐惊诧地问。

"没、没什么。"栗温保慌乱非常地又坐了下去。要是一直在落霞村打兔子那该多好,那样子打到今天,会打得多少兔子?都是因为肖四,要是没有肖四鼓动抢劫盛家,我今天还会手握猎枪自由自在地走在卧龙岗西那广袤的田野里……

"栗温保——你的信!"

噢,我的信?!谁写的?栗丽!呵,我的女儿,你还惦记着你的父亲!你已经又结了婚,已经有了孩子!这么说,我也有了外孙了?!栗丽,父亲为你高兴!是的,为你高兴!你的妈妈如今在哪里?你的哥哥秉正和你大妈草绒如今又在哪里?你信上为什么不说明?我想你们,我真想你们!我多想抱一抱外孙,我多想教给他打兔子,教给他怎样平端起猎枪,教给他瞄准兔子的什么部位,教给他怎样屏住呼吸扣扳机,就这样扣,啪!……

太阳落下去了,现在看见的只有西天的晚霞。德胜门楼顶脊上这会儿已经涂满了血红的颜色,几只宿鸟在红色里像飞机一样盘旋,那些宿鸟是不是当年光绪皇帝看见的那些鸟的玄孙?……

参观紫禁城是给战犯们特意安排的一项活动。栗温保在那个天空湛蓝的头晌随狱友们走进威严的太和门时,心里满是激动。我做了多少年的皇帝梦,今日才得走进真正的皇宫。这就是金銮殿了,多么威武的地方。身为男人要真能在这个殿上坐几年那才叫真正的没有白活!可惜我当年兵马太少了,要不然我也会横扫八方统一中国,我才不管你国民党、共产党,我要在这个殿上坐下来。那时候会是什么样子?大臣们分列两边朝我跪下三呼万岁?嫔妃们华衣美服环围身边?我发一道圣旨普天下都会照办?唉,假若我起事再早几年,身边再有几个好军师,也许真有那么一天!薛小亚,你现在到了哪里?我如今虽然上了金銮殿,却依然无权封你做贵妃,遗憾呐……

"老栗,跟上队伍!"负责带队的狱友打断了他的遐想。

"请问,我可不可以在御座上稍坐一霎?"他带了笑意问在殿内照管的工作人员。

"一般是不允许的,因为怕损坏文物。"

"我就坐一霎,半分钟!"

"好吧,既然你坚持。只是小心不要碰了其他东西。"

栗温保在狱友们的笑声中走到了御座前轻轻坐下。呵,我总算坐上了皇位。在那一霎,他恍然看见了南阳城,看见了落霞村。从一个农民到一个皇帝,中间隔了太多的台阶呀,我仅仅爬了一半台阶就老了!天下有多少男人都想望着这个位子,这个位子的好处究竟有哪些?大权握于一手号令天下?全中国的所有东西都是我的?吃喝玩乐随心所欲再不用操心有人制约?倘若真的允许我在这个位子上坐下来我将发布什么圣旨?第一个圣旨是把天下所有好吃好玩的东西都送一些来?第二道圣旨是在全国选三十名美女?三十名?比薛小亚还要漂亮的……

狱友们都在笑嘻嘻地看着他,大家都以为他是在寻乐子。没有一个人看透我的内心,没有一个人知道我对这个位子曾经怎么迫切地想望过。完了,我再没有真坐上这个位子的可能了,一切都是玩笑,都是玩笑了……

不过也不必太遗憾,就是真登上皇位做了皇帝,一百年之后你还不是依旧要变成灰?这紫禁城建成五百六十多年中历经二十四个皇帝,如今他们在哪里?不都变成土了?那么多貌如天仙的嫔妃如今又在哪里?不都已成了枯骨一堆?看开吧,一切都是过眼烟云,一切都是人的,一切又都不是人的……

那天参观结束后开始讨论时,狱友们都在感叹故宫建筑的豪华壮丽,感叹当年和平解放北平使故宫得以完整保存下来是一件功德无量的事情。唯有栗温保还在回忆坐上那金漆雕龙的御座时的感觉。那座位是一种权力的象征,权呐,人间最宝贵的东西说到底是一个权字。有了权就有了一切,无了权也就没有一切。我如今无了权,所以什么也就没有了,只能在这监狱里坐着……

4

  大团的喜气在五月里那个温暖的上午涌进早先的栗府如今的专员宿舍院里。刚刚改任工业局长的蔡承达,和转业后担任文教卫生委员会科长的文琳今天举行婚礼。婚礼是新式的,先由承达和另外两位年轻小伙各骑一辆挂了红花的自行车去把文琳和她的黄军被驮来;之后在早先是栗温保如今是承银的客厅里举行了一个很短的仪式;接下来年轻人们便在院中的草坪上跳起了手拉手的转圈舞。跳舞的音乐是从一个破旧的留声机里发出来的,云纬认出它是当年栗温保摆在客厅里的那个唱歌的东西。
  当舞曲掺着喜气在大院里飘动之后,云纬急步走到了大门外,开始用期盼的目光去望通向世景街的十字路口。
  达志,你怎么还不来?这可是你儿子的婚礼!有了这个婚礼,你们尚家就会有新的后代。眼下承达虽然还姓蔡,可他早晚是会改过来的。要不了几年,你就会又添孙子孙女了……
  ——盛大娘好!——
  ——恭喜呀,盛大嫂——
  ——盛大姐闲时去俺家坐呀——
  街上人们的招呼声此伏彼起,云纬只得不停地点头应酬。云纬如今最明显的感觉是,不论到哪条街上都有人亲热地问候你。她知道这是因为两个儿子当了官的缘故,一旦儿子们不当官了,那些亲热都会离你而去。对我永远亲热的只有达志,达志,你怎么还不来？别是没有接到请柬吧？一想到请柬,她的心又一沉。昨天,为要不要给达志发请柬,云纬差点和承达吵了一场。——爹那里就算了吧,明天婚礼上来的都是我们的战友,他一个开工厂的来干啥？弄不好会让别人起疑心的！——起疑心了怕啥？他是你的爹呀！你的婚礼难道连你爹也不让参加吗？你是从树杈上蹦下来的？——妈,你不懂,我们很快就要对他所从事的资本主义工商业进行改造了,婚礼上邀请他来,过后说不定会让别人议论我阶级阵线不清立场不稳——说那放屁,我不管你什么改造不改造,我只知道他是你爹,你的婚礼必须叫他来参加——好吧,但在婚礼上不能暴露出他和我的父子关系,今后啥时候公开由我来决定——

来了,你到底来了。达志,你走路真是一副老态了。慢一点,你走慢一点,我看见你被那个小伙撞了个趔趄。人老了走路也要小心呐。

她站在那儿朝他笑了一下,她知道这种地方不用说话,有这一笑就可以了,就什么都有了。

"我来晚了,陕西来了几个绸缎商人,一耽误就到了这时辰。"他在她身后喘吁吁地说着。她没有应声,只是在引他走进婚宴厅里的时候在暗中攥了一下他的手。和他已经很久没有肌肤之亲了。平日她不敢随意去尚吉利走动了,如今她是专员的母亲,走到哪里都招人眼光。

婚宴摆了五桌。云纬把达志安排到了最上首的那张桌上。但她没敢让他和自己一起坐在最上首的位置上。她知道那样就等于把事情公开。她在最上首的位置上落座之后,对达志充满歉意地笑笑。达志,委屈你了！……

喜宴开始之后,承达和文琳一对新人过来敬酒。自然是先敬妈妈,云纬从儿媳手中接过黄酒杯时目光又在达志脸上飞掠了一下:达志,本该先敬你的,我占先了……

承达和文琳敬罢妈妈后开始敬几位领导干部和哥哥、嫂子,轮

· 250 ·

到达志时承达不动声色地向文琳介绍:"这是尚吉利丝织厂的尚老板,今日来谈工作时碰上我们的喜宴,来,我们敬尚老板三杯!"达志有些尴尬地接过酒杯,说了一句:"恭喜你们!"就把三杯酒喝了。酒喝完放杯时,达志从兜里掏出了一个红纸包,哑了声说:"今天是你们大喜的日子,按咱南阳人的老习惯,我既然来了,总要表示点心意,这点贺礼请收下。"说着就把红纸包塞到了文琳手上。文琳刚要推还,云纬发话了:"文琳,收下吧,这是你尚叔的一片心意,这种场合不作兴推的!"承达和文琳去另一桌敬酒时,云纬不满地盯着儿子的后背:好小子!竟然向你父亲叫尚老板,叫个尚叔就不行了?尚老板是你叫的?……

　　达志那天中午破天荒地喝了许多酒,以致最后腿软得都站不起来了。同桌的人都以为达志这是因为高兴,只有云纬知道他这是在以酒浇闷。酒席结束时达志被搀扶到一间客房歇息,云纬趁人不注意走了进去。她抚着他那被酒烧得发烫的额头,轻轻地叹了口气。她看见有两滴清泪从他的两个眼角溢出来,忙伸手抹去……别伤心,达志,他们早晚会叫你爹的,你是他们的父亲,这一点没人能够改变,一切都要慢慢来。这也怨我,我该早给你俩说明你们的关系,以让你们中间建立感情。我真后悔,我失去了许多原本可以说明的机会。不过不要紧,我早晚会去你的身边,我也早晚会把他们带到你的身边……

5

老天仿佛理解达志的心意,把所有的黑色都集中到了这个夜里,天黑得完全而彻底。就这达志还不放心,又绕着睡屋走了一圈,亲自检查了一遍窗帘是否已拉严实,在确信屋中的灯光和屋中人的举动不会泄露给外人眼睛之后,他才转对儿子点了点头。立世见状立刻从地下挖出那个祖传的钱箱来,把原先放在明处那个钱柜里的二十根金条和一大捆钞票小心地放进了小箱里,之后,又轻轻把钱箱放进土里埋好。待立世把这一切做完之后,达志才舒了一口气,低声叮咛道:"这笔钱暂时先不给昌盛说,你我两个知道就行了;如果我因为得病有要死的迹象,你就要及时给昌盛说明。什么时候都要保证咱家有两个人知道钱的埋处。""明白了。"立世点点头,看见父亲朝他挥了挥手,便轻轻拉门去自己的屋子睡了。

达志吹熄了灯,默默地坐在黑暗中吧嗒着旱烟袋。刚才埋下去的这笔钱差不多是尚吉利织丝厂的全部流动资金。达志所以决定把这笔钱埋藏起来不再让它们参加生产过程,是因为最近"资本家"的称号和"公私合营"的政策相继抵达了尚家大院,达志被这个陌生的称号和这项陌生的政策弄得有些慌了。为什么要和我合营?我不是经营得好好的吗?我不是每月都给国家缴税吗?既然已经决定要合营,那我尚家就没必要再出流动资金了。我要把这些钱存起来以备万一。流动资金该你们拿了,因为全部的固定资产都是我的……

达志深深地吸了一口,把满嘴辛辣的烟雾朝黑暗中徐徐吐去。我想不通,为什么要想出公私合营这个政策呢？前天,他曾为这事专门去卓远处询问。未料卓远哥也说不清楚。卓远只说:这可能是国家实现工业化的一个步骤,能够预见到的好处大概是,因为国家参与经营,会有力量更快地扩大生产规模。可是不搞公私合营我尚达志也在不断地扩大生产规模呀！

　　眼下唯一使达志感到安慰的是,和他谈判公私合营以及具体安排公私合营的国家代表是承达,而承达是他的儿子。你尽管代表的是国家,可你毕竟还是我的儿子。尚吉利毕竟还没有落到外人手里……

　　咕咕咕。一阵宿鸟的含混叫声飘进屋里。三更天了吧？达志起身,去床头摸出了手电筒向门外走去。——每天夜里,只要半夜睡醒过来,他总要再起床去厂子里巡视一遍。

　　这两天因为生丝没有跟上,厂里的夜班生产已经停止,厂区很静。达志在黑暗中沿着熟悉的道路往前巡视,经过织造车间时,忽然听见前边的墙角处传来一阵响动,达志一惊:莫不是有贼？他慌忙按亮了电筒。看清了,是昌盛和那个叫小瑾的姑娘,两个人正抱在一起。一瞥见昌盛的手还塞在那姑娘的衣服里,达志就紧忙熄灭了电筒。唉,这个不知道操心的孙子,一点也看不出尚家目前遇到了多么令人焦心的问题,还在和女人幽会取乐哩！也罢,年轻人嘛,随他去吧,反正他们已经订了婚……

　　尚吉利织丝厂的招牌被换上了一块红漆的"国营尚吉利织丝厂"的厂牌。换牌的那天,达志盯着新挂的木牌久久没有离去。完了,尚家多年经营的丝织业没有了,尚家自己的厂子消失了,尚家人长久的奋斗也要结束了……

　　对把尚吉利收归国有的事,尚达志自然很难想通。为此,他曾去找了专员蔡承银恳求,拉上云纬去找承达要求,让卓远哥出面代他向政府请求,期望能把尚吉利做个例外。不料,得到的回答却是:这是快速发展工业的必经之路和必需步骤,你应该拥护。于是他便只好按照要求把经营权交出,看着新任命的厂长上任,看着这个崭新的厂牌挂出。

如今达志可是一身轻了。再不用去操心厂里的织工招聘,再不用去筹划原料的采购;再不用去琢磨织造水平的提高;再不用去设想产品的销售方案;再不用去安排财务收支的平衡……如今要做的,只是每月去结清一次国家付给尚家的利息……

"达志,还在难受?"

达志扭头,看见是卓远哥拄一根拐杖过来,忙迎了过去:"我真担心他们把厂子经营砸了。"

"看看再说吧,也许,这样办能够快点把工业搞上去。一个国家的国力强弱,主要体现在工业发展水平上。只要是为民族为国家强盛着想的事,即便是一种摸索和实验,我们也该接受。当然,我也有点担心,这样做切断了创造力和自我利益之间密切结合的渠道,长远下去会不会始终保持发展的活力。我们都没有经见过这种事情,就仔细地观察一段时间吧。我理解你的心情,达志……"

"好吧……"

于是接下来,达志便开始默默观察厂子的变化。应该承认,厂子的变化是快速的。到底国家比个人财力雄厚,一次就从上海运进了五十台电动织机;到底国家说话比个人有力,一道命令就迁走了厂子附近的许多住户,使厂区扩展了几倍,新厂房也很快建了起来;到底国家说话比个人算数,一个指示就把生丝生产基地建立了起来。达志看见这种变化自然高兴。毕竟,这个家底是他创立起来的,这个厂子还叫尚吉利,他从内心里希望厂子能够尽快地发达。如今,这个厂子的所有绸缎产品,织上的厂记仍是:尚吉利。假若这个厂子织出的绸缎在世界上称王称霸,那也就算遂了俺尚家的心愿。列祖列宗,你们说是吗?……

深冬的一个无风的傍晚,达志漫步到印染车间,忽然看见两个印染工人因为打闹把小半桶染料撞翻到了地上,心疼使得达志一时忘记了自己不再是尚吉利的主人,立时怒声对两个工人斥责:"怎么如此不负责任?染料不是钱买来的?咋能在车间打闹?"那两个工人先是被训得一愣,随即就又讥讽地笑了:"哟,听这口气,我们以为是厂长哩,原来是资本家呀!怎么,你还想像过去那样训我们工人?告诉你,如今我们可是国家的主人,你他妈的给我老实点,少在我们面前耍威风!……"

这阵顶撞把尚达志顶呆在了那里,他只觉得一股怒气从小腹那儿快速升起向喉咙冲来,他刚想张口喊出一句什么,不防眼前一黑便向地上栽去……

达志从昏迷中醒过来已近黎明。一直守在床前的立世、尤芽和昌盛看见他睁开眼后才把憋在胸中的紧张呼了出来。"爹,以后厂里的事你就不要管了,免得找气生。""为啥不管?"达志的眼睛又倏然瞪大,"厂子搞不好,国家受损失,我们过去创立的那点家底不也就完了?你们两个给我记住,一定要协助厂长他们把厂子管好!立世你不是在生产科吗?生产上的事你就要比厂长还要多操心!昌盛你不是在动力车间吗?你还要像过去一样给我用心经管!如今,我们尚家先辈人的心愿只有依靠这个厂去完成了!一旦这个厂子搞好,有朝一日织出了'霸王绸',那既是国家的荣耀,也是咱尚家的荣耀,列祖列宗都会知道!明白么?……"

预先择定的昌盛和小瑾的喜日在日历的翻动中越来越近。临近喜日前七天的那个早晨,达志叫住立世说:你去多写一些喜帖,把昌盛要结婚的事告诉所有的亲戚朋友;再多买一点肉、菜、烟、酒,咱们这回把婚礼办得热闹一些,让亲友们都来聚聚,也快活快活。立世点头应声"行",就去办了。

昌盛一边在厂里上班,一边抓紧休息时间收拾洞房。他用爷爷给的钱给自己和小瑾各买了一身衣服,买了镜子、梳子、尿罐等日常生活用品;又在尤婶的帮助下弄好了被子、褥子、枕头、单子等床上用物;还去请东院雅娴奶奶给画了一幅并蒂荷花挂在了洞房墙上。

婚礼到来的前一天各项准备就已就绪。请来的厨师甚至已经开始濯菜剁肉,谁也没想到事情就在这时生了变化——小瑾家突然差人抱来了过去尚家送去的全部礼物,包括昌盛悄悄送给小瑾的绸缎衣料。并转达说宋家已不愿把女儿嫁过来了。达志惊问缘由,那人吭哧半天才说道:他们是害怕资本家这个成分日后会带来麻烦……

达志被惊坐在椅子上许久不能动弹。这一下我尚家可要大丢人了,所有的亲戚朋友都知道我尚家连孙子媳妇也娶不来了!为什么要叫我"资本家"呢?资本家的成分就那样怕人?……

昌盛是正在往洞房窗户上贴"囍"字时听说这个变故的,他立时手攥着半个"囍"字往宋家跑去。一个小时之后他红着眼回来对爷爷说:"小瑾的爹娘坚决不同意这门婚事,也不让我见小瑾,罢了,通知发过喜帖的亲友们,明日的婚礼不办了……"

尚家的三个男人和尤芽那天三更过后还都没有上床睡觉,四口人都在自己的睡屋里对灯枯坐。最后是达志最先站起,先去立世和尤芽的房里把灯吹了,又去昌盛的房里把灯扇灭。"睡吧,昌盛,爷爷以后再给你娶一个女人。不要抱怨宋家,要怨你就怨你爷爷是个资本家吧。水往低处流,人往高处站,咱们既然如今落到了低处,就该允许人家挑拣挑拣……"

第二天早上,仿佛是为了要证明尚家人能挺住这场婚变,尚家的三个男人都早早地起了床。昌盛仍按惯例一起床就拿了丝织的书去桑园晨读,立世则照常规去挑水帮助尤芽做饭,达志还照习惯去厂区里转悠。

尤芽把早饭在饭桌上摆好,三个男人都像往常那样围桌而坐吃起来。但这顿饭吃得是如此艰难,许久许久每个人面前的饭碗还是满的。没有一个人说话,厂区里上班工人的说笑声更衬出了尚家屋里这种静寂的沉重。后来他们听到院门被人推开,听见了一个人的脚步声向门口响来,三个男人都无心抬头去看,直到尤芽低叫了一声:"呵!"三个人才抬起了头,才一齐把眼睛瞪大了——

是小瑾站在门口。她的双眼红肿,眼角上的泪痕清晰可辨,头发蓬乱,左颊上还印着一个鲜红的巴掌印。

昌盛最先从饭桌前站起,但他忘记把筷子从口中拿掉了。

"昌盛,在哪个屋里拜堂?"小瑾的声音类乎平静,但谁都能听出那其中的每个字都在打颤。

"小瑾!"昌盛扔下筷子扑了过去。

"我答应过今天过门,我按时来了!"小瑾面孔肃穆地对昌盛说,之后转对达志、立世和尤芽:"爷爷、爹、尤婶,我和昌盛就在这里拜你们了。"说罢,便朝三个人各各鞠躬,昌盛见状,就也急忙照样做了。

"孩子……"达志声音哆嗦着喊了一句,他这声喊还没落地,小瑾就扑到昌盛怀里哭起来了。

昌盛是在小瑾的哭声中把她抱进只贴了半个"囍"字的洞房里的……

6

云纬静静地坐在温煦的阳光里。两个儿子和两个儿媳都出门开会了,保姆抱着孙女上街去玩,公务员去买菜了。偌大的院子里只有几只蝴蝶和几只鸡在那里晃来晃去。云纬先是坐在那儿打了一会盹,随后便把目光盯住了那些蝴蝶和鸡。一种莫名的烦躁突然涌来,使得她猛地起身挥动手边的小竹竿,把面前的蝴蝶和鸡都赶跑了。

滚吧,你们这些让我烦心的东西!

如今,一种无需操持什么的悠闲生活又来到了云纬身边。家里家外的事,都由儿子、儿媳们去安排;做饭、洗碗、抱孩子有保姆;挑水、扫地、买菜有公务员。她只需吃饭、睡觉、闲坐。按说她该感到满足和快活,可她却不知怎么回事动不动就想发火。

她走出大门,并无目的地向街上走去。她散漫地看着两边的街景,走走停停停停走走。直到她看见那个"国营尚吉利织丝厂"的木牌时她才意识到,她的内心深处是想要来看看达志。听说你为厂子收归国有哭了几次,可别哭坏了身子!人们传着你的孙子已娶了媳妇,孙子媳妇待你可好?如今不必为尚吉利操劳之后,你每日都干些什么?……

她在不知不觉中走进了尚家院子。如今的尚家院子和尚吉利织丝厂已用砖墙隔开,只有织机的响声还在朝院里涌来。

"你找谁,老奶奶?"一声招呼猛地在耳畔响起,云纬扭脸时才看见一个年轻的媳妇站在灶屋门口。

"噢,我不找谁,我是想来织丝厂看看,没想到这院子和厂子已经隔开了。"她应着,目光却在飞快地打量这个少妇。你大概就是达志的孙子媳妇了。嗯,模样儿长得不错;两眼挺有神的;屁股也大,日后养几个孩子不会费事儿。——"老奶奶,进屋坐会儿吧!"——"不了,你爷爷干啥了?"——"去厂子里了,如今他每天都还在厂子里转。"——

唉,你还到厂子里去干啥?人家已有了新厂长。当然,我理解你的心情,只有我才理解你的心情。不过你还是要看开些想开些,如今不是承达在管着工业局管着这厂子嘛,你应该放心,这不等于和你在管着一样吗?……

云纬走出尚家大院时太阳已经移至头顶,她想她该回家了,要不然媳妇们又该在院子里四处喊她吃饭,她根本没想到会在这儿碰见儿子承达。当她看见儿子时儿子已走到了她的身边。"妈,你怎么在这儿?"——"我……出来随便走走——"她觉出自己的脸忽然有些红了。——"在咱家的大院里怎么走不行,干吗要来这儿?"——她听出儿子的语音里有了抱怨,于是吃惊地盯住承达的眼睛:"我愿到哪里走就到哪里,这还要你管?!"她来了气,她为儿子这种说话的声调生气。——"妈,我是说影响,你到尚家院里一走,不定会造成什么影响哩!"——"啥影响?你给我说清啥影响?……"

母子俩的争论一直持续到回了家。儿子的抱怨点燃了云纬心中那股无名之火:"老子去看看你爹会造成什么影响?你说会造成什么影响?告诉你,老子决定了,最近就搬过去,和你爹结婚!"话出口之后,她自己也吃了一惊:我怎么一下子说出了这话?

"那根本不行!"承达涨红了脸断然地说完这句,扭头就走。这句话彻底激怒了云纬,只见她霍一下站起来叫:"啥叫根本不行?你敢在老子面前说这话了?老子还用不着你来教训!明给你说,

259

我明儿个就搬过去!"……

当天晚上,整日在外忙工作的承银带着甸珍走进了母亲的睡屋。云纬知道他俩的来意,冷着脸未加理会,只低着头往包袱里放自己的用物。——"妈,你该安心在这儿度过幸福的晚年。"承银先开口。——"再说,你已经这样大年纪了,要是——"甸珍的话未说完,云纬扔下了手中的东西,怒冲冲地扭了脸问:"要是什么?年纪大了怎么着?就不兴找个伴过日子了?这是哪一家的王法?你们当初怎么给我说的?是不是嫌你们的妈这样做给你们丢人了?嫌丢人了就给我滚远点,老子不沾你们!"……承银和甸珍被骂走之后,云纬一直收拾着自己的东西。她那晚上差不多没有阖眼。天一亮老子就走,从此再不回这个院子!达志,这一次我可是什么也不管了!

那是个鸡鸣热烈的早晨,当横下心的云纬挎好包袱在鸡叫声里拉开门时吃了一惊:承达跪在门槛外边,门槛上放着他的手枪。——"妈,你要是一定要去,你就先把我打死!"——"你个狗东西,你敢来吓我!"——"不是吓你,妈妈,你知道他已经被划为了资本家,我虽然承认他是我父亲,但我和他并不从属于一个阶级。我们已经在经济上剥夺了他,那他在政治态度上势必和我们势不两立。我们当然要对他保持阶级的警惕。如果你在这个时候去和他生活在一起,人们很有理由把我和文琳,把哥哥和甸珍嫂子划到他那个阶级一边。我们将因和资本家有牵连而被免去现在的职务。受此连累的将不仅是你的儿子和儿媳,还有你的孙辈们,他们将因有一个资本家爷爷而永远抬不起头。文琳昨晚已经表态,如果你真的去和他生活在一起,她就不得不和我离婚。妈妈,你想想吧,你忍心看着我们分开吗?……"

包袱从云纬的肩膀上一点一点往下滑,终至于扑嗒一声落到了地上。生性倔犟的她不怕儿子们来硬的,却怕这种哭求。承达脸上的泪水一点一点地泡软了云纬原先的决心。我没想到还会有这样的后果,要是因此给儿孙们带来灾难那可是不该。你已经老了,说不定哪一天就会死去,不能在死前再给儿孙们去惹麻烦!达志,那就罢了,咱们此生就这样子算了!也许咱们是真的前世无缘。我不知道"资本家"这个称呼原来还这样厉害,它把我和你隔成了不同的阶级……她极慢极慢地转向儿子,呻吟似的说:"妈依你们,起来吧你……"

7

太阳走进高屏溪洗浴的时候,小纸厂的几个工人便相继回家了。秉正就趁这会儿开始检修那台旧式造纸机,机器检修完,忙又去稻草堆上挑来稻草往池子里放,为第二天的生产做着准备。自从阿倩的父亲去年在检修机器时砸伤了腿,不久因染破伤风去世之后,撑持这个小纸厂的担子自然就落在了他那并不壮实的肩上。每天傍晚,他都是这样一个人做着各种准备工作,以便使工人们第二天早上一上班就可以启动机器。

稻草挑完后,他把被汗水浸湿沾满了稻草叶的衬衣脱下,光着膀子到水管上去洗。滚热的身子乍一溅上凉水,激得他"噢"地叫了一声。"慢着!"他听到低低的一声喝止,随即便感到阿倩那带了硬茧的手抚到了他的肩上:"凉水伤身子,回屋里用温水洗。"

他老实地回到屋里,听任阿倩用浸了温水的手巾擦洗他的身子,疲累的身上立时充满了一种温适的快意。每当他和阿倩在一起时,他都有一种宁静安谧的感觉,他对这个皮肤泛黑的姑娘充满了感激。没有阿倩,我和妈妈说不定还会在台湾岛上流浪,也许要到台南或嘉义讨饭了。谢谢你,阿倩,是你给了我一个温暖的家。谢谢你,上帝,我知道是你把这么好的一个女人送给我了……

刚一吃过晚饭,阿倩就把床铺好催秉正去睡:"忙了一天,快去歇着。"秉正躺在床上却无睡意,睁了眼去看阿倩在灯下缝补他的衣服。灯光静静地映在阿倩的脸上,那几块孕斑在灯光里渐渐地显现出了它们那不规则的轮廓。一种激动就在这种凝视里渐渐从秉正的心底涌起:我就要做父亲了!三个月还是四个月了?会是男是女?生男孩叫什么名字?生女呢?栗家的老祖宗们决不会想到,他们还将在台湾岛上养育后代!上帝,看在我一直虔信你的份上,请保佑阿倩能顺利生产!想到这儿,他禁不住抬起手在胸前划了一个十字。这微小的响动使阿倩停针把目光放了过来。秉正急忙闭了眼睛,他听见她轻步走近床,拿起他的胳膊要往被子里放,便趁势攥紧了她的手。她略略一怔,轻声嗔怪地:"还没睡着?"秉正不吭,只笑着使了劲把阿倩往被窝里拉。阿倩红了脸:"三四个月了,能行?"——"我轻轻地……"阿倩没办法,伸出手指在秉正的额上羞笑着一戳:"你呀,馋!"说罢,就也去脱衣服,不妨这时隔壁突然传来草绒的喊声:"阿倩呀,你过来一下!"阿倩闻声,朝秉正伸了一下舌头,急忙又穿好衣服向外走。

　　静寂的院子里顿时响起了阿倩的脚步声。秉正躺在床上,一边望着那挤在窗口的月光,一边倾听着阿倩的脚步声响进隔壁妈妈的屋里。妈妈有什么要紧事,需要这个时候喊阿倩过去?他侧了耳去听,听到的只是妈妈那压得很低的话音,听不清。是为阿倩她娘的病情?

　　阿倩重回到这边的屋子时脸和脖子都涨得通红。"妈叫你去说啥事?"秉正欠了身急问。阿倩先吹熄了灯,这才摸到床边凑到秉正耳边说:"妈交待我,怀孕三四个月时最忌再做那事,说弄不好就会把孩子流了。妈还特别叮嘱我,说要是秉正耐不住要做那事时,你就打他的嘴巴!"

　　"你胡说!"秉正轻笑着把阿倩抱在了怀里,"不老实交待我就胳肢你!"

　　"前一句是真的,后一句是我加的!"阿倩急忙笑着说明,"妈肯定能听见咱们这边的动静,你小心些,要不她会在这会儿把我叫去交待这事?"

秉正在破窗而入的月光里伸了伸舌头,放轻了动作去帮阿倩脱下衣服……

草绒把阿倩妈搀扶到走廊上,喂她吃了汤药之后,便在她身边坐下,轻轻地为她打起了扇子。草绒对这个年纪比自己还小一些的女人充满了敬意——是她生下了阿倩这个心地良善的女儿,又是她最先支持女儿把秉正选为丈夫。自从阿倩爹不幸病逝阿倩娘伤心过度患病之后,草绒把对亲家的照顾全都承揽了下来,她愿意为她多做点事情。

太阳虽然从北大武山顶爬起不久,但热力却已经发散了出来。草绒一边打扇,一边用毛巾去擦阿倩妈脸上那细碎的汗珠。几个月的卧床使阿倩妈的脸显得那样苍白。一个男人的去世值得他的妻子如此伤心,那男人一定有许多优秀的品质。倘是栗温保死了,我也会这样伤心吗?我恐怕很难做到这一点。栗温保,你现在在哪里?我一直在暗中留意台湾报纸上有没有你的消息,可一点也没有。你是留在了大陆?还是死在了来台的海上?你知道女儿枝子的下落吗?她是不是真死在了黄埔港?你还像过去那样生活?身边还是有好多女人?我现在可以告诉你的是,我的儿子成家了!而且不久,我可能就有了孙子或孙女。我们在台湾生活得还行。媳妇是一个很好的姑娘。我喜欢我们这个家,也喜欢内埔这个地方。当然,有时候我也想南阳,想落霞村,想落霞村里那个被我们放弃的家……

——刘师傅,快点——

阿倩的喊声把草绒的遐想打断了。她转而望着正在机器前忙活的儿子。不论什么时候,她只要一看见儿子心里就感到一种有依靠的踏实,一种有奔头的欣喜。感谢上帝赐给了我这个儿子,没有儿子,我不可能从过去的日子里活过来;也不可能有兴趣去打发未来的日子。上帝,我会记住你的恩德,记住你对一个苦命女人的垂怜。她抬起没有拿扇子的那只手,缓缓地在胸前划着十字。

——来,我俩抬上——

顺着阿倩的声音,草绒瞧见阿倩正要和一个工人把一捆白纸抬起来,她惊得霍然立起高喊:"不行!"与此同时拿了扇子便向阿倩身边奔。"你咋敢抬这样重的东西?"她喘吁吁慈爱地瞪了一眼阿倩,"忘记你的身子了——?"阿倩害羞地笑笑,手不由得去摸了摸那尚未过分隆起的腹部。"往哪里抬?我来!"草绒扔下扇子拿起了扁担。"妈,你这样大的年岁,不能抬!"阿倩攥住了扁担。——"放手!妈从小干活,身子骨结实着哩!来!"她说着已和那个工人把白纸捆抬起,摇晃着抬到了仓库里。

唉,老了,干这点活就喘得接不上气了。想当年我背着枝子去南阳城北的红薯地里刨溜红薯,一干就是半天,哪知道啥叫累?

——"妈,行吗?"

——"没事,你可要给我时时记住肚里的孩子!走路,不能快!干活,不能重!连上茅房,也要小心点,明白?"

——"俺懂!"

——"还有,昨晚我交待你那话,给秉正说了?"

"妈——!"阿倩的脸红了个透……

当草绒重又拿起扇子坐在阿倩妈身边时,太阳已把一棵椰子树的树荫移近了走廊。又一个正午快要到了。要不了多少正午,我就可以当奶奶了……

——奶奶——

——奶奶——

草绒的两只老眼笑得眯了起来……

8

达志在一个雪粒扑打枯叶的清晨,像往常一样走到织丝厂门口时,贪睡的门卫还没有起床,厂子的大门仍在关着。他习惯性地敲了敲门卫的门,门卫惺忪着睡眼探出头来——这是一个新来的门卫,他不认识达志,达志也没见过他。"干什么?离上班时间还早哩,你敲门干啥?充他娘的什么假积极?滚!"

达志被骂愣在了那里,这是又一次当面遭人辱骂。他屈辱地转过身,踉跄着往回走。走到自家门口时,脚下一绊,差点跌倒在了那里。哦,他竟叫我滚!叫我滚!

"达志,早哇!"卓远的一声招呼把达志的气恼打断了。

"早,卓远哥。"他扭头望着拄着手杖站在晨光里的卓远,"下雪还坚持散步?"

"活动活动筋骨,"卓远笑道,"又去厂里了?"

达志忍了忍没有说出刚才所受的侮辱,只是叹了口气:"养成习惯了,不去急得慌。"

"有两个情况不知你注意到没有,"卓远走近了两步说,"一个是国家统计局公布,全国人口总数为六亿零一百九十三万八千多人。这个数字等于宣布,国内是一个巨大的消费市场,有能力的实业家都可以在这个市场上有所作为。尚吉利织丝厂对此要有清醒的认识。另一个情况是,我们目前虽然无法直接同西方国家发展贸易,但香港这个进出通道并没有封闭,尚吉利织丝厂完全可以经由香港把产品打向国际市场。"

"嗯,有道理!"达志被卓远的话激起了兴致,"不过眼下厂子已成国营,我个人已无权——"

"你还是这厂子的顾问嘛!"卓远截断达志的话,"你应该就扩大生产和销售向厂长他们及时提出自己的建议。重要的不是由你还是由国家任命的厂长来管理,重要的是把工业搞上去,壮大我们的国力,为我们的民族和国家在世界上赢来威望和尊敬,而不是再受欺侮!"

达志点头:"我会的,只要他们听,我会把我的想法全告诉他们!"

"你们家族一直希望织出'霸王绸',眼下厂子既然被收归国有,你们就该把这个希望的实现寄托在国营厂子身上,要全力协助!假若有朝一日国营尚吉利织丝厂的产品真在世界上当起了霸王,那既是中国的光荣,也是你们尚吉利的光荣!"

"我懂,卓远哥。眼下厂子的生产运行情况总的看不错,工人的生产积极性挺高,原料购进也比较容易,毛病是流动资金太紧,下一步的生产可能要遇些麻烦!"

"应该帮他们想想办法。哦,对了,说到资金,我想起一个刚听到的消息,可能人民币最近要更换新票,现币收回,新币上市,一元新币等于旧币一万元。"

"真的?"达志让即将在眼中露出的惊意在眼角处隐掉,他几乎立刻看见了他埋在睡屋地下的那批金条和钞票。糟糕,金条可以继续保存,那些钞票势必要换新钞,把如此数量的钞票拿出去更换,岂不等于把家底暴露了?政府里的人会怎么想?

"爷爷,吃饭。"小瑾这时走出院门喊。

达志匆匆同卓远告别。对那批金钱的担心使他的情绪在这个雪粒飘坠的早晨再次波动起来。咋办?采取什么办法可以顺利更换钞票而不被别人发现?倘若有人发现你家有大笔钞票,那会不会引来祸患？政府知道你有这批现金会不会有其他的想法？怎样才是万全之策？……

尚达志那些天一直在为那批钞票的命运思虑。最后将钞票从地下扒出是在一个北风猛烈抓挠墙根的子夜。达志拿一根蜡烛照亮，让儿子立世小心翼翼从地下捧出那个装钱的箱子。当那捆钞票被立世掏出，金条重被埋好后，达志低了声说："你想想这捆钞票怎样处理才好？"

立世沉思了一刻，说："让一个人拿这么多钞票去兑换新币，势必引起外人和政府的注意，那这些钱也就会失去安全。最好的办法是把钞票分发给咱的亲友们，让他们各自出面兑换，尔后再收集起来。"

"亲友们难道就不会说出去了？两口子吵嘴还会把家里的事抖搂出去哩，谁敢保证他们能守口如瓶？"

"那——"

"再想想！"

"趁这几天市面上还流通这钞票时咱赶紧买一批东西。"

"买啥东西能花去这么多钱？生活上的物品买得太多于昌盛、小瑾他们未必就是一件好事。"

"那依你之见——"

"交出去！"

"交给谁？"立世惊得霍地站起来。

"交给国营尚吉利织丝厂！"达志眼睛盯住儿子，"这样做的好处是：一，人们会以为我们把积蓄全部上交了，这就能最终保住咱们埋下的这些金条！这些金条是我们尚家最后一点家底，保住了金条，今后一旦有了再办丝织厂的机会，我们就有了启动资金。这叫失小得大！明白？"

"嗯。"

"二,会换取政府对我们的信任。政府里不是有人总称咱们资产阶级吗?我们把资产全部上交了,兴许就会脱离那个阶级,使我们头上的压力消去。"

"噢。"

"三,使国营厂子的生产不致停顿。眼下,厂里正缺流动资金,倘若因此而使生产停顿,那自然会延长织出'霸王绸'的时间。我们眼下只有把织出'霸王绸'的希望寄托在国营厂子身上了。倘若这笔钱推动他们向那个目标接近了一步,那我们尚家人也算尽了力,尚家的列祖列宗会看明白的!"

"那,就听爹的。"立世不舍地把目光在钞票上缠了几道……

正式捐献是在第二天后响。达志叫来昌盛,让他把那些钞票放在一个托盘里端上随他和立世走。昌盛和小瑾乍一看见那堆钱差不多同时惊叫了一声:嚄,这么多钱!两个人都是第一次看见这些钞票。小瑾听说要把这些钱交给厂里,愣了一霎喊:"犯什么傻?"见爷爷和公爹没有理会她,就上前猛伸手抓了一沓说:"既然你们要上交,那我就不客气了!"达志威严地瞪了她一眼,可惜小瑾没有看见,她已捏着钱扭身跑回了自己的房间,心满意足地在那里笑。

捐献仪式就在厂门口。承银闻讯特意赶了来。尚达志从昌盛手里接过托盘,庄重地递到承银手里说:"这是我们尚家这些年的全部积蓄!"——他在"全部"二字上加了重音——"我们尚家三代人愿意把它捐献给国营尚吉利织丝厂,盼望厂里早日织出在世界上可以称王称霸的绸缎!"

"谢谢,谢谢!……"

达志默默地听着承银说那些代表政府表示感谢的话,目光却一直还在那些钱上。他小心地剔除掉自己目光中的心疼与不舍,尽力让神态保持着平静。别了,你们!但愿你们能为接近那个目标起些作用。当初,为获得你们尚家人吃了多少苦;盼望你们都能被用到正当的地方。列祖列宗,你们该理解达志的一片苦心……

他目送着那批钱被人端走,不远处的一个墙角截断了他跟随的目光。他突然感觉到心里一阵空落,还夹杂着一丝疼痛。他很想弯腰蹲下去歇歇,但他知道人们此刻都在看着他,不能蹲下,要撑住!你的钱交给的仍是尚吉利,用处依旧是织绸缎,要想开!……

9

　　方城的城区房舍刚在路的尽头露出灰色的剪影,专员蔡承银便在翻飞的马蹄声里辨出了那种奇怪的声响:啾啾啾——他抬手在马背上猛拍了一下,战争年代就跟随着他的那匹坐骑便抖鬃一声长啸,迎着那种奇怪的声响飞了过去。秘书和警卫班的马群风一样尾随在后边。

　　刚才,就在他在尚吉利织丝厂门口接受罢尚达志捐献的时候,行署办公室送来了一份急报:方城县城关、独树、治平、陌坡、赵河、拐河六个区内突然发现大群大群的蟋蟀,人畜皆惊,已成灾害。他看罢急报便翻身上马朝方城奔来。真他妈的奇怪:蟋蟀也会多到成灾?

　　这些日子,蔡承银一直在骑马奔忙。先是因为麻疹、天花、疟疾、黑热病、猩红热、水痘、伤寒、白喉等病在全区流行,他亲自带领专署防疫、医务人员到重疫区进行抢救。后是因为开展农业选种运动,他带领科技人员在全区巡回指导农民选出了六千多万斤适合当地种植的各种优良品种。接下来是到各县为生活困难的人家送去救济粮和组织农业合作化。

　　现在又来指挥消灭蟋蟀。

　　城关在马蹄声里越来越近,先前在耳边隐隐作响的那种啾啾声也越来越大。终于,这种响声大得压倒了周围的一切响动,啾啾声像狂风一样在田野里轰鸣,大群大群的蟋蟀就在这可怕的声响中迎面蹦来,黑压压的,不知道有多少万只。承银尽管预先有思想准备,可还是被这从未见过的情景惊得呀了一声。身下的坐骑也被这场面吓得猛然停住脚步,原地转了两圈。

承银驱马再往前走,眼前的情景真是令人心颤:地上几乎全是蟋蟀在蹦,啾啾声震耳欲聋。承银他们的坐骑刚刚站下,蟋蟀便顺着马腿蹦了上来。天呐,怎会出现这种情况?总不是老天爷故意要用此法对我等做一次考验?

前来迎接承银的方城县长,因为没有骑马,肩上、头上都蹦有蟋蟀。——"蔡专员,蟋蟀过处,庄稼被弄得枝叶零乱,水被污染,家畜惊惧不安,人心惶惶!"

承银在马上看见,不远处的路边,十几个农民正跪在地上向蟋蟀作揖、焚香。各种各样的天灾人祸,你休想把我吓倒,也休想让我跪下求你!既然你来到了南阳地面,那我就同你干!"立即通知各区,凡能拿动工具的男女老少,一齐出门砸蟋蟀!"承银对县长说罢,又转对一个警卫员交待:"即刻返回南阳城,请军分区派出部队来支援!"待那警卫员拨马飞走之后,承银翻身下马,便用双脚猛踩地上的蟋蟀。其他人见状,也纷纷又踩又打起来。

这是一场奇特的经历,许多年后承银回忆起和蟋蟀搏斗的场面还心有余悸。双脚一踩下去,伴随着一阵噼啪作响和一种粘腻的感觉,一片蟋蟀的尸体便留在了地上。同伴们的死亡大约激怒了其他的蟋蟀,成群成群的蟋蟀便前赴后继向他扑来,有的蹦进了他的脖子,用长腿猛踢一下他的颈项再蹦走;有的径来撞他的额头,把又疼又酸的感觉刺入他的心里;有的钻进他的裤腿,在他的脚腕上狠狠一蹬。从此之后,承银再不愿去听蟋蟀的叫声,即使是在浩月如水的夜晚,仅有一只蟋蟀在低吟浅唱也不行,只要一听到那种啾啾的叫声,他就头皮发麻身上骤起鸡皮疙瘩。

经过了差不多十二天的搏斗,终于把蟋蟀击败了。有人做了个大致的统计,有四亿多蟋蟀的尸体留在了方城地面。望着那成堆成堆的尸体,闻着弥漫在空气中的那股难闻的味道,一串问号像活过来的蟋蟀一样向他的心里蹦来:它们是从哪儿来的?为什么突然出现在这里?这是一种什么行为的结果还是一件即将出现的事情的预兆?……承银带着这一连串的问号和极度的疲劳,在县招待所的一间简陋的客房里沉入了昏睡。这一觉直睡了一天一夜,醒来时他发现秘书和专署办公室的几个人站在他的床头。"我们战胜了蟋蟀!"他边快活地说着边坐起身来,他感觉到体力已经恢复,原先酸软的双腿上又灌满了力气。他精神抖擞地下床之后,秘书低声开口:"肃反运动开始,专署办公室请你速回去研究工作!"

"哦?"……

扑门而入的月光差不多把昏黄的烛光完全压住,将承银那双缓慢移动的脚极清晰地在地上显现出来。承银这种徐缓的踱步已经持续了很长时间,以至于坐在暗处的承达不得不再一次催:"你赶紧批准吧,天亮前行动就要开始!"

承银没有理会新近被抽到肃反办公室的弟弟的催促,他只是再一次扭头望了一眼静躺在办公桌上的那张纸——那是一份拟肃清的反革命分子的名单。他迟迟没有在名单上批示同意而在这里踱步的原因,是因为那名单中写有一个名字:栗丽。她怎么能成为被肃清的对象?她在抗日战争中所做的那些鲜为人知的事倒是应该褒扬!但这份名单已经不少领导人审过,勾掉栗丽的名字定会引起一些人的不满,说不定还会引来不少猜测。

"你究竟批不批?"坐在那里连打哈欠的承达再一次催。

那就勾去她的名字,如果有什么灾祸因此而要来就让它来吧!承银扔掉手中的烟蒂,几步走到办公桌前拿起墨笔勾去了栗丽的名字。那急切的模样似乎是再稍一拖就会出现新的结局。之后他便在那文件上签了:同意,速办。并署上他的名字。

· 273 ·

——"为什么勾掉她?"预料中的诘问从承达口中出来,穿过被树枝摇碎的月光抵达了他的耳膜。

——"有原因——"

——"什么原因?他是战犯的女儿,是国民党团长的老婆,她对我们必然充满了仇恨——"

——"世界上偶然的事情更多一些——"

——"她当初没有南逃而主动留下这本身就值得怀疑——"

——"这世界上应该怀疑的事情很多,但也有值得信任的东西——"

——"信任她什么?她这样有知识有风度的女人甘愿嫁给一个普通农民这里边肯定也有名堂——"

——"不要轻易评价别人的生活——"

——"我很想评价一下你,哥哥!我觉得你近来有点温情主义——"

——"人难道只有冷漠了才好?——"

——"哥哥,你这样很可能会铸成大错——"

——"也许,但请你现在去按名单执行——"

承达那透着气愤的脚步声在门外消失之后,承银又开始了在室内的踱步。月光早已撤走,蜡烛也已渐渐燃尽,幽暗的室内只有他那滞重的脚步声在来回晃荡。栗丽,我了解你,我决不会允许他们对你动手!你这会儿在干啥?酣睡?听说你已经有了孩子,搂住你的孩子安睡吧,没人去惊你的好梦,睡吧……

第二天的上午,承银独自出门向卧龙岗西走去,秘书不知他要干什么,追上来问他要不要骑马,他摇摇头。他最后在落霞村边停住脚步,秘书以为他要了解村里的合作化情况,忙去喊来了村长。承银心不在焉地听着村长的汇报,目光一直在四下里逡巡。看到了!——在村边的那片桑园边上,他的目光触到了那个熟悉的身影。是你,栗丽!他提出去看看桑园,村长立刻在前边引路并兴致勃勃地介绍:我们打算好好把这片桑园利用起来,养蚕收茧,缫丝,卖给尚吉利挣钱……承银没去听村长的介绍,只是用眼睛去打量那个越来越近的女人。栗丽,你变了,衣饰变了,也比过去胖了,腰身粗了,发型改了,像个劳动妇女了,只是你那张脸,还依旧那样耐看!哦,这就是你的儿子了,长得像你,瞧这两只大眼,多像你!——冬至家的,蔡专员来看看咱们——

她的反应真快——蔡专员好——

——你好,今年的茧收成如何——不能让别人看出你认识她。她的胸脯可比当年高多了,那一定是奶孩子的结果。她的臀部还是那样丰满圆润。得赶紧离开这里,不然你的眼睛一定会露出东西。你现在可是专员,还有许多事情需要你去做,决不能沉在这种感情里去,那很可能会把你毁掉!

——还行,谢谢专员来看我们——

——好了,再见,你们忙吧——

承银急忙转过身,不给栗丽以目光对接的机会。转身之后他多想再扭头看她一眼,但他扼制了自己的这种欲望。别看了,看看只会在心里引来更大的遗憾,走吧,你,一切都过去了!一切都会过去的……

10

　　栗丽原本平静的农人心境被蔡承银的意外来访搅得波涌浪翻。他来干什么？是来看桑园还是来看我？看桑园为何不问问桑园里的情况？难道是他重又想起了旧情？你这个时候这样做还有何益？……

　　村里那时正在扫盲，村长让栗丽每天晚饭后到村办公室里教农民识字。栗丽对待这个任务极其认真，平日里总是抱着孩子早早到场，一手拉着孩子一手拿粉笔在黑板上写下当晚要教的生字，尔后教大家一个字一个字地念。在承银来访走后的当天晚上，栗丽走进夜校的时辰比往日晚了许多，而且眼里没有了平日的全神贯注而只有一层恍惚。她照惯例拉着孩子到黑板前写字，那晚上按计划应学的是："七寸步犁"和"小麦良种"八个字，她把这八个字写了三次还没有完全写对，不是这个字写错就是那个字写白。她最后猛摇了摇头才算收住飘忽的思绪把八个字写了下来。她一边教着大家念一边想已经逝去的从前，她想起了她和承银的第一次相见，想起了她对他的主动委身，想起了对那个夭折的孩子的掩埋。她读读停停，不时让双眸凝在一个字上不动。好在农民们不善于观察，并无人去注意她反常的神情。

　　夜校散罢她抱了孩子回家，冬至已经把床铺好把洗脚水烧热。她洗脚那阵冬至把孩子放进了被窝，尔后躺那里静静地等她。她上床时冬至照惯例把手伸了过来，她没有像过去的那些夜晚默许他,而是坚决地把他的手推了开去。冬至显然一惊,低了声问:咋?

——不咋,睡吧——

——我想——

——睡吧——

但两个人都没有睡着,黑暗中两人都能感到对方清醒的呼吸。

——村长说,让我们好好照料桑园,争取明年的春茧丰收。村长说前晌蔡专员特意来桑园巡视,看来他挺看重养蚕——

他为什么提到蔡专员?难道他看出了什么?

——村长说,不论咱们养多少蚕、缫出的丝也不够尚吉利织丝厂用,说咱们根本不必愁销路,只管养——

——嗯——

她感觉到他的手在被窝的深处慢慢向她的身子爬来。她没有再去推开,身子也没再移动。罢了,即使蔡承银是专门来看你又能怎么着?你和他的生活已经分开,他会抛开他现在的家庭和获得的一切再来找你?做梦吧!即使他心底里有那个愿望他也不敢,你的家庭背景会把他的前程毁得一干二净。还是安心做你的农村妇女吧,安心做农民的妻子吧!冬至是一个不错的男人,你已经教他识了些字,教他养成了洗脚刷牙漱口的卫生习惯,教他懂了些床上技巧。你生活上需要的主要东西他都可以给你,你应该知足了!人不能对生活要求太多,要求得太多生活就可能对你生气。

她现在感觉到他的手爬上了她的胳膊,由小臂到大臂再到肩头;尔后滑到了胸口,开始小心地拨弄她的乳头;接下来抵达了小腹,在那里往返游弋并向肚脐里灌气;至后开始转向了大腿,长久的不少于两袋烟的对大腿内侧的轻抚……还行,一切都是按照她要求的她教给他的程序来做的,她觉得自己的身子在一点一点地放松,刚才那种不安的思虑慢慢离她而去。——好啦,你去嚼点茶叶,再漱一下口就上来吧——

她听到他急切地下床,片刻后又急切地上了床,她为他掀开了被子,她屏住脑子中向外施放苦恼、苦痛、不甘、遗憾的孔道,只让对快乐的渴望在体内滋长。当他开始了对她的猛烈冲撞之后,她在脑子中最后驱逐出了承银的影像……

当秋阳透过那些正在泛黄变干的桑叶由东天照进桑园的时候,栗丽已开始用铁锨把冬至由村中挑来的土粪围向那些桑树的根部。秋末冬初时节桑园里的活路不多,不过是给桑树松松土、施点肥,再就是照看好放在桑园中间蚕房里的那些蚕种。围肥这活儿很轻,栗丽干得很是顺手自在,而且有时间扭头去和坐在蚕房门口玩耍的儿子高声交谈。

——小小,你这会儿在玩啥?——
——妈妈,我在挖坑——
——用什么东西挖?——
——用手——
——小心伤了指甲,挖坑干啥?——
——盛水——
——哪有水让你去盛?——
——我尿,我有尿水——
——哎哟,你这个淘气鬼,不准玩尿!——

栗丽便扔下手中的铁锨向儿子跑去,跑过去时却已经晚了,小小已经把尿水注满了一个小土坑,而且双手已经伸进了坑里。栗丽于是一边笑骂一边抓了儿子的双手去擦,母子两个的笑声顷刻间便在这几亩地的桑园里四散开,随着风一直飘到园子边边的那些桑叶上。

说实话,对于农业社里分派他们一家来这桑园里干活,栗丽非常满意。她满意的不仅仅是这里的活路不很重却照样给记十个工分,而是在园子里干活时的这种自由劲儿。再不用顾虑别人的眼睛,再不用去听女人们在身后的指戳议论:瞧,那就是栗温保的女儿——她干活能受得了吗——她那个娇样儿,跟着冬至会甘心么?——当年她可是享够了福了——

风进了这园子也显得特别快乐,一会儿在这棵桑树上扯下一片叶,一会儿在那棵树上摇动一下枝。栗丽就在这风的嬉戏中又干起了活。人就在这种环境下活着该多好,不接触外人,不去听枪声炮声,不去看你争我夺;不去听吵声骂声,不去看你仇我恨;只听这种细细的风声和儿女的笑声,只看这种绿色树叶和黑色的土地,那大概是会长寿的吧?……

"妈妈,我饿!"儿子这当儿又跑到了她的身边。

"又饿了?你早上可是吃了一个黑面饼子外加一个鸡蛋!"

"我饿嘛,妈妈!"儿子不由分说地过来掀开她的衣襟,把头拱了进去,两个嘴唇准确地找着了奶头。

栗丽甜蜜地闭上了眼睛,任由儿子去响亮地吸吮。其实儿子早到了断奶的时间,她所以没有下决心给他断掉,就是为了体验这种说不出的哺育儿子的甜蜜。每当儿子来吃奶时,她的两眼都要快乐地闭起来。什么是幸福?我觉得这就是。幸福只是一种个人在献出时的感觉?我当年过那种衣来伸手饭来张口的生活时为何没有觉出幸福?是因为那时我没有献出什么吗?不全对吧?幸福该是一种人在献出与获得相平衡时的感觉……

一阵呼哧呼哧的喘息声伴着树叶的撞动声由远而近。是冬至挑着粪担来了。栗丽睁开眼睛,看见了冬至那张被重重的粪担压得满是汗水的脸。这一霎栗丽意识到,桑园里的活对于冬至来说并不轻松。

"小小,看爹给你带了啥来!"冬至放下粪担,一边喘吁吁地说着一边去怀里掏出个毛巾裹着的包包。

"啥?"小小嚼着妈妈的奶头斜过脸来含混地问,奶头被他的小嘴叼出好长。栗丽疼得轻皱了一下眉头。

"你看!"冬至弯腰伸手强从儿子口中把奶头拔下,亮出了毛巾包里的两个烤熟了的热红薯。

"给我!"儿子从他手里拿走了一个红薯,熟练地剥掉皮就朝口中送去。冬至把剩下的那个剥好,掰了一块填进栗丽的嘴里:"吃吧,小东西把你的肚子吸空了吧?"

"你也吃。"栗丽边嚼边说。

"我不饿。"冬至又掰了一块填进栗丽的口中。栗丽慢慢地咀嚼着那甜甜的红薯,双眼一点一点闭了起来。在这一瞬间,她又一次体验到了类似小小吸吮奶头时的那种舒畅和欢乐的感觉。这是不是就叫幸福?幸福会由一个我并不由衷欣赏的农民带给我吗?……

11

约摸着到了四更天,立世就赶紧起床穿衣服。今天,他将和厂长一起启程,带上八万米绸缎去广州参加中国第一届商品交易会。尚吉利织丝厂的产品有幸被选中参加中国首届对外交易会,这本身也是一种荣誉。

窗外的天还是墨黑一片,看来是起得早了,早就早一点吧。他边扣衣扣边拉开了门,门开后他吃了一惊:爹站在门口!"爹,你起来这样早干啥?"

"睡不着。绸缎都装好车了?"

"昨后晌都装好了,全是质量最上等的绸缎,爹你放心!"

"我听你卓远伯说,这回的交易会允许香港、澳门和西方国家的商人进来谈交易,这是一个扩大我们尚吉利绸缎销路的好机会!你要明白!"

"我懂!"

"这七八年来,我们除了和苏联做点生意之外,和其他国家基本没有生意上的联系,世界上的绸缎生产究竟已经达到了什么水平,外国顾客究竟对我们的绸缎满意到什么程度,这是一个了解清楚的好时机!"

"我晓得。"

"他爹,我给你下了碗面条,你去喝了吧。"尤芽这时走过来说。

立世走进厨房,接过尤芽递过来的面条碗,就坐在灶前呼噜呼噜地喝起来。

——"记住探探香港这个销售绸缎的路子——"

在呼噜呼噜吞喝面条的声音中夹进了父亲的嘱咐。

——"嗯——"

——"听你卓远伯说,咱们国家和苏联也有了不和的迹象,今后向外做生意,怕要靠香港这个通道了——"

——"嗯——"

闻声也起来给父亲送行的昌盛和小瑾这当儿来到了灶屋门口,小瑾听见爷爷的话立刻接口:"爷爷,咱一不是厂长二不是书记,操这些心干啥?该怎么着让他们厂长去考虑!"

"放屁!"达志扭头气呼呼叫了一句。"只要事关绸缎的生产,既是厂长的事,也是我们尚家的事!"

"你——"小瑾显然被爷爷这句粗话惹恼了,刚要开口反击,嘴已经被昌盛麻利地捂住。

"尤芽和小瑾要在广州捎什么东西吗?"立世看出了儿媳对父亲的不满,急忙用这话来岔开。

尤芽摇了摇头,小瑾则气哼哼地扭身走了。立世见状,忙把昌盛拉到一边低了声叮嘱:"我走后,家里诸事你要多操心,你爷爷年纪大了,即使他有些事做得不周全,你和小瑾也要让着他。"……

装绸缎的汽车开动时,立世看见父亲还定定地站在门口,晨风正揪扯着他那几乎全白了的稀疏的头发。父亲是完全老了!立世望着父亲那明显开始佝偻了的身子,第一次清醒地意识到这一点。这么说,生产"霸王绸"的事是真要落到我和昌盛身上了。爹,你就放心去度晚年吧,剩下的事由我和昌盛去做,我们会尽力的,会的!总有一天,尚吉利的绸缎会在世界上称王称霸,让各国的人刮目相看争相购买……

广州的春天已夹带了不少夏天的味儿。立世在那个暖热的上午看见一群外国人由交易大厅门口径向自家的展销台走来时,并未留意到那张留了圈胡的面孔。他把全副注意力都停在走在最前边的那位中年女性身上——经验告诉他,只有这位女性才是顾客,其他人都是她的随从。

"欢迎你们的到来,本台展销的是中国南阳尚吉利织丝厂出产的绸缎……"立世按惯例说罢欢迎的话后,便照那位中年女性手指的位置,把各种花色的绸缎拿过来让她细细审看。这是一位有经验的购买者,她最后挑准的那几种花色的绸缎,也全是立世认准的质量最好的出货。她并不签合同,只是每样要了五百米。立世一边为她包装一边猜测着:她是哪国人?法国、德国,还是英国?她是为公司采购还是为个人置买?倘是为个人,她当有一个很富有的家庭……他很有兴味地注视着那女人带领她的随从向另外的展销台走去,不防耳边忽然响起了一句生硬的中国话:"祝贺你呀!"立世闻声回头,这才发现还有一个留了大圈胡的外国男子站在他的柜前。"你是——?"

"我叫哈姆·威廉,英国人。呶,认识这个吗?"那英国男子掏出一个东西朝立世递来。

原来这是一个小巧的黄杨木刻成的蚕,蚕的下边是一行小巧的汉字:尚吉利机房;万历十二年。立世惊奇地审视着这个东西。

"我们威廉家族是你们南阳尚吉利的老主顾,这个蚕就是我家先祖从你们尚吉利得到的纪念物。我的父亲前几年在莫斯科还见过你们家族的人——"

"噢,"立世急忙伸出手,"见到你真是太高兴了,怎么,你来也是想买绸缎?"

"也算是吧,我如今在我们家设在香港的一个分公司里任职,听说你们办交易会,就过来看看。"

"看吧,想要哪一种,我们都可以满足!如今我们用的可是国内最先进的丝织机!"见到这个世代有交往的外国主顾,立世真是满心欢喜。

"你们的绸缎确有特色,要不然,刚才那位女士也不会采买。知道她是谁吗?"

"谁?"

"英国皇室的衣料置办人,前几天才来的香港。"

"嗬!"

"皇室人员过去穿过你们尚吉利的绸缎,那是我们家族转卖给他们的,所以这次她来,就先奔你们这儿。嗨,怎么样,我们两个家族交往多年,今晚我请你吃饭,我俩聊聊?"

"要请我来请。"

"今晚我先请。下午六点半,我开车来大厅门口接你,不见不散……"

立世当即把哈姆·威廉要请他吃饭的事报告了厂长,厂长又报告了河南代表团团长。得到"可以"的允准之后,立世才在下午六点半钟准时坐进了哈姆·威廉的轿车。

父亲大约不会想到,我此刻正和尚家的外国老主顾的后人坐在一辆车里。父亲,我会利用这个机会,争取把通往香港和其他国家的商路打开……车外的广州街景在立世眼里一闪而过,他双眼看到的已是大批尚吉利出产的绸缎正源源不断运出厂门、国门……

哈姆·威廉在宾馆里住的是一套带有餐厅的大套间。服务生摆好酒菜之后,忽然从一扇门里走出了一位身穿短衫短裙的中国小姐。那小姐微笑着朝立世鞠躬问好。哈姆·威廉急忙介绍:"这是我由香港带来的翻译方小姐,我虽然努力学习贵国的汉语,但说到一些专业性强的问题时仍常常辞不达意,这就需要方小姐的帮助。"立世向方小姐点头致意之后开始入座。

威廉说了几句"今晚相聚很高兴"之类的话后方小姐开始斟

酒。酒是英国酒,立世不知道它的度数,喝得分外小心。尚家人历来禁止喝酒,所以立世也就没有锻炼酒量的机会。但今晚的这种场合,一点不喝似也说不过去。他每喝一小口之后就赶紧把话题转到香港的绸缎市场上,转到西方国家目前的绸缎销售行情上,期望了解更多的外部信息。可威廉显然无意谈这些,每次都是稍稍一碰立世的话题就又跳到喝酒上。——"喝,喝!我知道你们中国人酒量大——"

立世只得笑着又喝一小口。刚放下杯,方小姐就又伸臂过来斟满了。——"我按咱们中国人的习惯,敬尚先生三杯——"方小姐一双纤纤小手把酒杯捧到了立世嘴前,透着馨香的手指碰到了立世的嘴唇。立世很为难地看着酒杯,别说三杯,这一杯下去也不是他的酒力所能胜任的。他抬头去看威廉,希望他能为自己解围,不想威廉正起身歉意地说他有个紧急电话要打需要离开一阵。威廉走后,那方小姐竟嗔笑着一手揽了他的脖子一手把杯子径往他的嘴里倒。——"尚先生不能不喝我敬的酒呀,总不是看不起我这个翻译吧?——"

立世只得把酒喝进了嘴,但他没敢咽,趁方小姐又去斟酒的当儿他借用餐巾擦嘴的机会把酒吐到了餐巾上。

"这是第二杯!"方小姐又把杯子举了过来,而且身子也挨他更紧,一只手还不经意地放到了他的大腿上。他的身子一个激灵,不知该如何应付这个场面,他慌急地望了一眼餐厅的门,盼望威廉赶紧进来。——"喝呀,尚先生,我到过内地,我知道内地的先生们都能喝酒——"

"我确实不能——"

杯子再一次被方小姐举到了立世的嘴边,那两条雪白的小臂上的香气越过酒杯钻进他的鼻孔,而且他分明感到她的腿也贴近了他的腿。——"喝呀,今天认识尚先生真是太高兴了——"

他只得再次重演刚才那一幕:先喝进去,再借揩嘴的机会把酒吐到餐巾上。还好,方小姐没有发现他作弊,又满脸含笑地去斟酒。

"今晚的天真热。"方小姐端起第三杯酒时不经意地解开了短袖衫最上边的一个纽扣,那短衫开领本来就低,这个纽扣一开,两个雪白的乳房就几乎全露了出来。她把酒杯再敬至立世嘴边时,两个乳房也抵住了他的肩头,他的左肩清晰地感觉到了她那乳头的碰触,而且她的一条腿也干脆搭在了他的腿上。他突然觉得嗓子发干呼吸困难,两只手有了想要抬起揽住对方的强烈冲动。父亲那张威严的脸也就在这时闪了出来。——"立世,你想干什么?——"他的身子猛一战。

"喝呀——尚先生,要不这杯酒我们两个一起喝,我先喝一口,你再喝。"方小姐说着,张开红润的双唇喝了一口,尔后又把酒杯递过来,——"该你了,这酒还真香,不信你闻闻——"方小姐的两片红唇在立世的鼻子上轻轻蹭了一下。

立世感觉到自己的身子在轻轻抖动,他明白,如果再任方小姐这样敬下去,他最终会控制不住自己而抱住对方。那要让威廉发现该有多糟糕!真不明白,香港的小姐怎么会是这样一个敬酒法。必须立刻终止喝酒,而现在终止这种局面的唯一办法可能就是装醉了。他想到这儿当即接过酒杯把酒喝进了嘴里,趁方小姐又去斟酒的当儿,他再次把酒吐到了餐巾上而且立刻趴在桌沿装作已经烂醉。

"尚先生,尚先生——"方小姐喊了两声又摸了摸他的脸,见他仍一动不动方叹息一声:"嗨,你真没用——"

立世听见方小姐拍了一下巴掌,随后就听见门响听见威廉走了进来。立世刚想抬头嘿嘿一笑把这局面结束,不防威廉先已开口:"方,成功了?!"

"当然!"是方小姐得意的声音。

立世一怔:什么成功?他感觉到威廉向他走来并拍了拍他的

脸,他没动。他的心突然绷紧了起来:他们要干啥?——"尚先生——"他依旧没吭声。

"记住,我要弄清的问题是:他们染印绸缎的浆料成分及其比例。你要问得巧妙,要在他上了你的身子后最迫不及待的时候问。明白?"——是威廉的声音。

"这个不用交待,我需要知道的是我的报酬!"——方小姐的声音。

"五千!"

"是不是少了一点?假若他在床上是个虐待狂,或者一晚上来几次,我不是亏得太多?"

"再加一千!"

"好吧,劳驾把他弄到我的床上,我很难弄得动他。"

立世感觉到威廉抓起了他的一只胳膊。他立时霍地一下抬头站起,冷冷地说一句:"不用了!"

——你?——

——哦?——

他看到了两张惊愕而慌张的面孔。"我真心地把你看成朋友,没想到——"他看定威廉,咽下了后边的话,转身大步向门口走。

"等等。"威廉急步拦住立世,"我为我刚才所做的一切向你表示深深的歉意!我这样做是不得已的。尚先生可能不知道,这些年,我们家族生产的绸缎也正在向世界市场进军。可我今天在看了你们的绸缎之后,发现虽然我们的出品在丝的整理技术和织造的密度上要胜过你们,但在染印方面却仍落后于你们,我不知道你们用了什么神奇的浆料,染印出来的绸缎在亮度、艳度、洁度上无与伦比。所以我非常想弄清楚,就采用了刚才的办法。我想请你理解,这种法子在商业战争和工业竞争中是允许采用的。"

"可我们是世代有交的朋友——"

"正因为是朋友,我还想向你提个建议:你们尚吉利如今不是

· 287 ·

已经变成国营了么？你如今赚的钱再多，也不是你们尚家的。干脆，你来和我们合作，我们共同生产出世界上第一流的绸缎！合作的办法有两个：一个是你出国到我们的工厂里任染印部门主管，我们将给你丰厚的待遇，你出国的手续也由我们来想办法办理；二是你把你们染印浆料的配方告诉我，我当即付给你一大笔钱，要黄金或美元都行！"

"哈姆·威廉，你恐怕不如你的先辈了解我们尚家——"

"我当然了解，你们生产绸缎不就是为了赚钱？"

"是为了赚钱，但同时还为了多得一份荣誉，获得一份证明！这个不是你们家族能够给我的！好了，再见！"

"请再听我一句话：我希望今晚发生的一切不要影响到我们今后继续做生意；希望你不要把今晚的事报告你的领导，以免你们的官方以后不许我再入境。而且说实话，你今晚并没有失去什么。"

"这个我应允。"……

第二天的上午，威廉来买走了五万米的绸缎，并留下了一个十万米的订单。威廉指着订单说明："其中八万是我订的，两万是台湾一个姓栗的商人定的，他点名要你们南阳尚吉利的绸缎。"立世点点头："不管是你订的还是台商定的，我们都会按订单要求按时供货！"威廉临走时微笑着对立世低了声说："倘你依了我的建议，我也不必又买又订的这样麻烦了。不过我仍然要谢谢你……"

立世那刻望着窗外南国五月的阳光，淡了声问："你家的祖先当年都不怕麻烦，由敦煌那边入境来买，如今你倒嫌麻烦了？"……

12

　　两万米尚吉利绸缎由香港坐上轮船经过三百四十二海里的航程，于一个艳阳当顶的正午抵达了高雄港。屏东雅安绸缎布匹店的老板栗秉正和夫人阿倩亲往码头上迎接轮船的到来。当秉正指挥着人们把写有"香港——高雄"字样的包装箱往汽车上装时，心里洋溢着一种即将见到故人的欢乐。

　　纸厂老板栗秉正改开雅安绸缎布匹店开始于两年前。那时候他的岳母刚因忧伤阿倩的父亲死去而患病去世，周围的居民们忽然间抗议起纸厂污水对周围土地的污染来。要安装一套排污装置不是这个连死两位创建者的小纸厂的经济能力所能承担得了的。秉正、阿倩夫妇俩在经过几个不眠之夜的商量之后决定：卖掉纸厂，到屏东去买几间店房经商。每天负责照看孙子的草绒自然说不出反对意见。于是不久纸厂便卖给了别人，秉正和阿倩在屏东街上用卖纸厂的钱买了一所带有临街店房的院子，开了一个取名"雅安"的绸缎布匹店，正式做起了商人。

　　经商是草绒当初对儿子的希望也是秉正曾经学习过的行当，加上秉正做的又是人人生活中都离不了的衣料生意，所以雅安的局面没用多久就打开了，每月的盈利渐渐可观起来。近几个月，秉正已有力量直接到台北进货。也就在一次去台北进货时秉正结识了正在台北的英国绸缎商人哈姆·威廉。是威廉告诉他中国不久将在广州举办首届商品交易会而且他将前去谈点生意。秉正听到

· 289 ·

这个消息后不由得想起了家乡,想起了名播四方的尚吉利绸缎。他当时就告诉威廉,如果在交易会上真的见到了南阳尚吉利的绸缎,请务必代他进货两万米。哈姆·威廉说他此次去也是想看看尚吉利的出货究竟已经达到什么水平,并说了他们家族和尚家的交往历史。秉正当时听得高兴过后却并不认为这件事就能办成。南阳离广州远达几千里,尚吉利会刚好也去参加交易会?未料事情还真的办成了!

尚吉利绸缎拉到屏东雅安店内的当晚,秉正特意开包裁了一件褂子衣料递到妈妈手里,告诉她这是经香港辗转进来的尚吉利的绸缎。草绒接过后长久地抚摸着,眼前渐渐就出现了挂有尚吉利织丝厂牌子的尚家门楼,出现了达志和云纬的脸。你们两个如今好吗?终于在一起过日子了吧?南阳城现在变成了什么模样?我啥时候才能回去看看?也罢,看见了这绸缎也就等于看见了你们,只要这绸缎还在出,就证明你们都还好……

秉正进来的这批尚吉利绸缎,最先引起了在台湾的南阳籍人士的注意,人们纷纷赶来购买。同乡们购买绸缎的那份热情和迫切里,掺有对故乡的深深思念。后来吸引来的是河南籍的和陕南商洛地区、湖北襄樊地区在台的人们,这些人大都知道尚吉利绸缎的质量历来优秀,怀了一份对名牌的喜爱而来。两万米绸缎没用多久就批发、零售完毕。这是一笔赚头挺大的生意,最后结算完盈利的那个晚上,望着那个不小的数字,感情一向不爱外露的秉正因为抑制不住心中的高兴,抱起阿倩在卧室里转了起来,直转得阿倩连声笑叫:晕了,我晕了,晕了!……秉正后来把阿倩放到床上,一改往日不声不响上她的身子的习惯,粗鲁而猛烈地扑了上去,弄出了惊天动地的效果,快活得一向羞于出声的阿倩也呻唤了起来。要不是阿倩紧忙把枕巾塞到自己嘴里,说不定她的叫声会把睡在隔壁的婆婆和儿子都惊醒……

翌日上午,草绒把当初儿子给她的那段绸子衣料交给阿倩,让阿倩去做件褂子穿。阿倩说:"这是秉正特意给妈的,咋能又给我?"草绒笑了:"尚吉利的绸子我过去穿过,你做了咱南阳人的媳妇,还没有正经穿过咱南阳产的绸缎,妈给你了!"

阿倩做好褂子穿上身的那天,草绒上前抻抻看看说:"嗯,你总算也穿上了你婆家地方的绸缎,日后对南阳也有个念想,不会把老家给忘了……"

13

　　电灯泡因为电压不稳,像被风摇着的蜡烛一样忽明忽暗;一两声狗吠从门缝里挤进来,把屋里那个老牌座钟报告十一点的声音也压了下去。卓远一动不动地坐在灯下,怔怔地望着面前摊放的那些报纸,目光如被冻住了一般。

　　这几年间,卓远虽因年龄高腿脚不好,却仍当着专署文教委的顾问,平日里除了开会和到学校巡查之外,还协助扫盲办公室做点力所能及的事情。他很为这几年全专区教育事业的长足发展高兴,平常总是带着笑脸拄杖进出。可最近一些日子,他脸上的笑纹在渐渐见少,神色日甚一日地忧郁起来。起因,则是报纸上公布的那些消息——

　　南阳专区要在一月内实现水利化,两年内实现水稻化,三年实现电气化和农业机械化……

　　南阳要在一月内实现无老鼠、无麻雀、无苍蝇、无蛹的四无专区,要在两月内普及中小学教育……

　　南阳市皮革化工厂一工人,经一夜突击,试制成功了空气电池灯……

　　唐河县新店乡联盟农业社,一亩红薯实验田,计划单产八万斤……

　　桐柏安棚乡迎春社,大麦亩产已达五千零八十斤……

　　西峡县丹水乡红旗七社第五生产队,小麦单产三万六千二百六十四斤……

新野县樊集乡后河青年试验场的玉米,单株产籽十六斤……

邓县白牛公社的成人,八天学完四年的数学课……

为什么要登载这些一看就知是吹牛是浮夸的消息呢?它带来的后果会是什么?上级若是依据这些数字制定政策那可怎么得了?老百姓从这种宣传中得到的除了灾难之外还会有别的?怎么办?听任其这样浮夸下去?那国家统计局就要用这些数字去累积我们的国力了,那会是一个什么状况?一个腿细肚大的虚胖子在他眼前摇晃着一闪而过。去骗谁呢?单说这粮食产量,倘是照吹出来的这些数字计算,我们根本不用再操心种粮了。倘若到了某一天我们手上只有数字而没有粮食,岂不又要出现大饥馑了?不,必须制止!明天就去找专员蔡承银,请他立即把这种欺上骗下的浮夸风刹住!可他会听吗?不管他听不听,我都要说!……

"你怎么还不睡?"雅娴这时咳嗽着披衣从隔壁过来,"你当你还是小伙子哩,熬,熬,再熬夜就把你身上的油都熬干了!"

"你再看看这个!"

"不就是那些吹牛说假话的消息嘛,有啥看头?!"

"得想法制止!"

"又来你那个拗脾气了?这事用得着你个七老八十的老头去操心?你以为就你看出来了?那么多识字人都是傻瓜?人家为啥就不吭声,只你能?你忘记那么多人是怎么被打成右派的了?"

"我明天去找蔡专员——"

"你敢?!你是想找罪受呀?"

"大家要是都怕找罪受,都不想法制止,恐怕将来就真要受罪了。"他慢腾腾地说罢,扭身看了一眼墙上挂着的先父的那副遗墨:易弯最数腰,能软当推膝。尔后起身:"睡吧,明晨再说。"我不信我好心好意地去进谏,承银就会说我是右派?要真是那样,我就去郑州,找省长!……

293

岁月终于把卓远走路时的灵敏和轻捷彻底拿走了。尽管有手杖的帮助,他走起路来还是异常吃力和迟缓。由卓家到专员宿舍院不过只隔几条街,卓远竟走了半个上午才迈进那个朱漆驳落的大门。

承银外出不在家。这使满头汗水不停喘息的卓远很是失望。看来还得跑一次,跑就跑吧,权算锻炼身体了。他刚想转身出门,承达挟着皮包进来了。"卓顾问,有事?"承达招呼道。——"呵,是有点事,想找专员反映——""有啥事也可以给我说说,我保证转达——"

就是,给承达说说也成。让他给他哥哥转达一下,自己也不必再跑了。"嗳,是这样,近一段日子报纸上发的一些消息很令人担忧,不知你注意到没有?"

"消息?哪些消息让人担忧?"承达似乎有些惊奇。

卓远于是便从衣兜里掏出那些剪报,一条一条的说了起来。说完,他抬头去看承达的脸,他自然是想从对方脸上看出一点他曾感觉到的那种激愤,但是没有,承达脸上只有一层惊异和意外。

"这些消息怎么就值得你忧虑了?"承达的声音与刚才相比,分明地变得冷了。

"我怎么能不忧虑?"卓远也吃惊了,"如此虚报浮夸,是要酿成灾祸的呵!一亩地用什么种法可以产几万斤麦子?"

"看来是我们的立场不同!"承达霍然起身高了声说,"我从这些消息中感觉到只是高兴!我为我们南阳人的敢想敢干的跃进精神而快慰,我为我们南阳连放'卫星'的大好形势而欢欣!我们的国家很快就会赶超过英国和美国,我们的人民不久就会过上按需分配的幸福生活。在这种大好的局面下,我不明白你——一个文教委员会的顾问,一个政协委员为什么要充满忧虑?!"

卓远被这番话弄得目瞪口呆。

"这只有一种解释:就是你的资产阶级知识分子的立场并没有转变过来!你是抱着敌视态度来看待我们所从事的建设事业的,你希望我们永远在我们的敌人后面爬,你盼望我们的祖国永远受人欺负——"

"啪!"卓远一掌拍到了桌子上,两眼直瞪住承达。

"怎么?你不服气?你想向我示威?你能吓倒谁?告诉你,你们资产阶级知识分子休想再耍威风了!你们充其量只是我们手里的一种工具!"

你真是个傻瓜,你怎么会想起来和这号人谈论问题!他已经失去了判断是非的能力,他脑子里除了狂热没有别的,不应该再和他争下去。应该走,等承银回来了再说!他猛地转身向门口移步。

"怎么,你想走?"承达三步并作两步地拦在门口,"在你说出了刚才这些之后,你就别想轻易离开这个地方了!告诉你,我们一直在寻找反面教员,现在终于找到了!你这种右倾的言论必须加以批判和肃清,否则会给我们的建设事业造成毁灭性的影响。我决定,从现在起,你要在这里边反省边写出一份检查材料。这份材料包括三个内容:一、你对目前形势的错误看法究竟有哪些?二、产生这些错误看法的原因是什么?三、今后怎样纠正这些错误看法?"

"你是说不让我走了?"

"检查写完再走!吃饭时会有人给你送饭来!这个门进去就是厕所。我们正在寻找反面教员,刚好你送上了门!你这份检查,将会教育许多人!"

"你凭什么限制我的自由?"

"凭我是工业局长,凭我对祖国的忠诚!"

"哈哈哈……"卓远突然发出一声长得没有尽头的笑声。

"你笑什么?"承达的目光冰冷而强硬。

卓远没有应声,他只是缓缓地在身后的一把椅子上坐下,紧紧闭上了眼睛。

两滴泪珠急急地在他的下巴上汇聚,尔后向地上落去,在接近地面的那一霎,倏地又碎成了好多瓣……

"外爷——"月儿那声惊慌的喊叫飞进尚家并绕着饭桌缠了一圈时,达志正在对付一根长长的咸萝卜条。达志前几天刚刚掉了一颗牙,所以吃起东西就分明地慢起来。萝卜条被那喊声惊落到了面条碗里。他停筷抬眼时,已长成个大姑娘的月儿正揉着红肿的眼睛站在他的面前。——"咋了?"——"爷爷被留在了蔡专员那儿反省,不让回来了——""哦?——"达志猛地站起身,从他碗中溅起的面条汤便顺着他的衣襟趁机向下爬去。

"啥时候的事?"

"就是头晌。"

达志没容外孙女的话音落地双脚已迈出了门槛。被留在专员那儿反省?为了啥子大事?这得找云纬帮忙了!云纬,这回我可得求你了!你必须让你的儿子把我的卓远哥放回来。他年纪大了,经不起折腾!卓远哥呀,你惹住了什么?你是说了什么不该说的话还是写了不该写的文章?你出事至多出在舌头和笔上。但愿不是什么大事才好……

达志已经很久没见云纬了。自从被划成资本家且云纬不再提两人结婚的事后,达志就放弃了许多可以和云纬见面的机会。他知道以自己目前的情况,和云纬见面只会给她带来痛苦和压力——因为只要一见面就免不了使她想起当初她做出的要到尚家跟他一起生活的承诺。而现在这种承诺显然无法兑现。一个革命干部的母亲怎可能去和一个资本家结婚?何况又都到了这个年纪?可我今天必须来见你,必须!

云纬正在给最小的孙子喂饭。自从由于儿子的反对死了和达志结婚的念头之后,她便把自己的活动范围限制在自己的门前和屋里,经常和孙女、孙子在一起——甸珍和文琳又各生了一个孩子。——"快点吃,我的小祖宗!——"她在喂孙子吃饭的间隙扭头瞥见达志站在门口时,不由一喜又一愣:"你——?"

"我是来求你——"

"达志!"云纬那多皱的脸上泅出了一点隐约的红晕,她立刻把达志这话理解成了要求结婚,她又喜又慌地喊了一句,她担心他的话让隔壁的保姆听见。

"我是来求你——"

"不会进屋来说?!"云纬的话音里露出了许多年前的那种娇嗔,可当她意识到自己在娇嗔时又禁不住双颊一热。我该怎么向他解释清楚?怎样解释才能不刺激他?就说我们老了,我们今年都已经七十多岁了。"达志,我们老了——"

"我是来求你释放卓远的!"达志意识到了对方的误会,在跨进门时最终把事情说明了。

"卓远?卓远怎么了?"云纬一怔之后才又惊问。

"被留在你们家里反省,响午饭也没让回家吃!"

"噢,有这事?"云纬是真的吃惊了,她确实不知道这事,她平日从不去儿子们办公的地方。她放下饭碗:"我去看看!"边说边往大儿子的办公处跑。达志不安地跟在后面。

卓远果然坐在儿子的办公室里,面前的桌上摊着一摞稿纸,稿纸上被卓远写了很大的一行字:"我无查可检!"——"卓先生——"云纬颤了声喊。她知道卓远在这座城市里的为人和威望,更了解他和达志间的交往和友谊,她一向敬重这个比自己大不了几岁的文化人。

"哦,是你呀,谢谢你的儿子留我吃了一顿不掏钱的饭!"

"是——谁?承银还是承达?"云纬因为歉疚也因为对儿子无礼的气愤,脸有些发白了。

"是蔡承达局长要我在这儿反省,这倒给了我欣赏这座古建筑

297

的机会,我一直在猜,这房子的历史究竟有——"

"承达——"云纬突然扭头嘶喊了一句。那喊声又高又大,且带了一股骇人的味儿在午后的大院里回荡,把门外的达志也吓了一跳。这喊声几乎惊来了宿舍大院里所有的人:保姆、司机、公务员、警卫战士……正在午睡的承达也急步跑了过来。

"是你让卓先生——"

"妈,这是政治问题,你不用插嘴!"

"滚你的狗屁政治,快去给你卓伯伯跪下!"

"妈,你胡扯什么?"承达显然也生气了,"我怎么能给他跪下?该跪下的是他,他攻击人民建设祖国的热情——"

"跪下!"云纬朝承达指了指卓远的面前,口气冷厉。

"妈妈,我不会朝他跪下,而且也不会在他写完检查之前放他走!这是有关政治的大事,不是家务,妈妈,我希望你不要管!"

"好,你不跪我替你跪!"云纬说罢噗嗵一声朝卓远跪了下去,"原谅我养下了一个不懂长幼大小的逆子。"一直微闭双眼坐在那儿的卓远,这时急忙起身来扶云纬:"大妹子,我看你就真的不要管这事了,我在这儿也没什么大不了的,不是还管我饭吃嘛!"

也是巧,承银恰在这时回来了,他显然在门外已听达志和其他人说明了缘由,进屋先挥手让其他人走开,尔后朝弟弟瞪了一眼:"谁给你的限制别人自由的权力?!"说毕走到卓远面前软了声说:"对不起,卓先生,委屈了你!你反映的浮夸现象我们也已经意识到,谢谢你的提醒,我们正准备纠正并向上级汇报。"

"纠正要快,不然就会造成灾难!灾难,知道吗?"卓远抓住了承银的手说。承银点点头:"明白。现在我送你回家吧。""这倒不用,我和达志一块走。"卓远向云纬点头致意之后就向门外走了。没走多远,承达的怒吼又追了上来:"哥哥,我提醒你,你正在向右倾的路上滑!你应该记得,你上次在肃反中的温情主义已经受到过批评!你当初保护栗丽,今天又护着卓远,你,危险呐……"——

298

"是吗？那我就当个右倾分子吧……"

达志和卓远听见,默默地对视一眼,又怕像做了什么同谋似的急忙把目光分开,去看前边的街路……

14

　　达志把卓远送回家,心事重重地刚进自家院门,忽听织丝厂院里响起了锣鼓声,还夹杂着人们的欢呼和掌声。出了啥子喜事?对织丝厂里任何事情都关心的达志不由得又急忙走过去。进了厂门就看见一幅大字标语:向放丝织卫星的青年女工宋小瑾学习。小瑾放卫星?啥子卫星?他匆匆向厂里走,在丝织车间门口,他看见一群人正围着孙子媳妇小瑾鼓掌,两个女工正向她的胸前别着一朵脸盆一样大的红纸花。——"咋着回事?"——"你还不知道呀?你孙子媳妇一天织绸五百米,放了跃进卫星了!——"

　　一天织了五百米?怎么织的?再熟练的机织工人,一天织一百米已属不易,织五百米怎么可能?达志匆匆走进丝织车间。——"哪是宋小瑾织的绸子?"——"这儿,呶,产量不低吧,五百米!——"

　　成团的阴云呼一声涌到了达志的脸上:天呵,这也叫绸子?断头、疵点无数,纬线稀疏,是和纱布一样的东西呀!把这些绸子拿出去卖,不是要砸尚吉利的牌子吗?他抬脸看了一眼正在门口向人们眉飞色舞讲着什么的孙子媳妇,哧一声将绸子撕了一尺,装进自己的衣袋,出车间后门走了。

　　尚吉利织丝厂傍晚下班的铃声响过之后,小瑾是带着满脸的笑容走进自家院门的。进院之后她略微感觉到了一点异样:各个房间都没有亮灯,要在往常,起码厨房里的灯会在亮着。尤婶干啥去了？这疑问只在她的眼中一闪而过,她有太多的快乐要品尝,她没有心思去细想别的。自从结婚第三天去厂里做织工以来,今天是她最高兴的一天:那么多的人为自己鼓掌！我终于也光彩了一回！她轻步走进自己的睡屋,一边哼着欢快的小调儿一边去拉开了电灯。就在电灯轰然亮开的那一霎,她惊得呀了一声——爷爷、公公、尤婶和昌盛都默默地坐在屋中。

"干啥子哟,你们吓了我一跳！"小瑾不高兴地嘟囔了一句,便要进里间换衣服。

"等等！"达志沉沉地喊了一声。"看看桌上那两块绸子！"

小瑾闻言一愣,扭脸才注意到屋子中间的那个小书桌上,摊放着两块雪白的绸子。"看绸子作啥？我织了一天的绸子,还要看——"

"看看！！"

小瑾感觉到了爷爷话中的压力和威严,她只得小心地走到方桌前。

"左边是你织的'卫星'绸,右边是厂里原来织的绸子,你看看哪个好！"

"那看你是怎么比了！"小瑾至此方明白了全家人何以都坐在这里。她心上自然有些虚,可嘴上依旧厉害。

"那依你说该怎么比？"达志的目光有点带火了。

"从质量上比,我那卫星绸是要差些,可从数量上比——"

"胡扯！外人来买绸缎是看你的绸缎质量好还是看你的绸缎数量多？我告诉你,你这是在坏尚吉利的名声！"达志站起来了。

"我就是坏了尚吉利的名声你能咋着？！"小瑾也火了。

"给我打！昌盛,你给我打这个敢坏尚吉利名声的东西！"达志吼起来了,孙媳妇的公然顶撞使他怒不可遏了。

"这——"昌盛有些为难地站起来看着爷爷。

"打！给我打！"

· 301 ·

"他敢？！"小瑾凛然地看了昌盛一眼。

"昌盛,你今天要不打你的媳妇,我就一头撞死在祖宗牌位前!"达志的整个身子都因为恼怒哆嗦起来了。

"啪——"昌盛只得抬手给了媳妇一掌。小瑾显然没有料到昌盛真会打自己,立时捂着脸吼骂开了:"尚昌盛——你个狗杂种!你敢打我,我日你个亲妈!我日你们尚家的八辈祖宗!日你——"

"打,给我打!"一直抱头坐在那儿的立世这时也仰脸朝儿子吼。

从小在街面上逞强的小瑾骂起人来一向无遮无拦厉害非常,但她没料到她的骂语激怒了尚家的三代人。昌盛这次是真的打了,啪啪啪! 要不是尤婵扑上去抱住小瑾,她真要被打昏了。

小瑾显然意识到不能再骂,只把带了气恨的哭声满院子抛洒……

小瑾第二天一天没有起床。尤婵把三顿饭都端送到她的床头,但她连看也不看一眼。第三天早上,全家人刚起床,昌盛正在院里洗涮,小瑾穿好衣服站在睡屋门口喊:"尚昌盛,你准备准备,咱们一会儿就去办离婚手续!"尚家的三个男人都被这话弄得双眼一定。最着慌的还是达志。他先把尤芽叫到一边说:"你先把饭送去,只说些劝慰的话,缠住她不让她出门。"接着把昌盛拉到自己睡屋里交待:"你马上去找小瑾认错,就说不该打她,把责任都推到爷爷我身上。就说你是在爷爷的逼迫下动手的,其实内心里并不想打她。骂爷爷我几句都行,只要能让她消气。千万不能让她去离婚!"昌盛听罢有些不愿意:"她愿离就离,也没啥了不起的!"达志听了越加着急:"说这硬话干啥? 快去照我说的做吧! ……"

看着昌盛进屋去和小瑾说话,达志还不放心:万一小瑾赌气坚持咋办? 这年头正是宣传妇女自由的时候,小瑾提出离婚政府说不定就真能批准。好好的一对夫妻,这样子散了岂不是太可惜?

听见昌盛和小瑾的话音又渐渐高了起来,达志又慌慌地跑到东院,让月儿速去把云纬叫来。他相信云纬能把这种事处理得妥妥帖帖。云纬,我不得不又叫你来帮忙了。

不知道出了什么急事的云纬快步走进尚家,听达志说了一遍事情的经过后笑了:"你只管把心放到肚里,这事包给我了!"

云纬走进昌盛和小瑾的睡屋时小两口都还是横眉立目。小瑾正在收拾着自己的衣物,边收拾边在发狠地叫:"老子死也不跟你过了!"云纬见状立刻高声附和:"就是,不跟他过了!你尚昌盛竟敢打人,反了你了!如今可不是男人随意就打老婆的时代。我这会儿来就是要告诉你昌盛,政府一会就来抓你,你犯了法了!抓你去很可能要杀一儆百,枪毙!"

"枪毙?"原本噘着嘴的小瑾听到这话吃惊了,抬起眼看定云纬慌问:"盛奶奶,咋能枪毙呢?他不过是打了我两巴掌。"

"这就叫杀一儆百嘛!要依你的想法呢?咋个收拾他最好?"云纬一本正经地问小瑾。

"打一顿就行。"小瑾低了头答。

"咋个打法?用木棍照他头上打,把他的头先打烂?还是用拳头打屁股,用巴掌打脸?"

"用巴掌。"小瑾的声音越发低了。

"你也知道,你承银伯伯在当着专员,我待一会儿把你这想法给他说说。不过你得给我讲清楚,你想让打他几下?"

"两三下吧。"

"两三下就能解你的气?"

"嗯。"

"好!"云纬叫了这声好后,转身朝站在那儿的昌盛迈了一步,啪啪啪在他脸前连拍了三下巴掌,尔后把他朝门外一推:"滚!"待小瑾抬起脸时,昌盛已经出门了。

"都照你说的办了,你的气也该消了,这包袱还收拾它干啥?"

303

云纬走回到小瑾身边,替她把刚才收拾好的包袱解开,把小瑾预备带走的衣物又放回到敞开盖的箱子里。

小瑾这时才意识到,云纬刚才说枪毙的事是故意吓唬她的,但事已至此,也没法再赌气了,只得老老实实地坐下。

"尚昌盛,给我们端饭来!我和小瑾要吃饭了!"云纬这时又朝外喊。早就做好早饭等在那儿的尤婶,闻唤忙把两碗饭递到昌盛手上,推他端过来。昌盛进屋,云纬接了饭碗,递一碗到小瑾手上:"来,奶奶陪你吃!"小瑾没法再推,只好吃了。

一场风波就这样平息下来。云纬怕小瑾再找碴儿翻脸,当日白天一直和小瑾坐那儿有一搭没一搭的闲聊,直聊到吃罢晚饭要睡觉时分才告辞出来。临走前,她把达志和昌盛叫到一边,悄了声说:"要想不让小瑾出去胡乱跃进,最好的法子是让她快点怀孕。你们想想,女人怀孕后又是吐又是晕浑身没劲,她还能一天去织五百米劣质绸子?"达志听了立时说"对!"昌盛却苦了脸道:"小瑾说她要响应专署卫生科的号召,到二十四岁了再生孩子,每次总是到我快放东西时就推开——""你就那样笨?不会——"达志说到这儿突然意识到下边的话当爷爷的不能讲出口。云纬这当儿噗哧一笑,扭身走了。

街上不多的几盏路灯已经熄掉,街两边的人家也大都睡了觉。偶有一线灯光从临街的窗户里出来,刀一样把满街的黑暗切断成两截。

"回去吧。"云纬对送她出来的达志说。达志没吭,也没停步子,只把一只手伸过来,攥住了她的手腕。"我能看见路,不用你拉。"云纬摔了一下手,但摔得不坚决,于是达志便攥了她的手腕走。到了世景街头拐弯时,云纬突然发现达志拉她拐的方向不对,不是拐向自己的家,而是拐向城外。——"错了,你!"——"没错!"达志拉着她边走边说。——"你这是要去哪里?"——"到城外边找个地方坐下说说话。"——"你疯了？天到啥时候了？"——"反正已经晚了。"——"叫人撞见可咋办？——"

云纬虽然话音里露着不高兴，双脚却并没有停下来。是呵，有几年时间都没有和达志好好坐一起说话了！——"你别走那样快，你还当我是姑娘呀！"——"在我眼里你永远还是个姑娘！"——"说这话不怕人笑？"——"谁笑？谁知道？——"

好一阵之后他们才坐在了梅溪河的大堤上。两个人都在喘息，喘息声惊动了身边树丛里的一只夜鸟，那鸟嘎的一声向夜空中飞去，这又惊得两个人呼一下靠在一起。——"不会让人看见吧？要是让人知道两个七十多岁的老东西在这里偷偷相会，可要笑掉牙了！"——"谁都有老的时候，让他们笑吧！我如今是不敢指望和你住一起了，只是想和你坐一起说说话。"——"唉，我跟两个孩子说了想跟你过的事，他们都不愿意，他们主要是怕——""这个我懂，要是因为我影响了孩子们的前程，我这心里会更不好受！……"

一阵风吹过来，将夜凉披在了他们身上。云纬禁不住往达志身上更紧地靠了靠。达志就趁这机会把手伸进了她的衣襟里。"没啥摸头了，都成一张皮了。"云纬叹息着说。

"还行。"达志聚精会神地在感觉着。

"说鬼话吧，我对着灯看过的，都像倒空了粮食的袋子，难看死了。想当初它们多么饱挺，可那时你却没机会摸。晚了，一切都晚了。咱俩的命不好，时间都耽搁掉了。"

"这会儿也不晚，真的！摸着它们，我心里——快活、高兴、舒坦。"

"骗我吧，你肯定是恶心，可你嘴里不说罢了。"

"真的，我真的快活！"达志边说边在她脸上亲了一下。他立刻觉得自己亲得很笨，多长时间没亲过了？

"要真还能使你快活，你就摸吧。我多希望能有一个充气的东西,就像给自行车打气的气筒,把那两个奶子再充得饱饱胀胀的,充得像我们当初刚认识那阵子一样,让你摸个够。"

"可那时我不敢摸,每次总是轻轻碰一碰它们,怕摸了你生气。"

"其实我哪能生气?我心里也在盼着你动手哩,可你就是胆小。"

"如今胆子可不小了,我不仅敢摸它们,我还想嚙它们!"

"嚙?噢,真是老变小了。我不管,只要你愿意,随你。衣服扣在这儿……你吸溜得轻点,我的天呐,你真是……"

"我没有老,你说是吧?"

"你真的把我也弄得心里动起来了,你摸摸,看它们跳得多急,我以为我这份心早就死了,没想到它们还活着,老天!"

"我想我还能做那个,真的!"

"你瞎说吧,你!七十几了?"

"真的,不信咱们试试!"

"去,去!咱们该回去了,天太晚了。"

"咱们试试!我把衣裳铺到地上。"

"你疯了?让老天爷看见,会拿咱们当妖精的!七十多了还做那事?老天爷也会笑话的。"

"那有啥?"

"那是人年轻时才能做的事,如今我们都是当爷、做奶的时候了,再做那事,心里头害怕、羞。你想想,咱今夜里真要做了那事,明儿个咋见孩子们?"

"那真的没啥。不过今夜里天也凉,我怕冻病了你。咱们哪天再遇着,就真做一回!"

"瞎说吧,你!帮我把这个扣子扣上。好了,咱们走。"

"走……"

15

卓远预言的灾难果然在第二年春天大摇大摆地走进了南阳地界。灾难是先以饥馑开头的,接下来是浮肿和肝炎等疾病的流行。饥馑这恶魔先在四乡里肆意游荡,在轻易地取走了一部分人和耕牛的生命之后开始向南阳城进逼。城里的物价暴涨,小麦卖到四块钱一斤,一斤红薯叶竟卖到一元左右。

当饥馑的利爪伸进尚家大院的时候,小瑾生下儿子尚旺才刚刚满月。粮店供应的粮食越来越少,能让小瑾吃的东西也越来越可怜。最先感到饥饿折磨滋味的是小瑾,她吃下去的那点不多的食物,不仅要供应自己那年轻身体的消耗,还得转换成奶水供七斤重的尚旺大口吸吮。渐渐地,一当解开怀去喂尚旺时,她都要先吸一口气并咬紧牙关,以忍住那就要到来的被吸空了内脏似的疼痛。

达志、立世、尤婶和昌盛当然看到了小瑾的痛苦样子,看到了那母子俩正在飞快地消瘦。全家人先是四处到街上去给小瑾买可吃的东西,但街上可吃的东西不仅贵得吓人而且越来越少。后来全家人都尽量少吃以便让小瑾吃饱。那阵子能做的饭也就是放了红薯叶的红薯面稀饭。每回稀饭做好,达志总是只吃大半碗就说饱了,立世、尤芽和昌盛当然看出了老人的心意,总是强迫着再给他盛上一碗逼他吃了。全家人最先得了浮肿病的是昌盛,因为他既要照顾妻子、儿子,又要照顾爷爷、爹爹和尤婶。

看着儿子那肿得眯起来的双眼,听着小孙子因吃不饱奶水而

· 307 ·

起的有气无力的哭声,立世在一个雨声淅沥的晚上走进了父亲的睡屋。——"坐吧。"达志朝儿子微弱地说道。"爹,能不能把那个拿一点出来?"立世指了一下埋藏金条的地方。

达志没有吭声,屋里出现了长久的静寂。半响后达志抬起头微声说:"那东西拿去换吃的有点太可惜了,该留到正经地方用。换来吃的,一进肚里就什么也没有了。再忍一忍吧,眼下总还有填嘴的东西……"立世没再争辩,他知道父亲不愿办的事情,你再怎样争辩也没有用。

眼看着孙子媳妇和重孙子越来越瘦,达志心里的着急也越来越甚。那天,他揣上了一点余钱去街上,决心为小瑾买点吃的东西。可在街上转来转去,那点钱能买到的只是一包葵花籽。他拿着那包葵花籽回来交给小瑾,带了愧意说:"爷爷当初不让你嗑葵花籽,眼下却只能给你买葵花籽了。"小瑾当时笑笑说:"爷爷,你买的正是我喜欢吃的东西。"言毕,立刻贪婪地嗑了起来,只是她没有力气像过去那样把壳远远地吐出去,只把床前的地上吐了一层壳子。

一个薄雾轻飘的早晨,达志、立世和尤芽刚刚起床,忽听昌盛的屋里传出小瑾一声尖叫:"妈呀——"他们闻声都一惊,几乎同时高了声问:"昌盛,出啥事了?"昌盛这时已慌慌地跑出来叫:"爷爷,爹,不好了,小瑾出事了!"达志、立世听了脸都白了,尤芽这当儿已跑进去,片刻后奔出来语无伦次地说道:"小瑾刚才小解时,突然从裆里掉出了一团血红的东西,现在还在那里吊着!这是什么怪病呀?"达志听了,也顾不得三七二十一了,忘了诸多规矩,三步并两步地走进孙媳睡屋向孙媳看去,只见呜呜哭着的小瑾下身赤裸着,两腿叉开,腿间吊着一团血红的东西。达志到底年岁大了,只看了一眼就赶紧转对尤芽高喊:"他婶,别怕,这是子宫脱出,是小瑾太瘦,子宫下边的部位托不住子宫了。你赶紧找一个干净毛巾,用热水浸过,再稍晾成温的,托住子宫慢慢再塞进去!昌盛,你来帮你尤婶,要慢点!"

达志叮嘱罢,走到门外,背对着门口询问和指挥:"用毛巾托住了吧?"

"托住了。"尤芽大声答。

——"小瑾不要哭,也别怕,过去遭饥荒时这种病也多,这病只要吃一段时间的饱饭就会好。你仍把两腿叉开,明白么?"

——"我明白,爷爷——"

——"昌盛慢慢伸出手,一只手托住小瑾的脖子,一只手托住小瑾的屁股,把她平抱起来!他尤婶你仍用手托着那东西!"

——"俺明白!"——尤芽答。

——"现在把小瑾慢慢地平放到床上,他尤婶你跟着小瑾的身子移动手,不能再往外扯!"

——"俺明白——"

——"小瑾躺好后,昌盛你托住小瑾的屁股和一条腿,让她下体抬高些,他尤婶你抬高小瑾的另一条腿——"

——"已经抬高了——"

——"他尤婶你这会儿把那团东西慢慢往里边送,最好让它往里边滑,不要硬塞,要慢,不要碰了它,明白?"

——"俺明白——"

——"送进去了?"

——"送进去了——"

——"好,这会儿他尤婶你再把毛巾在温水里浸浸,拧干,轻轻地盖上去。小瑾就平躺在那里,不要动,明白?"

——"明白,爷爷——"

好了,总算过去了。达志抹了一下额头上的汗,这才转对一直站在身边的立世说:"你去办两件事:一件,是到诊所里买一大块干净纱布,回来替换他尤婶手上的那条毛巾,而且要兜住那地方,防止它再掉出。另一件,是去找你云纬婶子,就说我要向她借二十斤面,让她无论如何想办法弄到,白面、豆面、红薯面都行。记住,面一借到,就赶紧回来给小瑾做面条吃!……"待立世走出院门之后,达志才软软地滑坐在了门槛上……

那些天让达志感到安慰的是,尚吉利织丝厂的生产还在坚持进行。厂里为了让一线工人能够上机操作,也想了不少主意。比如由厂食堂出面买点高价包谷面,回来掺些野菜做成窝头,中午额外给每个工人发一个。达志在这一点上对厂长很满意——一个厂子只要不停产,就总有发展的希望。他只要是身子有劲,总还要到厂子里去走走看看,帮助厂长对工人们说点鼓劲的话。

一个有云无月的傍晚,达志喝了碗稀饭后习惯性地向厂里走,在一个院墙豁口处,忽然瞥见一个工人扛一个很重的东西由那豁口向外递给另一个工人。他当时一愣:运什么东西不走厂门,偏要由这个地方别别扭扭地出来?他紧走几步才看清,原来那两人往外捣腾的是一部织机上的传动装置。他一怔之后高了声问:"你们这是往哪里拿?"那两个气喘吁吁的工人一见达志走过来,显然都吃了一惊。内中一个达志认识的工人走近达志说:"尚大伯,既是让你撞见了,俺也就不瞒你了。如今俺们两个家里都缺吃的,可又没钱去买,没办法就想了这个主意,从厂里拿点东西去换。也刚好有个铁匠铺愿意要这些……"达志听着听着气得脸都有些白了。小子们,把机器拆卸下来换吃的,这不是要毁这个厂子吗?尚吉利织丝厂这个家底创出来容易么?——"俺们知道尚大伯对这厂子的感情,俺们也是没有办法,靠山吃山靠海吃海,俺们靠着厂子,只有吃厂子了——"

"晓得我当初为买织机卖过什么吗?"

两个工人对视了一眼,不知达志要说什么。

"卖过女儿。我用卖女儿的钱买来织机,你们再把它拆了去换吃的,这多少有点说不过去吧?我不说大道理,不说你们这样做对不起国家对不起工厂,我只说你们对不起我!对不起我这个老头子!"

"大伯——"

"这厂子好歹是一份家业,家业都是置着难,毁着快。厂里不就是几百台机器?倘是工人们都学你俩去拆着卖,够卖几天?卖完了咋办?到那时咱不说织绸织缎,只说谁还给你发工资吧,厂子都没有了,谁还给你们发钱?"

"大伯,你别说了,俺们把这东西送回去,原样装上。"两个工人说罢,又扛起那东西沿豁口进了厂里。

达志没走,仍蹲在那豁口处,直到两个工人又回转了来。——"安好了——"

"跟我走!"达志说。

"咋?俺们已经安好了,又没真偷——"

"是到我家!"达志解释。两个工人忐忑不安地跟达志走进尚家大院。只见达志进屋,片刻后捧出两个升子,升子里装的是杂面,他朝两个工人每人手中放一个说:"这点杂面也是我朝别人借的,你们拿回去救救急。估摸政府发的救灾粮很快就要到了。千万不要再去厂里打机器的主意,只要有机器,咱日后就会挣来更多的钱。"两个工人感动得连声称谢,都满怀愧意地捧着升子走了。

这件事处理完,达志又专门跑到厂长家里,叫他注意防护败家子们对厂子的作践。而且也对立世、昌盛作了交待,让他们夜里起床撒尿时,顺便披上衣服绕厂子走一圈,防备有人偷拿厂里的东西。这规矩直坚持到市民的粮食恢复正常供应。直到那天街道办事处的人通知说,自本月起,城里人口每人每月供应猪肉二两,纸烟三盒,盐一斤,糖半两,火柴一盒,蛋二两……达志才对立世和昌盛交待:"今后夜里起来撒尿时不必出去转了……"

16

当早春的晨曦磨蹭着向窗棂靠近时,栗丽醒了。她醒后的第一个感觉是肚里很饿,她知道该起床熬野菜稀饭了。丈夫和孩子待会儿醒来后也一定有饿的感觉,得让他们起床就能喝上稀饭。她轻轻地坐起身去穿衣服,在把胳膊往那件蓝底带白花的夹袄袖子里伸时,她忽然闻见贴身穿的无领衬衣里有一股很浓的汗味。这内衣穿了有二十来天了吧?该换下来洗洗,真是越来越邋遢了。她边想边伸手从枕头下抽出了叠得整整齐齐的衬衣、裤头,尔后去脱身上充当睡衣的衬衣短裤。尽管她小心着不弄出响动,可脱去衬衣时带起的微风还是拂醒了冬至。冬至两只惺忪的睡眼睁开后第一下看到的便是妻子那赤裸雪白的上身,他的双眸定了一霎接着便有微弱的火花在其中一闪,只见他猛地抬手攥住了栗丽的一只下垂的乳房。正预备去穿上干净内衣的栗丽被冬至这个突然的动作弄得一怔,不过随即就扭脸向他无声一笑,目光中发出了一个习惯性的问候:你也醒了?冬至没去看栗丽的眼睛,仍在全神贯注地审视捏摸着那个垂吊的乳房,那副新奇的模样好像第一次看见它。"好了,快放下,我该去做饭了。"栗丽低声说了一句。可冬至不但没松手反而手上又使了劲,而且另一只手也抬起来按她的肩膀。栗丽明白了他的意思,只得叹口气说:你呀,天都亮了!说着又缩回了被窝,任冬至把她抱进了怀里。

村里不知谁家的鸡叫了起来,就在这鸡啼声里两个人开始活动。动作虽然都是过去做过的动作,可两个人却都有些陌生。栗丽在冬至忙乱时想起,因为饥荒,两个人差不多有好些天没做这事了。

冬至做得很用劲,不过事情到最后也没做成。只听他唉了一声从栗丽身上滚下去,懊悔地说:"这会儿要是让我吃上一个白馍,我保证——"栗丽知道他这是在表示歉疚,就拍了拍他的背说:"我知道这是因为你肚里没有东西,其实不光是你不行,你看看咱们村里这一年多有哪家的女人生了孩子?没有孩子出生不就证明其他的男人们也没做成那事么?别担心,以后日子好了,有了吃的,你保准还行!罢了,我该起床去做饭了。"栗丽说着再次坐起身去穿衣服。冬至仰躺着去看栗丽那雪白的身子被衣服遮住,无可奈何地叹口气,闭上了眼睛……

拨给落霞村的救济粮是三天后的傍晚运到的。救济粮是黑豆和红薯干,每个人二十斤。运粮的牛车在村中停下时引来了一阵真正的欢呼,人们奔走相告,村里洋溢着一种近似过春节的气氛。冬至把分给自己一家的救济粮扛回屋里后对栗丽说:"往锅里多下一点,今晚咱们可吃一顿饱饭!"那时天已黑透,要把黑豆磨碎把红薯干碾碎都已来不及,栗丽只好把两样粮食各淘洗一些放进锅里合着煮了。这种奇特的黑豆红薯干稠粥煮好以后,冬至一连吃了四大碗。他盛第四碗时,栗丽有些担心地劝他:"明日再吃吧,饿久的人,一下子吃得过饱,把肚子胀坏了咋办?"冬至听罢笑笑,低了声说:"放心,我的肚子还空着哩,我今晚多吃一点,待会儿睡觉时我可要把那事做成——"栗丽怕孩子听见,急忙在他脚上踩了一下,制止他再说下去。

吃罢饭,栗丽安顿好孩子睡下之后,才拿起针线活儿要做,冬至就赔着笑脸要让她上床。栗丽不想拂他的兴致,没说什么便丢下针线去铺床。不想床还没铺好,坐在椅子上吸旱烟的冬至突然捂着肚子呻吟起来,而且呻唤得越来越厉害。栗丽走过来问是咋回事,冬至指着肚子说胀疼得很。栗丽又好笑又好气地敲了一下他的头:让你多吃!便叫他起身在屋里走动着以帮助消化。可怜冬至那晚基本上没有上床,差不多在屋里来来回回地走了一夜,天亮前才算把一肚子的黑豆和红薯干消化完毕,这时他也早累得没了做那事的力气,眼睁睁看着栗丽静躺在那里……

栗丽根本没想到会在那个阳光黯淡的午后与蔡承银相遇,其时,她正在桑园边的沟埂上全神贯注地寻觅野菜。她听见几个男人边说话边向近处走时还以为是来地里干活的本村社员,待抬起脸才发现那几个男人中除了本队里的队长之外,其余都是城里干部的打扮。

"这块麦地里的麦苗又稀又黄,得尽快施点肥了!……"一个中年干部在对本队里的队长交待。原本重又弯腰去寻找野菜的栗丽被这个熟悉的声音扯直了腰:会是他吗?蔡承银?她用目光去探视那个正在说话的男人的后背,像,有点像!她觉出心脏忽然向上蹿了一下,手有点凉。——又是桑园相见!

"冬至家的,你过来,蔡专员来咱村看看,你给专员说说你们养蚕的想法……"

你也不胖,而且满脸皱纹了,看来你的日子过得也不好。可你不会想到,乡下人的日子过得有多么糟糕!你更不知道饥馑曾经是怎样的可怕,已经有多少人的性命被它夺走了!你早该来看看农村的,为什么现在才来?……

承银看栗丽的表情是复杂的,轻了声问:"救济粮发到了吗?"

栗丽极慢极慢地点了点头,尔后开口说:"专员,我想单独和你说几句话,可以吗?"

吃惊和意外几乎同时掠过承银身边那些陪同者们的眉梢:一个农妇竟会这样大胆地要求和专员单独谈话?承银此时则是感到了一丝惊慌:她要说什么?骂我薄情吗?不过他很快平静了下来,

一边挥手让陪同者们走开一边高声笑道:"当然可以和我单独说话,不论什么样的情况都可以反映!"他用领导者这个大度的动作掩饰他内心的惊慌。

现在只有他们两个面对面地站着,承银看了一眼旁边的桑园,他注意到有风在摇晃那些刚长出不久的嫩黄的桑叶,他忽然希望那风能再大些,最好能呼呼作响,以压下即将开始的这场谈话。

"许多年前,"栗丽终于低沉地开了口,"一个男人告诉我,如果他在南阳掌了权,他会让这块土地上的人们吃饱穿暖过上舒心的日子,可他后来没有兑现这个诺言!"

承银一愣,他没想到谈话会从这里开始,他感觉到有一丝羞红爬上了他的面孔。"是的,那个男人没有兑现诺言,他心里很愧,不过他没有忘记他的诺言,他将尽一切力量去兑现!"承银的目光在栗丽那少有血色的脸上一掠而过,落在了她放在一旁的野菜篮里。

"还要等多长时间?"

"不太久,相信我,我不会让你总提着这个剜野菜的篮子!"

"我要看结果而不是只听信你的话!"

"当然!"承银伸手提起她的野菜篮,慢腾腾地扒拉着放在里边的各种野菜,"我要是再食言了你可以用你手中剜野菜的镰刀砍了我!"

栗丽没再说话,只是定定地看着他向他的随同人员走去。她也就在那一刻发现,他的两腿走路时竟也有些不灵便了。

那天傍晚栗丽在把竹篮里的野菜往水盆里放着预备洗时,无意中发现有一卷钱杂在野菜里,那是两张拾元的人民币。哪来的?俺家从来就没有这么多钱呀?!她在最初的惊愕之后蓦然间有些明白,她小心地把纸币展开,对着它们看了许久许久,直到暮色一点一点地凑近来……

·315·

17

尚达志在迎来八十二岁的这年春天时,不得不和拐杖正式结缘。过去,拄不拄拐全看当时的兴趣;如今,却是不得不这样做了——每次去尚吉利织丝厂转悠,都必须先拿上拐杖,要不,再迈过厂门的门槛时就很有些麻烦。他现在有些相信那句俗语了:人老先从腿上老。不过就整个身体状况来说,达志觉得自己依然可以称得上健康,饭量不错,睡觉可以,身上、手上还都有力气。行呵,八十多岁的人了,还能怎么样?

这是一个让人心情舒畅的春天。饥馑是早已被赶得无影无踪了,粮店里的粮食和商店里各样货物又像过去一样正常供应。吃了饱饭脸上显出了红润的女人们,又开始穿上五颜六色的衣服在城里的街头上播撒笑声了。精力渐次充沛的男人们又开始和女人们做些繁衍后代的工作,于是新生婴儿们的哭声,又开始在南阳盆地里此起彼伏。一个生气勃勃的局面像这个怡人的春天一样莅临了。

达志在这个春天里心绪很好。这一是因为尚吉利织丝厂的生产已经完全恢复到饥馑前的水平;而且通过香港这个出口通道,尚吉利织丝厂的绸缎外销也在与日俱增。二是重孙子尚旺已经可以满院子跑了,边跑还会边咿咿哑哑地叫:太爷爷——太爷爷——达志如今每天除了早上、下午去织丝厂各看一次外,剩下的便是逗弄小重孙子旺旺玩。达志常常坐在院中的一把矮木椅上,让旺旺在怀里翻上倒下地玩闹。每当小旺旺扯住他的胡子把小嘴凑到他耳畔说:"太爷爷,长大了我要给你买糖吃"时,他都觉得像浸泡在澡堂中的热水池里那样,全身的毛孔都极舒服地张开了。

但愿日子就这样过下去……

春末的一个格外和暖的后晌,达志正坐在院中的木椅上打盹,在一旁玩耍的小旺旺忽然跑过来揪住他的胡子叫:"太爷爷,太爷爷,你快来看!"达志被小旺旺叫醒后又被牵了手径扯到院中竖着的那块石头前,旺旺指着石头上刻着的那个卐形图案叫:"太爷爷,你看,你看!"达志抬眼朝那图案看去,立时一惊:原来那图案在那刻正闪着炫人眼睛的白光。嚯,出了奇事,这么多年我还没见过这种情景哩!达志慌慌地站起向石头走去想看个究竟,不想他走近石头时那光却已经消失,图案仍恢复了原来的模样。怪了,怪了!达志绕着石头走了一圈,又对着正在缓缓下坠的太阳看了一霎,莫不是太阳和这石头构成了一个什么角度就能映出光来?或者是这图案要借闪光来向我预告什么?亦或是根本就没有什么闪光,不过是旺旺和我看花了眼睛?……

奇怪的是当天晚上他没有睡好,睡眠反常的时断时续,而且一入梦他就感到有一种光向他射来。那光先是很小,渐渐地变得很强很热,有点像火。有几次他在梦中都有一种被大火包围了的感觉,好热。天亮前最后一次从梦中惊醒是因为他看见了一股火苗向床上扑来,立世张着两手正向他惊慌地呼喊……

真是怪了!那天早晨达志坐在床上揉着没有睡好的眼睛想。

那幅写在白纸上的巨幅黑字标语出现在南阳街头是在一个阳光耀眼的正午。标语上写的是:要把地、富、反、坏、右和资本家彻底斗倒斗臭!署名是红卫兵筹委会。这标语以它字的巨大立刻吸引了街上过往行人的注意,但人们看它时也只是觉到了一点新奇:竟可以用整张的白纸来写一个字?!很少有人意识到这是一个信

・317・

号,更没有人意识到这是一场运动的开始。许多人笑着站在标语前指点说那一个字笔划不直,这一个字写得不见功力。

尚达志看到这张标语已是当日的傍晚时分。他按惯例到织丝厂问完当天的生产进度,带着几分轻松拄杖走出厂门时,看见远处街上围了一群人指指点点,便顺脚走了过去。他在那标语前站定脚步时立刻觉到了一股冷意由双脚升起,他最后把双眸定在了"资本家"三个字上,他听见自己的上下牙齿因为发冷而磕碰了几下。

达志从标语前离开后没有回家,而是径直走进了卓远的书房。卓远那一刻正坐在书桌前听月儿给他读报,看见了达志进来忙让月儿给他搬椅端茶。达志没有落座也没有去接茶杯,只是喘吁吁拄了拐问:"卓远哥,你知道街上贴的那个标语么?"

卓远点了点头:"我所以听月儿读报,就是想弄清这个标语出现的缘由,看来又要有一场政治运动了。"

"政治运动?"达志瞪大了眼。

"姥爷,你快坐下,不要慌。"月儿扶达志坐下后轻声宽慰,"国家要开展一场文化大革命,街上的标语可能是这场革命的一个内容。不过你不要担心,专署里领导都知道你的为人。"

"文化大革命?革命不是已经搞过了吗?"达志茫然地问。他这才记起自己已有好多日子不曾读报纸了。

"这场革命与以往的革命不同,这是一场以防止修正主义上台为目的的继续革命!"角落里忽然有一个小伙子站起来接口。

达志闻声扭头,这才注意到这屋里还有生人,忙用目光询问月儿这小伙是谁。月儿在姥爷的目光注视下羞羞地垂下了头。卓远这当儿急忙介绍:"他叫左涛,是师专人事处的干部,月儿的朋友。"达志知道如今男女恋爱时都叫处朋友,想来这就是自己外孙女的未婚夫了,就又仔细地看了那小伙几眼,问道:"左涛,这继续革命的对象有哪些?"那左涛想了一霎,答:"我也说不清楚,不过,不会少了,凡是可以导致修正主义、资本主义上台的人,都可能是对象!"

"那像我们这种人——"

"达志,别太担心!"卓远打断了达志的话,"执政的人想必懂得,组织经济生产才是最紧要的任务,没有谁总去组织人与人之间相斗。你安心度你的晚年,不会有啥大事发生的。当然,也要有遇见小麻烦的心理准备,那标语看来也多少透露了一种信息。"

"会遇见什么样的小麻烦?"达志追问。

"我只是这样猜测……"

那天晚上达志在向自家院中走时心绪烦乱,一种就要遭遇到什么不测的惶恐使他移动双脚时都有些艰难。但愿不会发生什么事情,但愿别发生什么事情,我们尚家可经不起折腾了,经不起了……

达志所担心的不测和卓远所预言的麻烦是在夏末秋初一个闷热的中午降落在尚家大院的。那阵子达志正一边摇着蒲扇一边在木板床上躺下预备午睡。他最初听到院外的街上响起口号声和人群的脚步声时还没有在意,以为又是红卫兵们在街上举行惯常的示威,那阵子红卫兵们的游行已为人们所习见。及至听到纷乱的脚步声响进自家院里,并且有响亮的口号:"打倒丝织资本家"在院子中窜动时,才真正地慌了。他急急地起身去穿衬衣,可因为太慌却怎么也不能把胳膊伸进衣袖里去,直到红卫兵们拥进了他的房间,他的一只胳膊还在徒然地忙碌着。

"尚达志,我代表红卫兵司令部宣布,将对你和你的儿子、孙子实行无产阶级专政,你们必须老老实实交出你们的变天账,如实交待你们复辟资本主义的阴谋!如要负隅顽抗,只有死路一条!"一个年轻的红卫兵高声叫道。

达志有些愕然地喃喃道:"俺们没有变天账和阴谋,没有。"

"不许抵赖!"一声怒吼冲上屋顶又反回来砸到了达志的头上。

他在哆嗦中看见立世、昌盛、小瑾和尤芽、旺旺都已被拉到了当院炫目的阳光里。他明白他一直担心的那件事到底来了。

"抄!"红卫兵们在这声命令里分头扑进尚家的每间屋里,扔、砸、撬家具什物的声音转瞬间便响彻了整个院子。达志在这种尖利混乱的声响里渐渐平静下来,他知道红卫兵们不会抄出什么,他根本就没有变天账,他埋藏的那些金条也不是这些红卫兵们能找到的。他仰头望望头顶缓慢移动的灼热的太阳,他想云纬若知道这里发生了这样的事必定会来制止。

红卫兵们果然从各个房间里空手而出,但事情到此并没有结束,被这种一无所获的结果激怒了的红卫兵头头先是朝尚达志吼了一声:"你骗不了我们!"尔后朝他的下属们叫道:"把尚达志、尚立世、尚昌盛拉出去!"

达志还没有弄清这"拉出去"三个字的含义,一个巨大的纸牌便已挂在了他的脖子上。他垂眼看见那纸牌上写着五个字:反动资本家。

——"我爹年纪大了,你们不能让他——"达志听见立世在喊。

——"你们不能折腾我爷爷——"这是昌盛在吼。

——"太爷爷——"小旺旺在叫。

达志听见了这些声音但不想再开口说什么了,他已被两个红卫兵挟着向院门走去。他那阵也迫切地希望走出院门,院里的闷热让他觉到了头晕。街上果然有风在流动,尽管那风触摸他的身子时也带着明显的热力,但那股闷劲总算消失了。这时他才发现街边站满了人,人们都默然而惊异地注视着他,他拿不准自己这一刻该不该在脸上浮出一个笑容。这时锣鼓声突然响了,这声响让他意识到:下边要他经历的将是游街示众。他看见立世和昌盛这时也已被推出院门,立世脖子上挂的纸牌上写着:资本家的孝子;昌盛胸前的纸牌上写着:资本家的贤孙。

他被两个红卫兵挟持着往前走时听见了响亮而悠长的口号

声:打倒反动资本家尚达志——将无产阶级文化大革命进行到底——把一切阶级敌人消灭光——

　　口号声里的那个"光"字径直钻进了他的耳朵,这使他忽然想起了前些日子在院中石头上看见的那种奇怪的闪光,当时▓图案上的闪光难道就是在向我预告眼下的灾难?……

　　当游街示众的队伍从尚吉利织丝厂门前经过时,他扭头向厂区看去,他看见一辆装满生丝的汽车正停在丝库门口,一定是又进了新丝。但愿这批新丝的质量符合标准。幸亏我们尚家和尚吉利织丝厂的经营权分开了,要不然,他们把我们三个人一抓,厂子不要停产了?……

18

卓远蹒跚着走出专员宿舍院时已是繁星满天。一直等在大门外的月儿看见爷爷出来慌忙上前搀住老人,于是空旷的大街上便有轻重不同的脚步声徐缓漫开。街边的墙根处不时有秋虫的鸣叫传出,仿佛在提醒行人这是一个凉爽美丽的秋夜,你不该视若无睹地随便走开。

"见到蔡专员了?"月儿轻声地问爷爷。

"见到了,唉。"卓远长长地叹了口气。他今晚去见蔡承银是为了达志一家,他期望专员出面能尽快把尚家三口人放出来。达志、立世、昌盛三人自那天被游斗后一直关在既不是监狱也不是拘留所的红卫兵司令部里。

"专员怎么说?"

"唉……"卓远再一次叹了口气,叹气声被从身后的来风向前吹出很远,以致几只秋虫的鸣叫声被这一长叹惊断。蔡承银看来不是不想管,卓远看出蔡承银对尚家人被关押怀着真诚的关心,但要立刻制止这件事他显然也有困难。他一再说:我会再一次同红卫兵们商量,请求他们将尚家三口人放出来。商量?请求?在中国这个尚未实行法制的国家里,如果一个地方的最高行政长官也不能下令放出关押的人,那说明事情真的变得严重了,说明那些关押人的人有了更大的仗恃。他刚才说批斗尚家人只是运动的第一个浪头,那么说还有第二、第三个浪头?下边的浪头将指向哪些人?将冲往什么方向?他最后送我出门时说的那句话让人挺费解:你还有多少古书?书架上放不下就该送送人嘛!他为何突然谈到古书?为什么说要让我把书送给别人?这是不是一种警告?难道下一个浪头是针对古书的吗?会有这样的事?古书作为一种文化遗产,作为人类文明发展的记录,它会惹着谁呢?不过如今人们常用的一个词是"封资修",会不会有人把古书扣上"封资修"的帽子而作为攻击的对象?可能!完全有可能!要不然蔡承银不会在分别时突然提到古书……

那晚到家时卓远已断定自己的判断是对的,他把雅娴和月儿叫到身边说:"明儿你们把咱们家当初躲日本兵的那个地洞收拾干净,铺一层干石灰,我预备把家里的珍贵书籍放进去藏些日子。"

书是第二天下午开始往洞里藏的。卓家数代人积存下来的两万余册书籍中珍贵的书实在不少,要把这些书挑出装箱或捆绑好再装进洞里远非月儿和两个年过八十的老人所能胜任的。月儿于是从师专人事处叫来了男朋友左涛相帮,两个老人负责挑选,月儿和左涛负责装箱、捆绑、提进洞里。四个人直干到当晚快半夜时才算忙完。

忙完后卓远很有些高兴,加上见天色已晚,就拍着左涛的肩膀说:"今晚别回去了,就住在客房里吧,反正床和被褥都有的是。"左涛扭脸去看月儿,见月儿也没有反对的表示,就点点头说:"中。"

两个老人大约因为疲累很快就沉入了睡眠,月儿和左涛却都久久没有阖眼。卓家如今的客房其实就是早先月儿父母的睡屋,和月儿的卧室有一扇门在通着。尽管眼下那扇门有一根结实的枣木闩在插着,但隔着门缝彼此都可以听见对方的动静。平日里左涛和月儿虽有些亲吻和抚摸的举动,但两个人这样隔门脱衣而睡的情况还从来没有过。这种环境里要不让彼此去想象对方在床上的睡态和模样有点不大可能。而这种想象只会把彼此刺激得毫无睡意激动无比。最后是左涛先耐不住这种激动了,月儿听见他轻轻地起床敲了敲门,月儿的心一下子提到了嗓子眼里,月儿是那种特别害羞的姑娘,一时不知该怎么办了。以她内心深处的愿望,她是真想去抽掉那根门闩的,但她知道一旦抽开了门闩就意味着什么。在她的意识里,她是认为那件事必须到结婚后才能做的。她于是咬牙忍住了心中想去开门的冲动,把两个手指塞进耳朵里不去听那敲门声。

可敲门声并没有停息,咚咚的声音固执地钻进她的耳朵,而且有越来越高的趋势。月儿担心左涛这样持久的敲门最后终会把爷爷、奶奶惊醒,于是起身穿着短裤和胸衣轻跑到门后小声说道:"别敲了,让老人们听见?"——"求求你,把门开一个缝!"左涛的声音是那样可怜。这句充满感情的低低的恳求像一股强大的水流,一下子把月儿那正在变软的忍耐长堤冲得七零八落。她是哆嗦着手去拉动门闩的,枣木的门闩不知出于何故,在滑动时突然呻吟似的响了一声,把月儿吓得打了一个冷战。门闩刚一抽开,左涛就闪进来准确地抱住了月儿那索索乱抖的身子。

接下来是一长串没有什么章法的慌乱动作。月儿事后能记起的细节只是一个——当左涛快活地刺进她的身体时,她在痛楚中听见他高兴地说了一句:是爷爷的那些破书成全了咱们……

最早的一声鸡啼传来后月儿推醒酣睡在身旁的左涛,让他回他的床上去睡,自己紧忙收拾床上各种零乱的东西。这之后便开始穿衣起床预备去做早饭——她一向是边做早饭边读英语,她对自己的学习一直抓得很紧,当然这种好习惯是卓远平日给她培养成的。

开始熬稀饭时她坐在灶前打开了英文版的《欧洲简史》,开始按计划去读完三页的内容。但那天早晨书本上的英文单词全变成了光滑无比的泥鳅,她的目光稍稍一碰它们便倏然溜走,她很难把它们组合成句子并弄懂其内容。在那些英文单词滑走的同时,昨夜和左涛在床上的那些场面却像摄成的照片一样一张又一张不停地摊放在她面前的书上。她被那些照片弄得脸热心跳血流加快,她望着灶膛里那红黄色的火苗忽然意识到,待一会吃早饭时如果让左涛也坐在饭桌前,她很难保持着镇静从而不让爷爷、奶奶看出他俩的关系已发生了实质性的变化。得让他先走!想到这里她急忙起身离开灶屋向左涛的睡房走去。你赶紧穿衣回学校!她这样边想边要抬手去敲门,但借着晨光隔了门缝一看左涛沉酣的睡态,她忽然又有些于心不忍,就让他再睡一会吧!待会儿吃饭时小心不让爷爷、奶奶看出什么就行了。

接下来月儿开始全心做饭,尔后服侍两位老人起床洗漱,待到了吃饭时间才去敲响左涛睡的客房的门。月儿这时还不知道自己已犯了一个无法挽回的错误。

四个人在饭桌前坐下端起饭碗时,月儿一直在小心地观察着左涛的举动和两位老人的神情。还好,左涛掩饰得不错,仍和他往常以朋友身份来吃饭时一样。两位老人显然也没看出月儿和左涛的异样,神态如往。看来并没有泄密的危险。但月儿根本不知道,另一桩危险其实正在一点一点地向她和她的家庭逼近。

几乎就在卓家四口人端起饭碗的同时,红卫兵司令部里一支以破四旧立四新为任务的队伍也正在集合。他们今天的第一个目标就是卓远的书房,因为他们不用打听也知道,这全城里保存旧书、旧画最多的就是世代做学监、督学的卓家。

这支以一面红旗为前导的队伍到达卓家门前时卓家四口人的饭碗刚刚放下,左涛还正在用雪白的手绢揩抹自己的嘴唇。月儿是最先听到门前纷乱的脚步声的,她自然不知道这就是危险,她匆匆地向门口走去想看个明白。她还没有走到院门口就有响亮的口号声涌进来:破四旧、立四新,彻底砸毁封资修的旧东西!她只是怔了极短的一霎,便明白是怎么回事了,她转身往回刚走到书房门口,一群红卫兵已冲进院中并迅速围在了书房门前。

· 325 ·

接下来是红卫兵的一位年轻司令对月儿和闻声出来的卓远、雅娴、左涛宣读"关于查抄封、资、修反动图书的通告"。卓远听罢挥挥手说："你们进书房自己去看看哪些是封资修的东西,发现了就拿走吧。"他因为已把最重要的书籍藏了起来而显得十分平静。红卫兵们于是朝书房一拥而进。卓远和月儿都以为,红卫兵至多是在书架上尚存的书中挑一些拿走作罢,爷孙俩都低估了年轻的红卫兵司令的查抄经验。片刻后只见那年轻司令走出来说："卓远,你别同我们耍滑头,你的书架好多层都是空的,这表明你一定是把有些书籍转移到了别的地方,你必须立刻交待明白把那些书藏到了哪里!!否则,后果你该明白!"卓远、月儿此时才意识到自己过于大意,没有对搬空了的书架做点遮掩。但事已至此,月儿急中生智地说:"有些书我们发现有封资修的内容,已自己动手把它们烧了。""在哪里烧的?灰烬在哪里?"红卫兵并不轻易上当。"就在这院子里,灰烬已用水冲掉了。"月儿咬牙把谎说下去。那红卫兵司令听到这里哼了一声,并不说别的,只把他们举来的一面红旗竖在当院,指了左涛叫道:"我知道你父母都是工人,你是无产阶级的儿子,你虽然将要做卓家的女婿,但我相信你不敢在红旗下说谎。你过来,面对红旗说说你所了解的情况。一旦我们发现你在红旗下说了谎,你就成了真正的叛徒和无产阶级的败类,到那时,你就会像地、富、反、坏、右和资本家一样,成为我们专政的对象!你应该知道,专政对象的滋味并不好受!"左涛面色有些发白地走过来站在红旗下,惶惶不安地看了那司令一眼,哆嗦着嘴唇只说了一个字:"我……""你该知道说了假话意味着什么!"那司令慢腾腾地提醒。左涛先是绝望地看了一眼月儿和卓远夫妇,随后便开始不停地吞咽唾沫。月儿和卓远夫妇都紧张地看着他。坚持住,涛!月儿在心里喊。她这时方意识到早晨起床时该喊醒左涛让他走的,倘是那样就绝不会有此刻这一幕。左涛在吞咽了差不多两分钟的唾沫之后突然开口吃力地叫道:"月儿、爷爷、奶奶,我们犯不着为那些破书——""左涛!"月儿惊慌地想要打断左涛的话。但是晚了,左涛已经抖着手指了藏书的地洞呻吟道:"书都藏在那下边……"

底下的事情就很简单了:红卫兵们立刻扑向了那个地洞,他们迅速揭开了月儿精心遮饰的洞口,欢呼着进洞把卓远视为珍宝的书一摞一摞抱出来扔在了卓家门前的大街上。火迅速地点着了。那些因保存年代过久而发黄变脆的书页在火焰中像蝴蝶一样飞舞,连缀书脊的麻线被烧着后发出的煳味飞快地沿街向远处飘荡,一些硬壳封面被烧裂时发出的啾啾爆响像鸟叫一样动听。

明版的《资治通鉴》,妈的,还有这玩意!封建的,扔进去——

宋版的《四书》、《农桑辑要》,老封建的货色,扔进去——

康熙年间的《南阳府志》,什么东西,扔进去——

民国版的《盐铁专营史考》,资本主义的黑货,扔进去——

翻译丛刊《日本战后复兴详说》,崇洋媚外的,扔进去——

俄文的,修正主义的东西,扔进去——

法文的,这书还会有好货?扔进去——

一本本书像木柴一样被扔进了火堆里,在近似啜泣的燃烧声中,转眼间便变成了轻烟向空中飞走。月儿所能做的,只是站在那里心疼至极一连串地说:不,不,不,……她仰头看着那些被风吹远了的白烟,绝望地举起双手,那模样极像是想把那些书的远走了的魂灵拉住。她听到了一声长长的叹息,是爷爷。她扭头看见爷爷在奶奶的搀扶下目光发直地盯着那些飘摇的火苗。老人没有说话,却忽然推开奶奶的手,径直向火堆走去,老人的脚已被火舌舔住,衣襟也已开始着火,却仍然在向火里走。爷爷——月儿浑身一悸,没命地向老人扑去……

月儿在医院照护着爷爷输完液,听着爷爷的呼吸转为正常之后,又叮嘱了一番相熟的护士好生照顾,这才拖着疲惫的双腿向

327

家走。

　　城市已在几颗睡眼迷朦的星星注视下沉入安静。整个大街上只响着月儿那沉重的脚步声。一拐进世景街口,一股残留的焚书的煳味就又钻进了月儿的鼻孔。于是白天的情景又鲜明地出现在了她的眼前,她慌忙抬手捂住又开始揪疼的胸口。

　　那堆灰烬还在,她围着那堆灰烬走了一圈。这就是那上万册书籍的骨灰。听到了吧,你们,我知道你们是含冤而死,我听见了你们的抱怨,我明白你们其实并不对谁构成危险。我明天会把你们埋入土里,你们安息吧,剩下的事该由我来做了……

　　月儿慢慢地打开院门,她已让小瑾表嫂把雅娴奶奶接过去住了,今晚她将一人住在这个空阔的扔满书页的大院里。她返身要去关门时突然听到门外响起一声低哑而熟悉的喊:"月儿……"这时她才注意到原来左涛一直站在院门一侧。她的身子猛一颤,呼吸立刻变粗了,她的两手一会儿攥成拳头一会儿又松开,她在黑暗中向他盯了许久。可惜左涛看不清她的神情,他只是感觉到她的呼吸又慢慢变缓。"月儿,我……""是想进来?"月儿的声音出奇地平静。"我……"左涛在吞吞吐吐中迈过了门槛。

　　月儿在前左涛在后,两人慢腾腾地向月儿的睡屋走。"月儿,那些书……"

　　"就是那些破书?烧了就烧了呗。"月儿推开睡屋的门,拉亮了灯。

　　"这么说你想开了?我还怕你想不开生我的气呢!其实要那些破书有啥用?能当饭吃?封资修的东西,烧了只能少惹祸,你说是吧?"

　　"我累了,咱们明天再说。"月儿用长长的睫毛盖住自己的双眸,两只手抖颤着解开衣扣和裤带,脱下了衬衣和长裤,只穿着三角裤和背心向床边走。左涛的双眼立刻被月儿那雪白的身子吸住,他显然没想到月儿会在他面前如此随便。一定是因为有了昨夜,女人原来只需要经过一夜就彻底抛弃了羞怯。

"你要愿在这儿睡就赶紧上床,不愿在这儿睡就去隔壁,我可是要拉灯了。"月儿躺在了床上说。

"我……当然……愿……在这儿睡。"左涛因为意外的惊喜和激动,话说得不太顺畅,不过他脱衣服倒挺麻利,三下五去二便只剩下了一个裤衩。他刚一走近床,月儿就啪一下拉灭了灯。

"月儿……你真好……我原来真担心你……现在我可以告诉你那个……消息了……他们明天要开'破四旧'表彰大会……让我上台发言……"他边说边把手放在月儿的腹部,他感觉到月儿的身子与昨晚相比,失去了柔软和灼热,不过这种感觉很快就被他体内迅速涌来的冲动遮盖了。他慌慌地替月儿脱下了三角裤,搬开了她的双腿,尔后便急不可耐地去扯自己的裤衩,忙乱中的他根本没有注意到,这当儿原本一动不动的月儿已轻轻抬起右手去床头桌上摸了一把锥子。当他快活地在月儿腿间跪下就要俯身时,只见月儿突然跃起上身,右手持锥狠狠地向他裆间那个挺起的东西戳去。"呀——"左涛发出一声尖利得瘆人的惨叫。

就在左涛捂着裆部在床上打滚的时候,月儿拉亮了电灯。她边穿着衣服边平静地说:"我想来想去,还是请你这辈子别做男人了吧!"但她假装出来的平静转瞬间便被左涛那怕人的滚动和满身的血迹吓没了。她先是面孔变得煞白,随后双腿一点一点变软,她最后也扑在地上哭开了……

没有多久,月儿的睡屋里就围满了邻居。这个奇特的场面让邻居们做了许多猜想,但没有一种猜想符合真实情况。当满裆是血的左涛被人们抬往医院之后,月儿还在久久地呜咽……

19

云纬那些天一直在为达志、立世和昌盛的获释四处奔走。她原以为凭着她专员母亲的身份,能很快把这件事办妥,未料红卫兵司令部的人对她的恳求竟不理不睬,而且还不时把一丝讪笑和嘲弄在脸上放出来。这使云纬在吃惊的同时意识到,这次的运动与往日的确有些异样。

十月里那个清风拂面的傍晚,云纬打听到看守尚家三个男人的人换成了工业局里的造反派,忙把担任着工业局长的小儿子承达叫到身边,希望他出面疏通一下。——"你爹八十多岁的人了,老关在屋子里能行?他一家三个男人全关在里边,我们不出面救谁救?他一辈子只知道织绸织缎,哪会记什么变天账?——"

"妈,如今是什么年月,你还在管这事?社会上天天都在讲阶级斗争,我们怎能再公开站在资本家资产阶级一边,为他们说话?那于我们无产阶级于国家、民族会有什么好处?尚达志和我虽然有血缘关系,但在这样的大是大非面前,我必须与他划清界限!"

"呸!"云纬怒不可遏地朝儿子吐了一口,"我真后悔当初为啥不把你塞到尿罐里淹死,倒让你长成这样一个六亲不认的东西!一个连他的亲爹都不救的人还会知道救他的国家?"云纬再一次呸了一口之后才向门外走去。她走起路来双脚依然咚咚有力,依然不用拐杖,——这大概得益于她这些年不停地劳作:照料几个孙子、孙女。她是猛力推开大儿子的门的,门哐当一声碰到墙上,又差一点反弹回来撞着了她的胳膊。"妈,咋了?有急事?"承银走过来扶住了她。"你当的什么专员,眼睁睁看着人平白无故地被抓走却不能让他出来?""妈,你怎么抱怨都不过分,我如今不仅不能保护尚达志、卓远他们,恐怕连我自己也不一定能保护得住。"

"你说啥子?"承银悲伤的语气令云纬一愣,她这才注意到承银的屋子里满地放的都是文件什物,一副正在清理准备拿走的样子。"你这是——"

"妈,关押尚达志、查抄卓远的家只是这个运动的前两个浪头,最大的浪头还没有到来,不过就快要来了。斗争他们远不是这场运动的目的!"

"哦?"云纬急急地从衣袋里摸出老花镜戴上,她想看清承银说这番话时的神情。

"妈,如果一旦真有什么祸事临到了我们家人的头上,你一定要撑住!你已经经过了那么多的风风雨雨,应该能够把什么事情都看开……"

云纬的双腿打了一个轻微的哆嗦。承银平日从没有用这种语气同她说过话,她知道儿子的脾性,如果他没有感受到巨大的危险,他决不会对我做这番叮嘱。她轻轻地抬手去抚了一下承银的额发,她原本想用这个动作去抚慰一下满怀忧虑的儿子,却猛然发现儿子的两鬓竟已全白了。噢,他也是快六十的人了。

"妈,如今回想自己当官以来所做的事情,我心里满是羞愧。我把很多时间浪费在了人斗人、人整人的事上,而没有把主要精力放到组织人们去获取富裕、幸福的生活上去。我为此——"

"好了,孩子,天不早了,你收拾收拾赶紧去睡吧。"云纬打断儿子沉痛的忏悔,轻柔地拍了一下承银的面颊。当她的手触到儿子粗糙的面部皮肤时,她方恍然记起,类似的对儿子的亲昵动作已经几十年没有做了。她看出承银的精神和身体都很疲倦,她希望他去早点歇息。她起身要走时不小心碰倒了儿子办公桌上的一瓶红

331

墨水,红色的墨水立刻在桌上流淌并把几份文件染成了艳红的颜色。承银见状忙用废纸团去擦,结果弄得手上和胳膊上都是。"嗬,真像是受伤出了血。"承银开了一句玩笑。云纬听罢刚让一个笑纹在脸上荡开,却又倏然间将其冻住。血?这话说得多么不祥,应该说红得像桃花,桃花不也是艳红艳红的吗?……

那淌满桌了的鲜红的墨水当晚就进入了云纬的梦中。——她看见一大片殷红的墨水向她涌来,就在那红色的墨水之上,是五六岁的承银在跳跃着嬉戏,突然间承银一下子仆倒,重新站起时便浑身都是鲜红的墨水。——快去洗洗——她向他叫。他竟不理不睬,蹦跳着向远方奔去……

她一直沉浸在这种带有红色墨水的梦的片断里,最终将她从鲜红的梦境里拽出来的,是院子里一种持续的哔哔唰唰的响声。她睁眼后向窗外只看了一下,就以老年人少有的敏捷坐起了身,她这时断定院中是失了火,要不然怎会有满院子的火光和哔哔唰唰的响动?她披衣拉开门后才看清,院子里站满了举着火把、戴着红袖章的红卫兵。红卫兵们都无声地看着承银和承达的睡屋,两家睡屋的门都敞开着,显然已经进去了人。云纬刚想叫一句什么,承银和承达已被五花大绑相继推到了睡屋门外。——"谁给你们这种随便抓人的权利?你们有没有逮捕证?——"承达的吼声飞上夜空,打破了一直持续着的寂静。

"你们过去下令抓人时都经历过法律程序?不也是愿斗谁就斗谁?今日该我们来斗你们这些当权派了,倒记起要逮捕证了?"一个冷冷的声音从人群中响起。

"你们究竟要干什么?"承达仍在吼。

"我们的任务是抓住你们,防止你们趁夜逃跑,这次文化革命的重点,是整你们这些走资本主义道路的当权派!……"

云纬呆呆地站在门口,默望着承达和红卫兵们争论。看来是又一个浪头来了,承银的预感是对的,灾难到底也到我家了。达志,我暂时顾不上你了。

"走!"

"打倒走资本主义道路的当权派——"

承银和承达在喝令和口号声中被向门外推去。云纬看见了两个儿子在火把的光亮中向她告别的眼神。她把花白的头点点,她什么也没说,她知道此时说什么也都已无用。她只是上前拦住要跟随而去的两个头发散披的儿媳,拦住哭叫着"爸爸"的几个孙子孙女,对他们说:"回去收拾东西吧,我们也得准备走了!""走?去哪里?"两个儿媳和孙子孙女们几乎一齐惊问。"历代官场里的规矩,多是做官的人一旦被抓,其家必被查抄,其家人必被驱赶,如今这官场和过去差不了多少,我们这回恐怕也不能幸免,还是早做个准备吧。"云纬沉了声说罢,先进了屋去收拾东西。

云纬的估计没错,旧日官场里的程式果然重演了一遍:天刚亮时,一群红卫兵来抄了她家,没收、查封了许多他们认为是走资本主义道路证据的东西,并带走了两个媳妇。早饭后,几个红卫兵头头来宣布了一条勒令:限蔡承银、蔡承达的所有亲属,于上午十点钟之前全部滚出专员宿舍大院;所空房屋悉归红卫兵造反总部使用……

云纬是在九点多时挎着一个小包袱离开自己的睡屋,领着几个孙子、孙女迈出专员宿舍院那高高的涂了朱漆的门槛的。在门外,她回首这座她熟悉极了的官家住宅,恍然想起了她第一次走进这座官宅时的情景,呵,从那时到现在,日头升起、落下多少次了。其间,这宅院已经换了几任主人?——哈哈,你们这茬走了,我又要看见新人了——她分明地听见年代久远的宅门在讪笑。——走吧,走吧,人们走进这座宅院居住的时候都是笑容满面,搬出的时候又全是满面忧戚,其实这宅院原本就不是人久住的地方,走吧,你们……

"孩子们，"云纬缓缓地转向她的四个孙子、孙女，"给奶奶跪下，发个誓！"

"发誓?"最大的孙女——承银的长女肖肖惊问。

"嗯,跪下！说:此生永不做官!"

"为什么?"——承达的次子穹穹瞪大了眼睛。

"说:永不做官!"

几个孩子在奶奶的逼迫下,终于跪下说了一句:"此生永不做官!"

现在我放心了。这所官宅,从今天起,我的后人将与你永远断掉关系,你决不会再看到他们搬进来,决不会！……

20

——"哟,小瑾,又来送饭了?"

——"是,常科长吃过了?"

——"别叫科长,这年头政府都没有了,哪还有科长?叫哥好听,还是叫常哥好听。"

——"那好,常哥,我把饭给他们送进去?"

——"不,还照老法子,你把饭菜分成三份,我让人分别给他们端去。哟,小瑾,你这件绿褂子穿上可是漂亮!"

——"我爷爷咋样?他还咳嗽么?"

——"嗯,好像还有点。小瑾,你的脸蛋可真是红中透白,白里透红呐!"

——"我爹的烧退了?"

——"嗯,好像退了一点。小瑾,你好像又胖了一点,看这胸脯子,儿子还吃奶么?"

——"俺娃他爸呢?痢疾止住了?"

——"嗯,好像是止住了一点。你左手背上有一点点灰,我用手绢帮你擦擦?"

——"不,谢谢!能不能让俺进去看看他们?"

——"嗯,恐怕不行。他们至今还没有作任何实质性的交待。怎么,想娃他爸了?"

——"已经关进去这么多天了,家里要真有变天账,他们能不

· 335 ·

交吗?"

——"告诉我,这三个人中,你最想哪一个? 是不是昌盛?"

——"都想,爷爷年纪那样大了;爹又总发烧。"

——"你没说实话,小瑾,你其实最想的是昌盛,这个我能理解。过去每到夜里小两口搂在一块块睡,你的腿压住我的腿,我的嘴蹭住你的嘴,如今人分两地,你单人独睡那张床,有时夜里——"

——"常哥,饭菜分好了。"

——"噢,小梁,你过来,把这饭菜给尚达志、尚立世和尚昌盛送去。小瑾,告诉常哥一句实话,夜里有没有想过别的男——"

——"常哥,俺们家这事啥时候能了结?"

——"难呀,拖个三年五载也不是不可能!"

——"噢?"

——"当然,也不是不可以早日了结,事在人为嘛! 如今运动的重点已转为整那些走资本主义道路的当权派,像你们家这事,只要有人说句话,是可以立即了结的。哟,你的胸脯上怎么有个地方湿了? 总不是让奶水洇的——"

——"常哥,告诉我,谁说了话就可以让俺家的事了结?"

——"远在天边,近在眼前!"

——"你?"

——"咋,看不起你常哥? 以为你常哥个子矮一点,脸黑一点,头发稀一点,说话就不管用了? 告诉你,你常哥如今也是造反总部的决策人之一! 哎,小瑾,我忽然发现你的眉毛特别耐看——"

——"常哥,那你就说句话吧! 我求你了! 我爷爷,我爹和娃他爸,不过是喜欢织绸织缎,哪有啥子变天的野心? 哪记有啥子变天帐?"

——"你就这样让我去说放他们的话? 这也未免太简单了吧? 我再清正,也不至于一点回报都不要呀!"

——"你要啥,说吧,只要俺家有的!"

——"我要的也不是什么贵重的东西,你不仅有,而且拿出来也很方便!"

——"啥?粮票?我们家是还有一点。"

——"不,不,那类吃喝穿用的东西我都不需要,你想嘛,如今抄家抄出来的啥东西没有?我想要,随便去拿就是了!我要的是一种柔软的东西。"

——"柔软的?绸子?缎子?"

——"不,不,看来我不得不把许多年前一位朋友给我说的一个比喻告诉你!他说:世界上能让男人领会'柔软'二字全部涵义的东西,莫过于女人身子的某些部位——"

——"常哥,碗筷送出来了,我该走了。"

——"我想你已经明白我的话了。什么时候想通了,来告诉我一声就行!你慢走,别往那边拐,怎么连来路也忘了?⋯⋯"

姓常的,你个杂种!小瑾当天回到家后气得连朝当院而立的那块刻有卍形符号的石头踹了三脚。把男人关起来再来欺负他家的女人算你娘的什么本领!老天爷有眼,会让你不得好死的!要不是有资本家这顶帽子压着,我早把巴掌搧到你的脸上了!柔软,你姐和你妹子的那地方也柔软!你去呀!⋯⋯

小瑾面对着石头痛快地骂了一通,回到空荡的屋子里坐下后却又有些发呆:咋着办?就任他们这样把人关下去?三个人都有病,病人长久被关的下场会是什么?不外乎病情加重!爷爷那样的高龄能经得起这种折腾?万一老人家有个三长两短咋办?拿人命和姓常的要的东西相比,哪个重要?⋯⋯

"妈妈,太爷爷、爷爷和爸爸啥时能回来?"旺旺扑到妈妈的怀里问。

"不知道,孩子。"小瑾轻抚着儿子的头。

"妈妈,你不是说爸爸在拉肚子吗?他好了没有?"

· 337 ·

"不知道,孩子,跟尤奶奶出去玩吧,妈妈头痛。让妈坐这儿歇歇……"

一连两天,小瑾没有去送饭,她实在不愿去看姓常的那张脸。送饭的事由尤婶去办。尤婶送完第二天的晚饭时回来给小瑾说:"旺旺他太爷爷也开始发低烧,昌盛让人传话说最好给他送点蒜瓣去,他还在拉血痢。"

当天晚上小瑾睡屋里的灯几乎亮了一夜。

第二天早上尤婶把饭做好后小瑾说由她去送。在关押黑七类的房子门口,小瑾平静地对着姓常的那张长条形的脸说:"我想通了,你定个时间吧。"

"是吗?"姓常的两眼因喜出望外而眯成了一条细缝,他把打了一半的一个哈欠拦腰截断,迫不及待地压低了声音交待:"我做这事喜欢白天,最好是今日头响就办,地点嘛,最好在你们那里!"

小瑾没有摇头表示反对,她只是极慢极慢地转过了身子。

吃罢早饭时,小瑾交待尤婶领旺旺出去玩,不到十二点不要回来!尤婶对这后半句叮嘱有些意外,狐疑地看了看小瑾那双异常平静却含了一点陌生东西的双眼。

姓常的几乎在尤婶刚领了旺旺出去就来了。当小瑾插了院门插了屋门尔后去拉窗帘时,他笑着开口:"窗帘不用拉上了,让阳光照进来最好,我喜欢在有阳光的屋子里做这种事情!来,我给你脱,我做事喜欢从头做起!"

"等一下,你最好先写一份要在今天后响就放他们回来的保证,笔和纸在那张桌子上!"

"怎么?怕我说话不算数?我他妈堂堂一个男子汉,能办那种事情?再说,看押他们实在是我的一个累赘,这次运动的重点并不是他们,而是蔡承银、蔡承达这些人,明白?你们尚家的男人对我们构不成真正的威胁,懂得么?也罢,就按你说的,我先写一份保证!"

"还有,你必须在中午十二点之前离开这里,我不想让我的儿子看见你!"

"你的条件说完了?现在该我说了!"他边解她的衣扣边笑着说,"一,这事我要连做三次,因为你要我放的是三个人,我这样提要求并不过分吧?二,我做这事时有一些稍稍不同于他人,可能也不同于你丈夫的嗜好,希望你能够理解并配合。具体地说,就是在头一次做时,我们站着,而且要有一种流水声伴奏,我刚才看见你们院里有一个水管,待一会你去把它打开,让它不停地哗哗地淌水;第二次,我们坐着,而且你要反抗,反抗时你可以轻微地抓伤我,但不要喊叫,也不要真抓;末一次,我们躺着,这次是我反抗,你进攻,你进攻时可以用绳子把我的手捆上,当然是象征性的,不要捆得太紧。现在你明白了吧?说真的,你的乳房的形状和饱满程度,是我见过的最优秀的一种,我不知我以后还会不会再碰上和你一样的女人,我这样向上提你不觉得难受吧?"……

小瑾在那个屈辱的上午自始至终半闭着眼睛,为的是不让对方看见自己那闪着火舌的目光。她根本没想到这个狗男人竟有如此强的精力,竟直直把她折腾了半晌。直到院门外响起了尤婶的敲门声和旺旺的喊声,小瑾咬牙恳求了他三次,他才兴犹未尽地去穿衣裳。

姓常的打开院门后显得心满意足,尤婶和旺旺有些意外地看着他往外得意地迈步。旺旺平日跟妈妈去过几次关押爸爸、爷爷和太爷爷的地方,还记得姓常的面孔,因此一进院就问:"妈,那不是关我爸爸的坏蛋吗,他来干啥?!"小瑾被儿子一下子问得红透了耳根,幸亏尤婶紧忙问旺旺晌午吃啥饭并把他拉了开去,要不小瑾真不知该怎样面对儿子那双询问的眼睛……

尚家三个男人是半后晌时分被放出来的。正由淡红转为血红的夕阳,把尚家三个男人的身影在监禁室门口拉得很长。小瑾没有出现,只有尤婶从邻居家借了一辆平板车和旺旺一起来接。面色苍白不停咳嗽仍在发烧的达志,是和拉着血痢的昌盛一起躺在平板车里被拉回家的。

到了家,三个男人便都躺倒了。直到半月之后,才在尤芽和小瑾的看护下相继下了床。三个人身体都恢复过来的那天晚上,小瑾买来了半斤羊肉,做了满满一锅羊肉糊汤面条,说:"没酒,就用吃肉面来庆祝全家团圆吧。"

这是许久以来全家人第一次在一起吃饭,旺旺显得特别高兴,端个木碗一会跑到太爷爷碗里挑一点,一会到爷爷碗里扒一筷,把咯咯咯的笑声拌进了每个人的饭里。

饭后,打着饱嗝的昌盛顺口说到了被关时那些看押者不让吃饱的凶样子。旺旺听罢立时接口,"那个关你们的坏蛋也来过咱家里!"

"哦?他来干啥?"昌盛扭头问小瑾,声音里浸满了意外。

"他那天是来说放你们的事!"在一旁忙着的尤婶这当儿急忙接口。

"他来了还把院门插住,我和尤奶奶回来时推门都推不开!"旺旺还在报告自己当初的发现。

达志和立世也朝小瑾扭过了眼睛。

"别听旺旺瞎说,旺旺,走,你该睡了!"尤婶把旺旺急急地往外拉。

"我没瞎说,我看见他把门打开后妈在擦眼泪——"尤婶使劲把多嘴的旺旺抱了出去,屋子里随即陷入了沉寂。

"他来时家里就你一个人?"昌盛再一次开口问,声音中带了点莫名的紧张。

"对。"小瑾答得很干脆。

"他来干啥?"

小瑾没答,只是一下一下地解着腰上的围裙,围裙带子的纽扣像是生了锈,她许久都没有解开。

"他来干啥?"昌盛提高了音调,声音里加进了一点恐慌。

"你真想知道?"小瑾的声音中含了怒气。

昌盛双眼一眨不眨地瞪着小瑾,那模样分明是非要一个答案不可。

"他来跟我睡觉,"小瑾的声音突然平淡下来,"三次,一次放你们一个。"在她话音落地的同时,她也终于解开了那围裙,她一边把围裙扔到饭桌上一边平静地走了出去。

三个男人都像突然看见了什么可怕的怪物,一齐惊骇地瞪住门口,院里的风声趁此静寂之机踱进了屋里。

啪!昌盛摸起地上的半截砖,猛向右腿的膝盖上砸去,砖碎成了两半,一股血透过黑裤子上的布丝,缓慢地向下滴。

立世看了一眼儿子的膝盖,没动也没吭,只是慢慢抬起双手抱住了自己的头。

达志的目光像阳光下的冰挂一样,一点一点地缩短,当完全缩进了眼眶之后,只听他用极低的声音说:"烧一锅水,待会昌盛用大木盆端进你们的睡屋,你给小瑾洗洗身子。从今天起,永远不许再提这件事,尤其是昌盛,要一如过去那样对待小瑾,我要看见你另眼待她,决不会饶你!"

昌盛没吭,只是双眸极轻微地一动。

"烧水!"达志转对立世说了一句……

达志是从小瑾频繁的干呕中看出孙媳妇又已怀孕的动态的。他的两只老眼于是便常在小瑾的肚子上审视,自然,那每次的审视都是一闪而过转瞬即没。他不敢让小瑾注意到他的目光——作为长辈,那是一件太让人尴尬的事情。但他又不能忍住不看,一个带着尖齿的问号始终在他的脑袋里旋转:小瑾怀的孩子是不是我尚家的骨血?万一是那个姓常的杂种的咋办?那并不是不可能,女人受孕的机会常常极其偶然,何况那个姓常的和小瑾睡的是三次,三次！让一个女人怀孕,有时只需要一次就够了！咋办？劝小瑾去流产？可万一这真是昌盛的骨血岂不太可惜？先祖们也会怪罪的……

　　春天的一个温暖的晚上,达志把昌盛叫进自己的睡屋,眼睛望着墙角哑了声问:"你媳妇是哪个月停经的?"昌盛在短暂的诧异过后,不太乐意地想了一阵告诉了爷爷小瑾停经的月数,达志用心地算了一阵,发现小瑾受孕的日期刚好是他担心的那段日期,心里不由得越发紧张起来,倘若真是姓常的留下的种,那这个孩子活一天就为我尚家增加一天的耻辱！干脆让她去流掉？可万一仍是昌盛的孩子呢？……

　　就在达志的犹豫踌躇中,小瑾的肚子日益高隆起来,流产便已变得不可能,生,是必然要来的事情了。这时的尚吉利织丝厂已处于半停产状态,小瑾就也不再上班,开始在家全心全意地为即将出世的孩子准备衣裳、兜肚、裹毯、尿布一类的东西,心中怀着像迎接旺旺当初降生时一样的喜乐,常让一种满足的笑意长久地留在脸上。

　　达志望着孙媳的目光如同六月的天气一样,一会儿天高云淡,阳光灿烂;一会儿乌云翻滚,阴沉昏暗。就要面临一个结局的惶惑和喜悦、焦灼与不安,开始不停地折磨他,不过最终的决定还是在他心里做出了。

　　小瑾产前阵痛的呻唤开始于一个夕阳尚未着地的傍晚。达志没有让把小瑾送进医院,也没有请来任何产科医生或产婆,只让昌盛去把云纬叫来。云纬那时带着几个孙子孙女住在造反总部指定的尚吉利织丝厂的两间旧仓库里,每天的任务除了给孩子们做饭之外,就是打听儿子儿媳的消息。那天见昌盛慌慌地跑进门说小瑾要生产了,一边抱怨他为啥不送医院一边就急步跟了过来。进屋一见小瑾呻唤的模样,知道宫颈口已经开了,就吩咐尤婶赶紧准备一应用具。当云纬在尤婶的帮助下掰开小瑾的两腿吩咐她使劲时,尚达志也让立世把昌盛叫到了自己的睡屋里。达志望定昌盛那急满汗水的面孔冷然说:"听着,这个孩子不管是男是女,我们都不要了!""你说啥?"昌盛震惊地向爷爷跟前走了一步,他以为他听错了爷爷的话意。"你知道当初姓常的做了什么,我们得小心这孩子的来历!""可孩子也可能是我……"昌盛没说完便把头低了下去,他无法驳斥爷爷的怀疑。"你和小瑾都还年轻,以后还能生出自己的孩子!去,娃娃一落地就把他抱过来,就说我要看一眼!……"

钻出那个血的通道的果然是个男婴,昌盛在把他抱过来时男婴似乎预感到了什么,哭声飘满了整个屋子。达志看也没看那婴儿一眼,就用拐杖朝旁边的一个盛满清水的水桶一指:"放进去!"

昌盛的双手哆嗦了一下,他在爷爷的目光逼迫下不得不走向水桶。婴儿是头朝下放进去的,大约是因为水凉,他的两条小腿很厉害地悸动了一下,昌盛见状急忙伸手似乎想把孩子再从桶中抱出,但他的手刚一接近桶沿,就被爷爷的拐杖打了回去。

水面上只漂了一串小小的水泡,就沉寂了;整个屋子的空气也像那静止的水面一样停止了流动。最早打破这沉寂的是两只很小的蠓虫,它们的叫声响彻了整个屋子。随后,立世伸手抱住了昌盛的身子,用手轻拍着儿子的后背;他感觉出有抽噎正从儿子的胸腔里翻滚着升起。

云纬大约是收拾完了小瑾那边的事情,兴冲冲地向这边屋里走来,边迈过门槛边含了笑问:"咋样,又添了一个有旗杆的!"及至看见那个水桶时才戛然住口,惊骇地叫:"你们——"达志猛然抬手捂住了她的嘴:"他可能不是我们尚家的人!""可他是一个活生生的娃娃,你这个——"云纬倏地挥手打了达志一个耳光。

达志一边去抹嘴边的血丝一边低了声说:"不管你怎样生气,还得由你编个理由去告诉小瑾,就说孩子死了,羊水灌进了肚里还是别的借口都行,只要别让她太伤心就中……"

"你个……东西!"云纬再一次望定达志咬了牙说。

达志闭上了眼睛。列祖列宗,你们看见了吧,我做了我能够做的,我只能这样做了……

21

栗丽一家的日子在这个混乱的年代里倒还例外的平静。两口子平日除了带上孩子去桑园里干点松土、浇水、施肥的活儿,剩下的就是吃饭、睡觉了。其间,破坏这种平静的危险曾发生过一次——一群城里的红卫兵不知从哪里知道了栗丽曾做过国民党军队团长的太太,于是便想进村把一双破鞋挂在栗丽的脖子里尔后拉去游街。冬至知道后忙找到了也姓栗的生产队长申明:在姓栗的族人面前给栗丽挂上破鞋,丢脸的可不只是我一个,你们老栗家祖宗脸上也不会有多少光彩!队长面孔阴沉了一霎之后,敲钟让全村姓栗的男人们都拿着钉耙、铁锨站到了村口。那群红卫兵在村口碰见了这支面孔阴沉的栗姓队伍,农人们手上的武器让他们意识到事情的棘手,大约是权衡了一番之后认为犯不着为一个女人弄得头破血流,遂悻悻地收兵回城。

又一个春天在这种平静中姗姗走进了栗丽的家里。栗丽在这个阳光充足的春天里不得不废弃了自己从小就养成的最后一个好习惯:晚饭后读书的习惯。如今这样的年头,除了读语录,还有别的什么书敢读?于是,在一天的忙碌之后,栗丽也像大多数农妇一样,吃过晚饭就早早地上床歇息。但睡眠并不立刻就来阖上她的眼皮,在这种睁眼仰躺的令人心烦的时辰里,只有一件事可以做了:那就是和冬至亲热。

好在冬至的身子还算壮实,做这事也特有兴致,于是在许多个夜晚,栗丽也能沉浸在一种短暂的欢愉中去,尔后就听任疲惫把自己拉进梦里。

不过,再好的事也有烦的时候,何况两个熟悉极了的身子的接触。随着时日的延长,栗丽渐渐就觉得这事无聊透顶了。也就在这种日甚一日的厌倦中,栗丽无意中摸到了一个刺激自己兴致的法子:把身上的冬至想象成当年她深爱的蔡承银——那个谈吐儒雅威威武武的男人。这法子的奏效程度令她吃惊,每当她一想到触摸她的男人是蔡承银时,她就觉得自己激动得难以自制,就迫不及待地去紧抱对方,就感到自己乘船到了一个波涛汹涌的海上,就体验到了那种起伏不定美妙无穷的欢乐。

她就用这个法子让自己度过了许多个乏味而漫长的夜晚。

那种奇怪的幻觉也就在这其中的某一个夜晚出现了——她和想象中的承银正一起奔向快乐的高峰时,承银的头部突然变扁喷出大股的血来,她分明地听到他发出一声痛楚的惨叫,她被这个幻觉骇得陡然停止了动作且浑身变得僵硬,以至于身上的冬至茫然地惊问:你咋着了?事情自然不能再做下去。她那晚是在一种奇怪的不安中沉入睡乡的。

类似的幻觉又发生过几次,都是当冬至上了她的身子她把他想象成承银之后出现的。幻觉中的画面差不多一样:全是承银的头部突然变扁喷出血来,同时听到他发出一声惨烈的号叫,接下来是承银影像的消失。也许承银的心灵已感知到了我在利用他的身体,于是他的灵魂便用这个法子来对我提出警告?栗丽这时并没想别的,她只是强迫自己别再把冬至和承银作换位想象。

大概是在幻觉消失的半月之后,栗丽有一个头晌进城去买日用品,她的目光在街角无意中发现了一条大字标语:蔡承银自绝于人民将遗臭万年!她无比惊恐地瞪住"自绝"两个字,他死了?他怎么会死了?他怎么能死了?这不会是真的!不会!但那一刻她回想起曾反复出现在她眼前的那个幻觉,她的身子还是来了一阵剧烈的哆嗦……

栗丽是费了几天的工夫打听,才于一个阴霾的正午在云纬和云纬的孙女肖肖引领下,来到百里奚村南一座小得不能再小的坟墓前的。坟头上只有一条写有"蔡承银遗臭万年"的破碎的白纸标语,表明了这确是她要找的那个坟堆。

我到底找到你了,承银!我这几年已没有了关注外界生活的兴致,我很少打听你的消息,我只听说你挨了批斗,却根本没想到你会死!这结局来得太突然了,死原本离你还太远太远。如今唯一令我感到安慰的是,你用幻觉告诉了我你的死讯,这多少表明你心里还有我,因为一个人要感应到另一个人的死,他们之间没有血缘或感情相连是不行的。多少年了,你的身影还一直存在我的心的深处,要不然,我怎会接受到你给我的讯息?……

我虽然没有看到你死时的面容,但我猜得出你那时定会双目圆睁——因为我知道你改造社会的理想并未完成,你肯定不会瞑目。我至今还记得你说过的要让南阳变得富裕、安宁和美丽的话,可如今的南阳离你要达到的目标还有太远的距离,也许后人会来接着你的脚步走的,你可以闭上眼睛。我们每个人一生中能做的事情都很有限,你已经尽到了你的力量。我后悔我曾经责备过你,你在你的位置上其实活得并不容易……

"走吧,闺女。"把栗丽领到这座坟前的云纬打破了坟前的静寂,她在孙女的搀扶下一直站在坟的一侧,任凭午后的西风揪扯着她枯白的头发和灰色的衣襟。"我当初就告诉过承银,不让他住进那座房子,他不听,结局这不就来了?!"老人既像是对栗丽说明又像是在自言自语,风把她的话肆意向四周扔着。

"房子?"蹲在坟前正用手向坟头上撒土的栗丽回过脸来。

"对,就是那座你家早先也住过的官宅,那不是一个好住处,那所宅子的所有主人都没有好的下场,我没能阻止承银不住那所宅子,我真后悔!"

"大娘,"栗丽轻叫了一声,"承银究竟是咋死的?"

"不晓得,告诉我时人已埋到了这里,他们只说是自杀。"

"是不是伤着头了?"栗丽想起了自己的那种幻觉。

"不知道。"

"你信'自杀'这种说法?"

"不信又有啥办法?"

…………

22

——别擦腿上的血,我喜欢看你这种样子!一个人身上带点血给人的印象要深刻些。而且,这点血也容易提醒你记住:我们的政权是用血换来的!

——可不可以给我点水喝?

——水?水有的是,只是喝了水不是还要撒尿?挺麻烦的,我看就不喝了吧!

——能不能让我坐下来歇歇?

——歇歇当然可以,只是人一歇下来就会体验到一种舒服,而舒服是不利于反省的!让我们还是接着谈问题吧,你为什么主张多给农民自留地?主张分田到户?

——因为只有这样,才能调动人们种庄稼的积极性。如果一个人种出的庄稼收成多少与他个人所得并不发生联系,那他当然就有理由偷懒,出工不出力了。

——嗯,理由倒充足,只是你想过没有,这是一种倒退,一种复辟,是鼓励人们去重当地主?

——没有。

——嗯,我再问你,你为什么主张在尚吉利织丝厂这样的厂里实行计件工资制?

——道理和分田到户一样,只有让工人的劳动付出与工资收入挂起钩来,其积极性才能发挥出来。

——可你想过没有,你这样做是对工人的蔑视,是对资本家经营制度的召唤,是对私有制的怀恋!

　　——没有。

　　——好,为了你这两个没有,我建议再给你一点点报答,来,把他再往上吊一次,离地七十公分就可以了!

　　——我的胳膊要……断了……

　　——断不了,人的骨头是很结实的!七州,该你来审了,我得去吃点东西,肚子在叫了。

　　——好的!姓蔡的,还认识我么?

　　——我……

　　——这会儿就你我两个,我提醒一下你也许就能记起来,五八年大炼钢铁时,城东六里庄一个农民因反对砸锅炼铁被你们以反对大跃进抓起来,在体育场连续批斗三天,他死在批斗台上的那个正午,一个男孩哭着跑上去抱着尸体叫爹,那个男孩就是我!

　　……哦?……

　　——我特别想问问你,你掌权之后为啥总是强调斗争?为什么不给我们安宁?反右派、反右倾、反四不清分子,为什么人变成了一种随时可以被批斗的东西?

　　……我有……责任……

　　——现在承认责任有什么用?我的父亲已被批斗死了!好在老天有眼,让我们今天也有批斗你们当权派的时候,你没有料到吧?

　　……我想喝……点水……

　　——喝尿吧!你们当初批斗我父亲时为什么不记住给他喝点水?来,我要把你放下地,我父亲当初是站在地上挨斗的,是脖子上挂八块砖头压倒在批斗台上的。今儿个我也让你尝尝这滋味!我只给你挂六块……怎么样?脖子里有啥感觉?有点勒?有点疼?

……我……晕得……厉害……

——坚持一会就会好的,什么事都有个适应过程,尤其是面对痛苦!

……我……想……喝点……水……

——老严,你他妈的进来审吧,我该出去放放风了!这屋里的味道真他妈的难闻!

——行呐,来了!蔡承银,该爷们坐堂审案了,你可要老实回答本官的问话!

……我想……喝……点水……

——不要先提要求,本官不喜欢被审的人先提要求,回我的话:你当初为什么要参加革命?

——为民……造福……

——怎么叫造福?

……就是……让人们……吃饱……穿暖……

——你掌权之后是咋让人吃饱的?宣布一亩地产三万斤麦子十万斤红薯,然后每天给每人分两碗稀面汤外加几块红薯干?然后干脆宣布无粮供应各家自挖野菜充饥?然后让他们去剥榆树皮去吃树叶?

……我……

——你晓得么,我爹就是六〇年活活被饿死的!而那时你们这些当官的在吃什么?也吃树皮树叶么?你知道我父亲临死前说的最后一句话是什么?——"我想吃口黑馍!"知道么?有一口黑馍他也许就不会饿死了!

……我想……喝……点水……

——喝你娘的狗蛋!渴死你,死吧,你!东风,该你审了,我他妈的累了!

——好呐,升堂!待我把这个鸡腿啃完再开审吧,蔡承银,你想啃一口么?

351

……我想……喝……点……水……

——喝水不行,人一喝水就来精神了,而历来的断案经验中都有一条:不能让人犯太精神!这鸡腿真他奶奶的肥,好久没有吃到这样的鸡腿了,说实话,要不是赶上这大革命的好时辰,要不是成立这造反总司令部,我他奶奶的哪能吃上这鸡腿?好了,肉啃完了,咱们开审!蔡承银,你他奶奶的回答我,你过去为啥要建立公安局、拘留所这些狗单位?

……社会……总得……有组织……

——组织个屁!爷们那次就偷了一件大衣,竟将我拘留了三天!那次看电影,一个丫头的屁股蛋子实在翘得太高,让人看见心痒痒得没有办法,我没能忍住,就伸手捏了捏,其实就捏了两下,嗨,你们他奶奶的就把我抓进公安局,又是训又是骂的,我日你们个八辈祖宗,捏捏一个女人的屁股有啥不得了的?!对我就这样凶?依我之见,这社会根本就不应该有组织,应该放开!像如今这样放开,谁也别管谁,谁愿干啥就干啥,多好!我可以告诉你,就在昨天晚上,老子就在这个院里的女厕所前抱住一个女人,老子公开摸了摸她的屁股和她的那个地方,咋样?谁敢来管老子?……

……我……想……喝……点……水……

承达在被关押的房子里接到承银的那封信时,早晨的太阳正在缓慢地升上东天,摊放在窗台上的那片鲜红的最初的阳光,给他一种粘腻的血似的感觉。他当时并不知道信的内容,他只是向那个给他传信的好心的红卫兵说了一句谢谢,便急忙去展开那张折叠成一个很小的方块的烟盒里层白纸,纸还没有完全展开,他就倏然间打了个寒噤,他为自己身体的反常反应感到有些奇怪——

承达:

我受不了这种折磨了,我决定走。我已经找到了一种走的方法,当这封信送到你手里的时候,我可能就已经走了。

承达霍地抬起头,他这才注意到,这个关押走资派的院子今天早晨有点反常,一些红卫兵走路匆匆忙忙。莫不是哥哥真出了事?哥哥,你现在在哪里?你要想开,想开呀!

承达,我当然没有料到我的一生会如此结束,不过人生是早晚都要结束的,晚结束未必就比早结束好。我现在结束人生起码可以绕开许多痛苦——也许因为年龄大了的关系,我忍受痛苦的能力已经降低。

哥哥,要忍下去,一定要忍下去,这样的日子不会很长久的,不会的!

如果你日后能够出去并且还能掌握权力,记住一定要做三件事:一,要倡导人们彼此施以爱心,而不要诱使人们互相斗争、猜忌、仇视。我们这些年差不多在不断地组织人斗人,而没有用心去劝导人爱人。我们终于把人性中那部分最丑恶的东西全部诱发了出来,我们只是其中的一部分受害者。二,一定要建立一种科学的政治体制,这种体制将保证社会正常平安的运行,任何单个人都不能说了算,任何人都得接受这个体制的制约和监督。这个体制运行起来应该如我们常用的那则酒令一样:杠子打老虎,老虎吃鸡,鸡吃虫,虫蚀杠子,从而完成一个良性循环。三,一定要把主要精力用在组织社会的物质生产上,要让人们吃饱、穿暖、住宽敞。人活着总是要追求物质享受,吃、穿、住是物质享受的基本内容。想想我们当初为啥要起来革命,不就是为了改变自己的生存境况么?我们为什么不给人们实实在在的享受呢?

哥哥,这些天我也一直在想,这场运动为什么会得到人们如此广泛的响应和参与?对一个人的盲目崇拜和各种各样的煽动固然起了作用,但我们没有给人们谋得实实在在的福利,我们让人们心里积聚了太多的不满和愤怒,譬如大跃进的荒谬和饥荒的发生,应该都是原因。

　　承达,我走之后,切记别告诉妈妈详情。妈妈这一生活得很不容易,在她的晚年再让她尝受一次丧子的悲痛实是不该,不过没有别的办法了,最好把我说成是正常的病死,这样对她的打击也许会稍小一些。

哥哥,单单为了妈妈你也不该这样去想,也许事情不久就会起变化,再坚持一下,哥哥!

　　承达,你嫂嫂已经宣布和我脱离了关系,这于她于孩子们今后的生活都有好处,我完全理解。如果他们的生活日后有了什么困难,你尽可能给一些照顾……

"看见了吧,你们这些走资派!"一句气恼的吼叫突然响彻了这个院子的每个角落。承达抬眼望着那个吼叫者。——"蔡承银在被拉去批斗的路上钻进汽车轮下自杀了!他顽固不化自绝于人民将遗臭万年,看看,这就是他的下场!"

就在那人的吼叫声中,承达看到四个红卫兵抬着一个人走进了院子,他从衣服上认出了那就是哥哥承银。哥哥的头没有了,汽车轮子一定正好辗压住了头部,在原本是头的地方承达只看见了一个扁扁的鲜血淋淋的饼。"哥哥——"他只来得及叫了一声就向地上倒去……

23

尚吉利织丝厂一片安静,在偌大的厂区回荡着的,只有麻雀的叫声。

厂子完全停产了,所有的机器都像死了一样躺在那里;车间的门窗大都敞着,仿佛在欢迎着所有想走进车间的鸟和风;一群老鼠大摇大摆地在厂区踱步,对这个早先被人和机器统治的地方进行惯常的巡视。

达志走进厂区没有多远就捂住了胸口:天呵,活生生的一座工厂,就这样扔了?这一天糟蹋的是多少钱呀?织绸织缎也会妨碍革命?"立世,从今天起,你就住在传达室里,咱先看住这些机器设备吧。"达志指着厂门口空荡荡的传达室对跟在身后的儿子交待,"这份家业置起来不易,咱先看守住,国家不会总这样下去吧?"

立世于是便把自己的铺盖搬进了厂里。厂里的头头们大都挨斗挨批或被关了起来,工人们又都忙于造反,没有人注意到尚家人又暂时恢复了对这座织丝厂的管理。白天,达志逐车间察看,用拐杖点着该关、该擦、该养护、该归置、该清扫的门窗、机器、设备、用物和地方,立世和昌盛便一样一样一件一件地去干去落实。晚上,立世就住在传达室关上铁门守护;半夜里还要出去巡查一次。机织车间清扫擦护完毕的那天晚上,达志让昌盛合上电闸试了一下织机,被擦拭一新闲散许久的织机们立时欢快地运转了起来。唉,倘是丝库的钥匙在我手里且又允许,光我尚家人就会让这个厂子再热闹起来!

　　一个大雾笼罩的冬日的清晨,达志又照习惯早早地起床拄了拐杖向厂门口踱去,预备换了儿子立世回家洗漱。他在那条他熟悉的街边迈步时,一只裤腿突然被扯住,他以为是被街边的树枝子挂住了,刚要用力去拽,不防脚下响起了一个微弱的声音:"救救我……"达志吃了一惊,弯腰定睛细看,才发现是一个血肉模糊的人躺在街边,那人的一只手正扯着他的一条裤腿。我的大!达志叹了一声说:"我老了,也抱不动你,你放手让我去叫我的儿子来!"

　　达志喊来立世把受伤的人抱进自家屋里,擦了擦伤者脸上的血才看清原来竟是承达。达志和立世惊异地对望一眼,不知道这个当了走资派的工业局长怎么会弄成这样。承达这当儿缓过来一些力气,断断续续地说:"我……刚刚……从造反总部……的关押室里……跑出来……救救我……别让再……抓回去……"

　　尽管承达平日见了达志从没有亲热的表示,但此刻达志看见承达遍体的伤痕还是心疼不已,毕竟这也是自己的儿子。他一面让立世用温水给承达擦洗身上的伤处,让尤芽做点面汤让承达喝,一面让昌盛去通知住在近处的云纬。不想昌盛片刻后就跑回来说:造反派们正围了云纬奶奶的屋子,逼问她见没见走资派蔡承达回去。达志至此知道不能送承达回到云纬身边,那样就等于害了他们娘俩。这时天已大亮,满街上贴出了造反总部的通缉令:……顽固的走资本主义道路的当权派蔡承达今日凌晨畏罪潜逃,凡有发现并报告者,将授予坚强的无产阶级革命战士称号;凡有发现不报或帮助其藏匿者,将一律按现行反革命分子论处……达志在老花镜的帮助下读完通缉令后,是哆嗦着双腿又返回院里的。他知道现行反革命分子这顶帽子比资本家这帽子还要沉重百倍,弄不好就可能被游斗致死。

　　他让立世和昌盛把承达抬进早年躲日本人的地窖里,放一些吃的和水进去,这才心惊胆战地看着太阳挣脱雾气的缠绕爬上天空。

太阳升至一杆高时,一群造反派循着承达逃跑时留下的血迹找到了他清晨躺卧着去扯达志裤腿的地方。血迹至此结束,证明他本人就藏在附近的什么地方,于是附近的几家住户就成了怀疑对象。尚家当然也未能例外,造反派冲进院子对各个房间进行了彻底的搜查,并对站在院中的尚家人反复询问。——我们这号人家还敢再窝藏走资派?那不是自找苦吃么?——达志的回答多少解除了搜查者的怀疑。——我谅你们也不敢,否则将让你们断子绝孙!一个年轻的红卫兵边骂边在尚达志那多皱的脸上打了一个响亮的耳光,尔后才大摇大摆地走出门去。

达志掀开把窗户遮得严严实实的被单一角,见半个月亮已瑟缩着躲进了云层,这才对坐在对面的立世和昌盛点了点头。

片刻后,承达伏在昌盛的背上被背进了屋里。"窖里冷,你进屋里睡,天亮前再把你背下去。"达志摸了摸承达的头,转对昌盛交待:"喂你叔喝点热汤暖暖身子吧。"承达默默抓住了达志的手,许久之后才哽咽着低喊了一声"爹。"立世和昌盛听了这称呼虽都一愣却也没有在意,以为这是承达过于激动叫误了口,只有达志长久地沉浸在感动中:哦,他到底自愿地认我这个爹了。

承达天亮前临被背入地窖时提出,他想见见两个人,一个是卓远,一个是妈妈。达志说那就先见你妈吧,她肯定在挂虑着你。承达摇头说他想先见卓远。达志有些意外,点头应允明晚安排。

第二天晚上夜深人静之后,承达又被昌盛背进了达志的睡屋,那时卓远也已在屋里坐着了。承达看见卓远,先叫了一声:"卓老伯,承达当年不知天高地厚,对你老人家的不恭之处,请多宽谅。"卓远摇头笑道:"过去的事休要提了,如今你只管静心养伤才对。国家正逢多事之秋,说不定什么时候又会用上你们。"承达听罢,一边听任昌盛给他的伤口换药,一边低了声说:"卓老伯,你平日饱读

357

史书,静观世事,想必对社会发展变化有自己的见解,承达今天迫切希望见你的目的,是想听听你对国家未来的看法,有没有使中国尽快摆脱目前这种混乱状态的可能和办法?"卓远听罢淡淡一笑:"我这人说出来的话未必中听,你还是不听为好!""再不中听我也愿听。""卓远哥,给孩子说说吧!"达志这时也开口劝道。

卓远沉默了半晌,捋了捋飘垂的长须才又缓缓说道:"如今的这场'文革'灾难,其实是你们自己呼唤来的,这叫自作自受、自讨苦吃、咎由自取!"

"哦?"

"当你们同意'阶级斗争一抓就灵'的口号时,当你们把大批持不同看法的知识分子打成右派时,当你们把彭德怀等一批干部当右倾分子打倒时,当你们赞同树立一个人的绝对权威时,其实已等于点燃了引发这场灾难的导火索。灾难之火已烧到了你们的脚边,你们还在兴高采烈,并没有想到一齐去拿水桶,于是那火舌便只能把你们当作猎物舔进去了!"

"嗯,有点道理。"承达沉思着点头。

"如今,火已腾空,靠几个人去挑几桶水是扑不灭的,我们现在所能做的,只能去依赖时间!"

"时间?"

"是的,时间可以让一切灾难成为过去,当然也可以令这场"文革"之火最终熄灭。时间的延续会让玩火者耗光力气,会使玩火者觉得无柴可加以使大火持续,会使玩火者发现大火过后原来只剩灰烬实在乏味,会使原先的望火喝彩、冷眼旁观、加柴助燃的人一齐觉得势头不对而同时拿起水桶来。"

"还需要多长时间等待?"

"说不准,但时间不会短了,火现时仍在旺处!"

"我眼下能做点什么?"

"第一是躲!"

"躲?"

"对,躲起来,不要让火烧死,留得青山在!"

"第二呐?"

"思索!"

"思索?"

"现在就要思索以后怎样去避免类似的灾难再发生;要思索大火过后如何去挽救这块土地;要向四周的其他民族看看,思索他们是怎样防止灾难治理他们的家园的;还要思索我们人活下去的最终目的!"

"最终目的?"

"人活下去的最终目的,该是建立一个更适宜人生活的安宁、富裕、和谐的环境,这是所有的不论从事什么职业的人都该记住的目标,尤其是你,一个从事政治活动执掌权力的人!"

"我?"

"一待火势见小熄灭之状露出时,你就要走出去!"

"走出去?!"

…………

24

纽约唐人街中段的"梦宛绸缎店",在进入中国农历腊月这个销货最好的月份,生意却反常的萧条起来。每天上门的顾客变得寥寥无几屈指可数,在柜前收银的女主人阿倩不得不将那依然耐看的双眉拧成了一条细线。自从七年前秉正带着全家由台湾屏东迁来美国纽约,生意还没有遇到过眼下的局面。

平日从不过问生意情况的老太太草绒,尽管每天只是坐在轮椅上在后院里活动,这时也还是感觉到了前边店里的冷清,于是便在那天傍晚让刚从哈佛大学放假回家的孙子振中把他的爸爸秉正叫来,她想问问是咋着回事。

头上也已露出白发的秉正听儿子说母亲喊他,忙丢下手上的计算器急步走到了后院。栗家人虽然居住在美国的繁华都市,家中的一切规矩礼节都还是中国式的。秉正在母亲的轮椅前行了鞠躬礼后才问:"妈,找我有事?"

草绒一边挼着全白了的头发一边把助听器塞进了耳朵——三年前的一次中风,使她的双腿失去了走路的能力也使她部分地丧失了听力。"生意上是不是有了难处?"她透过老花镜片直直地盯着儿子。

"妈,生意上的事你不用操心,你只管安度日子就是。振中放假回来,明儿个让他开车带你去兜兜风吧?"

"回我的话,生意上是咋着回事?"草绒的声音里带了点威严。

· 360 ·

"是这样,"秉正见母亲执意要问,只好苦笑了一下解释说,"咱们的店是靠卖中国大陆的绸缎起家的,纽约的华人和外国人因为知道中国大陆是绸缎的故乡,相信中国大陆绸缎的质量好而常来我们的店。但最近一些日子,因为中国大陆在搞文化革命,许多织造绸缎的厂家都停了产,我们已不能从香港转进大陆的绸缎,我们过去常卖的南阳尚吉利绸缎和杭州绸缎现在都已经无货。所以店里的生意就冷清了许多。纽约卖其他国家产的绸缎的商店有的是,人家不一定非要到我们店里来买不可,我们失去了和别人竞争的优势。"

"你说大陆搞啥子革命就让织造绸缎的工厂停产?这俺不信!"

"妈,你咋能不信,真是这样。"

"把大陆人都说得憨成那样?不让工厂开工人们吃啥、穿啥?光要革命?不要糟践大陆人,咱们不是大陆的?"

"奶奶,你听!"孙子振中这当儿拿过来一个袖珍短波收音机,"我给你调到大陆的河南台,你听听电台里在说什么!"——郑州国棉六厂二七造反团的全体战士今日上街示威游行,在火车站一带与——

"我不要听!电台上说的都是真的?总说大陆人傻,不懂得生产和流通,咱们就不是大陆人?你这个哈佛大学的学生不还是大陆人的儿子?!"

"奶奶,这是两回事呀!"振中笑了。

"啥子两回事?"草绒生气地瞪着孙子。

"振中——听奶奶的!"秉正怕惹母亲生气,忙喝住儿子。

"依我看,八成是香港的商人从中搞鬼,致使咱进不来大陆绸缎。秉正你该亲自去香港一趟,把进货的路打通,咱不能总让生意这样冷清下去!"

"这倒也是,妈,我刚好有些账目要同香港那边的转口商结清,我最近就飞一趟香港。"

"要去就早去,如今交了腊月,正是生意的旺季,要能进来一批大陆绸缎,不也——"

"妈放心,我这就订票,振中,你推奶奶去餐厅。"

"吃饭不着急,振中,你去把《圣经》给我拿来!"

"咋,奶奶,这会儿要读?"

"我要祈祷,让上帝保佑你爸一路顺利……"

腊月的风即使在香港这个中国的南部城市,也还是显出了几分厉害,拧得人脸生疼。秉正扣好西服的扣子,用手把颊上的疼痛抹去,瞪大了眼向对面的小镇深圳望去——那就是中国大陆,是母亲和自己日思夜想的地方。

他一下飞机就到原先供货的丝绸公司,弄清确因大陆丝织厂停产无大陆绸缎供应之后,他才来到这个能遥看深圳小镇的地方。看一看那片国土对自己也是一个宽慰——我总算又用目光触到了你呵!

暮色在渐渐加浓,背后的港城已华灯齐放,成了一片光的海洋。对面的深圳镇虽也已亮起了灯,但灯的数量是那样可怜,能看见的也就二十几盏吧?光线是那样昏暗。两下一比,令秉正的心里起了一阵莫名的惆怅。

"先生,看什么哩?"一个警察踱过来问。秉正摇摇头,走开了。

晚饭后,他来到了沙头角中英街上。他像一个孩子一样,故意在街的中心线以外中方一侧走,边走边在心中叫:中国大陆,我回来了;妈妈,我踏上大陆的土地了,踏上了……

他最后落座在港英一侧街边的一个咖啡店里,一边呷着咖啡一边望着对面顾客稀少的店铺。他长久的注视和幽幽的目光引起了咖啡店胖老板娘的注意,老板娘走过来用国语问:"先生的家是不是在大陆?"秉正没有搭话的兴致,只把头点点。

"愿不愿了解有关大陆的消息?"

秉正的双眼倏然一亮:"愿,当然愿!"

"我刚收集到一些大陆红卫兵造反组织办的报纸,上边刊载不少新消息,你愿不愿看?"

"当然,"秉正站起了身,"哪些地方的报纸?"

"有北平、天津、上海的,也有两广、湖北、河南、河北的。"

"报纸在哪儿?"

"请随我来。"

在咖啡店的后屋里,胖老板娘拿出了一摞花花绿绿各种版式的红卫兵小报。秉正高兴得急忙伸手去接,但老板娘又一下子缩了回去:"拿钱来!"

"多少?"

"一千美元!"

"这样多?"

"你拿回去当情报卖,会卖得更多!"

"我不是搞情报的!我只买河南的红卫兵小报看看家乡的消息,可以么?"

"不行,要买一起买,一千美元!你不要作罢!"

"好吧,我要!"……

秉正拿着那一摞报纸回到宾馆之后,迫不及待地从中查找河南的红卫兵小报,不错,真有四张:一张是郑州"二七造反总部"办的《二七快讯》;一张是开封"红色造反团"办的《风雷激》;一张是洛阳"东风战斗团"办的《反修》;一张是南阳"摧毁资产阶级反动路线总司令部"办的《千秋业》。他急切地打开《千秋业》,上边全是关于揪斗走资派和与另两派红卫兵组织战斗的报道,其中有则通讯一下子吸住了他的眼睛——激战尚吉利——

……摧资战士与保皇派宛城造反团之残兵败将,昨晚在尚吉利织丝厂发生激战。宛造团以尚吉利织丝厂厂房为依托,企图顽抗以达固守待援之目的。我摧资战士个个奋不顾身,在用枪、用铁棒为武器实行冲锋失利后,采用火攻将该厂厂房焚毁,迫使对方在大火中举手投降……"

将该厂厂房焚毁?这么说尚吉利织丝厂完了?彻底毁了?天呐!这是什么时候的报道?他翻看了一下报纸出版日期。是最近的!看样子不会是假的!一座生产绸缎的工厂呵,焚烧时难道不心疼?看来我是再难进到尚吉利出的绸缎了!我故乡的亲人们呀,为什么要打、要斗、要烧?他哆嗦着手拨通了纽约家里的电话,让阿倩把听筒交给妈妈,他对着话筒痛惜至极地说:"妈,我得到了消息,南阳尚吉利织丝厂已经被焚毁,一座工厂被毁了!""再说一遍!"他听见了妈妈的话音,也听到妈妈摆弄耳朵里助听器的声音,她老人家一定不信这消息,可这不会是假的!他对着话筒又说了一遍。电话那端出现了长久的静默,后来妈妈的声音响了,依然是那种不相信的坚定语气:"你不要信别人的瞎说!我知道尚吉利是尚家人心尖尖上的肉,只要尚家有人在活着,他们就决不会让人去烧这个工厂,不会的!……"

秉正慢慢地放下了话筒。但愿妈妈的话对,但愿《千秋业》上的消息是谣传,但愿那座工厂能保住!上帝呵,保佑我故乡的尚吉利织丝厂平安,保佑我故乡的亲人们平安吧!看在我这么多年虔诚信仰你的份上,你应该伸出你的大手,施展你佑护的神力了……

25

　　由尚家人代为守护的尚吉利织丝厂,在度过了一段短暂的平静之后,于一个雪花飘摇的后晌突然被"宛城红色造反团"据为了大本营。

　　此时的南阳红卫兵造反总部,因为打击的目标发生分歧而迅速地分裂成了数派。各派之间的攻讦、谩骂和武斗也随之展开。各组织为了能长期坚持便于发展,除了迅速地搜集枪支弹药和招募膀大腰圆的武斗队员之外,便是占领并修建自己的据点和大本营。尚吉利织丝厂宽敞的车间、办公房和被尚家人整理得干干净净的厂区以及四周的高围墙,很自然地被红色造反团头头一眼看中,于是便有了那个雪花飘摇的后晌的占领。

　　占领是迅速而顺利的。百多名经过挑选的手握短棍的造反团成员排成四路纵队,一边齐呼着"造反有理,革命无罪"的口号一边跑步冲进了厂区。他们所遇到的唯一抵抗是立世和昌盛在大门口的阻拦:"这里是国家的织丝厂,请不要随便进入!"他们的徒手拦阻在钢铁般的队伍面前显得是那样无力,造反团队员们的短棍只需轻轻一捣便把尚家父子捣坐在了雪花相叠的地上。——滚出去!不过片刻之后,立世摊放在传达室床上的被褥也被扔进了雪里。昌盛最先明白反抗的无益,于是搀着父亲抱着被褥开始了撤退。待达志闻讯挂着拐杖赶来时,占领已经结束。占领者正迅速地用砖头、用拆卸下来的织机和发电机堆堵大门——为了防止敌对组织的进攻,他们把大门堵得只剩下仅容一人侧身而过的通道。达志看见雪花肆意地扑落栖息在那拆卸下来的织机上,心疼得闭上了眼睛。

红色造反团是在占领尚吉利织丝厂的翌日开始与它的敌人——"摧毁资产阶级司令部"开战的。

战斗的第一阶段是口头论战。红色造反团把十个大喇叭架在了尚吉利织丝厂临街的厂房屋脊上,让一男一女两个播音员在喇叭上轮番历数对方背离革命路线的罪状。对方自然也不示弱,立刻在街对面的屋脊上架起了十五个大喇叭,播音员用更大的声音揭露红色造反团的反动和堕落。二十五个大喇叭的声响吓得满街的麻雀不敢栖落,惊得近在咫尺的尚家人不得不在耳朵里塞了棉花。

战斗的第二阶段是互抓俘虏。先是红色造反团在夜间派出精干的突袭分队,潜入对方的占领区抓来了一个俘虏,尔后让这个俘虏在喇叭上供认种种罪行,并被宣布反戈一击有功。对方见状怒极,也在一个漆黑的夜里派人摸进尚吉利厂区,抓走了红色造反团的两名女兵。当两名女造反团员在敌方的喇叭里哭着供认自己所在组织的罪行时,这边又早已派出了奇袭队。如此一来一往捕捉俘虏、人质,双方的仇恨愈积愈炽,当红色造反团使用巧计又诱捕了对方一名主要头头之后,这种仇恨像大桶汽油遇见了火星一样,轰然引燃了。

对方在喇叭里勒令:限四个小时之内交出捕去的头头,否则将血洗红色造反团的大本营。

红色造反团没有理睬这道勒令。

于是从城区从四周县城抽调的大批"摧资派"成员开始云集,尚吉利织丝厂四周的街道上竖满了"摧资派"的战旗,一种对红色造反团的包围态势已经形成。

进攻的枪声是傍晚时分响的。那一刻尚家人正坐桌前吃他们的由稀粥和红薯面饼构成的晚饭。那天云纬因来看儿子承达也留在这儿吃饭。伤还未好的承达也坐在了桌前——造反派因内部派仗连连,早把抓他的任务忘在了九霄云外。枪声响得尖利而突然。许多年没有听见过枪声的尚家人都被这枪声惊得身子一震,端碗正仰头专心喝粥的旺旺大约从来没听过这种猝然而至的可怕响声,骇得手中的碗"啪"一下落地摔得粉碎。

人们在昏暗的烛光下惊慌地对视。

乒乒乒……枪声爆豆似的响了起来……

那是尚家人第一次近距离地观察进攻战斗。

进攻一方的"摧毁资产阶级司令部"的上千名成员,臂缠红卫兵袖章,手拿步枪、铁棍、用酒瓶制作的手榴弹以及砖头、瓦片,高呼着"革命不怕死,怕死不革命"的口号,轮番向尚吉利织丝厂的院子里冲。

防守一方的红色造反团成员,拿着和对手几乎一样的武器,守护在厂房的屋脊和院墙、大门内,一次又一次地把对手的冲击打了下去。

月亮似乎决意要看清这场战斗的全过程,一动不动地悬在钢蓝色的夜空。

尚家人和云纬、承达母子齐集在达志的卧室窗内和门后,吹熄了灯,透过窗隙门缝惊惶地向外看去。

有伤员从对面的房坡上滚下来,"扑嗵"一声落进尚家院中,于是一阵痛楚的惨叫便塞满了每个人的耳朵。还好,有人撞开尚家的院门,进院把那伤员抬走了,伤员的哭叫被拖拉了一地。

达志默坐在床上,把目光从窗外一点一点缩回眼眶里。别打了,有什么值得打的?要打你们到城外的空地上打,别在厂子里打呀,厂里有机器有设备,这样打下去不是要把这个厂子毁了?你们知道当初为建这个厂子,多少人下了多少力呵!你们晓得这厂子

· 367 ·

每月要给你们赚回来多少钱吗?你们明白这厂子每年要给咱们从外国换回多少尊敬么?……

仿佛是有人攻进了厂区,一种清晰的肉搏声散播在空气里。不过时间不长,那声音就被一阵胜利的欢呼所代替,大约摧资派的又一次进攻失利了。

不知过了多久,一股火光突然晃进院中,将满院的月光一下子赶走。尚家人定睛看时,才见是十来个持了火把的人跑了进来,而且立刻把火把凑向了尚吉利织丝厂朝向尚家院子的厂房后屋檐。"不好,他们要放火烧厂房!"立世最先叫出了声来。

"快,拦住他们!"达志惊得慌忙跳下床跟跄着向门口冲去,"火一烧开厂子就完了!"立世见状一把扯住父亲的胳膊转对昌盛叫道:"抱住你爷爷,不许他出这个屋门!"尔后又扭头喊道:"小瑾,看护好旺旺!云纬婶,照看好承达!你们谁都不准出门,外边还在打枪,要小心流弹!"言毕,猛拉开门冲了出去。

几个持火把的人正在点燃尚吉利厂房的后房檐,幸亏前些天下了那场雪,使得他们的引燃没有立刻奏效。立世冲到他们跟前慌急地连连作揖道:"求诸位千万别点房子,里边的人是你们的敌人,可房子是国家的!求求你们别点!"

"你他妈的是哪路来的?来管爷们的事?!滚开!"一个高个子一拳将立世打坐在了地上。在这同时,有一支火把已将一处屋檐点燃,椽子和屋笆燃着火时的哔唎声开始爆豆似的响起来。

"不,不能点呀——"立世一边喊叫着一边从地上爬起,疯了似的抓住一个椽子头纵身上了厂房后坡,他站在后房坡上一边对下边的点火者摆手一边声嘶力竭地叫道:"不,不能点厂房呀——"他以为自己站在后房坡上那些人就不会点火了。

但火苗,还是由屋檐向上蹿了起来。

"天呐,不能点厂房啊——"绝望和心疼使得立世哭了起来,他边哭边在房坡上来回奔跑摆手:"不,不能点呀——"

火苗迅速变高并开始向房坡上蔓延,木椽和竹笆燃烧后的浓烟开始翻滚着往夜空上蹿。立世不得不退向房脊,他依旧边在房脊上来回奔跑边摆手:"不能,不能烧厂房啊——"他的凄厉而含满痛心的叫声响彻了整个夜空,突然,啪的一声,不知是何方的子弹击中了立世的身子,只见他在火光中一个趔趄扑倒在了屋脊上。

"爹——"屋里的昌盛见状猛拉开门冲了出去,但一见爷爷随后也趔趄地奔了出来,又急忙返身抱住了也要向火海扑去的老人。这当儿,一个女人的身影猛然出现在火苗蔓延的房坡上,昌盛惊异地认出那是尤婶,她从哪儿上去的?

房脊上的尤婶在火光中飞快地向立世奔去。

"尤婶——,搀住爹由房前坡下——"昌盛声嘶力竭地喊。

火光中的尤婶终于奔到了立世身边,她吃力地搀起了立世,立世在越来越大的火光中站起时,仍在无力地摇动带血的手:"不能烧呀——"

起风了,老天爷仿佛也想看看这场火如果烧成会是一个什么模样,让陡起的夜风裹着原本已经很高的火苗,向房子前坡、向相邻的厂房更快地滚去。

漫天都是火了。

尚家人清清楚楚地看见,尤婶搀起立世只在房脊上走了一步,那巨大的厂房屋脊就轰然坍塌了。

尚家人没有看见成群的红色造反团员举手跑出厂区投降的情景,没有听到"摧毁资产阶级司令部"的战士们为取得战斗胜利而起的欢呼声;他们看到的只是那席卷整个尚吉利织丝厂的大火,听到的只是尚达志那惨厉的嘶喊:"全毁了呀……"

· 369 ·

26

  特赦战犯的消息是在春天的一个早上抵达西安战犯管理所的。那阵子栗温保正拄着拐杖在管理所操场边的草坪上进行例行的散步。他因为年龄在所有战犯中最高而享有一种特殊待遇：早上不参加集体晨操而独自散步。草坪边是长长一行绽出嫩叶的垂柳，轻微的晨风像顽皮的孩子一样把那些柔韧纤长的柳枝摇来摆去。他知道这一行柳树一共有二十一棵，知道这片草坪宽十四米长三十一米零十五公分，知道不远处碧波荡漾的那处水面叫莲湖，知道远处耸立的那座砖塔叫大雁塔。从北京功德林监狱转到这儿已经十几个年头过去，他对这里的一切都已非常熟悉。
  他是看见几个工作人员抱着红纸、红布欢笑着向礼堂走去时才意识到：今儿个可能有什么事情。恰在这时他听到了喊他吃饭的声音。提前开饭？真有啥大事不成？
  在饭桌上他才第一次听到特赦的消息。此前，管理所里也有人被赦放出，但栗温保从来没敢想这样的事还会落到自己头上。当"特赦"两个字由耳朵向心里缓步踱去时，他停下了扒饭的筷子：真可以回家了？可以回到南阳了？可以见到我的女儿丽丽了？这么说我可以活着见到故土了？他觉出自己那日显懒惰的心脏又开始快跳起来。回家了，可以回家了！
  在早饭后的特赦典礼上，栗温保虽身在会场听着主持人宣读特赦令，心却早已飞到了南阳城。那是白河，那是独山，那是卧龙岗,我又看见你们了,看见了……

典礼过后给每个人发了生活费。栗温保接过钱后的第一个念头是想给女儿、女婿买点东西;还有外孙们,他记得女儿有次来信说她有一儿一女,也该给外孙和外孙女各买一点礼物。他最后在管理处的商店里买了两丈蓝底黄花的花布和两条"金丝猴"牌香烟。女售货员听说他要给外孙买礼物,没有问他的外孙多大年龄就自作主张地从货架上拿过来几把玩具手枪,说:"男孩子们喜欢这个,你买一把送他他保准高兴!"栗温保一见那逼真的玩具手枪,面孔立时有些发白,像看见怪物似的急忙推开说:"不,不要这个!"……

栗温保是在一个炊烟缭绕的傍晚回到南阳城西落霞村的。和女儿一家的见面并不像他原来预料的那样生分。陌生的女婿忙着为他端茶送水,长成小伙的外孙子宁安和长成少女的外孙女宁贞将他扶进扶出,女儿一会儿忙着为他收拾床铺一会儿忙着炒菜做饭。当全家人在晚饭桌前坐下女儿把一碗滚热的黄酒递到他手上时,他感到一向干涩的眼眶有些湿润起来。这种久违了的家居生活令他感到分外温馨。他用目光抚摸着桌前的每一个人:我的晚年有这样一个晚上就心满意足了。在他慢慢地呷着香甜的黄酒时,女儿告诉他,如今已实行抓革命促生产的政策了,农村的粮食产量开始回升,家里分的粮食差不多够吃了……他默默地听着,不时把头点点。女儿的许多用语他听不太明白,但他愿意听女儿这样絮絮地说话。女儿的话语如温暖的水流在他苍老而枯皱的心田缓缓淌过……

他睡觉的时候觉得胸口那儿有些发闷且有些微的疼痛,他以为是旅途劳累的结果并没有在意。

第二天吃过早饭,栗温保执意要和女儿一家人去地里干活。栗丽一听笑了,说:"爹,你这样大年纪了,能去干啥活?是怕俺们

371

挣的工分少,不够养活你?放心吧!"栗温保缓缓摇摇须发全白了的头说:"我知道你们能养活得起我,可爹本来是个农民,多少年都没下地干活了,今儿去干一点,心里也好受。"栗丽见父亲执意要下地,也就没有再拦,叮嘱儿子宁安慢慢扶了姥爷往地里走。

那天生产队里的社员们都在锄麦地里的草。栗温保到了麦地,拿过外孙的锄头只锄了两锄就大口喘息开了——他这样高龄的人,如何干得了这种活儿?宁安见状要扶他去田埂上坐了歇息,他不肯,说:"锄不动我就用手拔吧。"说完便蹲下身去,但没拔一袋烟工夫,又咳喘得不行了,只好一屁股坐在麦垅里。宁安去搀他时见他脸上竟有了泪,便诧异道:"姥爷,你这是何必?又没有人逼你来干活呀!"栗温保哑了声说:"孩子,姥爷伤心不是因为累,是觉得这人生怎么说完就完了呢?……"

第三天清晨起床时,栗温保觉得胸口的闷感还没有消除。但他仍坚持这些年已养成的习惯:外出拄杖散步。落霞村还沉浸在清晨的宁静里,只有几声鸡鸣搅在盘旋而升的晨雾之中。他沿着村边的小路向田野走去,这弯弯曲曲的田间小路让他一下子忆起了久远的过去。那时,我挥着羊鞭在这儿放羊;那时,我和草绒在路边上嬉戏;那时,我挥着镰刀在这儿割草……

东天的红霞浓起来了,太阳转瞬之后就腾入了空中,于是远岗近坡的面目越发分明起来。我曾在那个岗坡上打过兔子,我曾在这个岗凹里和伙伴们比赛过翻跟头,我曾在旁边那块地里拣过麦穗,我——

叭!一声短促的响声将他的思绪截断。老土桩猎枪!几乎在那响声刚灭的瞬间他就做出了判断。他对这种装铁砂的猎枪的响声是太熟悉了。谁这么早就出来打兔子了?"嗨,娘的!"一个年轻小伙提着支猎枪骂骂咧咧地从近处的岗凹里走出来。"扑空了?""你是——噢,是温保爷爷吧?昨儿个听说你已经回来——""这么早就出来打兔子?""我昨儿个傍黑撵一只兔子到这儿来,估计它没走远,所以就——""让我替你看看,来,把枪给我!"栗温保兴致勃勃地扔掉拐杖朝小伙伸出了手,这一霎,他又体会到了许多年前当猎人时心里的那份急切。"你行?"小伙有些迟疑地把枪递给了他。"放心——"他提起枪有些踉跄地向前走。眼有些花了,但不要紧,只要它没走开……

看见了,你原来藏在这儿!狡猾的家伙,尽管你筑了一个假窟作掩护,但你躲不开我的眼睛。你感觉到我看见你了?你抬起头了,哦,是一只白色的小兔,像刚从雪里出来,白得耀人眼睛。

他站在一个土埂上把枪举了起来:你跑不掉了!准星看不清,不过我保证能打住你!是打你的脑袋还是腰身?但几乎在这同时,他扣扳机的手指开始哆嗦:这是一个活生生的生命,你该放掉它!放掉它!他把举起的枪又放了下来。你快跑吧,跑吧!他向前迈了一步,似乎想去赶走那只白兔,但他忘记了他是站在一个土埂上的,他的一只脚刚一伸出,整个身子便失去重心向前栽去,他在身子落地的那一瞬间,感到胸腔里有一个像钟摆一样的东西发出了咔的一声,随后便没有响动了。在意识尚留的最后一刻,他命令指头扣动了枪机:"叭!"走吧,你!跑远点!他仿佛看见有一只白色的兔子箭一般地向远处奔去。

那是一只白兔。白兔在这响在近处的枪声里一下子从藏身处惊起,它在慌乱中显然没辨出枪响在哪儿,它竟然迎着倒地的栗温保撒腿奔来,直到它又闻到一股气味,才陡然停步,这时它发现它正站在一个倒地的一动不动的人身边,它用鼻子蹭了蹭他的手,才又撒腿箭一样地向远处的山岗飞跑……

27

远在纽约的秉正在栗温保心脏停跳的那个时辰刚刚从梦中醒来。他有些惊奇自己怎么会突然间梦见了父亲。自从和母亲离开南阳后,父亲一次也没进入过他的梦境,他知道这是因为他们父子感情上的疏离所致。不晓得今晚何以这样稀奇:父亲竟然极亲切地亲了亲他的左腮。

早晨起床后他照例亲自去母亲房间帮助她穿袜穿鞋,尔后把她抱入轮椅内。在女仆侍候老人梳洗的时候,他笑着开口:"妈,你猜我昨晚梦见了谁?梦见我爹了,他还亲了亲我的脸。"草绒的身子微微一颤,但她什么话也没说,她只是朝床头柜上一指道:"把《圣经》给我。"

草绒在胸前划了十字后翻开了《圣经》。栗温保,你现在想你的儿子了?当初我们受苦时你在哪里?不过上帝教导我们要学会宽恕,我和秉正会宽恕你过去对我们所做的一切。你既然可以托梦给秉正,你应该也知道我们住在哪里,你可以来,可以来和我们住在一起。我虽然不会给你尊敬,但我会尽我的力量照顾你!你的年岁也不小了,该保重身体!……

"妈,早饭后振中的未婚妻艾丽雅要来,可能是商定他们结婚日期的事,你愿意见见她吗?"

"还是那个黄头发的美国姑娘?"草绒从《圣经》上抬起了头。

"是的。"

"不能换成咱们唐人街上哪个华人的女儿?"

"妈,你知道感情这个东西——,再说,他俩在大学同窗了几年。"

"唉,我就担心你将来的孙子,会忘了我们从哪里来的。也罢,让她来吧,我愿意见她。"她又把目光移向了《圣经》。……主啊,我弟兄得罪我,我当饶恕他几次呢?到七次可以么。耶稣说,我对你说,不是到七次,乃是到七十个七次……栗温保,你就要有一个孙子媳妇了,这姑娘我先前见过,脸好白,头发是金黄色,鼻子稍有些高,但耐看。这姑娘爱说爱笑,是个让人喜欢的丫头。只是她一说快了就讲英语,我听不懂。她父亲也做生意,做的是电器生意,家里的境况和咱差不了多少,也算是门当户对吧。我想,她和你孙子振中结婚后,我第一年就让她要孩子!最好是生个小重孙子!我想看看这第四代人!你也想吧?我听说了,这种不同国家的人成婚后,生的儿女会格外聪明,但愿我们的小重孙子是个聪明绝顶的孩子。栗温保,我嫁到你们栗家,给你们栗家养了几代人,可你给了我什么?伤心!全是伤心!主是看着的,他知道我得到了什么。他当然也看见你得到了什么!你这一生得到的很多,是吧?权力!金钱!荣誉!房子!女人!你实话说你这一生睡过多少女人?十个?二十个!足有!你从她们身上得到了很多快乐,是吧?那快乐如今在哪里?都还存在你的心里?摸着那些女人的奶子,心里会美成什么样?酥,是吧?是你当初给我说过的酥吗?畜生!你这个畜生!不,不,我不该骂你,主,饶恕我,我忘了你的话,我该宽恕他,宽恕你,栗温保!宽恕,宽恕七十个七次,主……

艾丽雅是带着一阵清脆的笑声走进草绒屋里的——"奶奶,你好!"——"你好,我的好姑娘——"草绒的问候还未说定,艾丽雅已扑过来抱着她吻起来。这异国的礼节虽让草绒有些不习惯,但心中却有一股温暖在漫开。

"奶奶,我要送你一件礼物!"艾丽雅的中文说得颇为流利,边说边从提袋里掏出一个精致的丝绒首饰盒子。

"奶奶老了,奶奶不戴首饰了!"草绒忙含笑推辞。

"这不是首饰,奶奶!"艾丽雅从盒子中掏出一个用金属链子拴着的长方形骨雕,骨雕的大小与中国的麻将牌相似,"这个骨片上刻着我们家族的族徽,我们家的每个女孩出嫁时,父母都要给一个这样的骨片让送给男方家里的长辈留作纪念。"

"噢,是这样。"草绒接过骨片掏出花镜戴上细看,只见上面刻着一把很像斧头的器物砍在一根树枝上的图案。这大概就是他们的族徽了!她翻过骨片,见背面只刻着一个符号:▦。

她一怔,忽然觉得这符号在哪儿见过。

"这符号是什么意思?艾丽雅?"

"噢,可能只是一个表示吉祥的符号,我父亲说他的父亲也就是我的爷爷没有给他说明这件事就去世了。不过我对这符号倒有我自己的理解,我认为这是先辈在告诉我们后辈,我们生活着的空间是无限的,而我们家族只处在空间的一个点上。一个家族和无限的空间相比,简直是微不足道的。"

"哦?"草绒努力翻索着往事的记忆,希望弄清自己曾在哪里见过这符号,但终于也没想起。

"谢谢你的礼物,艾丽雅!奶奶也送你一件礼物。"草绒说着从衣兜里摸出一个叠成方方正正的东西。待她打开后大家才看清这是一张台北出的中国地图。地图上的"南阳"两字,被用红笔重重地圈着。"艾丽雅,这就是振中我们一家祖辈居住的地方,它叫南阳!奶奶送给你这张地图的意思,就是要你记住南阳这两个字,如果以后有机会,你和振中一定要回去看看。假若你和振中有了后代,也要告诉他们,中国河南南阳是他们的祖籍!我们的南阳是个好地方,那里有诸葛亮庵,有独山玉石,有烙画,有尚吉利的绸缎,尚吉利的绸缎可是有名……"

"奶奶,我已经听振中说了,我一定争取去看看这个地方!尼克松总统已经去过中国了,我相信我们会有去的机会!……"

中午吃饭时,艾丽雅执意要把一向不坐饭桌前吃饭的草绒推到饭桌前,而且亲自把老人坐的轮椅升高,亲自给老人布菜。

饭后吃水果时,振中顺手扭开了收音机,"美国之音"的中文节目正在播送国际新闻:

……有迹象表明,中国大陆政界高层昨天发生了一个重要事件,现在还不清楚事件的详细内容,但有一点可以肯定,会有重要的人事变动……

正在说笑着的全家人立时静了下来。"快扭英国 BBC 台!"秉正对儿子叫。

……现在可以断定的是,江青、张春桥、王洪文、姚文元等四人已经失去了自由,军方和政界的务实派已经控制了权力……

"好!"振中跳起来拍了手叫。

"好啥子?"草绒茫然地看定孙子。

"奶奶,你不知道,中国大陆上的这四个领导人一直主张革命重于生产,所以才造成了许多工厂停工停产,他们的下台,一定会使整个政策发生转变,大陆的政策一向是随领导人的变化而变化的!"

"这就是说,大陆的织丝厂以后还会正常开工?"

"非常可能!"

"我们的店里还会进来南阳尚吉利和杭州的绸缎?"

"是的,奶奶!"

"噢,但愿你说的能够实现。秉正,给我拿来《圣经》!我要祷告,我要祈求主保佑中国的工厂都能开工,都能,主呵……"

28

　　火纸点燃后冒出的轻烟,陆续地在各家的祖坟头上升起来了。达志拄拐站在自家的祖坟上,默默地向田野望去。
　　四周竟有这么多的坟头,已经有这么多的人死了!我也快了吧?阎王爷给我的阳寿还有多长?我还能熬过几个清明节呢?说不定下一个清明节,我就也在这土堆里了吧?……
　　昌盛、小瑾正在他们的几位祖爷爷、父亲、妈妈和尤婶的坟头上焚燃纸钱。孙子、孙媳原是不让达志也来的,可达志担心下一个清明节自己就走不动了,执意要来坟上看看。
　　按清明节添坟的规矩,各个坟头昌盛都用铁锹新培了土,新鲜的黑土使每个坟包都有了丝生气。达志在父亲尚安业的坟前鞠了个躬,他是很想下跪的,可又担心一跪下就站不起了。爹,原谅我吧,我也老了……我晓得你还牵挂着织绸织缎的事,听说尚吉利织丝厂就要恢复生产了……
　　"爷爷,咱们回吧。"昌盛和小瑾过来搀住了他的胳膊。三个人缓缓地向地头走去。地头上停着一辆平板车,月儿陪着卓远先已经坐在板车上了——早饭后,昌盛就是用这辆板车把两位老人和小瑾、月儿拉到这田野里的。雅娴奶奶几个月前病逝,卓远今儿个执意要亲来坟上给雅娴烧纸。好在两家的坟地相离不远,昌盛可以一车拉了来。
　　"月儿,要好生照料你爷爷。"昌盛拉动板车往回返时,达志对

· 378 ·

外孙女作着交待。

"放心吧,达志,月儿照顾我周到着哩,有时看她那个忙劲,我就真想也随你雅娴嫂子去了作罢。"卓远叹了口气说。

"瞎说罢你,你不是说你还要写一本书吗?"

"是呵,只不知道能不能写出来。"

"书名是啥?"

"暂时保密吧,等我写出来了,自然让你先……"

"呜——"一辆吉普车突然在他们的板车旁停了下来,车门在众人的惊疑中打开后,承达从车上跳下。"卓大伯,爹——"

"你这是——?"

"我刚刚被从五七干校接回来,上级已任命我来当南阳生产指挥部的指挥长了,我现在是回城上任。"

"生产指挥部——?"

"就是专门指挥经济生产的部门。前两年虽然成立了,但形同虚设,这次要真正负起指挥生产的责任!"

"这么说你们终于明白该抓什么了?!"卓远看定承达。

"我们浪费了太多的时间!"

"会是真的?"达志瞪大了眼。

"当然!"承达点头,"尚吉利织丝厂的生产也要立刻恢复。昌盛,你是厂里的老工人了,回去后就马上到厂里,我随后也去,要先领人把厂子清理出来!"

"不会再——?"达志抓住了承达的手腕。

"放心,爹,灾难已让我们每个人都聪明了许多!"承达说罢转身上了车,车子立刻挟着烟尘向城里驰去。

"乱极而治,衰极而兴,达志,也许我们还会看到一个新局面。"

"会吗?"

"一个国家的人不会长久忍耐一种吃不好、穿不好、住不好且没有安全感的生活,他们必然会努力寻找出能把他们带入富裕、安宁、幸福日子的人和制度。这是人类社会发展的规律。我们没有理由不相信局面会发生变化！"卓远在板车的缓慢移动中拍着达志的手。

"依你之见,尚吉利织丝厂也还有兴盛的一天？"

"当然！"

"我老死之前能看见这一天？"

"怎么你也说到死？你看你还是满口好牙哩,活过一百不成问题；你爷爷当初不是活到了一百零三,你们可是长寿家族！……"

老天保佑卓远哥说得准确,保佑我能活到尚吉利织丝厂重新兴盛的日子。爹,但愿我晚点去见你的时候,真能带给你一个好消息：尚吉利绸缎又获了"霸王"美誉……

星星们还赖在天上没走,最早的一声鸡啼还未翻过尚家的院墙落进院里,达志已经挂着拐杖走出了睡屋,在门口伸了一个长长的懒腰。他走到前院那块竖着的石头前,把拐杖往石头上一靠,先是张嘴呼了几口浊气,然后开始扭腰、甩手、搓头。这是他自己的健身术。几个项目做完,见星星已稀了不少,四周邻居家的鸡叫已开始热闹,就走到了昌盛、小瑾他们的睡屋门口,用拐杖把门捣捣。

"谁？"昌盛仿佛在忙着什么,声音有些喘。

"我。叫旺旺起来！"

"爷爷,天不是还没亮？"小瑾的声音,身子似乎被什么压着。

"快亮了,让他起来！"听你们的声音就知道你们在干什么。傻东西们,一大早就做这种事会伤身子的！

"干啥子么？"是旺旺含混的嘟囔,不过,已经有穿衣系带的窸窣声了。片刻之后,旺旺拉门站在了门口："太爷爷,有事？"

"跟我走！"达志扭身挂拐杖向后院里移步,拐杖捣在地上很重,声音响亮地撞在院墙上。他最后在后院的那棵老桑树下站定,在衣兜里摸索了一阵,把一卷纸朝旺旺递去。

"啥?"

"书!"

"书？俺们学校已经发了新书。"

"这和你们老师发的书不同,这是咱们家的书!"

"咱们家的书,写的啥?"旺旺翻了翻,可天还黑,看不清。

"有关织绸织缎的事。"

"织绸缎？我不喜欢读这书,我长大了要当科学家,造在天上飞的卫星！太爷爷,给你!"

"拿住!"

"拿住我也不想读!"

"要读!"

"我不——"

"啪!"旺旺屁股上挨了重重一拐杖,一阵火烧火燎的疼感在向腿上蔓延。

"太爷爷,你凭啥打人?"

"要读这书!"

"我不——"

"啪!"又一拐杖落到了旺旺的屁股上。在越来越亮的晨光里,有两颗晶亮的泪珠委委屈屈地爬出了旺旺的眼眶。

"要读!"

"咋读?"旺旺哽咽着问。

"每天早晨读一页,还要会背！不识的字和不懂的句可以问我和你爹。头一天读的东西,第二日早上要先背一遍!"

天已经彻底亮了。旺旺不甚情愿地翻开那本用麻线装订起来的书,将目光迟迟疑疑地放上去。

"最好读出声,我和你爷爷、你爹当初都是读出声的,这样也便于记住!"

"自唐武德八年始,吾南阳尚家从丝绸织造,迄今已千三百五十一年……"

几缕鲜红的霞光翻过院墙,静静地映在那一老一少身上……